위험한 신입사원

1

위험한 신입사원

dangerous associate

written by soojung park

1

가하

위험한 신입사원

1

지은이 박수정
펴낸이 이형기
펴낸곳 도서출판 가하

초판인쇄 2015년 7월 3일
1판 2쇄 2016년 10월 18일
출판등록 2008년 10월 15일 제 318-2008-00100호

주소 서울 영등포구 양평로 67, 1209 (당산동5가, 한강포스빌)
전화 02-2631-2846 **팩스** 02-2631-1846

www.ixbook.co.kr

ISBN 979-11-295-2848-3 04810
979-11-295-2846-9 04810(set)

값 12,000원

1. 제발 나한테 이러지 마요

「아직 늦은 게 아니라면 그 연애, 저랑 해요.」

세라의 말을 받아들이기로 한 승현이었지만 마음을 다잡기는 쉽지 않았다. 아무리 그러지 않으려고 해도 시선은 어느샌가 유림을 향하고 있고, 유림이 곁을 지나가기라도 하면 긴장한 나머지 온몸이 다 굳어지는 느낌이었다.

오늘은 한층 더했다. 유림의 태도가 하루 종일 이상했던 것이다. 그야 요즘 들어 계속 딱 업무에 필요한 이상의 대화는 안 하고 있지만, 그건 어디까지나 이쪽에서 차갑게 대했던 것뿐이지 유림은 그렇지 않았다.

그런데 오늘은 유림 쪽에서도 분명 자신을 외면하고 있었다. 아예 얼굴을 쳐다보려고도 하지 않았다.

'드디어 포기한 건가?'

물론 원했던 바다. 그런데도 정작 유림의 태도가 변하자 가슴이 철렁했다.

'정말로 나랑 끝내기로 한 건가?'

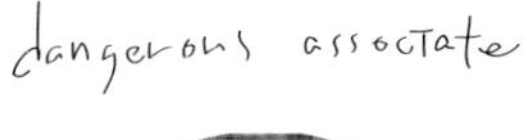

이쪽에서 먼저 차갑게 굴었던 주제에, 유림이 그렇게 나오자 초조해서 미칠 노릇이었다.

덕분에 하루 종일 승현은 일이 손에 잡히지 않았다. 약혼녀가 같은 사무실에서 근무하고 있는 이 상황에서조차도!

「제가 도울게요. 더 이상 흔들리지 않게, 제가 오빠 마음 잡아줄 수 있어요.」

세라가 그렇게 말해줬을 때, 승현은 세라에게 처음으로 고마움을 느꼈다. 최소한 세라는 자신의 입장을 이해하고 있었다. 이 불장난 같은 연애가, 자칫하면 그의 인생을 송두리째 태워버릴 수도 있다는 것을 알고 손을 내밀어주고 있었다.

지푸라기에라도 매달리고 싶은 심정이었던 승현은 그 손을 잡아보기로 했다. 한번 세라를 좋아해보기로 결심한 것이었다.

"네? 저 집에 데려다주시려고요? 정말로요?"

반쯤 열린 승현의 차창 안을 들여다보며 세라가 놀란 듯이 물었다.

"빨리 타, 누가 보기 전에."

승현의 말이 끝나기가 무섭게 세라가 옆 좌석에 올라탔다. 승현은 자신의 안전벨트를 잠그고 나서 잠시 기다렸다. 세라가 벨트를 매고 나면 출발할 생각이었다.

그러나 세라는 아무리 기다려도 벨트를 맬 생각이 없는 듯 그냥 앉아만 있었다. 당연한 일인지도 몰랐다. 세라는 어떤 남자에게서

나 다 그 정도 대접은 받았을 테니까.

별로 내키지는 않았지만 승현은 손을 뻗어 세라의 안전벨트까지 잠가주었다.

"고마워요, 오빠."

그제야 방긋 웃는 세라의 얼굴에 문득 유림의 얼굴이 겹쳐졌다. 자신이 안전벨트를 매줄 때마다 대단한 대접이라도 받은 것처럼 몸 둘 바를 몰라 했던 그녀가.

「내가 해도 되는데!」

귓가에 생생한 유림의 목소리를 애써 떨쳐버리며 승현은 시동을 걸고 차를 출발시켰다.

"이게 뭐예요?"

출발한 지 5분쯤 됐을까, 갑자기 세라가 그렇게 말해서 승현은 곁눈질로 보았다가 흠칫 놀랐다. 세라가 손에 들고 있는 것은 바로 유림이 선물해준 목도리였다.

"만지지 마!"

저도 모르게 목소리가 높아졌다. 세라가 놀란 듯이 어깨를 움츠렸다.

"이거, 설마 정유림 선배님이 떠준 거예요?"

승현은 입술을 꾹 다문 채 대꾸 대신에 세라에게서 목도리를 빼앗아 뒷좌석에 던져버렸다.

"이런 거 할 사람으론 안 보였는데. 선배님, 진짜 오빠 좋아하나 보네요."

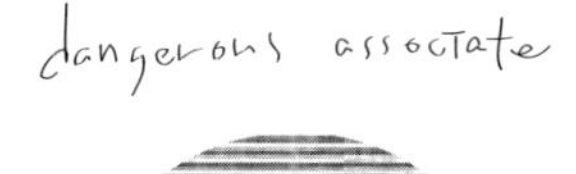

세라가 입술을 모으고 조그맣게 한숨을 지었다.

"저도 마음이 안 좋네요."

진심으로 안됐다는 듯한 목소리에 오히려 기분이 상했다. 세라가 유림을 동정하는 게 싫다.

승현은 퉁명스럽게 말했다.

"네가 신경 쓸 일 아니야."

그러나 세라는 거기서 멈추지 않았다.

"근데 오빠, 정 선배한테 헤어지자고 말은 하셨어요?"

갑자기 날아온 질문에 승현은 흠칫했다. 그렇지 않아도 말해야 하는데 차일피일 미루고만 있었다. 헤어질 생각으로 이렇게 못되게 굴면서도 왠지 헤어지자는 말을 대놓고 하는 것만은 끝내 망설여졌다. 입 밖에 내고 나면 정말 두 번 다시 돌이킬 수 없을 것 같아서.

"……말해야지."

승현은 씁쓸하게 대꾸했다.

"힘들겠지만 빨리 정리하는 게 좋을 거예요. 오빠한테도, 정 선배한테도 말이에요."

아무리 정략결혼이라지만, 자신의 약혼자에게 이런 말을 할 수 있는 여자가 얼마나 될까. 승현은 세라에게 미안함을 느꼈다.

"내일 바로 정리할 테니까, 넌 더 신경 쓰지 않아도 돼."

승현은 결심했다. 세라의 말이 옳다. 자신을 위해서도, 유림을 위해서도, 그리고 세라를 위해서도 그게 맞았다.

"그래요. 너무 상처받지 말았으면 좋겠어요, 두 사람 다."

어른스럽게 그렇게 말한 세라가 문득 뒷좌석을 엄지손가락으로 가리켰다.

"저 목도리, 제가 처리할게요."

"뭐?"

"오빠 손으로는 차마 버리기 힘들 거 아녜요."

승현은 당황했다. 목도리를 버릴 생각은 미처 하지 못했던 것이다.

"……."

승현이 금세 대답하지 못하고 망설이자 세라가 타이르듯 말했다.

"괜히 목도리 볼 때마다 생각날 텐데, 그래봤자 더 힘들 뿐이잖아요."

그리고 세라는 뒤에 조그맣게 덧붙였다.

"……오빠가 저거 계속 갖고 있는 거 보면 저도 속상할 거고요."

그 말에 정신이 퍼뜩 들었다.

"그렇게 해."

승현이 고개를 끄덕이자 세라가 조용히 목도리를 챙겼다.

「사실은 차승현 씨가 제 약혼자예요.」

세라에게서 그 말을 들은 순간 유림이 처음 느낀 것은 정신이 멍해질 정도의 충격이었다. 충격이 조금 가시고 나자 화가 치밀었다. 그럼 지금까지 사람을 갖고 놀았다는 거야?

하지만 화도 어느 정도 가라앉고 나자 이번에는 의문이 들었다.

'정말 그게 다 거짓이었을까?'

녹아내릴 것 같았던 키스. 어떻게 저런 눈빛으로 볼 수 있을까 싶을 정도로 다정했던 눈빛. 단둘이 있을 때만 보여주었던 진짜 미소. 아무리 생각해도, 도저히 그 모든 게 거짓이었다고는 생각되지 않았다.

결국 유림은 이렇게 생각하게끔 되었다.

'승현 씨한테도 뭔가 사정이 있는 게 아닐까?'

세라가 그렇게 말한 이상 두 사람이 약혼한 사이라는 건 사실일 것이다. 하지만 세라가 일방적으로 좋아하는 것뿐이고, 승현은 그렇지 않은 건 아닐까. 그렇다고 약혼녀가 있으면서 자신과 사귄 게 용서되는 것은 아니지만, 어쨌든 승현이 하는 얘기도 들어봐야겠다는 생각이 들었다.

그래서 유림은 승현에게 메신저로 말을 걸었다.

- 승현 씨. 이따 퇴근 후에 잠깐 옥상에서 나 좀 봐.

말하면서도 일단 거절당할 각오는 하고 있었다. 요즘 승현은 계속 유림을 거들떠보지도 않았으니까.

그런데 생각과는 달리 웬일로 순순히 대답이 돌아왔다.

- 알았어요. 먼저 올라가 있을 테니 조금 있다가 오세요.

유림은 속으로 한숨을 지었다. 그래, 끝낼 때 끝내더라도 차분하게 얘기는 하자.

퇴근 시간이 되자 미리 말한 대로 승현이 먼저 일어났다.

"오늘은 먼저 들어가보겠습니다."

승현이 사무실을 나가고 나자 유림도 슬슬 눈치를 보며 나갈 준비를 했다. 자연스럽게 나가서 옥상으로 올라갈 참이었다.

그러나 하필이면 그때 세라가 다가와서 말을 걸었다.

"선배님, 저 뭐 좀 여쭤볼게요."

"뭐, 뭔데?"

대답하는 유림의 목소리는 미세하게 떨렸다. 도둑이 제 발 저리는 꼴이라고 할까.

사실 세라에게는 미안한 마음뿐이었다. 어찌 됐든 세라의 입장에서 보면 유림 자신이 둘 사이에 끼어든 악역이 되는 셈 아닌가.

자신과 승현의 사이를 부디 세라가 끝까지 몰라줬으면, 하고 유림은 바라고 있었다.

미안한 것도 그렇지만 세라가 상처받는 게 싫었다. 세라는 고민을 털어놓고 도와달라고 말할 정도로 자신을 믿어줬는데. 그런 자신이 승현과 관계가 있다는 걸 알면 얼마나 충격을 받을까.

다행히도 유림이 당황하는 것을, 세라는 전혀 눈치 채지 못한 모양이었다.

"분리수거 말이에요. 털실 종류는 대체 어느 쪽으로 분류해야

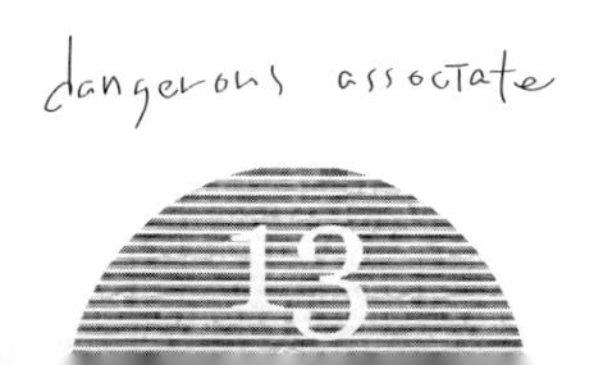

돼요?”

“털실?”

사무실 분리수거는 늘 유림이 도맡아 하다시피 했지만 이 질문에는 쉬이 답이 나오지 않았다. 그야 털실을 버려본 적이 한 번도 없으니까.

“글쎄, 일반쓰레기 아닐까……. 근데 갑자기 웬 털실이야?”

유림이 묻자 세라가 들고 있던 종이 가방에서 뭔가를 꺼냈다.

“이거 버리려고요.”

순간 유림은 심장이 멈출 뻔했다. 세라가 내민 것은 분명 자신이 승현에게 선물한 목도리였다.

“이…… 이게 뭔데?”

떨리는 목소리로 겨우 묻자 세라가 어깨를 으쓱했다.

“오늘 분리수거 할 거라고 했더니, 승현 오빠가 이것도 좀 버려 달라고 주더라고요.”

“승현 씨가……?”

“네. 직접 뜬 목도리 같은데, 버리기 아까우니까 간직해두라고 해도 막무가내지 뭐예요. 촌스러워서 도저히 맬 수가 없다면서요.”

세라의 말 한 마디 한 마디가 유림에게는 벼락처럼 들렸다.

“누가 선물한 건지 모르지만 안됐어요. 되게 정성 들여 뜬 것 같은데.”

세라가 목도리를 들여다보며 하여튼 차갑다니까, 하고 중얼거렸다.

"뭐, 일반쓰레기면 그냥 쓰레기통에 버리면 되겠죠?"

말이 끝나기가 무섭게 세라는 목도리를 가볍게 던져버렸다. 눈앞에 있는 쓰레기통 안으로.

"……!"

자신이 승현을 위해 밤새워 떴던 목도리가 눈앞에서 쓰레기통에 처박히는 것을, 유림은 그저 지켜볼 수밖에 없었다.

옥상에서 유림을 기다리는 승현은 심란하기 짝이 없었다.

- 승현 씨. 이따 퇴근 후에 잠깐 옥상에서 나 좀 봐.

아까 낮에 유림이 메신저로 그렇게 말을 걸어왔을 때, 승현은 차라리 잘됐다고 생각했다. 어차피 오늘 정식으로 끝내자고 말하려고 했으니까.

하지만 시간이 지날수록 초조해졌다. 도저히 헤어지자고 말할 용기가 없었다. 아니, 말하고 싶지 않았다. 머리로는 말해야 한다는 걸 분명히 알고 있는데, 헤어지자는 말을 할 생각만 해도 마음은 어느덧 천길만길 낭떠러지로 떨어지는 것만 같았다.

하다못해 오늘따라 날씨까지 유난히 춥다. 불어오는 바람에서는 이미 겨울의 냄새가 짙게 났다. 드러난 목덜미를 파고드는 바람에 저도 모르게 몸을 떨면서 승현은 유림이 줬던 목도리를 떠올렸다.

「제가 정원에서 잘 태워서 땅에 묻었어요.」

어제 헤어질 때 목도리를 가지고 내렸던 세라가 오늘 해준 말이었다.

「아무리 그래도 차마 쓰레기통에는 못 버리겠더라고요. 정성이 깃든 건데.」

그런 세라의 마음 씀씀이가 고마웠다. 유림의 마음이 쓰레기통에 처박히는 것만은 승현도 차마 볼 수가 없었다.

유림은 승현이 기다린 지 10분쯤 되어서야 옥상에 모습을 나타냈다.

"한 가지만 묻자."

유림은 굳어진 얼굴로 다짜고짜 그렇게 말했다.

"조금이라도, 정말 아주 조금이라도 날 좋아하긴 했어?"

승현의 마음에 커다란 파문이 일었다.

좋아했다. 그리고 지금도 좋아한다. 이 이상 더 좋아해버릴까 봐, 그러다가 자신이 송두리째 망가져버릴까 봐 무서워서 이렇게 도망치고 있을 정도로.

"아뇨."

마음과는 전혀 다른 말을 승현은 입에 담았다. 어지럽게 흔들리는 마음과는 정반대로 표정 역시 차갑게 유지했다.

"그럼 왜…… 왜 좋아하는 척했던 거야?"

상처받은 어린아이 같은 눈빛이 그를 향했다.

저 표정, 어딘가에서 본 적이 있다고 승현은 생각했다. 어렵지 않게 떠올릴 수 있었다. 서현우 대리가 다쳐서 입원했던 날, 유림은 바로 저런 표정을 하고 있었다.

그때는 무척 자존심이 상해서 속으로 그렇게 맹세했던 기억이 난다. 언젠가 저 여자로 하여금, 반드시 서현우가 아닌 자신 때문에 저런 표정을 짓게 만들어 보이겠다고. 그리고 그 표정을 보면서 통쾌하게 웃어주리라고.

그런데 정작 지금 유림이 자신의 앞에서 그런 표정을 짓고 있는데 하나도 통쾌하지가 않다. 통쾌하기는커녕 마음이 아파 미칠 것 같았다.

'좋아하는 척한 게 아니에요. 나도 진심이었어요.'

지금이라도 꼭 껴안고 그렇게 말하고 싶은 마음을 억누르느라 승현은 이를 악물었다.

"회사 다니기가 너무 따분했거든요."

다행히도 목소리는 마음과는 정반대로 태연하게 흘러나왔다.

"무슨 벙어리 일 년, 귀머거리 일 년, 장님 일 년도 아니고. 억지로 평사원 일 년, 부장 일 년을 거쳐야 임원을 시켜준다니 너무 지겹잖아요. 그래서 좀 재미있는 이벤트가 필요했어요."

"그 이벤트가 나였어?"

"네."

승현은 가차 없이 대답했다.

"선배같이 여자 같지도 않은 여자도 나한테 넘어오게 만들 수 있

을까 궁금했어요."

"……!"

"근데 되더라고요. 의외로 쉽게."

유림의 눈이 커졌다. 절망으로 물드는 눈동자를 들여다보며 승현은 웃었다.

"참, 설마 나랑 진짜로 잤다고 생각하는 건 아니겠죠?"

유림이 놀란 얼굴을 했다.

"거짓말이었어?"

역시나 여태 모르고 있었구나, 하는 생각에 마음이 뭉클하니 아파왔다. 이렇게 순진한 여자를 상대로 나는 무슨 짓을 했던 거지?

하지만 이제 와서 돌이킬 수도 없는 일이다. 승현이 할 수 있는 일이라면 일말의 미련조차도 남지 않게, 철저히 잔인하게 헤어져주는 것뿐이었다.

"당연하죠. 선배 같은 여자한테까지 손댈 정도로, 나 그렇게 굶주리지 않았어요."

승현은 태연한 얼굴로 유림을 모욕했다. 그리고 싸늘하게 얼굴을 굳히고 말했다.

"나 그날 밤에 손끝 하나 안 댔어요, 선배한테. 그러니까 혹시 나중에라도 그 핑계로 구질구질하게 굴 생각은 하지 마요."

유림은 말이 없었다.

"……."

승현은 잠자코 그녀의 반응을 기다렸다. 화산 폭발을 기다리는 것같이 불안한 마음으로.

그리고 한참 후에야 유림의 입에서 나온 말은 생각조차 못했던 것이었다.

"그래. 알았어."

유림은 담담하게 말했다.

"그동안 고마웠다."

오히려 당황한 것은 승현 쪽이었다. 어떻게 이렇게 사람 마음을 갖고 놀 수 있느냐고 울면서 펄펄 뛸 줄 알았는데. 예전에 그랬듯이 이 미친 새끼야, 라든가, 이 쓰레기야, 하는 막말 정도는 각오하고 있었는데. 차라리 뺨이라도 맞는 편이 속 시원할 것 같은데, 고맙다니!

"대체 뭐가 고맙다는 거예요?"

돌아서려는 유림을, 승현이 참지 못하고 불러 세웠다.

"내가 지금껏 유림 선배 가지고 놀았다고요. 이해 못 하겠어요? 난 다 장난이었다고요!"

"알아들었다니까."

유림이 피식 웃었다.

"그래도 덕분에 잠시나마 진짜 여자가 된 기분이었거든."

"……!"

"승현 씨가 아니었으면 아마 평생 몰랐을 거야, 그런 기분."

나직이 중얼거린 유림이 문득 고개를 똑바로 들었다.

"떨어지라는데도 못 알아듣고 계속 귀찮게 해서 미안했다. 내가

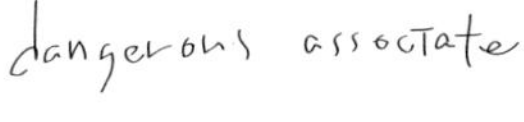

원래 좀 둔하거든."

목소리는 언제 그랬냐는 듯이 씩씩한 선배, 정유림으로 돌아가 있었다.

"더는 승현 씨 귀찮게 할 일 없으니까 신경 쓰지 않아도 돼."

미소 짓는 유림의 얼굴을, 승현은 멍하니 바라보았다.

"그날 밤에 아무 일도 없었다니까 오히려 잘됐네. 앞으로는 선후배로 돌아가서 잘 지내자."

승현은 뒤늦게야 깨달았다. 뭔가 잘못됐다. 이게 아닌데. 이런 반응을 바랐던 게 아닌데.

하지만 그렇게 생각했을 때는, 이미 유림은 벌써 저만치 멀어지고 있었다.

유림은 새로 산 옷과 화장품, 구두 따위를 모두 상자에 차곡차곡 넣었다.

"아니, 그게 다 뭐야?"

엄마가 상자를 들고 방에서 나오는 유림을 보고 놀라서 물었다.

"아, 오래된 책들 좀 버리려고."

그렇게 둘러대고 유림은 상자를 들고 집을 나왔다. 미리 준비해 두었던 커다란 쓰레기봉투에 상자째로 넣어서 내다 버렸다. 다시 주워 올 수 없게, 일부러 저 멀리까지 가서.

승현에게 예쁘게 보이고 싶어서 샀던 물건들을 한꺼번에 버리고 집으로 돌아오며, 유림은 속으로 굳게 다짐했다.

'두 번 다시 쓸데없는 짓 하지 말아야지.'

상대는 단순한 장난이었는데, 자신은 진심이 돼서 어울리지도 않는 화장에 머리에, 별의별 쇼를 다 한 걸 생각하면 창피해서 견딜 수가 없었다.

'하기야. 누가 날 여자로 본다고.'

생각해보면 그랬다. 10년 가까이 좋아해왔던 현우조차 한 번도 자신을 거들떠 봐주지 않는데, 하물며 차승현 같은 남자가 뭐가 아쉬워서 자신을 좋아하겠는가.

'그동안 고마웠다.'

따지지도, 화내지도, 울지도 않고 조용히 수긍했던 것은 너무 부끄러워서였다. 이런 말도 안 되는 장난에 홀딱 속아 넘어간 것만도 부끄러워 죽겠는데, 울며불며 난리까지 치면 너무 흉하지 않은가.

'승현 씨가 아니었으면 아마 평생 몰랐을 거야, 그런 기분.'

그래서 유림은 억지로 그렇게 생각하기로 했다. 잠시나마 연애감정을 느끼게 해준 승현을 고맙게 생각하자고.

"그래. 나도 손해 본 거 없지, 뭐. 차승현 같은 남자랑 데이트도 해보고. 완전 이익인데?"

유림은 힘주어 중얼거렸다. 하지만 어느덧 눈앞이 점점 흐려지고 있었다. 아무리 참으려고 해도 목 안에서 아픈 것이 울컥 치밀

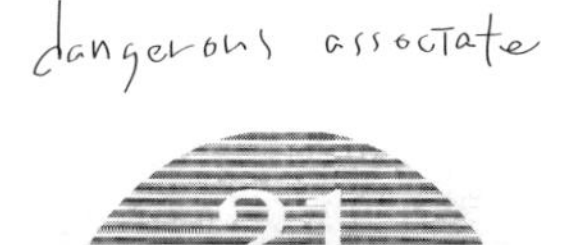

어 올랐다.

“흑……!”

결국 유림은 길 한가운데 서서 얼굴을 감싸고 울음을 터뜨리고 말았다.

아까 승현 앞에서 참고 참았던 눈물이, 이제야 한꺼번에 터져 나오고 있었다.

다음 날 아침, 출근한 유림의 모습에 모두들 놀란 얼굴을 했다.

“아니, 머리가 왜 도로 검어졌어?”

“파마는 또 왜 풀었고!”

놀라서 묻는 사람들에게 유림은 어색하게 머리를 긁적이며 웃어 보였다.

“그냥요. 역시 사람은 생긴 대로 살아야겠더라고요, 하하.”

그러는 유림의 얼굴에는 마스카라도, 립스틱도 발려 있지 않았다. 예전대로 보일락 말락 한 엷은 화장기만이 남아 있을 뿐이었다. 옷도 언제나 입던 수수한 바지 정장이었다.

“너무 아쉬워요. 선배님 되게 예쁘셨는데!”

세라처럼 진심으로 아쉬워하는 사람도 있고,

“정유림이 그럼 그렇지, 얼마나 가나 했다.”

하고 얄미운 소리를 하는 사람도 있었다. 예를 들면 부장처럼.

현우는 의외로 아무 말도 하지 않았다. 그저 복잡한 표정으로 유림을 쳐다보았을 뿐.

그리고 승현은 유림을 힐끗 보더니 이렇게 말했다.

"선배, 워크숍 후보지 리스트 어디다 올려놓으셨어요?"

'어제 헤어지자고 말한다더니, 진짜로 하긴 했나 보네?'

세라는 그렇게 생각했다.

도로 예전처럼 돌아간 유림의 모습도 그렇지만, 하루 종일 어딘가 혼이 빠져나간 사람 같은 승현의 표정만 봐도 확신할 수 있었다. 두 사람이 끝났다는 것을.

'하지만 이게 정말 끝인지는 모르는 거지.'

다행히 아직까지는 승현에게 이성이 남아 있는 모양이었다. 저런 여자에게 빠지면 자기 인생 자체가 위험하다는 걸 알고 스스로 물러날 정도로.

하지만 같은 사무실에서 근무하고 있다 보면 언제 어떻게 다시 불붙을지 모르는 일이다. 남녀 사이란 게 원래 그런 거니까.

함께 일하면 할수록 유림이 위험한 존재라는 것을 세라는 뼈저리게 느끼고 있었다.

일단 유림은 말투 때문에 일견 무뚝뚝해 보이지만 은근히 다정했다.

「누구야, 복사지 새로 뜯어 넣은 거? 저번에 넣고 남은 것부터 쓰라고 그렇게 말을 해도.」

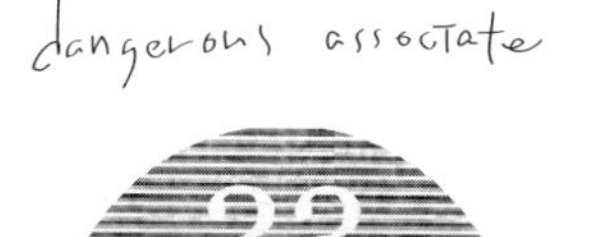

「아, 제가 깜빡 잊고 실수했습니다. 죄송합니다, 과장님.」

세라가 실수한 것이 있으면 아무렇지도 않게 자신이 뒤집어썼다. 선배를 깍듯이 모시는 만큼이나 후배도 자기 책임이라고 생각하는 모양이었다. 무슨 일이든 여자라고 몸 사리는 법 없이 묵묵히 해냈고, 그리 말수가 많은 편은 아니지만 웃음은 많았다.

확실히 말해 매력 있는 여자였다. 특히나 그 매력이 절대 흔한 종류의 것이 아니었기에, 그렇지 않아도 유니크한 것을 좋아하는 승현이 끌리는 것도 이해가 갔다.

'어떻게든 저 여잘 쫓아내야겠는데.'

생각 같아서는 당장 내일이라도 잘라버리고 싶다. 물론 아버지에게 부탁하면 식은 죽 먹기나 다름없는 일이지만 그랬다간 승현이 눈치 채지 못할 리 없었다. 자칫 둘 사이에서 자신이 악역이 되고 말 가능성이 컸다. 그리고 둘의 사랑은 로미오와 줄리엣처럼 더욱더 불타오르겠지.

'그건 안 되겠고.'

그럼 일로 트집을 잡을까? 하지만 그것도 쉽지 않을 것 같았다. 유림은 기본적으로 성실한 데다 상사들에게는 무조건 복종하는 타입이라 부서 내에서 신망이 높았다. 비록 여자로 보는 사람은 없어 보였지만, 성별을 떠나서 가장 신뢰받는 직원이 바로 유림이었다.

'내가 승현 오빠 약혼녀라는 것만 밝힐 수 있어도 좋을 텐데!'

일단 그 사실만 주위에 알릴 수 있어도 일은 훨씬 쉬워질 것 같았다. 그러면 사람들의 시선이 무서워서라도 유림도 더는 승현을 넘볼 수 없을 테고, 승현 역시 유림에게 함부로 다가가지 못할 테니까.

하지만 결혼하기 전까지는 약혼 사실을 절대 주위에 알리지 말라는 것이 승현의 어머니 전 여사의 엄명이었다. 남은 2년 동안에 승현에게 더 좋은 혼처가 나타나면 할아버지 차 회장의 마음이 바뀔 수도 있다고 기대하는 게 뻔했지만, 알면서도 전 여사의 말을 어길 수는 없었다.

'그럼 대체 어떻게 저 여자를 떼어놓지?'

저만치 자기 책상에서 일에 열중하고 있는 유림을 보며, 세라는 신경질적으로 입술을 깨물었다.

아무 일도 없었던 거다. 라고, 유림은 그렇게 생각하기로 했다.

승현과는 같은 사무실, 심지어 바로 옆자리에 앉아 있는데다 매일 점심까지 같이 먹어야 하는 사이다. 회사를 그만둘 게 아니면 하루라도 빨리 평범한 선후배 사이로 돌아가야 했다.

'그래, 어차피 그날 밤에도 아무 일 없었다잖아. 그러니까 잊어버리자.'

그렇게 결심한 유림은 일부러 허물없이 승현을 대하려고 노력했다.

“승현 씨, 일 다 마무리 됐어? 얼른 내려가서 밥 먹자!”

이렇게 먼저 말도 걸고,

“아, 복사 하는 김에 내 것도 좀.”

스스럼없이 부탁도 했다.

그런 유림의 노력에 승현은 별로 이렇다 할 반응을 보이지 않았다.

“네.”

그저 마지못해 무덤덤하게 대꾸할 뿐이었다.

‘별로 노력할 생각도 없나 보구나.’

승현의 그런 태도를 볼 때마다 자꾸만 속상해지는 유림이었다.

어느 날 점심식사 후, 사무실에 옹기종기 모여 앉아서 커피를 마시고 있을 때였다.

“그나저나 차승현 씨, 요즘 왜 그렇게 기운이 없어 보여? 무슨 일 있나?”

부장이 승현을 향해 불쑥 물었다.

“요즘 몸이 좀 안 좋아서 그런가 봅니다.”

“그래? 저런! 어디가 어떻게 안 좋은데?”

“그냥 좀, 몸이 찌뿌드드해서요.”

유림이 보기엔 그냥 대충 둘러댄 말 같았다. 하지만 승현의 일이라면 늘 간이라도 빼줄 듯한 기세인 부장은 아니나 다를까, 이번에도 큰일이라도 난 것처럼 호들갑을 떨었다.

“그래? 아이구, 몸이 그렇게 찌뿌드드해서 어쩌나? 가만있자,

그럴 땐 마사지가 최곤데.”

그리고 별안간 날벼락이 떨어졌다.

“아, 참, 그렇지. 정유림 씨가 마사지 잘하지?”

“예?”

“아, 왜, 지난번에 김 대리 어깨 주물러주면서 그랬잖아. 운동선수 출신이라 뭉친 근육 같은 거 잘 푼다며. 승현 씨도 한번 해줘봐.”

개념 실종된 부장의 막말에 유림은 기겁을 했다. 유부녀 선배랑 미혼의 남자 후배랑 같나?

“부장님, 아무래도 그건 좀…….”

지금껏 상사의 명령에는 절대 복종해온 유림이다. 하지만 이것만은 도저히 선뜻 따를 수가 없어서 우물쭈물하고 있는데, 승현이 먼저 나서서 말했다.

“괜찮습니다, 부장님. 유림 선배도 불편해하는데요.”

“아니, 뭐가 어때서 그래, 선후배 사이에.”

부장의 말에 유림은 퍼뜩 정신을 차렸다.

맞다, 이제 차승현은 내 후배였지!

어릴 때부터 함께 어울려 운동을 해왔기 때문에, 자연히 남자 선후배들과도 스스럼없이 지내온 유림이었다. ‘몸 좋아졌다?’ 하면서 근육을 만져본다든가, 어깨동무를 한다든가, 말마따나 가볍게 마사지를 해주는 정도는 아무렇지도 않은 일이었다.

그런데 유독 승현에게만 못 할 것도 없지 않은가. 이젠 말마따나 그냥 후배일 뿐인데.

유림은 결심했다.

“승현 씨, 이리 돌아앉아봐. 내가 좀 풀어줄게.”

유림이 갑자기 나서자 승현이 조금 당황한 얼굴을 했다.

“네? 됐어요.”

“그러지 말고 돌아앉아보라니까.”

퉁명스러운 말에 오히려 꼭 해주고 싶어졌다. 어떻게든 승현과 허물없는 선후배 사이로 돌아가고 싶었다. 자신을 위해서도, 그리고 승현을 위해서도.

“됐다니까요.”

좀처럼 돌아앉아주지 않는 승현 대신에, 유림이 그의 등 뒤로 돌아갔다.

“자, 힘 빼고 가만히 있어봐.”

그렇게 말하고 유림이 앉아 있는 승현의 목덜미에 손을 가져간 바로 그 순간이었다.

“만지지 말라고요!”

갑자기 승현이 버럭 소리를 지르며 유림의 손을 뿌리치고 의자에서 벌떡 일어났다.

화기애애했던 사무실 분위기가 순식간에 찬물을 끼얹은 것처럼 조용해졌다. 놀라서 승현의 얼굴만 쳐다보고 선 유림에게, 승현은 심지어 얼굴까지 빨개져서 화를 냈다.

“하지 말라고 했잖아요. 왜 못 알아들어요?”

사람들 앞에서는 늘 웃음 짓고 있는 승현이었다. 그게 꾸며낸 웃음이든, 뭐든 간에. 이렇게 승현이 화를 내는 모습은 모두들 처음 보는 것이어서 아무도 나서서 말리지도, 끼어들지도 못하고 그저 얼어붙은 채 눈치만 보고 있었다.

"미, 미안해. 난 그렇게 싫어할 줄은 모르고……."

유림은 더듬거리며 사과했다. 너무 민망한 나머지 얼굴에 불이 날 것 같았다.

그러는 유림을 흘깃 노려보고, 승현은 내뱉듯이 말했다.

"두 번 다시 나한테 손대지 마세요."

승현은 그렇게 말하고 사무실을 나가버렸다.

"하아……."

사무실을 나가자마자 승현은 비틀거리며 복도 벽에 등을 기댔다.

떨리는 손으로 가슴께에 손을 가져다댔다. 아직도 심장이 미친 듯이 뛰고 있었다.

「자, 힘 빼고 가만히 있어봐.」

유림의 손끝이 닿는 순간, 심장이 폭발할 뻔했다. 온몸의 세포가 일제히 일어나 유림을 향해 소리 없이 아우성치는 기분이었다. 하마터면 그 자리에서 유림을 끌어안아버릴 뻔한 자신이 무서웠다. 다른 사람들은 둘째치고, 그 자리에 세라 역시 있었음에도 불구하고!

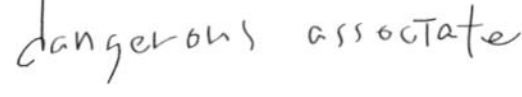

머릿속이 어지러워 미칠 것 같았다. 분명 평범한 선후배로 돌아가서 지내자고 해놓고 왜 자꾸 이렇게 사람 설레게 만드는 건지. 그리고 거기에 나는 또 왜 이렇게 설레는 건지!

그렇지 않아도 요즘 승현은 매일매일이 힘겨웠다. 하루 종일, 단 한순간도 유림에게서 주의를 돌릴 수가 없었다. 늘 모든 신경이 유림을 향해 곤두서 있다고 할까.

「좋은 아침, 승현 씨.」

아무렇지도 않게 건네오는 인사에 가슴이 떨렸다.

「아, 미안.」

단순히 지나가다 어깨를 부딪친 것뿐인데, 그것만으로도 이미 울 것 같은 기분이 되었다.

문득 승현은 입술을 깨물었다. 나는 이렇게나 혼란스러운데, 선배는 아무렇지도 않은 걸까. 벌써 다 극복해버린 걸까.

그런지도 모른다. 저렇게 아무렇지도 않게 마사지를 해주겠다며 몸에 손을 대는 걸 보면.

「앞으로는 선후배로 돌아가서 잘 지내자.」

헤어지던 그때, 유림이 했던 말이 떠올라서 가슴이 철렁했다.

'정말로 벌써 다 정리해버린 건가.'

그럼 자신은 언제쯤 괜찮아질까. 이 가슴의 두근거림은 대체 언제쯤 가라앉는 걸까. 언제가 되면 유림의 얼굴을 마주 보면서 태연하게 웃을 수 있게 될까.

갑자기 무서워졌다. 어쩌면 영원히 그렇게 되지 않는 게 아닐

까.

언제든 무너져버릴 것처럼 위태로운 자신. 지금은 어떻게든 지탱하고 있지만, 점점 힘들어져가고 있었다.

"제발…… 나한테 이러지 마요."

한 손으로 눈을 가린 채, 승현은 떨리는 목소리로 중얼거렸다.

승현이 유림에게 크게 화를 내고 자리를 박차고 나갔다는 소문은 금세 회사 전체로 퍼져 나갔다. 네이버 승냥이 밴드가 발칵 뒤집어진 것은 물론이었다.

- 아니, 아무리 승현 님이라도 이건 좀 너무한 거 아님?

- 그러게, 유림 씨가 사심 품고 그랬을 리도 없고.

- 유림 씨 너무 상처받지 마! 승현 씨도 놀라서 그랬을 거야.

줄줄이 달려 있는 수많은 리플들이 의외로 위로 일색이라서 유림은 조금 놀랐다. 승현에게 손대려 했다고 혼날 줄 알았는데.

알고 보니 한동안 알림도 끄고 안 들어가고 있던 사이에 승냥이 밴드가 발칵 뒤집혀 있었다. 이유는 바로 세라 때문이었다.

사무실에서는 세라가 워낙 귀여움을 받고 있어서 미처 몰랐는데, 다른 부서에선 이래저래 말이 많은 모양이었다. 특히나 승냥이들에게서는 완전히 공공의 적 취급을 받고 있었다.

- 승현 님한테 접근하려고 일부러 온 거 아닐까요? 진골에서 성골되기 프로젝트 같은 거.

- 그 수많은 부서 중에 하필이면 마케팅팀으로 왔다는 게 왠지 촉

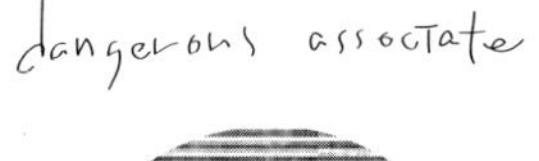

이 안 좋음.

- 사장 딸이 부서 사람들한테 그렇게 간이라도 빼줄 듯이 잘한다며? 구미호 스멜.

- 심지어 팬클럽 이름이 소공녀래요. 세라 아가씨라고들 부르던데요? 완전 어이 털림.

리플들을 보고 유림은 내심 감탄했다. 약혼녀라는 사실까지는 밝혀내지 못했지만 대강 짐작하는 것들이 별로 틀린 바가 없었기 때문이다. 이 사람들, 촉 장난 아닌데?

그리고 며칠 전에 올라온 글 하나가 아주 본격적으로 불을 질러 놓았다. 바로 세라가 승현의 차를 타고 퇴근하는 현장을 목격했다는 글이었다.

- 헐! 레알? 사귀나? 설마!

- 말도 안 됨. 사장 딸 완전 불여우 상이던데 차승현 씨가 그런 데 넘어갈 리가!

대폭발한 댓글은 점점 과열되어 심지어 유림에게까지 불똥이 튀어 있었다. 그것도 엉뚱한 쪽으로.

- 말이 났으니 말이지 이왕 사귈 거면 왜 사장 딸이에요? 더 괜찮은 여자들도 많은데.

- 그러게. 예를 들면 바로 곁에 있는 정유림 씨라든가!

- 맞다, 차라리 유림 씨가 백배 낫다! 유림 씨가 얼마나 매력 터지는데!

읽다 보니 절로 쓴웃음이 나왔다. 왜 하필 자신을 예로 든 건지

알 것 같아서였다.

'내가 그만큼 가능성이 없어 보인다 이거지.'

심란해져서 유림은 휴대전화를 끄고 침대에 털썩 누워버렸다.

"남들이 봐도 그렇게 아닌가……, 나랑 승현 씨."

굳이 남들까지 가지 않아도, 스스로 생각해도 아니긴 했다. 그림부터가, 승현과 세라 쪽이 훨씬 더 어울렸다. 승냥이들이 저렇게 입에 거품을 물고 반대하는 이유도 사실은 그래서가 아닐까. 둘이 너무나 잘 어울리니까.

반면에 자신은 어떤가.

「만지지 말라고요!」

손끝이 닿자마자 그렇게 외치며 손길을 피했던 승현을 떠올리기만 해도 유림은 너무 창피해서 죽고 싶었다. 부서원들 앞에서 망신을 당한 것도 당한 거지만, 그 순간 승현의 마음 한 자락을 엿본 것 같은 기분이 들었기 때문이다.

얼마나 내가 싫으면 그렇게 얼굴까지 새빨개져서 화를 낼까. 승현 씨같이 늘 웃는 사람이.

'그렇게 손길 닿는 것조차 싫어하면서, 대체 키스는 어떻게 한 거야.'

문득 승현이 미워졌다.

그렇게 내가 싫었으면 키스까지는 하지 말았어야지. 마음에도 없는 키스, 그렇게 다정하게는 하지 말았어야지. 입술을 떼고 나서, 그렇게 사랑스럽다는 듯이 쳐다보지 말았어야지!

문제는 승현이 미워 죽겠는데 좀처럼 싫어지지가 않는다는 것이었다. 보고 싶다. 지금도 그 다정한 입술이, 미소가, 속삭이던 목소리가 그립다.

"흑……!"

그런 자신이 오히려 더 싫어져서, 침대에 엎드려 유림은 조금 울었다.

2. 말로 할 수 없는 마음

12월에 들어섰지만 가을처럼 포근한 날씨가 지속되었다. 아침 저녁으로 좀 추워서 그렇지, 낮에는 겉옷을 입으면 심지어 더울 정도였다. 하지만 곧 한파가 닥쳐올 거라는 일기예보가 나와서 부장이 긴급회의를 소집했다.

"정유림 씨, 워크숍 장소 수배는 어떻게 돼가는 거야? 더 추워지기 전에 가야 할 텐데."

처음부터 유림에게 맡겨진 일이었기 때문에 당연히 추궁도 유림에게 돌아왔다.

"아, 죄송합니다. 그게 아직……."

유림은 말끝을 흐렸다. 원래 워크숍이야 당연히 회사 연수원으로 가면 되는 일이었다. 그런데 연수원들이 마침 일제히 리모델링 공사 중이었기 때문에 일이 귀찮아진 것이었다.

사실은 벌써 끝냈어야 하는데, 요즘 승현과의 일 때문에 워낙 심란한 데다가 다른 업무들도 바빠서 미처 워크숍 건까지 신경을 쓰지 못하고 있었다.

"뭐야? 일을 시킨 지가 언젠데 아직도!"

역시나 불호령이 떨어졌다.

"생각이 있는 거야, 없는 거야? 아무리 요즘 날씨가 따뜻하다지만 벌써 12월이야. 더 추워지면 산행을 어떻게 하려고? 게다가 눈이라도 오면?"

사실 유림은 그렇지 않아도 맡고 있는 업무가 제일 많았다. 그런데도 이런 귀찮은 일회성 일들은 으레 유림에게 맡겨지는 거였다. 그러니 어떻게 생각하면 억울할 만도 했다.

하지만 변명을 할 줄 모르는 유림은 그저 고개만 숙였다.

"죄송합니다, 부장님. 시정하겠습니다."

그러나 부장은 뭐가 못마땅한 건지 아예 유림을 잡아먹으려 들었다.

"정유림 씨, 요즘 이상하게 정신 빼놓고 다니더니 아주 못쓰겠어. 대체 왜 그래?"

"그게……."

코너에 몰린 유림이 어쩔 줄 몰라 하고 있던 그때였다.

"괜찮으시면 저희 할아버님 별장으로 가는 건 어떨까요?"

승현이 불쑥 말을 꺼냈다.

"차승현 씨 할아버님이면…… 그럼 설마 회장님 별장?"

아니나 다를까, 부장은 금세 반색을 했다.

"네. 강원도에 있는 별장인데요. 그 별장이 있는 산 높이가 마침 당일치기 산행에 딱 좋을 정도고, 규모도 부서원들 전체가 충분히 잘 만해서 이래저래 편하실 겁니다."

승현의 말에 모두들 황송해서 어쩔 줄을 몰랐다. 물론 부장도 마찬가지였다.

"아니, 근데 말이야 고맙지만 어떻게 우리가 감히 회장님 별장을 쓰겠나, 언감생심."

"괜찮습니다. 어차피 할아버님 거지만 저한테 쓰라고 주시다시피 하신 거라, 저도 일 년에 몇 번씩 친구들이랑 가서 놀다 오는걸요. 편하게 생각하셔도 됩니다."

물론 그 제의를 거절할 자가 있을 리 없었다. 일개 사원들이나 기껏해야 과장, 부장 나부랭이가 그룹 회장님 별장에서 자볼 수 있는 기회가 생겼는데!

"그럼 차승현 씨가 그렇게까지 말하니까, 염치 불고하고 그리로 하지!"

방금까지 유림을 잡아먹을 듯이 야단치던 기세는 다 어디 가고, 부장은 금세 사람 좋은 얼굴로 돌아가 허허 웃었다.

휴우, 다행이다. 유림은 가슴을 쓸어내렸다.

'설마 내가 야단맞으니까 승현 씨가 나서준 건가?'

잠시 그런 생각이 떠올랐지만 유림은 곧 고개를 저으며 지워버렸다. 그럴 리가 있냐, 멍청아.

유림이 스스로도 어이가 없어서 피식거리고 있는데, 부장이 다시 말했다.

"자, 그럼 다음 주에 바로 출발하는 걸로 하고. 그래도 어쨌든

사전 답사는 가봐야지. 산행할 때 기온이 어떤지도 봐야 하고."

그러고 나서 부장은 주위를 둘러보며 말했다.

"정유림 씨랑, 또 누구 같이 갔다 올 사람? 주말에 좀 갔다 왔으면 하는데."

아예 유림이 가는 건 당연하다는 듯한 말투였다.

그때 나선 것은 현우였다.

"제가 유림이랑 같이 다녀오겠습니다, 부장님."

"오, 서 대리가 가주겠나?"

부장이 반색을 했다. 귀찮은 일을 떠맡아줄 사람이 스스로 나섰으니 반가울 수밖에.

유림도 다행이라고 생각했다. 아무도 나서는 사람이 없으면 혼자라도 다녀와야 할 판이었는데, 그나마 현우와 함께 다녀오게 되면 마음이 편할 것 같아서였다.

그런데 그때, 갑자기 세라가 끼어들었다.

"부장님, 아무래도 승현 선배 할아버님 별장인데, 답사도 승현 선배가 가는 게 낫지 않을까요?"

"그건 그런가?"

사장님 따님의 말씀에 귀 얇은 부장은 또 솔깃해 했다.

"네. 그 근처 지리는 승현 선배가 제일 잘 아실 거 아니에요."

"그것도 그렇군. 그럼 유림 씨랑 승현 씨가 같이 다녀오는 걸로 하면 되나?"

그 순간, 세라가 유림의 앞으로 쪽지 하나를 스윽 밀어놓았다.

유림 외에는 아무에게도 들키지 않을 만큼 조심스러운 동작이었다.

- 도와주세요, 선배님!

쪽지에 쓰여 있는 짧은 말에 유림은 퍼뜩 깨달았다. 세라의 의도를.

유림에게 승현과의 사이를 고백하던 그날, 세라는 부탁했었다.

「선배가 좀 도와주시면 좋겠어요. 그 사람이 절 봐줄 수 있게요.」

그리고 지금 세라가 그 도움을 요청해온 것이었다.

짧은 순간, 유림은 고민했다. 솔직히 감정적으로는 내키지 않았다. 승현에 대한 감정이 전혀 정리되지 않은 이 상태에서, 세라와 그를 잘되게 이어주고 싶을 리가 없지 않은가.

하지만 동시에 도와주는 게 옳다는 것도 알고 있었다. 어차피 자신의 감정 따위야 하루빨리 정리해야 할 대상일 뿐이고, 어차피 둘은 약혼한 사이가 아닌가. 본의는 아니지만 둘 사이에 끼어들어 방해한 꼴이 돼버렸으니 이 정도는 도와주는 게 맞다.

'선배님!'

세라가 매달리듯 강아지 같은 눈망울로 쳐다보는 순간, 유림은 질끈 눈을 감았다.

"저어, 부장님."

유림은 힘들게 말을 꺼냈다.

"죄송하지만 이번에는 제가 아니라 세라 씨가 가는 게 맞다고 생각합니다."

"뭐?"

부장이 황당한 얼굴을 했다. 그야 평소에 유림이 이렇게 반항하는 캐릭터가 아니었으니까.

"그동안에야 제가 부서 막내니까 답사도 늘 제가 다녀왔습니다만, 이제 신입은 세라 씨하고 승현 씨 아닙니까. 이번엔 둘이 가는 게 부서 내 기강을 위해서도 옳지 않을까 합니다."

"그야 그렇지만……."

부장이 말끝을 흐렸다. 그 뒤에 생략된 말은 분명 '정유림 씨, 미쳤어? 저분들이 누구라고!'겠지.

"그렇게 하겠습니다, 부장님!"

세라가 생글거리며 손을 번쩍 들었다.

"늘 정 선배님만 고생하시는 거 같아 마음이 안 좋았어요. 그러니까 이번엔 제가 승현 선배랑 같이 다녀오겠습니다."

승현도 고개를 끄덕였다.

"그렇게 하겠습니다."

도련님과 아가씨가 이의 없다는데, 부장도 더 할 말이 있을 리 없었다. 심지어 무슨 노블리스 오블리주라도 목격한 것처럼 감격하며 말하는 것이었다.

"자, 그럼 이번 주말에 차승현 씨랑 이세라 씨가 답사 다녀오는 걸로 합시다. 귀찮은 일일 텐데 선뜻 맡아준 두 사람에게 모두 박수!"

유림도 마지못해 따라서 박수를 쳤다. 그러면서도 가슴 한구석

에 왠지 찬바람이 부는 것 같은 느낌은 어쩔 수가 없었다.

그날 저녁, 부서 전체 회식이 벌어졌다. 그동안 바빠서 미뤄왔던 세라의 환영회를 겸해서였다.

"앞으로도 열심히 할 테니 잘 부탁드립니다. 그럼 우리 마케팅팀의 건승을 위하여, 건배!"

세라가 가느다란 팔로 맥주잔을 치켜들자 모두가 기분 좋게 따라서 건배를 외쳤다.

"건배!"

세라는 소주가 반 가까이나 섞인 맥주도 마다하지 않고 꿀꺽꿀꺽 단숨에 비웠다.

오늘의 주인공인 사장님 영애께서 이렇게 달려주시니 다른 사람들도 신이 나서 마셨다. 개중에서도 제일 열심히 마시는 사람이 있었으니, 바로 유림이었다.

"야, 유림아. 좀 천천히 마셔라."

현우가 혀를 끌끌 차면서 유림의 잔을 빼앗아 저만치 밀어놓았다.

"오늘은 술도 많은데 아까울 것도 없잖습니까."

유림이 빼앗긴 잔 대신 다른 빈 잔에 새로 술을 따르며 대꾸했다. 늘 '너 죽는 건 안 아까운데 술 축나는 건 아깝다.'고 했던 게 현우의 입버릇이었으니까.
그런데 웬걸, 현우는 갑자기 정색을 하더니 이렇게 말했다.
"누가 술이 아까워서 그러냐? 너 속 버릴까 봐 걱정돼서 그러지."
"예?"
유림은 어이가 없어서 술을 따르던 손을 멈추고 현우를 쳐다보았다.
"선배가 언제부터 제 걱정 하셨다고 그러십니까?"
하지만 현우는 아무렇지도 않게 대꾸했다.
"이제부터 좀 하려고 한다, 왜?"
유림의 입에서 피식, 하고 헛웃음이 나왔다. 하여튼 오래 살다 보니까 별일이 다 있구나.
"그래. 뭐, 그렇게 먹고 싶으면 먹어야지."
또다시 새 잔을 입으로 가져가는 유림을 보며 현우가 한숨을 푹 쉬었다.
"쓰러지면 내 차로 집에 데려다줄 테니까, 뒷일은 걱정 말고 마음 편히 먹어라."
"알아서 택시 타고 갈 테니까 걱정 마십쇼."
"됐어, 자식아. 너 데려다주려고 난 아까부터 한 잔도 안 먹었거든?"
현우의 그 말에 문득 겹쳐지는 목소리가 있었다.
「일부러 핑계 대고 술 안 먹은 거예요, 선배 집에 데려다주려고.」

그때, 승현은 먼저 술자리를 나온 유림의 뒤를 쫓아와서 그렇게 말했었다. 그리고 그 승현은 지금 저만치 멀리, 테이블 반대쪽에 부장과 과장, 세라 등과 같이 앉아서 술을 먹고 있었다. 유림 쪽으로는 단 한 번도 시선조차 주지 않은 채.

갑자기 눈물이 날 것 같아서 유림은 크게 당황했다. 황급히 술잔을 들어 마시려고 하는데,

"선배님들, 저랑 한잔해요!"

세라가 저쪽 테이블에서 잔을 들고 쪼르르 이쪽으로 와서 끼어 앉았다.

"자, 건배!"

셋이서 각자 한 잔씩 비우고 나자 세라가 유림과 현우를 번갈아 쳐다보았다.

"서 대리님이랑 정 선배님, 대학교 선후배 사이라고 하셨죠?"

"응."

여전히 유림은 세라를 대할 면목이 없었다. 어색하게 고개를 끄덕이자 갑자기 세라가 눈을 반짝였다.

"그런데 왜 여태 안 사귀셨어요? 두 분, 잘 어울리시는데!"

유림은 하마터면 머금었던 술을 뿜을 뻔했다.

"그런 사이 아니야. 안 그렇습니까, 선배?"

팔꿈치로 옆구리를 쿡 찔렀는데 웬걸, 현우는 무슨 생각을 했는지 맞장구를 치지 않았다. 불안해진 유림이 다시 한 번 재촉했다.

"에이, 선배. 우리 사귀고 그런 사이 아니잖습니까. 예?"

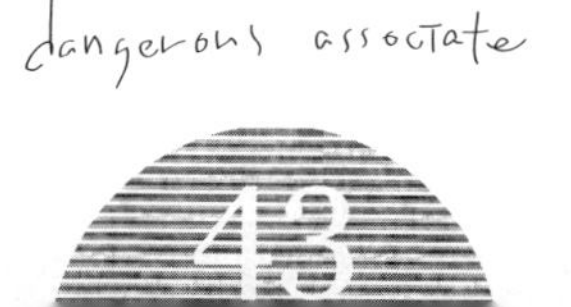

그런데도 현우는 여전히 대답이 없었다. 왜 이래? 유림이 당황하고 있는데, 세라가 손뼉을 쳤다.

"어머! 서 대리님은 정 선배님한테 마음 있으신가 봐요. 맞죠? 맞죠?"

"세라 씨! 글쎄 그런 거 아니라니까……."

유림이 어쩔 줄 몰라 하며 손을 내저은 바로 그때였다.

"응. 난 있는데."

현우의 입에서 흘러나온 말에 유림은 제 귀를 의심했다.

"예……?"

현우는 다시 한 번, 이번에는 유림을 똑바로 바라보며 또박또박 말했다.

"마음 있다고, 난. 유림이 너한테."

유림과 현우, 그리고 세라가 앉아 있는 테이블이 맨 끝에 떨어져 있는 게 다행이었다. 방금 현우가 한 말을 유림과 세라 외에는 아무도 듣지 못했으니까.

"어머, 어떡해! 지금 서 대리님, 정 선배님한테 고백하신 거예요?"

세라가 가슴 앞에 손을 모아 쥐고 제가 다 떨린다는 듯이 눈을 반짝였다.

반면에 유림은 한참 동안 아무 말도 하지 못했다. 대체 무슨 말을 해야 할지 알 수가 없었다. 그리고 충격이 조금 가시고 난 후 제일 먼저 든 감정은 바로 어이없음이었다.

마음이 있다고? 나한테? 10년 동안 단 한 번도 돌아봐주지 않은 주제에, 이제 와서?

깊이 생각하기도 전에 유림은 자리를 박차고 일어났다.

"먼저 들어가보겠습니다. 혼자 갈 수 있으니까 나오지 마십쇼."

현우가 황급히 따라 일어났다.

"같이 가자."

그 순간, 유림의 짜증은 극에 다다르고 말았다. 대체 나한테 왜 이러는 거야! 이제 와서!

"따라오지 마시라고요!"

알코올 기운도 있어서, 유림은 기어이 고함을 지르고 말았다.

"무슨 일이야?"

상사들이 놀라서 일제히 이쪽을 쳐다보았지만 이미 유림의 귀에는 들리지도 않았다.

"집에 일이 있어서 먼저 들어가보겠습니다. 죄송합니다."

사람들을 향해 꾸벅 허리를 숙이고, 그대로 유림은 바깥으로 나와버렸다.

"미쳤어, 정말."

거리를 걸으며 유림은 몇 번이나 중얼거렸다.

미치지 않고는 이럴 수가 없었다. 서현우가? 나를? 어이가 없다 못해 화가 났다.

그동안 현우를 좋아해온 세월이 자그마치 10년이었다. 그동안

몰래 흘려온 눈물이, 혼자 내쉬었던 한숨이 그 얼마던가.

그에 비해 현우는 10년 내내 참으로 일관성 있게 무심했다. 아마 현우가 유림의 가슴에 박은 못만 다 뽑아내도 그걸로 집 한 채는 거뜬히 지을 수 있을 거다.

그런데 이제 와서 뭐? 난 너한테 마음이 있다고?

어쩐지 그렇지 않아도 요즘 현우가 좀 이상하다 했다. 그답지 않게 별것 아닌 일에 삐치기도 하고, 갑자기 불쑥 집에 찾아와서 영화를 보여주기도 하고. 그래서 분명 평소와는 다르다고 생각은 했다. 하지만 온 신경이 다 승현을 향해 곤두서 있는 바람에 깊게 생각할 겨를이 없었던 건데.

"결국 그런 거였어? 하!"

유림은 난폭하게 쿵쿵 발소리를 내며 걸었다. 화가 나서 미칠 지경이었다. 대체 왜 이제 와서!

조금만 더 일찍 말해주었더라면 승현과 얽힐 일도 없었을 텐데. 그럼 이렇게 비참한 꼴을 당할 일도, 마음고생을 하는 일도 없었을 텐데!

괜히 승현과 있었던 일의 책임까지 현우에게 떠넘기고 있는 유림이었다.

"유림아!"

문득 뒤에서 외쳐 부르는 목소리가 들려서 유림은 흠칫 걸음을 멈췄다. 누군지는 목소리만 들어도 뻔히 알 수 있었다.

그래서 유림은 도로 입술을 깨물고 걸음을 재촉했다. 돌아보지도 않고. 하지만 몇 걸음 더 가기도 전에 팔을 붙들렸다.

"정유림!"

뒤에서 쫓아온 현우가 유림의 팔을 붙들고, 숨을 몰아쉬며 말했다.

"너 지금 많이 취했어. 혼자 가면 위험하니까 일단은 내 차 타고 가."

"이거 놓으세요."

"화난 거 알아. 얘긴 내일 하고, 오늘은 우선……."

"할 말도 없습니다!"

유림은 소리치며 힘껏 현우의 팔을 뿌리쳤다.

"대체 이제 와서 저한테 왜 이러십니까? 언제부터 그렇게 제 걱정을 하셨다고요!"

"말했잖아. 이제부터 걱정할 거라고."

머리끝까지 화가 나서 소리치는 유림과는 달리, 현우의 목소리는 부드러웠다.

"됐으니까 신경 끄십쇼! 제가 언제 선배한테 제 걱정 해달랬습니까?"

"유림아."

"대체 왜! 왜 이제 와서 이러시는 겁니까!"

술기운 때문일까. 유림은 전혀 자기답지 않은 짓을 했다.

울음을 터뜨리고 말았던 것이다. 길 한복판에서, 그것도 현우가 보는 앞에서.

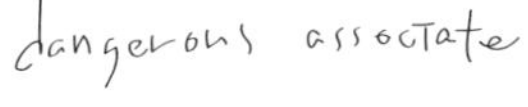

"흑……!"

고개를 푹 숙이고 유림은 소리 죽여 울었다.

늘 혼자 돌아서서 쓸쓸히 걷던 밤거리. 여자친구가 생길 때마다 자신을 제일 친한 후배라며 소개시켜 억지로 웃어야 했던 날들. 화이트데이 때 던져준 막대사탕 한 개에도 바보같이 설렜던 자신. 지나간 10년 동안의 일들이 줄줄이 머릿속을 스쳐 지나갔다.

차갑게 얼어붙은 길바닥에 유림의 눈물방울이 뚝뚝 떨어졌다.

"고등학교 때 말이야, 배가 자꾸만 아팠어."

그런 유림을 안타까운 눈으로 지켜보고 있던 현우가 불쑥 말했다.

"근데 그냥 이러다 나으려니, 하고 놔뒀다가 며칠 후에 병원에 실려 가서야 겨우 알았어. 맹장염이라는 걸."

울던 와중에도 유림은 귀를 기울였다. 갑자기 무슨 말을 하는 거지.

"수술해준 의사가 나중에 그러더라. 아니, 둔해도 정도가 있지 어떻게 이렇게 될 때까지 참았느냐고."

현우가 한숨을 쉬었다.

"내가 그렇게 느리고 둔하다."

"……."

"그래서 유림이 네가 나한테 어떤 존재인지, 깨닫는 데 십 년이나 걸렸어."

갑자기 주위의 소음이 확 줄어들었다. 따뜻한 무언가가 유림을 폭 감싸왔기 때문이었다. 퍼뜩 정신을 차려보니 현우의 품 안이었다.

"대신 이제는 깨달았으니까 정말 잘할 거야. 약속할 수 있어."

유림을 가슴에 꼭 껴안고 현우가 속삭였다.

"좋아한다, 정유림."

10년 동안 꿈꿔왔던 순간. 그러면서도 전혀 현실이 되리라고는 감히 기대조차 하지 못했던 순간.

그러나 이 순간, 유림은 현우의 고백에도 전혀 반응하지 않는 제 심장이 더욱더 놀라웠다. 오로지 당황스럽기만 했다. 머릿속엔 온통 이 생각뿐이었다.

'대체 갑자기 나한테 왜 이러는 거야!'

그 당황스러움을, 유림은 행동으로 표현했다. 있는 힘껏 현우를 밀쳐낸 것이었다.

"이, 이러지 마십쇼!"

"유림아."

밀쳐내진 현우가 한 걸음 뒤로 물러났다. 유림은 아직도 눈가에 남아 있는 눈물을 손등으로 쓱 훔쳐내고 빠르게 말했다.

"선배가 대학 시절부터 늘 그러셨잖습니까. 형제끼리 사귀면 패륜 아니냐, 하고. 저랑 선배, 친형제 사이 같은 거 아닙니까? 전 여태 그런 줄 알았는데요."

정곡을 찔린 현우가 멈칫했다. 그렇다. 이 둔한 남자는 여태 유림이 자신을 좋아해왔다는 것도 까맣게 모르고 있는 거였다.

"이제 와서 갑자기 이러시면 저도 당황스럽잖습니까."

"그래, 그렇겠지. 놀라게 해서 미안하다."

그 말이 납득이 갔는지 현우는 고개를 끄덕였다.

"유림이 너도 생각할 시간이 필요하겠지. 그럼 내가 천천히 다가갈게. 그러면 되지, 뭐."

천천히고 뭐고 지금은 그저 혼자 있고 싶었다. 술기운과 현우의 갑작스러운 고백이 섞여 머릿속이 너무 어지러워서 쓰러질 것만 같았다.

유림은 딱 잘라 말했다.

"제발 부탁입니다. 오늘은 좀 혼자 가게 해주세요."

현우도 그 이상 더 고집을 부리지는 않았다. 대신에 손수 택시를 잡아서 유림을 태워 보내는 일까지는 양보하지 않았다.

"취했으니까 잘 좀 부탁드립니다."

언제나 자신이 택시 기사에게 하던 그 말이 현우의 입에서 나왔다. 듣고 있자니 굉장히 알쏭달쏭한 기분이었다.

"조심해서 들어가라, 유림아."

택시가 출발하자마자 유림은 긴 한숨을 내쉬었다.

"……휴우."

진지하게 고백해준 현우에게는 너무나 미안하게도, 정말 솔직히 말해서 해방된 것 같은 기분이었다.

유림과 현우의 모습을, 조금 떨어진 곳에서 처음부터 끝까지 지켜본 사람이 있었다. 바로 승현이었다.

「따라오지 마시라고요!」

유림이 현우에게 그렇게 소리를 지르는 걸 봤을 때, 승현은 본능적으로 느꼈다. 뭔가가 심상치 않다는 걸.

그렇지 않아도 요즘 자신을 대하는 현우의 태도가 이상해서 마음에 걸렸던 차였다.

평소에 현우는 승현에게 허물없이 잘 대해주었다. 회장 손자라고 굽실거리지 않고, 선배답게 자연스럽게 챙겨주는 게 마음에 들어서 승현도 현우를 나쁘게 생각하지는 않았다. 하필 그가 유림이 오랫동안 좋아해온 상대라는 것만 빼면 오히려 호감이었다. 언제 둘이서 소주잔 한번 기울이고 싶은 상대랄까.

그런 현우가 요즘 들어 눈에 띄게 퉁명스러워져서 이상하게 생각하고 있었는데.

설마, 하고 생각하면서도 승현은 둘의 뒤를 따라 나가보지 않고는 견딜 수가 없었다. 그리고 눈에 띈 것은 바로 현우가 유림을 꼭 끌어안는 장면이었다.

그 순간 승현은 제 심장이 쿵, 하고 떨어지는 소리를 들었다. 마치 시간이 멈춰버린 것 같았다.

말도 안 돼. 입속으로 그렇게 중얼거렸지만 소리가 되어 나오지 않았다.

하마터면 뒷일이고 뭐고 그대로 달려가서 유림을 확 끌어당겨 제 품으로 빼앗아 올 뻔했다. 만약에 그 순간 유림이 현우를 밀쳐

내지 않았더라면 정말 그랬을지도 모른다.

그 후 두 사람이 무슨 말을 하는지, 그것까지는 거리가 있어서 들리지 않았다. 그저 잠시 후 현우가 유림을 택시에 태워 보내고 자신도 어디론가 가버리는 것만 보았을 뿐.

"……."

두 사람이 시야에서 사라진 후에도 승현은 한참 동안이나 그 자리에서 움직이지 못했다.

분위기로 보아 틀림없이 현우가 유림에게 고백한 것 같았다. 그러면 그 후는?

방금 밀쳐내는 걸 봐선 일단은 받아들이지 않은 것 같지만, 결국 어떻게 될지는 보지 않아도 불 보듯 뻔했다. 최근에 와서 자신에게 잠시 흔들렸다고는 하지만, 현우는 유림이 자그마치 10년 동안이나 짝사랑해온 상대가 아닌가!

유림과 현우가 다정하게 나란히 서 있는 모습을 머릿속에 떠올리는 순간, 저도 모르게 승현의 손아귀에 힘이 들어갔다.

"잘 어울리는 커플이죠?"

갑자기 뒤에서 목소리가 들리는 바람에 승현은 흠칫 놀라며 뒤돌아섰다. 언제 쫓아 나온 걸까. 세라가 미소를 짓고 서 있었다.

"아까 안에서 들었어요. 서 대리님이 정 선배한테 마음 있다고 과감하게 고백하시더라고요. 깜짝 놀랐어요."

역시나. 승현은 현기증을 느꼈다.

"정 선배는 좀 놀란 것 같긴 한데, 결국은 잘되지 않겠어요?"

세라는 유림이 오랫동안 현우를 짝사랑해왔다는 걸 모를 터였다. 그런 세라의 눈에도 그렇게 보인다는 건, 정말 그리 되고 말 거라는 거겠지.

“잘됐어요. 정 선배도 지금 한창 승현 오빠 때문에 마음이 안 좋을 텐데.”

세라가 힘주어 말했다.

“다 각자에게 어울리는 짝이 있는 거죠.”

안다. 알고 있다. 그렇지만 지금 이 순간, 승현은 유림에게 어울리는 짝이 자신이 아니라는 사실이 너무나 슬프고 안타까웠다. 그 마음까지 부정할 수는 없었다.

“그래서 말인데요, 오빠.”

세라가 승현을 똑바로 쳐다보며 말했다.

“주말에 우리, 할아버님 별장에 워크숍 답사 갈 때 말이에요. 거기서 하룻밤 묵고 와요.”

그제야 승현은 놀라서 잠시 제정신으로 돌아왔다.

“세라 너…….”

세라의 말이 무슨 뜻인지 모를 승현이 아니었다.

“안 될 것도 없잖아요. 우리, 약혼한 사인데요.”

세라가 여전히 승현을 똑바로 응시하며 다시 한 번 말했다. ‘약혼’이라는 말에 힘을 주어서.

하지만 승현은 아무래도 내키지 않았다. 도저히 세라를 상대로는 아직 그럴 마음이 들지 않았다.

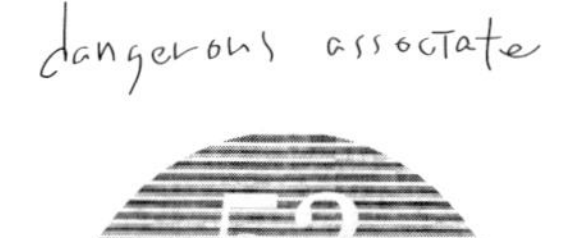

무엇보다 그건 세라에게도 상처가 되는 일이 아닐까.
"그건 아직……."
이른 것 같다고 말하려는 순간, 세라가 말을 가로막았다.
"알아요, 무슨 말 하고 싶은 건지. 하지만 자고 나면 마음이 생길지도 모르잖아요?"
예쁜 입술에서 흘러나온 당돌한 말에 승현은 내심 놀랐다. 천생 여자 같아 보이는 세라에게 이런 의외의 면이 있었다니.
동시에 퍼뜩 깨달은 것이 있었다. 애초에 자신이 언제부터 여자와 자는 데 마음이 있고 없고를 따지게 됐단 말인가. 심지어 상대 여자가 상처받을 것 따위에 신경을 쓰다니, 차승현답지 않다.
"좋아."
결국 승현은 고개를 끄덕이고 말았다. 여전히 내키지 않기는 마찬가지였지만, 무슨 짓을 해서든 예전의 자신으로 돌아가고 싶었다.
감정 따위는 철저히 배제된 연애를 할 수 있던 자신으로.
정유림을 만나기 전의 자신으로.

금요일 밤이었다. 오랜만에 유림은 친한 친구 지연을 만나 함께 술을 마셨다.
지연은 유림과 같은 체고 출신인데, 서른을 목전에 둔 지금까지

도 현역 선수로 활동하고 있었다. 그만큼 지연이 몸 관리를 철저히 하느라 힘들게 산다는 것을 알면서도, 유림은 여전히 수영 선수로 살고 있는 그녀가 부러웠다.

그러나 오늘만은 그것보다도 한층 더 부러운 사실이 있었다. 바로 지연이 일찌감치 결혼해서 남편이 있다는 점이었다.

"지연이 넌 좋겠다. 연애 같은 거에 더 이상 감정 소모 안 해도 돼서."

수다나 떨자고 만난 것이 어느새 유림의 하소연이 되어가고 있었다.

"왜, 너, 그 짝사랑한다는 대학교 선배 여태 못 놓고 있냐?"

지연이 묻는 바람에 유림은 피식 웃어버렸다.

"그 선배가 어제 나한테 좋아한다고 고백했다면 믿을래?"

"뭐어?"

지연의 눈이 둥그레졌다. 유림이 얼마나 오래 현우를 짝사랑해 왔는지 아니까.

"야, 그럼 완전 잘됐잖아! 그래서? 사귀기로 했어? 응?"

유림은 고개를 저었다.

"아니."

"아니, 대체 왜! 너 설마 이 와중에 밀당하는 거냐? 어?"

제가 더 흥분해서 날뛰는 지연에게 유림은 씁쓸하게 말했다.

"내가 그새 다른 사람을 좋아하게 됐거든."

"뭐? 너 몇 달 전에 봤을 때도 그런 소리 없었잖아! 그 갑툭튀는 또 누군데?"

그 누구에게도, 단 한 번도 해본 적이 없던 고백이 불쑥 입 밖으로 튀어나왔다.

"우리 회사 회장님 손자."

물론 지연은 황당하다는 얼굴을 했다.

"야, 정유림. 너 벌써 취했냐? 어제 드라마 본 거에 너무 심하게 몰입한 거 아니야?"

"그런 거면 나도 참 좋겠다."

그렇게 중얼거리며 유림은 자리에서 일어났다. 드라마 여주인공과 자신을 착각한 건 아니지만, 말마따나 취기가 오르는 것 같기는 했기 때문이다.

벌써부터 취하면 안 되지. 내일이면 그 회장님 손자가 자기 약혼녀랑 단둘이 지방으로 답사를 떠나게 되는 이 갑갑한 상황에.

"화장실 좀 다녀올게."

늦게까지 달리려면 일단 찬물에 세수라도 하고 오는 게 낫겠다고 유림은 생각했다.

화장실로 향하던 유림은 복도에서 누군가와 부딪쳤다. 잘 차려입은 잘생긴 남자였다.

"어, 정유림 씨?"

상대가 유림을 보더니 갑자기 눈을 둥그렇게 떴다.

"혹시 나 몰라요?"

유림은 상대를 지그시 쳐다보았다. 아무리 들여다봐도 모르는 남자였다. 애초에 이런 미남과 인연이 있을 리가 없지 않은가. 차승현은 빼고.

“글쎄요……. 실례지만 누구십니까?”

그러나 상대는 반가운 듯한 얼굴을 했다.

“왜 전에 술자리에 와서 ‘너를 원해’ 불렀었잖아요. 그때 나도 거기 있었는데.”

“아! 그럼 승현 씨 친구분……?”

“맞아요. 남태식이라고 합니다.”

유림은 허리를 90도로 굽혀 정중히 인사를 했다.

“정유림입니다. 그때는 초면에 대단히 추태가 많았습니다.”

“무슨 말씀을요, 오히려 즐거웠는데요.”

미소 짓는 얼굴이 무척 상냥해 보였다. 끼리끼리 논다더니, 태식의 미소 위로 승현이 겹쳐져서 유림은 조금 씁쓸해졌다.

“근데 오늘은 승현이랑 같이 오신 건가요?”

“아뇨, 친구하고 왔습니다.”

“그러셨구나. 술 많이 드신 거 같은데, 댁에는 어떻게 가시나요?”

“예? 그야 버스…… 는 끊겼을 테니까 택시 타고 갈 겁니다만.”

어리둥절해하는 유림에게, 태식은 더없이 친절하게 웃으며 말했다.

“혹시 괜찮으시다면 이따가 제가 댁에 모셔다드리고 싶은데요. 그래도 될까요?”

"예?"

유림은 진심으로 당황해서 태식을 쳐다보았다.

"아니, 왜 저를?"

"승현이 직장 선배 아니십니까. 제가 녀석이랑 워낙 친한 사이라서요."

하지만 그걸로는 전혀 설명이 되지 않았다. 유림이 승현의 선배인 것과, 집에 데려다주는 것 사이에 대체 무슨 상관관계가 있단 말인가.

의심쩍어하는 유림의 눈초리를 태식도 느낀 모양이었다.

"아, 변명이 좀 서툴렀나요? 그럼 솔직하게 말하죠."

태식은 빙긋 웃으며 시원스럽게 말했다.

"첫눈에 반했습니다, 정유림 씨한테."

유림의 눈이 커졌다. 이게 무슨 자다가 남의 다리 긁는 소린가.

"그때 '너를 원해' 부르신 것도 그렇고, 승현이한테 위스키 부어버린 것도 그렇고. 정말 매력적인 여자라고 생각했어요. 그래서 승현이 녀석한테 전화번호 가르쳐달라고 졸랐는데 절대 안 가르쳐주더라고요."

유림은 얼이 빠져서 태식의 이야기를 듣고 있었다.

"그런데 이렇게 우연히 만나게 되다니, 정말 인연인가 싶어서요. 절대 이 기회 놓치고 싶지 않아서 모셔다드리겠다고 말씀드린 겁니다. 그러니까 기회, 주셨으면 좋겠는데요."

얘기를 다 듣고 난 유림은 정신을 차렸다. 그리고 딱 잘라 거절했다.

“마음은 감사합니다만 사양하겠습니다.”

“예?”

거절에 익숙하지 않은 걸까, 남자의 잘생긴 얼굴이 순간적으로 굳어졌다.

“제가 지금 좀 누굴 만나고, 어쩌고 할 상황이 아니라서요. 죄송합니다.”

솔직한 마음이었다. 승현에 현우까지, 둘만 가지고도 머릿속이 복잡해서 곧 폭발할 것 같은 지경인데 거기에 또 하나 더 끼얹으라고? 눈앞의 남자가 보기 드문 미남이긴 했지만 지금은 김수현에 송중기가 세트로 와도 천리만리 도망갈 판이었다.

“그럼 이만. 실례가 많았습니다.”

꾸벅 인사를 하고 돌아선 유림은 지연이 기다리고 있는 테이블로 돌아갔다. 갑자기 벌어진 일에 취기가 싹 달아나는 바람에, 화장실에 갈 필요가 없어진 것이었다.

“아니, 뭐 그런 새끼가 다 있어?”

유림이 긴 얘기를 끝내자 지연이 벌떡 일어나며 격분했다.

“아무리 철이 없어도 그렇지, 세상에나 사람 마음을 가지고 장난을 쳐?”

오래 운동을 해온 여자답게 대담하고 터프한 지연이었다.

“야, 당장 그 새끼 전화번호 대! 안 대? 그럼 내가 월요일에 너희 회사로 쳐들어간다!"

펄펄 뛰는 지연을 말리느라 오히려 유림이 애를 먹었다.

"됐어. 놔둬. 어차피 처음부터 나랑은 어울리지도 않는 사람이었어."

"아주 조선의 호구가 나셨네!"

지연이 어이가 없다는 듯이 고함을 질렀다.

"그 약혼녀인지, 뭔지 하는 애 앞에서 다 까발려서 톡톡히 망신이라도 줘야지, 멍청아!"

"그래봤자 나한테 남는 게 뭐가 있어. 회사 다니기만 더 곤란해지지."

"야, 정유림! 너 이런 애 아니었잖아. 언제부터 이렇게 쪼다가 됐냐? 어?"

버럭 소리를 지르는 지연에게, 유림은 조용히 말했다.

"그 친구 좋아했을 때부터."

그 순간, 지연이 눈에 보이게 멈칫했다.

"나한테 멍청이라고 해도 좋고 쪼다라고 해도 좋아. 근데 네가 뭐라고 하든 난 그 친구한테 해가 되는 짓은 안 하고 싶다."

알코올에는 부작용도 있지만 순기능도 있는 모양이다. 복잡했던 마음이 어느새 자연스럽게 정리되어 입 밖으로 흘러나오고 있었다.

"내가 아직도 좋아하거든."

유림은 진심으로 말했다.

그 진심을 느낀 것일까. 그토록 화를 내며 날뛰던 지연도 결국은 잠잠해졌다.

"아주 순애보가 따로 없다. 눈물 난다, 야."

입으로는 투덜거리면서도 바라보는 눈에는 연민이 담겨 있었다. 멍청한 사랑을 하는 친구를, 지연은 더 이상 탓하지 않고 소주병을 들었다.

"야, 야, 됐고, 술이나 먹자. 오늘 나 남편한테 새벽에나 들어간다고 말해놨다."

"고맙다."

그렇게 말하고 유림은 술잔을 들었다. 빈 술잔에 맑은 술이 찰랑거리며 채워졌다.

승현이 잠자리에 들기 전에 샤워를 하고 나오자 그사이 휴대전화에 부재중 통화가 찍혀 있었다. 태식이었다.

그러고 보니 태식과 술을 마신 지도 꽤 오래됐다. 태식이 이 늦은 시간에 전화하는 이유라고 해봤자 뻔했기 때문에 승현은 굳이 다시 전화를 해볼 필요를 느끼지 못했다. 어차피 여자애들 불러놨으니까 나와서 술 먹자는 거겠지.

노는 것도 별로 내키지 않거니와, 어차피 내일은 세라와 함께 답사를 가야 하기 때문에 일찌감치 잠자리에 들 셈이었다.

「이번엔 둘이 가는 게 부서 내 기강을 위해서도 옳지 않을까 합니다.」

승현과 세라 둘을 답사하러 보내라고 부장에게 딱 잘라 말하던 유림이 생각나서, 머리를 말리던 승현은 문득 마음이 어지러워졌다. 승냥이들마저도 세라를 경계하는 눈치가 역력한 이 마당에, 유림이 부장의 명령까지 거슬러가면서 그렇게 말했다는 건 정말로 마음 정리가 다 됐다는 뜻인 것만 같았다.

아니, 어쩌면 그 직전에 부장이 유림과 자신 둘이서 다녀오라고 해서 그게 죽도록 싫었던 건지도.

어느 쪽이든 승현은 마음이 좋지 않았다. 게다가 10년 동안 짝사랑해온 남자가 고백해오기까지 한 이 마당에, 잠시 잠깐 얽혔던 남자일 뿐인 자신이 머릿속에나 있을지 의문이었다.

정유림, 정유림, 정유림.

온종일 유림에 대한 생각뿐인 자신에게 승현은 그만 질려버렸다.

"대체 뭐 하고 있는 거냐, 차승현……."

거울을 보며 승현이 한숨을 지었을 때, 문득 휴대전화 메시지 도착을 알리는 소리가 들렸다. 무심코 문자를 확인해본 승현의 눈이 갑자기 커다래졌다.

- 나 유림 씨 만났다.

유림 씨? 승현이 아는 유림은 물론 정유림 하나뿐이었다. 그런데 태식이 유림을 만났다고?

답장이고 뭐고 승현은 곧바로 통화 버튼을 눌렀다.

"무슨 소리야?"

- 너, 왜, 강남에 있는 '하루카' 알지? 일식 술집. 나 지금 거긴데, 유림 씨가 친구랑 술 먹으러 왔더라고. 복도에서 마주쳤어.

난 또 뭐라고. 승현은 일단 가슴을 쓸어내렸다.

"그게 마주친 거지, 만난 거냐? 오해하게 말하지 마라."

그러나 태식의 말은 거기서 끝이 아니었다.

- 근데 이 여자, 되게 승부욕 불러일으키는 타입인데?

"무슨 소리야?"

- 집에 데려다주겠다고 했더니 단칼에 됐다고 딱 자르잖아. 내가 술자리 끝나는 거 기다렸다가 반드시 데려가고 만다.

태식은 단단히 결심한 말투였다.

그러고 보니 지난번에 태식이 유림을 소개시켜달라고 말했던 기억이 났다. 저 여자 되게 재미있다면서.

승현은 당황한 나머지 그답지 않게 등골에 땀이 다 배어났다.

태식이 어떤 의미로 유림에게 관심을 가지는 건지는 같이 어울릴 만큼 어울려본 승현이 누구보다도 잘 알고 있었다. 기껏해야 하룻밤 즐기고 싶다는 의미인 게 뻔했다.

유림이 호락호락 태식을 따라가리라고는 승현도 생각하지 않았다. 그 정도로 무른 여자가 아니다. 게다가 이미 한번 거절했다니까 두 번째도 당연히 거절하겠지.

그러나 문제는 지금 유림이 술을 마시는 중이라는 거였다. 혹시 과음해서 취하기라도 한다면, 그 후는 장담할 수 없다. 멀리 갈 것도 없이, 취해서 그만 호텔에서 함께 하룻밤을 보내게 된 장본인이 바로 자신 아닌가!

물론 그때는 아무 일도 없었지만, 태식과는 절대 그렇게 끝날 리가 없었다.

"너, 꼼짝 말고 그대로 있어."

승현은 자신이 낼 수 있는 가장 무서운 목소리로 협박했다.

"내가 지금 거기로 간다. 그때까지 유림 선배한테 말이라도 한마디 걸었다간 넌 끝인 줄 알아."

- 뭐라고? 야, 승현아! 차승현?

태식이 뭐라고 외치는 소리가 들렸으나 승현은 그대로 전화를 끊어버렸다. 그리고 대강 옷을 걸치고는 차 키와 지갑만 들고 젖은 머리 그대로 바람을 일으키며 뛰쳐나갔다.

"날 조금이라도 좋아하긴 했을까?"

유림이 반쯤 혀 꼬인 소리로 말하자 지연이 역시나 비슷하게 혀 꼬인 발음으로 대꾸했다.

"아이, 씨. 같은 말을 몇 번째 묻는 거야."

"난 있잖아, 그게 제일 궁금하거든……. 정말 전혀 손톱만치도 나한테 마음이 없었을까?"

"짜샤, 이제 와서 그걸 알아봤자 무슨 소용이야. 다 끝났다며."

"에헤헤, 맞아. 그건 그렇지. ……근데 날 조금이라도 좋아하긴 했을까?"

"너 죽을래?"

굳이 지연의 손에 죽지 않아도 조금만 더 마시면 정말 죽을 판이었다. 아쉬웠지만 이만하면 하소연도 할 만큼 했고, 더 마시면 안 되겠다고 생각한 유림은 먼저 자리에서 일어났다.

"지연아, 이만 가자. 늦었다."

"그래, 가자. 더 마시면 나 집에 못 가겠다."

두 여자는 계산을 마친 후 사이좋게 어깨동무를 하고 비틀거리는 걸음으로 술집 복도를 지나 밖으로 나왔다.

"넌 어떻게 집에 갈 거야?"

"아까 미리 문자 보내놨어. 신랑이 데리러 올 거야."

천하에 부러운 년. 유림이 부러움에 몸을 떤 바로 그때였다.

"유림 씨, 이제 끝났어요?"

갑자기 태식이 나타나서 빙긋 웃으며 말을 걸어왔다.

"예?"

이 작자는 또 어디서 나타난 거야! 유림은 당황해서 태식을 보았다.

"꼭 데려다주고 싶어서 기다렸어요. 갑시다, 많이 취한 것 같은데."

아까 분명히 거절했건만, 꽤나 말귀 못 알아듣는 인간이다. 딱

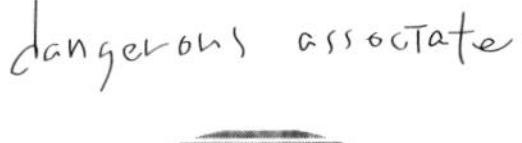

보니 좋게 말해서는 안 통할 것 같아서 유림은 표정을 굳히고 목소리를 깔고 말했다.

"사양하겠습니다. 불쾌하니까 이만 가주시죠."

그러나 태식은 끈질겼다. 한술 더 떠 유림의 팔짱을 끼며 말하는 것이었다.

"에이, 그러지 말고요. 좀 친해져보자는 건데 너무 그렇게 딱딱하게 굴 필요는……."

태식의 말은 중간에 끊겼다. 갑자기 누군가에게 뒷덜미를 잡혀서 길바닥에 사정없이 내동댕이쳐졌기 때문에.

그리고 그 누군가란 바로 승현이었다.

"승현 씨?"

유림은 깜짝 놀라서 승현을 쳐다보았다. 승현은 길바닥에 나뒹구는 태식을 향해 무서운 얼굴로 말했다.

"내가 경고했지. 내가 올 때까지 한마디라도 걸었다간 넌 끝인 줄 알라고."

"이렇게 미친 듯이 밟고 올 줄은 몰랐지. 그러고도 사고 안 내고 여기까지 온 게 용한데?"

태식이 씨익 웃으며 일어나더니 옷에 묻은 흙을 툭툭 털었다.

"표정 보니까 네 여자 같은데, 그런 줄 알았으면 안 건드렸지. 미리 말을 하지, 자식아."

"입 다물고 꺼져."

"글쎄, 알았다니까. 친구 여자 건드리는 취미 없어."

그러더니 태식은 손을 흔들고는 가버렸다. 뭐가 그리 재미있는지 피식거리면서.

"나중에 보자, 차승현!"

순식간에 벌어진 일에 유림은 술이 확 깨는 기분이었다.

이윽고 유림을 향해 돌아선 승현이 말했다.

"유림 선배, 괜찮아요? 아무 일 없었죠?"

방금까지 태식에게 그렇게 무섭게 화를 내더니, 유림에게는 더없이 걱정스러운 목소리였다. 순간 유림은 가슴이 술렁거리는 것을 느끼고 승현에게서 시선을 확 돌려버렸다.

"가요. 집에 데려다줄게요."

"됐어. 나 혼자 갈 수 있어."

유림은 딱 잘라 거절했다.

"그러지 말고 말 들어요. 선배 지금 많이 취했어요."

부드럽게 말하는 승현을 향해, 유림은 도끼눈을 떴다.

"이봐, 차승현 씨. 지금 본인이 나한테 이래라저래라 할 주제가 된다고 생각해?"

"안 되는 거 나도 알아요. 그래도 딱 오늘만 내 말 들어요."

승현은 강경했다. 물론 유림도 물러날 수 없었다.

"됐으니까 갈 길 가. 나도 알아서 갈 테니까."

유림은 일방적으로 그렇게 말하고 뒤돌아서 걷기 시작했다. 그러나 몇 걸음도 채 가기 전에 몸이 붕 뜨는 느낌이 들었다.

승현이 쫓아와서 유림을 번쩍 들어 어깨에 둘러메버린 것이었

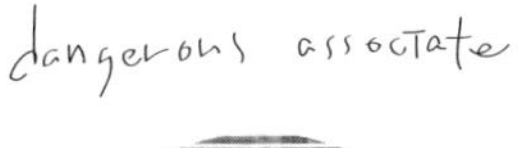

다.

"이거 안 내려놔?"

놀란 유림이 소리쳤지만 승현은 들은 체도 않았다.

"화는 내일 내요. 뺨을 때려도 내일 때리고. 오늘은 얌전히 있어요."

"야, 차승현! 내려달라고!"

유림이 마구 발버둥 쳤지만 어림도 없었다. 결국 승현은 조금 떨어진 곳에 세워둔 제 차까지 유림을 떠메고 가서 억지로 태우고 말았다.

이 상황에서 한참 전부터 모두에게 잊히고 만 한 사람이 있었으니, 바로 지연이었다.

"그러니까, 저게 그 도련님이지?"

저만치에서 유림을 억지로 차에 태우고 있는 승현을 바라보는 지연의 얼굴에는 이미 술기운도 싹 가시고 없었다. 너무 놀라서.

"뭐, '날 조금이라도 좋아하긴 했을까?'라고?"

지연이 중얼거렸다.

"저건 사랑이잖아, 쪼다 정유림아!"

유림을 억지로 차에 태우고 안전벨트까지 매주고 난 후, 승현은 잽싸게 운전석에 올라탔다.

"싫어도 조금만 참아요. 금방 집에 데려다……."

말하는 도중에 갑자기 고개가 확 돌아가면서 눈앞에 불이 번쩍했다.

빰을 얻어맞은 것이었다.

"이 나쁜 새끼야!"

유림이 승현을 노려보며 이를 악물고 말했다.

"네가 뭔데 나한테 참견이야? 대체 네가 뭔데!"

어찌나 분한지 입술이 파르르 떨리고 있었다. 예쁜 눈에는 눈물까지 그렁그렁 고여 있다. 승현은 화가 나기는커녕 오히려 가슴이 아파왔다.

"미안해요. 난 그냥 술 취한 선배를 혼자 집에 보내기가 걱정이 돼서……."

"왜, 또 중간에 누구한테 호텔에 끌려갔다가, 잤다는 핑계로 사귀자고 협박이라도 당할까 봐?"

유림이 비꼬는 바람에 승현은 가슴이 철렁했다.

"걱정 마. 멍청하게 같은 일을 두 번씩이나 당하지는 않을 거니까!"

울분이 묻어나는 목소리에 승현은 그제야 깨달았다.

헤어질 때, 유림은 한마디도 자신을 탓하지 않았었다. 오히려 그동안 고마웠다면서 씁쓸하게 웃기만 했다. 하지만 정말로 화가 나지 않았던 건 아니었던 것이다. 유림 역시 속으로는 이렇게 상처받고 화가 나 있었다. 표현하지 않았던 것뿐.

당연히 그러리라고 생각은 했지만 눈으로 확인하니 마음이 아파 미칠 것 같았다.

"더 화내도 괜찮아요."

얻어맞은 한쪽 뺨이 화끈거리는 것을 느끼며 승현은 말했다.

"때리고 싶으면 더 때려요. 그래서 선배 마음이 조금이라도 풀릴 수 있다면요."

그러나 그 말에 오히려 유림의 기세는 한풀 꺾이고 말았다. 얼굴에 가득 차 있던 분노가 서서히 사그라지고, 서서히 슬픈 표정으로 변해갔다.

"대체 나한테 왜 그랬던 거야?"

너무 좋아해서 무서웠어요. 나를 이렇게 흔들어놓는 당신한테서 어떻게든 도망쳐야 했어요.

그 말을 차마 입 밖으로 낼 수 없는 승현은 가슴이 터질 것만 같았다.

"……."

한편 승현이 아무 말도 하지 않자 유림은 더욱더 답답한 모양이었다.

"승현 씨도 뭔가 이유가 있었을 거 아니야, 응?"

이제는 화내는 게 아니라 숫제 애원으로 바뀌어갔다.

"정말로 그냥 단순히 장난이었어? 나한테 마음 같은 건 전혀, 단 한 조각도 없었던 거야?"

어린아이같이 매달리는 듯한 눈동자가 승현을 안타깝게 바라보았다.

「조금이라도, 정말 아주 조금이라도 날 좋아하긴 했어?」

그날도 그녀는 그렇게 물었었다.

승현은 알았다. 그 하나의 의문이 여태 유림을 괴롭히고 있다는 것을. 모두 거짓이고 장난이었다고 딱 잘라 대답했었는데도 여전히 유림이 자신을 향한 한 가닥 믿음의 끈을 놓지 못하고 있다는 것을.

그 순수한 믿음마저도 배반해야 한다는 것이 정말이지 너무나 괴로워 미칠 것만 같았다.

말하고 싶다. 좋아한다고, 이렇게 좋아하고 있다고!

차마 말로는 못 하고, 승현은 팔을 뻗어 유림을 제 품으로 확 끌어당겨 입술을 찾았다. 도저히 더는 이 흘러넘치는 마음을 감당할 수가 없었다.

"……!"

맑은 눈동자가 놀라움에 커다래지는 것을 보면서, 승현은 스르르 눈을 감았다.

다행히도 유림은 놀라서 뻣뻣하게 굳어지기는 했지만 승현을 밀쳐내지는 않았다. 그게 기뻐서 승현은 또 눈물이 날 것 같아졌다. 아직은 내가 그렇게까지 싫지는 않은 거구나.

씁쓸한 알코올 맛이 느껴지는 유림의 입술은, 그럼에도 불구하고 미치도록 달았다. 이성을 날려버리기에 충분할 정도로.

'안고 싶어.'

그 어느 때보다 절실하게 승현은 생각했다.

남자로서의 욕망 때문만은 아니었다. 입술을 맞대고 있을수록 점점 확실해졌다. 도저히 이 여자를 포기할 수 없을 것만 같다는 공포가.

혹시나 몸을 가지게 되면 이 집착이 조금은 옅어질까, 하고 승현은 절박하게 생각했다. 벼랑 끝에 매달린 사람이 마른 풀포기라도 잡는 듯한 심정으로.

승현은 유림에게서 입술을 뗐다.

"나랑 잘래요?"

생각하기도 전에 입 밖으로 툭, 하고 말이 먼저 흘러나왔다.

"……뭐?"

입맞춤에 취한 듯, 눈을 감고 있던 유림이 서서히 눈을 떴다. 당황스러운 시선이 승현을 향했다.

"나랑 자요. 기분 좋게 해줄게요."

승현은 다시금 힘주어 말했다.

"승현…… 씨?"

유림은 혼란스러운 듯한 얼굴을 했다.

"하지만 우린…… 헤어졌잖아."

"다시 사귀면 되죠."

그렇게 말하는 승현의 얼굴을, 유림은 지그시 바라보았다. 마치 그가 무슨 생각을 하는 건지 알아내려는 듯이.

"단지 선배랑 결혼은 못 해요. 그러니까 연애만 해요, 우리."

승현은 매달리듯 말했다.

"어차피 사귄다고 꼭 결혼해야 한다는 법은 없잖아요. 결혼만 다른 사람이랑 할게요."

"그러니까 지금 나한테 차승현 씨 세컨드가 돼라, 이거지?"

유림은 확인하듯이 물었다.

말도 안 되는 소리라는 건 스스로도 알고 있다. 하지만 그렇게라도 해서 유림을 가지고 싶었다. 어떻게든 놓치고 싶지 않았다.

"그래요."

유림의 두 어깨를 꽉 붙들고, 승현은 애원하듯이 말했다.

"그렇게만 해주면 선배가 원하는 건 뭐든 해줄게요. 커다란 집도 사주고, 좋은 차도 사줄게요. 평생 일하지 않아도 충분히 먹고 살 수 있게 해줄 수 있어요. 그러니까……."

짝!

경쾌한 소리가 차 안에 울려 퍼졌다. 아까부터 화끈거렸던 뺨이 이번에는 불이 날 것같이 아파왔다.

"차승현."

술기운이 싹 가신 얼굴로, 유림이 내뱉듯이 말했다.

"차라리 다 장난이었다고 말을 하지 그랬냐, 이 쓰레기야."

그렇게 말하는 유림의 표정에는 생생한 혐오감이 떠올라 있었다.

"너 같은 자식한테 진심이란 게 한 조각이라도 있을 거라고 기대했던 내가 멍청했다."

술기운이라곤 하나도 남아 있지 않은 얼굴로 유림은 쏘아붙였다.

"꺼져, 쓰레기야."

그렇게 말하고 유림은 차에서 내려버렸다. 이번에는 승현도 말릴 수가 없었다.

쾅!

차 문이 부서질 듯 닫히는 소리와 함께 승현은 머리를 감싸 쥐었다.

아마 유림은 죽어도 이해하지 못할 거였다. 방금 그 얼토당토않은 제의가 현재 승현에게 있어서는 최선의 고백이었다는 걸.

"왜 몰라주는 거야……!"

핸들에 이마를 기대고, 승현은 괴로운 표정으로 중얼거렸다.

그 시각, 네이버 승냥이 밴드는 밤늦게까지 활활 불타고 있었다. 저녁 무렵에 입수된 한 건의 첩보 때문이었다.

- 내일 불여시랑 승현 님이 둘이서 강원도로 워크숍 답사를 가게 됐어요!

제보자는 물론 마케팅팀의 일원이었다. 참고로 불여시는 승냥이 밴드에서 정착된 세라의 공식 호칭.

밴드가 발칵 뒤집어졌음은 물론이었다.

- 당장 출발이 내일인데 어쩌지?

즉시 밴드 그룹 채팅이 소집되었다. 승냥이들은 머리를 맞대고 이 사태를 막을 방법에 대해서 의논하기 시작했다.

밤늦게까지 머리를 짜낸 끝에 그럴듯한 시나리오가 만들어졌다.

- 좋아! 완벽해!

승냥이들은 일제히 흡족해 했다.

하지만 세라는 어떻게 처리한다 치고, 남은 문제는 또 있었다. 누가 세라의 대타로 승현과 함께 답사를 가는가 하는 것이었다.

찬물도 위아래가 있으니 내가 가겠다는 둥, 차승현이 왜 찬물이냐는 둥, 한바탕 채팅창이 난리가 난 끝에 승냥이들은 또다시 신사협정, 아니, 숙녀협정에 도달했다.

- 됐어. 그럼 공평하게 다 같이 안 가는 걸로 하자.

두목 승냥이인 민 차장이 친히 정리에 나섰다.

- 그럼 어떻게 승현 님 혼자 보내요? 그 먼 길을!

- 혼자 보내긴. 이럴 때 대타로 적합한 인물이 하나 있잖아?

그 순간, 모든 승냥이들이 일제히 뇌 공유 현상을 겪었다. 순식간에 채팅창이 모두 한 사람의 이름으로 도배되었던 것이다.

- 정유림!!!!!!!!!!!!!!!!!!!!!!!!!!!!!!!!!!!!

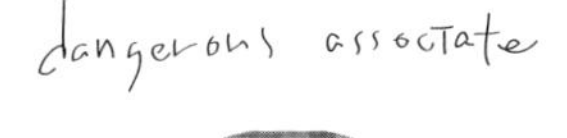

토요일 아침. 가벼운 아웃도어 차림에 배낭을 멘 세라가 방에서 나왔다.

물론 아웃도어 차림이라고 해서 동네 아저씨, 아줌마들이 입는 흔해빠진 등산복은 아니었다. 허리 부분에 스트링이 들어가 날씬한 몸매를 돋보이게 하는 상큼한 빨간색 야상 점퍼에 날씬한 다리를 더욱 강조하는 블랙 스키니 스타일의 팬츠. 그리고 발랄해 보이는 등산모자. 얼핏 보기에는 자연스럽지만 실상은 엄청나게 신경 써서 입은 차림이었다.

가방 속에는 밤에 승현과 함께 있을 때 갈아입을 옷이 따로 들어 있었다. 대놓고 섹시 콘셉트는 오히려 남자의 흥미를 떨어뜨릴 수 있으므로, 청순해 보이면서도 은근히 가슴골 부분이 깊게 파인 아가일 체크무늬의 브이넥 스웨터로 준비했다. 대신에 속옷은 살짝 섹시한 걸로.

당연히 도시락도 빼먹을 수 없다. 가방 속에는 김밥이 든 삼 단짜리 찬합이 들어 있었다. 여러 가지 재료들로 속이 꽉 차 있는 훌

륭한 김밥이었지만, 그에 비해 썰어낸 솜씨는 형편없었다. 두께가 심하게 들쭉날쭉한 데다가 심지어 김이 살짝 풀려 있기도 했다. 이유는 세라가 직접 썰었기 때문에.

물론 만들기는 가정부 아주머니들이 새벽부터 일어나서 다 만들고, 썰기만 세라가 썬 것이었다. 새벽부터 일어나서 손수 싼 김밥이라고 승현에게 말하기 위해서.

어쨌든 만반의 준비가 다 끝났다. 현관의 큰 거울 앞에 서서 세라는 마지막으로 제 모습을 점검해보았다. 어디 하나 흠잡을 데 없이 완벽했다.

"좋았어!"

회심의 미소를 짓고 나서 세라는 경쾌한 발걸음으로 정원을 지나 주차장으로 향했다. 승현의 집까지만 차를 가져가서는, 승현의 차에 옮겨 타고 강원도로 향할 예정이었다.

모든 게 완벽했다. 작년에 아버지인 이 사장에게서 생일선물로 받은 고급 승용차에 올라타 시동을 걸고, 콧노래를 부르며 밖으로 나올 때까지는.

"꺅!"

차가 주차장에서 밖으로 나오는 순간, 갑자기 비명 소리가 들리며 눈앞에서 사람이 쓰러졌다.

"……!"

너무 놀란 세라는 급히 브레이크를 밟았다.

'뭐지? 부딪쳤나? 아무 느낌도 안 들었는데?'

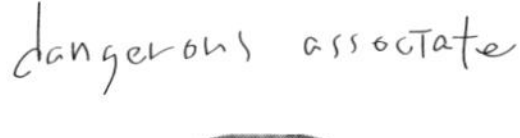

세라가 황급히 차에서 내리자 웬 여자가 다리를 붙들고 땅바닥을 구르고 있었다.

"이봐요, 괜찮아요?"

그러나 세라의 물음에도 불구하고 여자는 비명을 지르느라 정신이 없었다.

"으아악! 나 죽는다! 으어어어, 내 다리! 부러졌나 봐요!"

세라는 가슴이 철렁했다. 크게 다친 건가?

물론 생판 모르는 여자 따위가 다리가 부러지건 말건 아랑곳할 세라가 아니었다. 문제는 타이밍이 너무 안 좋다는 것이었다. 하필이면 이럴 때!

'미치겠네!'

세라는 신경질적으로 입술을 깨물었다. 마침 부모님은 둘 다 지방으로 여행을 떠나셨고, 물론 운전기사도 함께 나갔다. 즉 현재 집에 있는 사람이라고는 가정부 아주머니들뿐이었다. 이런 종류의 뒤처리를 떠맡길 수 있는 사람들이 아니다.

"이봐요! 어떻게 좀 해줘봐요! 아악, 다리야!"

아무리 봐도 멀쩡해 보이는 다리를 붙잡고, 여자가 또다시 고통을 호소했다.

'혹시 이게 그 요즘 유행한다는 자해공갈단 아냐?'

그렇게 생각한 세라는 두말없이 주머니에서 지갑을 꺼냈다.

"이거면 되겠어요?"

집히는 대로 수표를 몇 장 꺼내서 내밀었지만 여자는 받기는커

녕 도리어 소리를 버럭 질렀다.

"지금 장난해요? 사람이 다쳤는데, 병원에 데려가든지 해야 할 것 아녜요! 으아아악!"

세라도 더는 버틸 수가 없었다. 생각 같아서는 버려두고 그냥 가 버리고 싶었지만, 그렇게 되면 100퍼센트 뺑소니다. 아무리 승현과 답사를 가는 게 중요하다 해도 뺑소니 전과를 달 수는 없는 노릇이 아닌가.

"기다려요. 지금 앰뷸런스 부를 테니까."

세라가 전화를 거는 동안에도 여자는 계속해서 고함을 질러댔다.

"빨리 하라고요! 으아아!"

사실 이 여자는 어젯밤 밴드에서 채팅하던 승냥이 중 하나의 동생이었다. 직업은 무명 연극배우. 좀 필요 이상으로 오버하는 감이 있긴 했지만, 영혼까지 불사르는 훌륭한 연기력이었다.

"어어어억! 다리가 부러진다! 내 다리, 내 다리 내놔아아!"

한편, 아침에 일어난 유림은 숙취에 고통스러워하고 있었다. 어제 달려도 너무 달렸던 것이다.

"아니, 술을 먹어도 그렇지, 어쩜 그렇게 무식하게 먹었어?"

면박을 주면서도 엄마는 따뜻한 북엇국을 한 대접 퍼서 유림의 앞에 놓아주었다.

"오랜만에 지연이 만났거든."

유림은 힘없이 대꾸하고는 대접째 들어서 국물을 마셨다. 따뜻한 국물이 속에 들어가자 그제야 뒤집어지던 속이 좀 진정되는 것 같았다.

"너, 대체 어떤 놈이랑 만나는 거야?"

엄마가 식탁 건너편에 앉으며 불쑥 말하는 바람에 유림은 하마터면 대접을 떨어뜨릴 뻔했다.

"어, 어떤 놈이라니?"

"시치미 떼지 마, 이것아. 금쪽같은 내 딸 이렇게 속 썩이는 그놈이 누구냔 말이야."

엄마의 얼굴에 속상해 죽겠다고 쓰여 있는 걸 보고 유림도 더는 오리발을 내밀 수가 없었다.

"됐어, 엄마. 다 끝났으니까."

그러나 엄마는 한층 더 속상하다는 얼굴을 했다.

"그런 일이 있었으면 엄마한테라도 털어놓지 그랬어! ……연애라고 처음 해본 걸 텐데, 혼자서 오죽이나 속이 상했을까."

그동안 유림의 심상치 않은 낌새에 엄마는 계속 걱정하고 있었던 것이다. 유림은 하마터면 눈시울이 뜨거워질 뻔했지만 이를 악물고 말했다.

"괜찮아, 엄마. 속상한 것도 딱 어제까지였으니까."

차라리 필름이라도 끊겼으면 좋으련만, 어제 승현이 했던 말이 너무 생생하게 떠올랐다.

「어차피 사귄다고 꼭 결혼해야 한다는 법은 없잖아요. 결혼만 다른 사람이랑 할게요.」

대놓고 세컨드가 돼달라니! 다시 생각해도 피가 거꾸로 솟았다.

"하여튼 나도, 멍청해 빠져가지고."

이건 바보 같은 자신을 향한 질책이었다. 이미 대놓고 다 장난이었다는 말을 들어놓고도, 무슨 미련이 그렇게 남아서 똑같은 질문을 했다가 결국은 그따위 소리까지 듣고 말았단 말인가.

'아냐, 차라리 잘됐어.'

유림은 그렇게 생각했다.

어제 일로 차승현이 갱생 불가의 쓰레기라는 게 확실해졌다. 그러니까 이제는 정말 일말의 미련조차도 다 버릴 수 있을 것 같았다. 조금이라도 날 좋아했는지 따위, 이제 더는 궁금하지도 않았다. 어차피 저 인간에게 진심이라는 게 애초부터 존재할 리가 없으니까!

"걱정 마, 엄마. 그런 자식, 깨끗이 잊어버릴 거니까."

유림이 다시 한 번 그렇게 장담했을 때, 갑자기 휴대전화가 울렸다.

전화를 걸어온 상대는 같은 팀의 조 과장이었다. 삼십 대 후반의 노총각인 그는 최근에 세라가 들어온 이후 매일 싱글벙글하고 있었다. 세라의 사내 팬클럽인 소공녀의 우두머리가 바로 조 과장이라는 소문도 있었다.

"음? 과장님이 토요일 아침부터 웬일이시지?"

유림은 고개를 갸웃거리면서도 전화를 받았다.

"예, 과장님. 정유림입니다."

전화를 받자마자 조 과장이 숨넘어가게 외쳤다.

- 정유림 씨! 지금 당장 강원도 갈 준비 해!

"예?"

이게 무슨 자다가 봉창 뚫는 소린가. 당황한 유림에게 조 과장이 다시 외쳤다.

- 세라 씨가 교통사고를 내서 답사 못 가게 됐단 말이야!

"왜 빨리 안 오는 거야?"

거실 소파에 앉아 있던 승현은 시계를 보고 툭 내뱉었다. 약속한 시각에서 20분이나 지났는데도 여태 세라가 오지 않고 있었기 때문이었다.

웬만하면 빨리 갔다가 늦기 전에 돌아오고 싶었다. 이미 하룻밤 자고 오자는 세라의 제의 따위는 전혀 안중에도 없었다. 어젯밤 유림과 있었던 일로 머리가 복잡해 죽겠는데, 세라와 어울리고 있을 기분이 아니었다.

사실 승현은 살짝 후회하기 시작하고 있었다.

'괜한 짓을 한 건가.'

세라를 좋아하도록 노력해보자고 생각했던 건 진심이었다. 하지만 좀처럼 생각대로 되지 않았다. 세라를 좋아하는 것도, 유림을 잊는 것도.

오히려 억지로 세라에게로 마음을 돌리려 할수록 역효과가 생기는 것 같은 기분이었다. 세라와 둘이서 차에 타고 몇 시간이나 갈 생각을 하니 벌써부터 가슴이 답답해졌다.

"……휴우."

승현이 몇 번째로 한숨을 내쉬었을 때에야 겨우 초인종이 울렸다. 승현은 인터폰 화면을 확인하지도 않고 발소리를 쿵쿵 내며 현관으로 향했다.

"삼십 분이나 늦을 거면 미리 전화를 해야 할 것……."

퉁명스럽게 말하며 현관문을 열던 승현이 흠칫 놀라 말을 멈췄다. 문 밖에 서 있는 여자는 세라가 아니었다.

"준비 됐으면 나와. 빨리 출발하게."

유림이 무뚝뚝하게 말했다. 승현의 얼굴도 쳐다보지 않은 채.

승현은 너무 놀라서 멍하니 유림을 바라보았다. 대체 왜 세라가 아니라 유림이 여기에?

"유림 선배……?"

"세라 씨가 집에서 나오다가 사고를 내서 사람이 다쳤대. 그래서 내가 급하게 연락받고 대신 온 거니까 빨리 나와. 이따 밤에 강원도에 눈 온다던데 빨리 출발해야 서울로 돌아오는 데 지장이 없을 거야."

유림이 사무적인 말투로 빠르게 설명을 마쳤다.

그러니까 지금, 세라 대신에 유림과 같이 강원도에 가게 된 건가?

승현은 난처해졌다. 그야 물론 같이 가고 싶은 마음은 굴뚝같다. 하지만 단둘이 그 먼 길을 함께 다녀오는 동안 내내 감정을 억누르고 있을 자신이 없었다.

이미 승현은 뼈저리게 깨닫고 있었다. 유림과 함께 있으면 감정을 주체할 수가 없게 된다는 것을.

어젯밤에도 그렇다. 그렇게 모질게 굴어서 헤어진 지 얼마나 됐다고, 도저히 못 참고 키스하지 않았는가. 결국은 천하의 쓰레기로 몰리고 끝나긴 했지만.

"……."

이러지도, 저러지도 못하고 우두커니 서 있는 승현에게, 유림이 퉁명스럽게 재촉했다.

"답사 안 갈 거야? 안 갈 거면 나 혼자 고속버스 타고 내려간다."

그 말에 정신이 번쩍 들었다.

뒷일이야 어찌 됐든 함께 있고 싶다. 하루 종일 유림의 곁에 있을 수 있는 이 기회를 놓치고 싶지 않았다. 비록 유림은 머리끝까지 화가 나 있을 테지만. 나 같은 거, 쓰레기라고 생각하고 있을 테지만, 그래도.

승현은 다급하게 대답했다.

"가요! 간다니까요."

승현과 유림이 탄 차가 이윽고 고속도로에 진입했다.

"……."

서울에서 출발한 후 유림은 단 한마디도 하지 않았다. 할 말도 없었고, 있다 한들 하고 싶지도 않았다.

평생 윗사람의 말에 반항해본 적이라곤 없는 유림이었다. 상사의 지시라 어쩔 수 없이 함께 답사를 가고 있을 뿐이지, 업무 외의 일로는 단 한 마디조차도 섞고 싶지 않았다.

그래서 유림은 가는 내내 입을 꾹 다문 채 굳은 표정으로 창 밖만 내다보고 있었다.

조용한 차 안에 라디오에서 흘러나오는 기상 캐스터의 경쾌한 목소리만이 울려 퍼졌다.

- 낮 동안은 맑겠습니다만 오후 늦게부터는 서서히 흐려져서, 지역에 따라서는 눈이 내리는 곳이 있겠습니다. 특히 강원 영서 지방에는 많은 양의 눈이 내릴 것으로 예상되며…….

"다음 휴게소에서 잠깐 쉬었다 가요."

갑자기 승현이 불쑥 말하는 바람에 유림은 처음으로 입을 열었다.

"지금 쉬어 가고 그럴 시간 없으니까 급한 일 없으면 그냥 가. 아까 일기예보 못 들었어? 눈 오기 전에 도로 출발해야 서울로 올라오는 데 지장이 없지."

눈이 와서 도로 사정이 나빠지면 그만큼 돌아오는 데 걸리는 시간이 길어지게 된다. 덩달아 승현과 둘이 차 안에 있어야 하는 시간도 길어지겠지. 물론 유림은 죽어도 그런 상황은 피하고 싶었

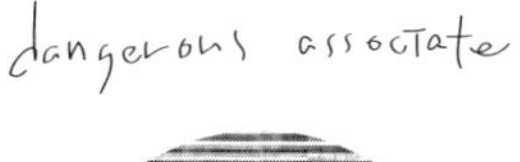

다.

유림의 말에 승현은 별 대꾸가 없었다. 그래서 알아들었으려니 했는데 웬걸, 잠시 후 속도가 서서히 줄더니 차가 휴게소로 진입하는 것이 아닌가.

"차승현 씨! 지금 내 말 무시하는 거야?"

유림이 안색을 바꾸고 다그쳤다. 그러나 승현은 아무렇지도 않다는 듯이 주차장에 차를 세우며 대꾸했다.

"오래 안 걸리니까 잠깐 앉아 있어요."

선배 말을 깨끗이 무시하는 듯한 행동에 기분이 상했지만, 화장실에 다녀오려나 보다 싶어서 유림도 더는 뭐라고 할 수가 없었다.

"빨리 갔다 와."

퉁명스럽게 말하자 승현은 네, 하더니 차에서 내렸다.

"휴우……."

승현이 눈앞에서 사라지자 저도 모르게 긴 한숨이 흘러나왔다. 그러지 말자고 아무리 생각해도 단둘이 있으니 긴장이 되는 건 어쩔 수가 없었다.

문득 어젯밤에 바로 이 차 안에서 승현이 다짜고짜 키스해왔던 것이 떠올랐다.

그래, 역시 승현 씨도 다 거짓은 아니었던 거야, 그런 생각에 턱없이 설렜던 자신에게서 입술을 떼고, 승현은 대뜸 물었었다.

「나랑 잘래요?」

그게 어떤 의미였는지는 그 뒤에 나온 세컨드 운운하는 말로 확실히 알았다.

'사람을 겨우 그렇게밖에 안 보고 있었다 이거지.'

유림은 또다시 입술을 깨물고 다짐했다. 오늘 답사 다녀오는 동안, 업무에 관련된 사항 외에는 차승현과 말도 섞지 않으리라. 절대로, 목에 칼이 들어오는 한이 있어도.

승현은 정말로 금세 돌아왔다.

"자요."

운전석에 올라탄 승현이 작은 봉투를 유림의 무릎 위에 올려놓았다.

"이게 뭐야?"

"편의점에서 꿀물이랑 숙취 해소 음료, 그리고 간단하게 요깃거리 좀 샀어요. 속 안 좋을 텐데 먹어요."

"뭐?"

유림의 목소리가 저절로 높아졌다.

"지금 그러니까, 이거 사러 일부러 휴게소에 들렀다는 거야?"

"네."

반면에 승현은 아무렇지도 않게 대꾸했다.

"어제 과음해서 지금 속 안 좋을 거 아녜요. 어서 꿀물부터 좀 마셔요."

정답이다. 엄마가 끓여준 북엇국으로 겨우 좀 가라앉혀놓은 속이, 차를 타고 먼 거리를 가는 바람에 점점 도로 안 좋아지고 있었다.

하지만 유림은 고맙기는커녕 짜증부터 치밀었다.

본인은 배려랍시고 하고 있는지 모르겠지만, 유림으로서는 쓸데없는 참견일 뿐이었다. 남이야 속이 뒤집어지든 말든 무슨 상관인가, 사귀는 사이도 아닌데.

그러고 보면 어젯밤에도 그랬다. 그 남태식이란 작자는 얼굴은 반지르르하게 생겼지만, 어딘가 가벼워 보이는 게 거부감 일으키는 타입이었다. 놔둬도 절대 따라가지 않았을 거다. 그런데 차승현, 제가 뭐라고 달려와서 치한이라도 퇴치하듯 오버까지 해가면서 참견이란 말인가. 약혼녀까지 버젓이 있는 주제에!

'대체 네가 뭔데?'

어제처럼 그렇게 소리치고 싶은 것을 유림은 겨우 꾹 참아냈다. 싸움도 싸울 만한 상대와 하는 것이다. 승현과는 싸움이고 언쟁이고 대화고, 그 무엇조차 하고 싶지 않았다. 업무 이외로는 절대 말도 섞지 않겠다고 다짐한 게 겨우 몇 분 전이 아닌가.

유림은 화를 내는 대신에 봉투에서 꿀물을 꺼내 뚜껑을 따서 단숨에 마셔버렸다.

"됐지? 마셨으니까 빨리 출발해."

쳐다보지도 않고 말하자 승현이 차를 출발시켰다.

"앞으로도 한 시간 반은 더 가야 하니까 눈 좀 붙여요."

승현이 히터 온도를 올리며 말했다. 대꾸하는 대신에 유림은 눈을 감았다. 말마따나 차라리 자는 게 덜 불편할 것 같아서였다.

방금 마신 꿀물이 스며들면서 서서히 아픈 속이 진정되어가는 것이 느껴졌다.

물론, 그렇다고 고마움은 손톱만치도 느껴지지 않았다.

차 회장의 별장은 산을 조금 올라간 곳에 위치해 있었다. 조금이라고는 하지만 오르막길이라 걸어서 20분 정도는 족히 걸릴 것 같았다. 그러나 다행히 별장까지는 차가 다닐 수 있게 길이 뚫려 있었다.

두 사람은 별장 앞에 도착해서 차에서 내렸다.

"먼저 별장부터 좀 둘러볼래요?"

승현의 물음에 유림은 딱 잘라 말했다.

"아니, 일단 산에 올라갔다 오고 나서."

벌써 점심때를 훌쩍 지나 있었다. 산 속인 탓도 있겠지만, 아까 서울에서 출발할 때에 비해서 훨씬 추워진 것이 느껴졌다. 기온이 점점 떨어지고 있는 것이었다. 가뜩이나 겨울이라 해가 짧은데 미적대고 있다가 자칫 산에서 날이라도 저물면 곤란해진다.

"승현 씨는 별장에서 쉬고 있든지 해. 난 올라갔다 올 테니까."

혼자 올라가는 게 훨씬 마음이 편할 것 같아서 그렇게 말했는데, 승현은 말도 안 된다는 듯이 대꾸했다.

"아니, 같이 가요."

"굳이 둘씩 갈 필요 없잖아. 어차피 시간이 얼마나 걸리나 정도만 체크하면 되는 건데."

"일이잖아요. 늘 나한테 자기 일 정도는 똑바로 하라고 하지 않았어요?"

승현이 이렇게까지 강경하게 말하는데 유림도 더는 말릴 수가 없었다.

"그럼 빨리 가자."

유림이 앞장서서 산을 오르기 시작했다.

산 높이는 그다지 높지 않았다. 대신에 별장부터 그 위로는 경사가 꽤 있는 편이어서 유림은 은근히 내려올 때가 걱정이 되었다.

'괜찮으려나?'

수영 선수 중에는 어깨와 발목이 약한 사람이 많다. 유림도 그중 하나였다. 선수 시절에도 발목이 안 좋아서 고생깨나 했었는데, 요즘 다시 수영에 몰두하게 되면서부터 슬슬 또 안 좋아지는 기미가 느껴지고 있었다. 등산할 때로 따지면 산을 올라갈 때보다는 내려갈 때가 더 조심스러웠다.

유림의 바로 뒤에서 걸으며 승현이 말했다.

"직접 올라가본 적은 없는데, 별장지기 아저씨 말로는 여기서부터 정상까지 한 시간 반 정도 걸린다고 했어요. 내려가는 데는 물론 그보다는 덜 걸릴 거고요."

"알았어."

유림이 빠른 걸음으로 걸으며 대꾸했다.

운동선수 출신인 유림은 원래부터 일반인들보다 훨씬 체력이 좋았다. 평소에 조깅도 열심히 하고 수영도 하고 있기 때문에 더욱더 그랬다. 물론 같은 부서 사람들과 함께 산을 오르게 되면 늘 유림이 일등이었다. 일부러 다른 사람들에게 맞춰서 페이스를 늦추지 않으면 훨씬 먼저 도착하는 것이었다.

그래서 유림은 일부러 걸음을 늦추지 않고 제 페이스대로 산을 오르고 있었다. 그러다 보면 승현이 저절로 뒤로 처지겠거니 싶어서.

그런데 승현은 의외로 전혀 뒤떨어지지 않고 계속 유림의 바로 뒤를 따라왔다.

“배고프면 말해요. 아까 편의점에서 산 것들, 그대로 가방 속에 있으니까.”

말하는 목소리도 전혀 숨이 차는 기색이 없어서 유림은 내심 조금 놀랐다. 평소에 운동 꾸준히 하는가 보구나.

문득 아침에 눈을 떠보니 옆에 승현이 잠들어 있었던, 문제의 그날 아침이 떠올랐다.

그때, 그 당황한 가운데서도 유림은 그렇게 생각했었다. 의외로 몸이 참 예쁘다고. 수영으로 다져진 남자 동료들의 근육질 몸매는 많이 봐왔지만, 그것과는 또 다른 늘씬하면서도 탄탄한 몸이었다.

‘잠깐. 내가 지금 무슨 생각을 하는 거야?’

저도 모르게 승현의 몸을 떠올린 자신이 한심해져서 유림은 속으로 한탄했다.

‘정유림, 너 아직도 정신 못 차려? 네가 이따위니까 세컨드니 뭐니 헛소리나 듣는 거 아냐!’

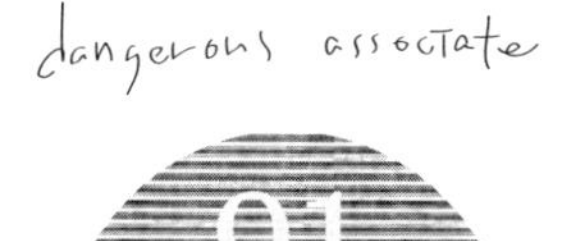

유림은 입술을 꽉 깨물고 걸음을 더 빨리했다. 등 뒤에서 들리는 승현의 발소리도 덩달아 빨라졌다.

그렇게 부지런히 산을 오른 덕분에 정상에 도착한 것은 별장에서 출발한 지 한 시간하고도 딱 십 분만의 일이었다.

"아……!"

순간적으로 시야가 탁 트이면서 눈앞에 아름다운 경치가 펼쳐졌다. 군데군데 눈이 덮여 있는 겨울 산과 들의 모습에 유림의 입이 저절로 벌어졌다.

'그러고 보니까 밖에 나온 것도 오랜만이구나.'

막혔던 가슴이 뻥 뚫리는 듯한 기분이었다.

오랜만에 보는 자연의 아름다움에 유림은 잠시나마 골치 아픈 일도 잊었다. 산을 내려갈 걱정도, 서울에 돌아갈 걱정도, 심지어 곁에 있는 승현에 대한 일도.

한참 그렇게 경치에 취해 있던 유림은, 어깨에 갑자기 따스한 무언가가 묵직하게 덮여오는 바람에 퍼뜩 놀라 제정신으로 돌아왔다.

"……?"

손으로 만져보자 두툼한 감촉이 느껴졌다. 바로 승현이 입고 있던 파카였다.

"뭐 하는 짓이야?"

파카 대신에 배낭에서 얇은 바람막이를 꺼내 걸치며 승현이 대꾸했다.

"옷 벗어줬어요. 선배 너무 추워 보여서."

사실 껴입고 온다고 왔는데도 춥긴 추웠다. 그야 겨울에 산에 올랐는데 안 추우면 그게 비정상이지!

하지만 춥다고 해서 승현의 옷을 얻어 입을 이유는 전혀 없었다.

"야, 차승현."

도저히 못 참겠다. 유림은 살벌하게 얼굴을 굳혔다.

"대체 네가 뭔데 이러는 거야?"

아까 차 안에서 꾹 참았던 말이 기어이 터져 나오고 말았다.

"네가 내 남자친구라도 돼? 아니면 벌써 날 세컨드로 삼은 기분이라도 된 거야?"

"그렇게 오버할 것 없어요. 그냥 추워 보여서 벗어준 것뿐이니까."

별것도 아니라는 듯 태연한 표정이 오히려 유림을 더욱더 화나게 만들었다.

"남이야 얼어 죽든 말든!"

유림이 소리치며 파카를 벗어 땅바닥에 내동댕이쳤다.

"어제도 마찬가지야. 내가 그 남자랑 어딜 가든 말든 네가 왜 달려와서 방해하는 건데?"

흥분한 유림에 비해 승현은 어디까지나 침착했다.

"선배, 그 자식 따라갔다간 반드시 후회했을 거예요. 내 말 믿어요."

"후회를 해도 내가 해!"

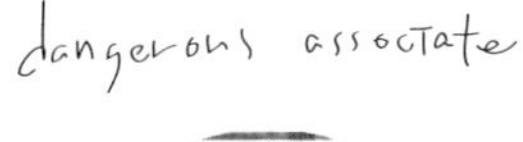

유림은 점점 더 열이 올랐다.
“네가 뭔데 나한테 꿀물 챙겨주고 그래? 네가 뭔데 나한테 옷을 벗어주는 건데?”
“유림 선배.”
“대체 나한테 왜 이러는 거냐고!”
발을 쾅 구르며 소리치자 승현이 조용히 대꾸했다.
“좋아하니까요.”
너무나 당연하다는 듯이 간단하게, 자연스럽게 흘러나온 대답.
“어렵게 생각할 것 없어요. 내가 유림 선배한테 이러는 건, 다 남자가 좋아하는 여자한테 하는 행동일 뿐이니까.”
굳어진 유림을 똑바로 바라보며, 승현은 다시금 말했다.
“좋아하니까 잘해주고 싶고, 좋아하니까 다정하게 해주고 싶어요. 그냥 그뿐이에요.”
픽.
잠시 후, 유림의 입술에서 바람처럼 새어 나온 것은 가벼운 헛웃음이었다.
“좋아한다? 누가? 차승현 씨가, 나를?”
유림은 피식피식 웃으면서 대꾸했다.
“그렇게 좋아해서 나한테 세컨드가 되라고 했어?”
“믿지 않아도 어쩔 수 없어요. 난 진심이니까.”
대꾸하는 승현의 얼굴은 어디까지나 진지해 보였다. 유림은 그게 더 어이가 없었다. 도대체 이 인간은 이런 표정으로 어떻게 이렇게 태연하게 거짓말을 하는 거지?

"너, 진짜 나쁜 놈이구나."

유림이 목소리를 낮춰 중얼거렸다.

"나쁜 놈인 줄은 진작 알았지만 생각했던 것보다 훨씬 더 나빠. 최악이야."

"……부정하진 않을게요."

그렇게 대답하는 승현의 얼굴에 쓸쓸함이 깃들었다.

저 표정도 물론 거짓이겠지. 그렇게 생각하자 유림은 단 일 초도 더 승현의 얼굴을 마주보고 있기가 싫어졌다. 아니, 같이 있기가 무섭다. 어떻게 저런 표정을 거짓으로 지을 수가 있을까.

하기야 거짓으로 그렇게 다정하게 바라보고 키스할 수도 있는 사람인데, 저 정도야 식은 죽 먹기겠지. 그나마 있던 정도 다 떨어지는 기분이었다.

"먼저 내려갈 테니까 좀 있다가 출발해. 같이 가고 싶은 기분 아니니까."

유림은 내뱉듯이 말하고 등을 돌려 산을 내려가기 시작했다.

무거운 마음만큼이나 발걸음도 무거웠다.

「좋아하니까요.」

그 순간, 승현은 진심이었다. 이 이상 더 진심일 수가 없을 정도로.

하지만 돌아온 것은 코웃음이었다. 유림은 승현이 어떤 마음으로 그 말을 했는지 전혀 이해하지 못하고 있었다.

「너, 진짜 나쁜 놈이구나.」

그 말을 듣는 순간 승현의 마음속에서 무언가가 와르르 소리를 내며 무너졌다. 태어나서 할아버지 외에는 유일하게 자신을 좋은 녀석으로 봐주고 있던 유림이었는데. 그런 유림에게서 나쁜 놈이라는 말을 듣자 눈앞이 다 캄캄해지는 기분이었다.

"휴우……."

자꾸만 느려지려는 발걸음을 승현은 억지로 재촉해서 산을 내려갔다.

겨우 별장에 도착하자 해가 거의 다 져가고 있었다. 마침 눈발도 조금씩 흩날리기 시작하는 바람에 승현은 마음이 급해졌다. 빨리 답사를 끝내고 서울로 돌아가야지, 괜히 늦어졌다가는 유림의 기분이 더 나빠질 것 같아서였다.

세상 천지에 무서운 게 없이 자라온 승현이었다. 어머니인 전 여사는 무섭다기보다는 불편했고, 용돈 끊길까 봐 할아버지 눈치는 좀 봤지만 역시 무섭지는 않았다.

그런 승현에게 지금 세상에서 제일 무서운 게 있다면 바로 정유림이었다. 유림이 화낼까 봐 무섭고, 싫어할까 봐 무섭다. 이미 싫어하고 있다면 그 이상 더 싫어할까 봐 두렵다. 하여튼 유림의 기분을 더 상하게 만들지 않으려면 빨리 일을 끝내고 서울로 돌아가야 했다.

그런데 먼저 내려와 있어야 할 유림의 모습이 아무 데도 보이지

않았다. 별장을 돌아보고 있나 싶어 여기저기 찾아봤지만 마찬가지였다. 열쇠는 자신이 가지고 있으니 집 안에 들어가 있을 리도 없다.

"선배, 어디 있어요?"

생각다 못 해 승현은 별장 주위를 한 바퀴 돌면서 소리쳐 불러보았다. 하지만 대답은 돌아오지 않았다. 아예 인기척이라곤 느껴지지 않았다.

'어떻게 된 거지?'

승현은 불안에 빠졌다.

중간에 잠깐 쉬기라도 하고 있나 생각해봤지만, 정상에서 별장을 연결하는 길이라고는 좁은 산길 하나뿐이다. 길이 어긋났을 리는 절대로 없다.

'그럼 설마, 걸어서 혼자 내려가버린 건가?'

다른 여자 같으면 충분히 그럴 가능성도 있었다. 아까 그렇게 화를 내고 내려가버렸으니까.

하지만 정유림이라면 절대 그럴 리가 없다고 승현은 생각했다. 아무리 화가 나도 이건 일이다. 무슨 일이 있어도 주어진 일은 끝까지 해내고 말 여자였다.

자신과 함께 별장을 돌아보며 침구라든가, 바비큐를 할 장소라든가, 워크숍에 필요한 이런저런 사항을 체크해야 하는데 단순히 화가 났다는 이유로 원래의 목적을 다 내팽개치고 가버렸을 리가 없다.

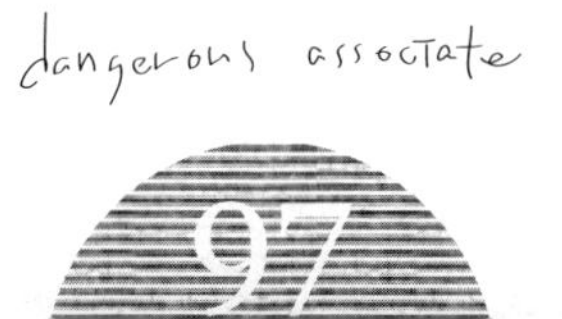

그렇다면 결론은 유림이 먼저 산에서 내려오는 도중에 뭔가 일이 생겼다는 것뿐이었다.

그렇게 생각한 순간, 승현의 심장이 쿵 하고 내려앉았다.

'유림 선배……!'

이미 주위에는 땅거미가 짙게 깔리고, 눈발은 점점 굵어지고 있었다.

코끝에 내려앉는 차가운 감촉에 유림은 문득 눈을 떴다.

문제는 눈을 떠도 여전히 감았을 때와 똑같이 사방이 암흑 그대로라는 것이었다.

"으윽……."

온몸이 다 아파서 견딜 수가 없었다. 겨우겨우 주머니에 손을 넣어 휴대전화를 꺼내서 화면을 켜는 순간, 유림은 숨을 멈췄다.

휴대전화에서 새어 나오는 불빛에 비친 수많은 눈송이. 깊이를 알 수 없는 어둠 속에서 눈보라가 흩날리고 있었다.

'대체 어떻게 된 거지?'

살을 베어낼 것 같은 칼바람에도 불구하고 이마에 식은땀이 배어났다. 유림은 필사적으로 기억을 더듬으려 노력했다.

'그러니까, 낮에 산 정상에서 승현 씨한테 화를 내고 나서, 나 혼자 내려갔는데…….'

그래, 혼자 내려갔다. 화가 난 나머지 빠르게 산을 내려가느라 그렇지 않아도 안 좋았던 발목에 무리가 가는 느낌이 들었었다.

그러다 한순간, 발목이 삐끗했던 것까지 기억났다.

'그러고 나서는……?'

기억이 없다. 그러나 온몸에서 느껴지는 통증으로 미루어 보아 타박상이 심한 것 같았다.

그렇다는 것은 아마 발목을 삐끗하는 바람에 산에서 굴러 떨어진 모양이다. 그러다 정신을 잃은 거겠고.

'그럼 나, 조난당한 거야?'

사방은 칠흑 같은 암흑이었다. 물론 휴대전화 안테나는 한 칸도 서지 않았다.

'침착해야 돼.'

유림은 애써 냉정해지려고 노력했다.

지금은 밤, 게다가 이렇게 눈보라가 휘몰아치고 있다. 자신이 조난당했다는 것을 알고 승현이 어딘가에 구조를 요청하더라도 지금 당장 구조하러 오기는 힘들 터였다. 게다가 산길에서 벗어나서 얼마나 굴러 떨어진 건지도 알 수가 없으니 더 그랬다.

외부의 구조를 바랄 수 없는 상황이라면 이쪽에서 알아서 빠져나갈 수밖에.

불행 중 다행인 것은 통화는 안 돼도 그나마 휴대전화 배터리가 아직 충분하다는 것이었다. 게다가 메고 있는 배낭 안에는 예비 배터리도 있다. 눈앞을 밝힐 정도는 될 것 같았다.

유림은 한 손에 휴대전화를 든 채 이를 악물고 몸을 일으켰다. 아니, 일으키려고 했다.

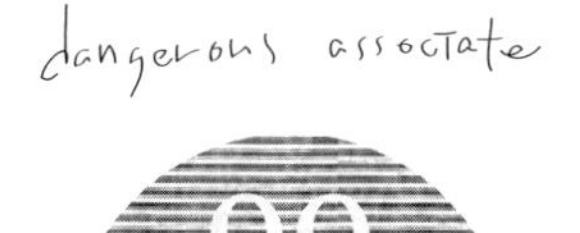

"아악!"

그러나 그 순간, 발목에 지독한 통증이 느껴져서 저도 모르게 비명을 지르며 도로 주저앉고 말았다.

유림은 신음을 참으며 발목을 만져보았다. 살짝 만져도 퉁퉁 부어올라 있는 것이 느껴졌다. 아마도 꽤나 심하게 삔 것 같았다.

이 발목으로 산을 내려가기는 도저히 무리다. 그것도 길조차 찾기 힘든 이 어둠 속에서.

'어떻게 해야 하지?'

그러고 있는 사이에도 눈발은 점점 굵어졌다. 휴대전화 불빛을 비춰 보자 주위가 빠른 속도로 하얗게 물들어가고 있었다.

문제는 아무리 생각해도 이 상황에서 빠져나갈 방법이 전혀 없다는 것이었다.

'나…… 죽는 거야?'

처음으로 그렇게 깨닫는 순간, 지독한 공포가 유림을 덮쳤다.

낮이었더라도 시야에 곤란을 겪을 정도로 엄청난 눈보라였다. 별장에서 들고 나온 작은 랜턴은 그다지 도움이 되지 않았다. 그나마 등산화로 갈아 신고 나와서 눈길에도 발이 미끄러지지는 않고 있는 것이 다행이었다.

승현은 이를 악물고 한 걸음, 한 걸음씩 산을 올라갔다.

"유림 선배! 어디 있어요!"

끊임없이 외치는 것도 잊지 않았다. 유림이 들을 수 있도록.

랜턴에서 새어 나오는 불빛 외에는 한 점의 빛조차 없는 완벽한 어둠. 무서울 정도로 휘몰아치는 눈보라. 길이 어디인지 알아보지 못할 정도로 빠르게 쌓여가는 눈. 솔직히 무섭지 않다면 거짓말이었다. 여기서 조금이라도 길을 잘못 들었다가는 자신 역시 어떻게 될지 모른다.

하지만 지금쯤 유림이 어디선가 추위와 두려움에 떨고 있을 생각을 하자 도저히 가만히 있을 수가 없었다.

'만약에 유림 선배가 잘못된다면.'

생각만 해도 등골이 오싹했다. 자칫 자신도 잘못될 수 있다는 사실 따위는 이미 뒷전이었다.

'기다려요. 내가 꼭 구해줄 테니까.'

승현은 속으로 그렇게 다짐하며 계속해서 목청을 높였다.

"유림 선배! 듣고 있어요? 들리면 대답해봐요!"

이대로 앉아서 죽을 수는 없다.

그렇게 생각한 유림은 아픈 발목을 눈으로 열심히 문지르고 있었다. 급한 대로 냉찜질을 해서라도 통증을 좀 가라앉혀볼 생각이었다.

그러는 동안에도 눈은 빠르게 쌓여갔다. 반면에 발목의 부기는 좀처럼 가라앉을 기미가 없어서 유림은 마음이 점점 조급해졌다.

'미치겠네!'

정말 이렇게 여기서 눈에 갇혀 죽고 마는 걸까. 절망에 유림이

입술을 깨물었을 때, 어디선가 바람소리에 섞여 희미하게 자신의 이름을 부르는 목소리가 들린 것 같았다.

"유림 선배!"

유림은 깜짝 놀랐다. 내가 헛것을 들었나? 하지만 귀를 기울이자 잠시 후, 이번에는 좀 더 또렷하게 들렸다.

"유림 선배! 대답해요!"

틀림없는 승현의 목소리였다.

유림은 온 힘을 다해서 외쳤다.

"승현 씨! 나 여기 있어!"

태어나서 이렇게 큰 목소리를 내본 적은 한 번도 없었다. 다행히 한 번에 승현에게까지 들린 모양이었다.

"유림 선배? 어디예요?"

눈보라 속, 저만치 위쪽에서 희미하게 불빛 같은 것이 보였다. 유림은 휴대전화의 조명 기능을 켜고 불빛이 보이는 쪽을 향해 마구 흔들었다.

"여기야! 움직일 수가 없어!"

잠시 후 대답이 들려왔다.

"불 켜고 그대로 잠깐만 있어요, 그리로 갈게요!"

불빛이 움직이기 시작했다. 길에서 벗어난 경사진 면인 데다 눈까지 쌓여 있는 바람에 무척 조심하는 듯, 속도는 매우 느렸지만 확실히 불빛은 이쪽을 향해 내려오고 있었다.

실제로는 얼마 걸리지 않았는지도 모른다. 하지만 유림에게는 승현이 이쪽으로 오는 동안의 시간이 마치 영원처럼 길게 느껴졌다.

그리고 드디어 눈보라 속에서 승현의 얼굴이 나타난 그 순간,

"괜찮아요, 선배?"

유림은 결국 울음을 터뜨리고 말았다.

"승현 씨……!"

그런 유림을 승현이 팔을 벌려 꼭 끌어안았다.

"이제 괜찮아요. 내가 왔잖아요."

이 눈보라 속에서도 승현의 넓은 품은 너무나 따뜻했다. 유림은 울면서 저도 모르게 그 따뜻한 품에 정신없이 파고들었다. 그만큼 무서웠던 것이다.

"엉엉!"

아직 상황이 나아진 건 하나도 없는데, 오히려 둘 다 위험해질 수도 있는데. 그런데도 승현이 곁에 있다는 것만으로도 너무 안심이 된 나머지 눈물이 멈추지 않았다. 그런 유림을, 승현은 온몸으로 감싸듯 꽉 껴안아주었다. 마치 이 거센 눈보라를 제 몸으로 막아주기라도 하려는 듯이.

"음, 이러고 있으니까 되게 좋긴 한데."

잠시 후 승현이 불쑥 말했다.

"아무래도 지금은 좀 서둘러야겠어요."

이 심각한 와중에도 승현의 목소리는 살짝 웃음기를 머금고 있었다. 그래서일까, 유림도 이윽고 눈물을 멈추고 진정할 수 있었

다.

"미안해. 괜히 나 때문에……."

승현에게서 떨어지며 유림이 중얼거렸다.

"책임 소재는 나중에 따지고 일단은 내려가요. 걸을 수 있겠어요?"

유림은 고개를 저었다.

"힘들 것 같아. 발목을 삐는 바람에 굴러 떨어졌어."

"아, 그랬군요."

승현은 간단하게 대답하고는 아무렇지도 않다는 듯이 등을 돌려댔다.

"업혀요."

차마 냉큼 업히지 못하고 있는 유림에게, 승현이 다시금 재촉했다.

"선배 보기보다 무거운 거 벌써 다 알아요. 그러니까 자, 빨리."

물론 이 마당에 몸무게를 들키는 것 따위를 걱정할 리가 없다. 심각한 상황에서도 농담을 해서 자신의 긴장을 풀어주려는 승현의 배려가 느껴져서, 유림은 가슴이 뭉클했다.

"미안하다, 무거워서."

짐짓 퉁명스럽게 말하고 업히자 승현이 영차, 하면서 몸을 일으켰다.

"그렇게 미안하면 나중에 내 부탁 하나만 들어줘요."

"뭔데?"

"그건 나중에 말할게요. 일단은 살고 보죠."

유림을 업은 승현이 눈보라 속을 헤치고 걷기 시작했다.

하지만 산을 내려가는 일은 그리 쉽지 않았다. 무엇보다 이 어두운 가운데서 눈에 덮인 등산로를 찾을 수가 없었다.

온 사방이 눈으로 다 하얗게 덮여 있는 산에서 둘은 한참이나 헤맸다.

그런 가운데서도 승현은 유림을 위로하는 것을 잊지 않았다.

"걱정 마요. 아까 별장에서 그렇게 많이 올라오지 않았거든요. 지금 길을 못 찾고 있어서 그렇지, 일단 길만 찾으면 금세 내려갈 수 있을 거예요."

하지만 업혀 있는 유림의 마음이 편할 리 없었다. 승현이 보기보다 훨씬 체력이 좋다는 사실은 아까 낮에 산을 오르면서 이미 느낀 바였지만, 그렇다고 언제까지나 지치지 않을 리는 없었다.

역시나 승현의 발걸음이 점점 무거워지는 것을 유림은 눈치 챘다.

마침 눈앞에 커다란 바위가 보여서, 유림은 그쪽을 손가락으로 가리켰다.

"승현 씨, 여기서 잠깐만 쉬자."

"그래야겠어요."

유림을 살짝 땅에 내려놓은 승현이 길게 한숨을 내쉬었다. 바위 그늘 아래 숨어 둘은 잠시 눈보라를 피했다.

"자, 이제 가봐요. 오래 이러고 있을 순 없으니까."

잠시 후 그렇게 말하며 다시 등을 돌려대는 승현에게, 유림은 조용히 말했다.

"승현 씨 혼자 내려가."

놀란 승현이 유림을 돌아보았다.

"무슨 말도 안 되는 소리예요?"

화난 듯한 목소리였지만 이미 유림은 마음을 결정한 상태였다. 아까는 이렇게 쥐도 새도 모르게 혼자 죽는 건가 하는 생각에 무서웠는데, 이제는 차라리 그 편이 나았을 것 같은 생각마저 들었다. 아무 잘못도 없는 승현까지 함께 잘못되는 것보다야 그게 낫지 않은가.

"먼저 내려가서 구조요청 해줘. 차라리 그게 나을 것 같아."

"안 했을 것 같아요?"

승현이 날카롭게 되물었다.

"이미 별장에서 전화하고 올라왔어요. 하지만 눈이 너무 내려서 별장까지도 차로 못 오고, 산 밑에서부터 걸어 올라오는 수밖에 없다고 했어요. 지금쯤 별장까지는 왔나 모르겠네요."

유림은 놀랐다.

"구조요청 해놓고 승현 씨는 왜 온 거야?"

"그럼 손 놓고 기다리고만 있으라고요? 어느 세월에 구조대가 올 줄 알고!"

승현이 다시 등을 돌려댔다.

"이러고 있을 시간 없어요. 빨리 가요."

하지만 유림은 도저히 그럴 수가 없었다.

"이러다 자칫하면 우리 둘 다 죽을 수도 있어."

"시끄러워요. 정말 화내기 전에 빨리 업혀요."

"그러지 말고 승현 씨라도……."

그 순간, 승현이 몸을 벌떡 일으키며 고함을 쳤다.

"정유림!"

처음으로 선배라는 호칭 없이 불린 제 이름. 유림은 놀라서 승현의 얼굴을 쳐다보았다.

승현은 유림이 지금껏 한 번도 본 적 없는 표정을 하고 있었다. 몰아치는 눈보라도 순간적으로 잊게 만들 정도로 무서운 얼굴이었다.

"너 아까 내가 한 말은 대체 뭘로 들은 거야?"

뭐였더라, 하고 유림이 생각하기도 전에 승현이 다시 소리쳤다.

"말했잖아, 좋아한다고!"

순간 유림의 심장이 쿵, 하고 떨어졌다.

"그런데 나 혼자 내려가라고? 그래, 널 여기 버려두고 나 혼자 내려가서 산다 쳐. 그런데 혼자 살아서 나더러 어쩌라고!"

"승현 씨……."

"너도 누군가를 좋아해봤다면 그런 마음 정도는 알 거 아니야!"

승현이 이를 악물고 분한 듯이 소리쳤다.

"왜, 대체 왜 넌 하나도 모르는 거야!"

모르겠다. 승현이 지금 말한 누군가, 가 현우를 가리키는 건지도. 하지만 그 순간 유림이 머릿속에 떠올린 것은 현우가 아니라 승현이었다.

유림은 생각해보았다. 만약에 승현이 자신과 같은 상황에 처해 있고, 반대로 자신이 승현의 입장이라면……. 답은 고민할 것도 없이 금세 나왔다. 함께 얼어 죽는 한이 있어도 절대 버리고 갈 수 없다.

"같이 내려가기 싫으면 맘대로 해."

승현이 내뱉듯이 말하고 유림의 옆에 걸터앉았다.

"난 네 옆에서 한 발짝도 안 움직일 테니까."

난 좀 미쳤나 봐, 하고 유림은 생각했다. 목숨이 왔다 갔다 하는 이 심각한 상황에서도 이렇게 행복할 수가 있을까. 곁에 앉아 있는 남자의 말 한 마디 한 마디가 너무 기뻐서 눈물이 날 것만 같다.

'승현 씨는 진짜로 날 좋아해.'

다른 건 아무것도 모르겠다. 그저 그 사실 하나만은 확실했다. 그리고 그거면 충분했다.

"승현 씨."

"왜?"

퉁명스럽게 대꾸하는 승현의 입술에, 눈을 질끈 감은 유림이 제 입술을 갖다 댔다.

"……!"

승현이 깜짝 놀라 숨을 들이켜는 것이 느껴졌다. 차갑게 식어 있는 승현의 입술에 유림은 눈을 감은 채 가만히 입을 맞췄다. 더없

이 서투르게, 하지만 진심을 담아서.

어느덧 유림은 추위도 잊었다. 휘몰아치는 바람 소리마저도 더 이상 귀에 들려오지 않았다.

"……."

입술을 떼고도 승현은 한참 동안이나 눈을 뜨지 않았다.

"나 말이에요."

잠시 후, 승현이 스르르 눈을 뜨고는 중얼거렸다.

"그냥 여기서 선배랑 둘이 죽어도 별로 안 억울할 것 같아요."

진지한 표정으로 승현이 그렇게 말하는 바람에 유림은 급 부끄러워지고 말았다. 그래서 저도 모르게 말투가 퉁명스러워졌다.

"누구 맘대로 죽어? 난 억울해서 아직 안 돼."

"잘 생각했어요. 그래야 유림 선배죠."

승현이 웃고는 몸을 일으켰다.

"자, 업혀요."

"아니, 아무래도 그건 안 되겠어."

"아직도 그 소리예요?"

또다시 표정이 굳어지는 승현을 향해, 유림이 말했다.

"부축해줘, 어떻게든 걸어볼 테니까."

결론적으로 유림이 옳았다. 걸으니까 아까보다 훨씬 움직임이 빨라졌던 것이다. 물론 아무리 승현이 힘껏 부축해줘도 다친 발목이 아파서 죽을 지경이었지만 유림은 이를 악물고 버텼다. 차라리 발목이 부러져 나가는 한이 있어도 승현까지 함께 위험하게 만들 수는 없었다.

다행히 오래지 않아 내려가는 길을 찾을 수 있었다. 물론 길 자체는 눈에 덮여 전혀 보이지 않았지만 등산로를 따라 난간이 설치되어 있어서 그걸 따라 내려가면 됐다.

자칫 잘못해서 또다시 굴렀다가는 이번엔 정말 끝장이다. 둘은 서로에게 의지한 채로 무릎 가까이까지 쌓인 눈을 헤치며 난간을 따라 조심스럽게 산을 내려왔다.

그리고 드디어 저만치 눈앞에 불이 환하게 켜진 별장이 보였을 때, 두 사람은 누가 먼저랄 것도 없이 서로를 와락 껴안았다.

"……!"

유림은 목이 메어 아무 말도 하지 못했다.

"괜찮아요. 이제 아무 걱정 할 것 없어요."

유림을 꽉 껴안은 채 그렇게 말하는 승현의 목소리가 떨리고 있어서 그제야 유림은 알았다. 겉으로는 태연하게 농담을 하고 있었지만 사실은 승현 역시 많이 무서웠다는 것을.

유림은 말없이 승현을 힘주어 마주 끌어안았다.

4. 눈보라 속의 연인

별장 안은 난방이 되어 있지 않아 썰렁했지만 눈보라가 휘몰아치는 바깥에 비할 바가 아니었다. 안에 들어서는 순간 안도의 한숨이 절로 흘러나왔다.

힘들고 지친 와중에도 유림은 멋지게 꾸며진 거실을 보고 입을 다물지 못했다.

역시 회장님 별장다웠다. 침대 빰치게 넓고 푹신한 소파에 부드러운 양탄자, 게다가 드라마에서나 봤던 멋진 벽난로까지 설치되어 있지 않은가.

"큰일이네요. 아까까지만 해도 통화가 됐는데, 지금은 아예 먹통이에요."

승현이 곤란한 표정으로 수화기를 내려놓으며 말했다.

"아무래도 폭설 때문에 전화선이 망가진 것 같은데요."

"뭐?"

유림은 겁이 덜컥 났다. 바깥 상황도 그렇고, 발목도 그렇고 도저히 걸어서 산을 내려가기는 불가능한데.

"그럼 우리가 고립됐다는 거야?"

"뭐, 그런 셈이긴 하지만 크게 걱정할 건 없어요. 먹을 것도 얼마든지 있고 연료도 많으니까요. 우리 둘 정도라면 봄이 와서 눈 녹을 때까지도 버틸 수 있을걸요?"

승현은 농담처럼 말했지만 유림은 웃을 기분이 아니었다.

"그럼 회사는! 출근은 어쩌고?"

"하여튼. 방금 죽다 살아난 마당에 출근이 문제예요?"

"누가 와서 제설 작업을 안 해주면 말마따나 봄이 올 때까지 못 내려가는 거잖아!"

패닉에 빠진 유림에게, 승현이 천천히 일깨워주듯이 말했다.

"우리가 월요일에 출근을 안 하면 당연히 회사에서도 무슨 일이 생긴 걸 알게 되겠죠. 가족들은 이미 주말이면 알게 될 거고요. 그렇게 전전긍긍하지 않아도 며칠 안으로 구조하러 오게 돼 있으니까 걱정 마요."

듣고 보니까 그건 그렇다. 안도의 한숨을 내쉬는 유림에게, 승현이 말했다.

"그러니까 주말 동안에는 여기서 마음 놓고 쉬도록 해요. …… 우리 둘이서."

마치 속삭이듯 한 마지막 말이 굉장히 의미심장하게 들려서 유림은 퍼뜩 깨달았다.

'그러고 보니까 누군가가 구조하러 올 때까지는 단둘이 있어야 하는 거잖아!'

가슴이 철렁한 유림에게, 승현이 문득 물었다.

"아까 산에서 약속했던 거 기억해요?"

"약속?"

"나한테 업힐 때, 나중에 내 부탁 하나 들어주기로 했잖아요."

아, 그랬었지. 유림은 고개를 끄덕였다.

"응. 기억나."

"그 부탁, 지금 할게요."

승현이 무릎을 굽혀 소파에 앉아 있는 유림과 시선을 맞췄다. 놀라서 커다래진 유림의 눈동자를 가만히 들여다보며, 그는 말했다.

"내 여자친구가 돼줘요."

여자친구. 순식간에 별의별 생각이 다 유림의 머릿속을 스쳐 지나갔다.

이제 승현의 마음이 진심이라는 것은 알았다. 그가 자신을 갖고 논 게 아니라는 것도. 그럼에도 불구하고 승현이 자신을 모질게 밀어냈을 때는 그만한 이유가 있었을 거였다.

하지만 그게 뭔지도 제대로 모르는 상태에서 섣불리 다시 그가 내미는 손을 잡을 용기가 없었다. 또다시 뿌리쳐지게 될까 봐 겁이 났다.

"그건……."

유림이 쉽사리 대답하지 못하고 있자 승현이 다시 말했다.

"정 내키지 않으면, 이 별장에 있는 동안만이라도 좋아요."

"여기 있는 동안?"

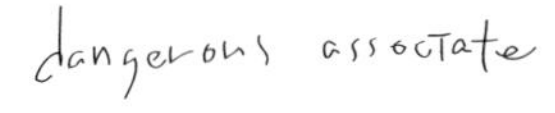

"그래요."

승현이 가만히 고개를 끄덕였다.

"더 이상 바라지 않을게요. 구조가 올 때까지만이라도 내 여자친구로 있어줘요."

매달리듯 안타까운 시선이 유림을 향했다. 결국 유림은 고개를 끄덕일 수밖에 없었다.

"……그렇게 하자."

승현의 얼굴이 확 밝아졌다. 그러더니 다음 순간, 다시 진지한 얼굴로 돌아가 다짐하듯 말했다.

"여기 있는 동안은 나하고 다정한 연인 사이인 거예요."

"알았어."

"내 마음 다 표현해도, 받아주기예요."

"아, 알았다니까."

대체 뭘 어쩌려고 이래? 유림은 급 불안해지고 말았다.

승현이 몸을 일으켜 유림의 옆에 앉았다. 그러더니 한쪽 팔로 유림의 몸을 안고 한껏 끌어당겨 자연스럽게 제 어깨, 아니, 가슴에 기대게 했다.

"스, 승현 씨?"

당황한 유림이 빠져나가려고 바르작거리자 승현이 핀잔을 주었다.

"왜 그래요? 연인 사인데 이렇게 있는 게 당연하지."

물론 유림도 평소에 많이 봤다. 커피숍이나 지하철에서 이런 합체에 가까운 포즈로 나란히 앉아 있는 연인들의 모습을.

하지만 유림은 이런 자세에 전혀 익숙하지 않았다. 허리를 껴안고 있는 승현의 손이 신경 쓰인다. 정수리에 와 닿는 따뜻한 숨결이 간지럽다.

'어떡해, 귀에 심장 소리가 들리잖아!'

제 심장의 박동까지 덩달아 걷잡을 수 없이 빨라졌다. 갑자기 긴장이 되어서 어떻게 해야 할지를 모르겠다. 왜 갑자기 뜬금없이 침을 삼키고 싶어지는 거지?

안 되겠다고 생각한 유림은 일단 승현에게서 좀 떨어져야겠다고 생각했다.

"아, 저기, 어디 갈아입을 옷 같은 거 없을까? 눈 때문에 옷이 다 젖었는데."

핑계를 대고 유림은 승현의 팔에서 겨우 빠져나왔다. 그러고는 아까 현관에서 집어 온 지팡이를 짚고 억지로 몸을 일으켰다. 아마도 차 회장의 물건 같았다.

"승현 씬 잠깐 여기 있어. 내가 방에 들어가서 좀 찾아볼게."

발목의 통증을 꾹 참고 돌아선 바로 그 순간이었다.

"……어딜 도망가려고."

등 뒤에서 승현이 유림을 끌어안으며 귓가에 속삭였다.

"아까 나한테 먼저 키스해놓고, 그냥 넘어갈 수 있을 줄 알았어요?"

약간 낮은 목소리로, 따뜻한 숨결을 섞어 속삭이는 달콤한 말.

유림이 귀가 약하다는 걸 이미 뻔히 알고서 일부러 노리고 한 짓이 틀림없었다.

하마터면 심장이 멎어버릴 뻔한 유림은 황급히 도망치려고 했다.

"꺅!"

그러나 아차, 발목을 삔 상태라는 걸 깜빡하고 있었다.

"악!"

금세 비명을 지르며 비틀거리는 유림을, 승현이 다시 제 품에 가두었다.

"그것 봐요. 도망가려고 하니까 벌 받았죠."

"이, 이거 놔!"

"아까는 먼저 키스도 잘만 하더니, 그 패기는 다 어디로 갔죠?"

도망가지 못하게 유림의 허리를 단단히 껴안고, 승현이 놀리듯이 물었다. 눈앞 바로 10센티미터 거리에서!

"아까처럼 한 번 더 해보지, 왜요."

그렇게 말하는 승현의 눈동자에는 다정한 빛이 담뿍 담겨 있었다. 가늘게 눈을 뜨고 귀여워 죽겠다는 듯이 바라보는 바람에 유림은 그만 얼굴이 새빨개지고 말았다.

두 살이나 어린 주제에, 왜 저런 눈으로 사람을 보는 거야!

"그, 그거야 아까는 죽느냐, 사느냐 하는 마당이었으니까!"

승현의 눈초리가 한층 더 부드럽게 휘어졌다.

"그렇구나. 유림 선배는 죽기 전에 꼭 하고 싶은 게 나랑 키스하는 거였구나."

"멋대로 해석하지 마!"

"그렇게 소원이라면 뭐, 들어드려야죠."

승현이 눈을 감았다.

달콤한 키스의 예감. 미칠 듯이 두근대는 심장의 박동이 승현에게까지 전해질까 봐 조바심을 내면서도, 유림도 어느새 스르르 눈을 감고 있었다.

이윽고 승현의 입술이 가만히 와 닿았다. 하마터면 심장이 폭발할 뻔한 그 순간, 뜻밖에도 입술은 닿자마자 금세 멀어졌다.

"왜…… 그래?"

당황한 유림이 눈을 살며시 뜨고 승현을 쳐다보았다.

"입술이 왜 이리 뜨거워요?"

승현 역시 놀란 표정을 하고 있었다.

"응?"

오히려 방금 유림은 승현의 입술이 차갑다고 느꼈었다. 그래서 아직 바깥의 냉기가 다 가시지 않았나 보다, 하고 생각하고 있었다. 그런데 내 입술이 뜨거운 거였나?

"선배, 설마……."

그렇게 생각하는 유림의 이마에 승현이 갑자기 제 이마를 갖다 댔다.

아, 시원하다, 유림이 그렇게 생각하는 순간, 승현이 깜짝 놀란 얼굴로 이마를 뗐다.

"세상에, 완전히 불덩이잖아요!"

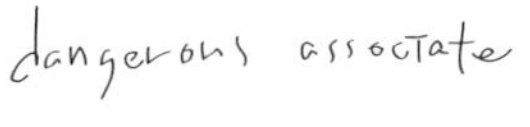

"그래?"

"그래, 라뇨! 이렇게 열이 펄펄 나는데 아무렇지도 않아요?"

승현이 황당하다는 듯이 물었다.

"아니, 좀 안 좋긴 한데……."

사실은 발목도 발목이지만 아까부터 온몸이 욱신거리고 아팠다. 게다가 몸이 자꾸 축축 늘어지는 것 같기도 했다. 하지만 그저 산에서 굴러 떨어져서 그러려니 하고 대수롭지 않게 생각하고 있었다.

무엇보다 죽을 고비에서 방금 빠져나온 마당에 몸 아픈 것쯤은 신경도 쓰이지 않았던 것이다.

"안 되겠다. 일단 들어가서 누워야겠어요."

승현이 갑자기 번쩍 안아드는 바람에 유림은 놀라서 소리쳤다.

"내려줘. 나 걸어갈 수 있어!"

"안아줄 때 얌전히 있어요. 어차피 내가 부축해주지 않으면 걷지도 못하면서."

승현은 아랑곳하지 않고 유림을 안은 채 이 층으로 올라갔다.

"내가 이 별장에 올 때마다 쓰는 방이에요."

유림을 조심스럽게 침대에 내려놓고 승현이 말했다.

"별장 관리하는 분이 바로 이 아랫마을에 사시거든요. 언제라도 쓸 수 있게 늘 깔끔하게 청소해두고 있어서 불편하진 않을 거예요."

그 말대로였다. 깨끗하게 정돈된 침대 시트에서는 갓 빤 것처럼

은은한 향기가 났고 창틀에는 먼지 하나 쌓여 있지 않았다. 단지 평소에 사람이 쓰지 않는 방이다 보니 심하게 추웠다.

"조금만 기다려요. 금세 따뜻해질 테니까."

승현은 보일러 온도를 조절하고 히터도 켜주고 난 후 방에 있는 옷장을 가리켰다.

"옷장에 보면 내 옷이 몇 벌 있을 거예요. 크긴 하겠지만 아쉬운 대로 꺼내서 갈아입고 있어요. 난 약이 있나 좀 찾아보고 올게요."

승현이 방에서 나가고 나서 유림은 옷장을 열었다. 손에 잡히는 대로 셔츠와 면으로 된 바지를 꺼내서 갈아입었다. 얼마나 추운지 갈아입는 동안에도 이가 딱딱 부딪쳤다.

빛의 속도로 옷을 입고 나서 유림은 얼른 침대로 뛰어들어 이불을 뒤집어썼다. 하지만 싸늘하게 식어 있는 이불 속은 바깥보다도 나을 게 없었다.

유림이 이불을 머리끝까지 확 뒤집어쓰고 벌벌 떨고 있자 잠시 후 승현이 약상자를 가지고 돌아왔다. 승현 역시 옷을 갈아입고 있었다.

"종합감기약이에요. 해열제 성분도 들어 있으니까 먹고 한숨 자면 좀 나아질 거예요."

승현이 준 약을 삼키자마자 유림은 부들부들 떨며 도로 이불 안으로 파고들었다.

"그렇게 추워요?"

"응. 오한이 나는 것 같아."

갑자기 승현이 이불을 들추고 들어와 곁에 눕는 바람에 유림은 소스라쳤다.

“무, 무슨 짓이야?”

“춥다면서요. 가만히 있어요, 안고 있어줄 테니까.”

몸을 피하며 유림은 소리쳤다.

“됐거든?”

“아까 약속한 거 벌써 잊어버렸어요? 우린 지금 연인 사이라고요.”

“그거랑 이거랑 무슨 상관인데?”

유림은 절대 굽힐 생각이 없었다. 곁에 있는 것만으로도 긴장돼 죽겠는데!

“아무 짓도 안 해요. 걱정 말고 이리 와요.”

“그걸 어떻게 믿어!”

승현이 한숨을 쉬었다.

“내가 쓰레기인 건 맞는데, 이렇게 아파서 열이 펄펄 나는 사람 덮칠 정도는 아니에요.”

승현의 입에서 아무렇지도 않게 흘러나온 쓰레기라는 말에 오히려 유림은 가슴이 덜컥했다.

「차라리 다 장난이었다고 말을 하지 그랬냐, 이 쓰레기야.」

「꺼져, 쓰레기야.」

바로 어젯밤에 자신이 그에게 쏘아붙였던 말이 지금은 너무나 아프게 가슴에 꽂혔다. 목숨 걸고 그 눈보라를 뚫고 구해주러 온

이 남자에게 자신은 대체 무슨 말을 했던 걸까.

"내가 잘못했어, 승현 씨."

유림은 침대 위에 무릎을 꿇고 진심으로 사과했다.

"다시는 그러지 않을게."

그 말을 승현은 조금 오해한 모양이었다. 오히려 찔린다는 듯이 이렇게 말하는 것이었다.

"아니, 뭐 그렇게 무릎까지 꿇고 사과할 것까진 없어요. 사실 나도 흑심이 아주 없었던 건 아니니까."

무슨 생각을 했는지, 승현은 조금 붉어진 얼굴로 중얼거렸다.

"뭐, 아픈 사람이라지만 가슴 정도는 살짝 만져도…… 악!"

말하다 말고 승현이 갑자기 소리를 질렀다. 유림이 베개로 인정사정없이 뒤통수를 후려쳤기 때문이었다.

"좀 어때서 그래요? 만진다고 닳는 것도 아닌데!"

"닳아, 닳는다고! 꿈도 꾸지 마!"

얼굴이 새빨개진 유림이 베개로 마구 승현을 강타했다.

"아, 알았어요. 내가 잘못했으니까 그만 때려요. 이거 베개라도 꽤 아프다고요!"

"아프라고 때리지, 그럼!"

머리를 감싸고 피하려는 승현을, 유림은 이를 악물고 베개로 계속 후려쳤다.

"이 짐승! 대체 머릿속에 뭐가 든 거야!"

그러나 승현도 언제까지나 당하고 있지는 않았다.

“내 머릿속에 뭐가 들었는지 알면, 놀랄 텐데.”

갑자기 그렇게 말하더니 확 몸을 일으켜 덮쳐 오는 바람에 유림은 베개를 놓치고 뒤로 나동그라지듯 침대에 눕혀지고 말았다.

“꺅!”

유림의 두 손목을 꽉 붙들어 침대에 눌러 붙이고, 승현이 위에서 내려다보며 말했다.

“그만하라고 했죠?”

“이, 이거 놔!”

얼굴이 빨개진 유림이 몸부림쳤다. 하지만 두 손은 꽉 붙들려 있고, 위에서 승현이 몸으로 누르고 있었기 때문에 꼼짝달싹도 할 수 없었다.

“빨리 놓으라니까!”

“놓으란다고 놓을 거면 뭐 하러 이러고 있을까, 바보.”

그렇게 중얼거리자마자 승현은 유림의 입술을 덮쳤다.

처음부터 열정적인 입맞춤이었다. 맞닿아 있는 입술도 입술이었지만, 빈틈없이 밀착되어 있는 몸이 한층 더 서로를 떨리게 했다. 놓치지 않겠다는 듯이 자신을 꼭 끌어안고 있는 단단한 몸. 유림은 어느새 추운 것도 잊고 승현의 목에 매달리고 있었다.

‘어떡하지.’

키스만으로는 점점 뭔가 부족해지고 있는 자신을 느끼고, 유림은 문득 당황했다.

이 남자가 좋다. 좋다는 단순한 말로는 이루 다 표현할 수 없을 정도로. 그러니까 좀 더 가까이서, 살갗을 맞대고 느끼고 싶다. 그런 순수한 욕망이 유림의 마음속에서 저절로 일어나고 있었다. 현우를 오래도록 짝사랑하면서도 여태 한 번도 느껴보지 못한 감정이었다.

'뭐, 아픈 사람이라지만 가슴 정도는 살짝 만져도…….'

만약에 지금 당장 승현이 그 말대로 한다고 해도 거절할 자신이 없었다. 아니, 생각해보면 거절할 이유가 있긴 한가? 오히려 머릿속으로 상상하자 가슴이 두근거리며 뛰기 시작했다.

"……하아."

한참 동안 유림의 입술을 마음껏 핥고 빨면서 키스하던 승현이, 이윽고 입술을 뗐다. 그리고 유림의 눈동자를 가까이서 들여다보며 부드럽게 속삭였다.

"아쉽지만 여기까지만."

그 순간 유림이 느낀 것은 확실히 안도감보다도 서운함이었다. 가슴이 어쩌고 하더니 왜 여기서 그만두는 거야?

"아픈 사람 무리시키고 싶지 않으니까 좀 섭섭해도 이쯤에서 참아요."

머리칼을 살며시 어루만지며 승현이 장난스럽게 말하는 바람에 유림은 당황했다. 나 서운해한 거, 들켰나?

"섭섭하긴 내가 왜 섭섭해? 승현 씨가 섭섭한 거겠지."

"맞아요."

승현은 빙긋 웃으며 순순히 수긍했다.

"섭섭한 정도가 아니라, 생각 같아서는 지금 당장 확 덮치고 싶어 죽겠어요."

어쩌면 저렇게 제 욕망을 솔직하게 입에 담을 수가 있을까. 유림은 부끄럽다 못해 신기할 지경이었다.

"승현 씨는 그런 말 하는 거, 창피하지 않아?"

"왜요? 좋아하니까 안고 싶은 거, 당연하잖아요. 나도 남잔데."

승현이 어깨를 으쓱했다.

"하지만 역시 좋아하니까 참고 있는 거, 알아줬으면 고맙겠네요."

유림은 순간 가슴이 뭉클했다.

예전에 승현이 장난처럼 말했던 게 기억났다. 노벨 신사상 같은 게 있으면 자기가 받아야 할 판이라고. 그때는 그게 무슨 뜻인지 잘 몰랐는데 이제는 알 것 같았다. 자신도 이렇게 은근히 아쉬운 마당에, 승현은 지금쯤 얼마나 참기 힘들까.

그런데도 그는 참아주고 있는 거였다. 몸이 아픈 자신을 위해서.

승현이 자신을 원하고 있다고 솔직하게 말해주는 게 기뻤다. 그럼에도 불구하고 소중하게 아껴주고 있는 건, 한층 더 기뻤다. 그래서 유림은 살며시 승현의 품에 파고들었다.

"어, 이거 지금 설마 도발하는 거예요?"

승현이 조금 당황한 듯이 물었다.

"이렇게까지 하면 나도 참을 자신 없는데."

"안고만 있어준다며? 아무 짓 안 하겠다고 했잖아."

"아니, 그건 아까 얘기고, 지금은 상황이 좀 다른데요."

"나 추워. 그냥 안고 있어줘."

"……맙소사."

승현이 긴 한숨을 내쉬고는 유림에게 팔을 내밀었다.

"올해 노벨 신사상은 내 거라 치고, 노벨 악녀상은 선배가 받아야겠네요."

그렇게 말하는 승현의 팔을 베고, 유림은 못 들은 척 눈을 감았다.

"잘 자요, 악녀."

유림의 이마에 가볍게 입을 맞추고, 승현이 다정하게 속삭였다.

"네, 의료진은 필요 없습니다. 발목을 좀 삐긴 했지만 응급 상황은 아니니 괜찮습니다. 둘 다 아무 문제도 없으니 구조대는 철수해주시면 될 것 같습니다. 죄송합니다."

유림이 잠든 후, 일 층으로 내려온 승현이 수화기에 대고 말했다. 아까 전화선이 끊긴 것 같다고 유림에게 말했던 바로 그 거실 전화기였다.

"고립된 상황이긴 하지만 당장 구조는 필요 없습니다. 별장에 연료와 식품도 충분하고, 통신이 끊긴 것도 아니니까요. 혹시나 상황이 안 좋아지면 바로 도움을 요청하도록 하겠습니다."

하지만 상대는 못내 걱정이 되는 모양이었다. 금방이라도 구조대를 이쪽으로 보낼 기세에, 승현은 한숨을 길게 내쉬었다.

"그럼 그냥 대놓고 말씀드리겠습니다."

전화기에 대고, 승현은 딱 잘라 말했다.

"그냥 단둘이 있을 수 있게 좀 놔둬주시면 고맙겠습니다."

전화를 끊고 나서 승현은 도로 이 층으로 올라갔다.

난방을 최대한으로 돌린 덕분에 방은 이미 충분히 따뜻해져 있었다. 그래서인지 다행히 유림은 세상모르고 잠들어 있는 채였다.

승현은 조용히 침대 곁에 앉아 잠든 유림의 얼굴을 들여다보았다.

살짝 감긴 눈꺼풀의 긴 속눈썹, 열에 들떠 살짝 발그레해진 뺨, 메마른 입술. 그 하나하나가 승현의 눈에는 더없이 예쁘고 사랑스러워 보였다. 아무리 오래 들여다보고 있어도 싫증나지 않을 정도로.

"……."

소리 없는 한숨이 무겁게 내려앉았다.

이미 승현은 유림에게로 향하는 제 마음을 더는 어찌할 수 없다는 것을 인정하고 있었다. 그렇지 않았다면 산에 올라갔을 때, 좋아한다고 고백하지도 않았을 거였다. 하지만 인정한 것은 인정한 것이고, 앞으로 어떻게 해야 할지는 아직 모르고 있었다. 그때까지만 해도.

어떻게 해야 할지가 확실해진 것은, 눈보라 속에서 유림을 찾아 헤맬 때였다.

「유림 선배! 어디 있어요? 대답해요!」

반쯤 미쳐서 그렇게 외쳐 부르면서 승현은 속으로 거듭 맹세했다. 만약에 유림을 찾게 된다면, 두 번 다시는 놓지 않겠다고.

지금까지 살아온 인생? 앞으로의 미래? 그게 다 뭐란 말인가. 정유림이 없으면 그까짓 것들, 아무런 의미도 없다.

그래서 승현은 유림이 자신을 두고 먼저 내려가라고 했을 때, 단 1초의 고민도 없이 이렇게 외칠 수 있었다.

「그래, 널 여기 버려두고 나 혼자 내려가서 산다 쳐. 그런데 혼자 살아서 나더러 어쩌라고!」

어디까지나 진심이었다. 유림이 없는 인생 따위, 살고 싶지도 않았다. 그 결심은 죽을 고비를 넘긴 지금도 마찬가지였지만, 이제 문제는 유림이었다.

「내 여자친구가 돼줘요.」

아까 승현이 그렇게 말했을 때, 유림은 쉽사리 대답해주지 않았다. 망설이고 있는 눈치가 역력했다. 하기야, 그토록 심하게 굴었는데.

「이 별장에 있는 동안만이라도 좋아요.」

어떻게든 매달리고 싶어서 승현은 그렇게 말했다. 다행히 유림도 그 말에는 동의해주었다. 기회를 얻은 기분이었다.

창 밖에서는 지금도 눈보라가 몰아치고 있었다. 구조가 오려면 최소한 며칠은 지나야 할 터였다. 그 며칠 동안에, 유림으로 하여금 자신을 믿게 만드는 수밖에 없었다.

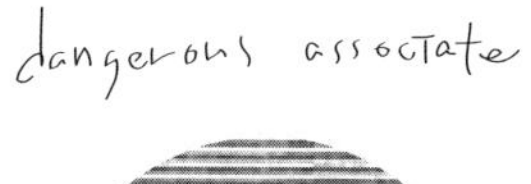

'날 믿어요. 두 번 다시는 놓지 않을 테니까.'

승현이 속으로 그렇게 다짐한 순간, 유림이 신음하며 몸을 뒤척였다.

"으음……."

몸이 쑤시고 아픈 모양이다. 예쁜 얼굴이 한껏 찡그려져 있어서, 승현은 마음이 아팠다. 손을 뻗어 이마를 살짝 짚어보자 여전히 뜨거웠다.

'아직 해열제 효과가 안 나고 있는 건가…….'

문득 승현은 양심의 가책을 느꼈다. 이거, 역시나 구조 요청을 해서 병원에 데려가는 게 좋았을까.

하지만 아무래도 유림과 단둘이 있을 수 있는 기회를 놓치고 싶지 않았다. 그래서 전화선이 끊겼다고 거짓말까지 했던 것이다. 나쁜 짓이라는 걸 알면서도 어쩔 수가 없었다.

"미안해요, 선배."

유림의 얼굴을 내려다보며, 승현이 입속으로 중얼거렸다.

"대신 내가 열심히 간호해줄게요."

승현은 고개를 숙여 잠든 유림의 입술에 살며시 입 맞추었다.

……이 눈보라가 언제까지나 그치지 않기만을 빌면서.

'아무래도 이상해.'

처음부터 세라는 그렇게 생각하고 있었다.

아침에 웬 이상한 여자가 차 앞에 뛰어든 것부터가 이상했다. 아니나 다를까, 다리가 부러졌느니, 끊어졌느니 갖은 오버를 다 해대더니, 병원에 도착하자마자 갑자기 화장실을 간다는 핑계로 어디론가 사라져서는 끝내 돌아오지 않은 것도 그랬다. 자해공갈단 같은 거라면 합의금 조로 돈이라도 뜯어 갔을 법한데 그러지 않았던 게 더더욱 수상했다.

이상한 점은 그뿐이 아니었다. 여자가 사라지고 나서, 세라는 승현에게 전화를 했다. 사고가 있어서 좀 늦었지만 지금 가겠다고 말하기 위해서.

하지만 웬일인지 승현은 계속 전화를 받지 않았다. 아무래도 수상하다고 생각하고 있는데, 그때 마침 같은 팀의 조 과장에게서 전화가 온 것이 아닌가.

- 세라 씨, 지금 어디야?

"일이 좀 있어서 지금 병원에 와 있어요. 그런데 무슨 일이세요, 과장님?"

- 아까 승현 씨한테서 연락이 와서는 세라 씨가 안 온다고 하더라고. 그래서 내가 유림 씨한테 전화해서 대신 가라고 했어.

"네에?"

하마터면 세라는 그 순간 고함을 질러버릴 뻔했다.

당신 미쳤어? 누구 맘대로 그런 짓을 해!

평소에 회사에서 누구에게나 싹싹하고 겸손하게 굴고 있는 세라였지만 사실 속마음은 정반대였다. 승현을 손에 넣을 때까지는 누구든 제 편으로 만드는 게 유리하다고 생각했기 때문에 그렇게 행동하고 있을 뿐, 속으로는 부장이고, 과장이고 전혀 안중에 없었다.

당연하지 않은가. 현재 대표이사가 내 아버지고, 앞으로는 오너의 와이프가 될 텐데.

'감히 과장 나부랭이가 내 일을 방해해?'

세라는 속이 부글부글 끓어올라 미칠 지경이었다. 그것도 모르고 조 과장은 오히려 생색이라도 내듯이 말했다.

- 그러니까 세라 씨는 아무 걱정 말고 집에서 푹 쉬어. 알았지?

"네, 과장님."

간신히 화를 억누르고 세라는 전화를 끊었다.

'두고 봐. 다음 인사이동 때, 아빠한테 말해서 공장으로 보내버릴 테니까!'

이를 악물고 독하게 혼잣말로 뇌까렸지만 기분은 조금도 나아지지 않았다. 지금쯤 승현과 유림이 함께 강원도로 향하고 있을 생각을 하니 미칠 것만 같았다.

그 후로 세라는 하루 종일 전전긍긍했다. 그러다 저녁 무렵에 문득 떠오른 생각이 있었다.

'잠깐만. 이거 설마, 죄다 정유림이 꾸민 짓 아니야……?'

그제야 머릿속이 환해지는 것 같았다.

'아침에 그 이상한 여자부터 시작해서, 조 과장까지 모두 다 미

리 짜둔 계획대로 진행된 거야. 그렇지 않고서는 설명이 안 되잖아?'

세라는 확신했다. 이 모두가 유림이 꾸민 짓이라고.

"그렇게 안 생겨가지고, 이제 보니까 생각보다 앙큼한 데가 있었네?"

한 방 먹은 느낌에 세라는 혼자 피식거렸다.

"하긴, 그렇게 호락호락 물러날 리가 없지. 차승현이 누구라고."

물론 당하고 가만히 있을 세라가 아니었다.

"근데 너, 사람 잘못 건드렸어. 어디 한번 두고 봐."

미소가 싹 가신 세라의 얼굴에 한순간 독기가 어렸다.

승현의 기도가 효과를 발휘했던 걸까. 다음 날인 일요일 아침, 여전히 눈보라는 그치지 않고 맹위를 떨치고 있었다.

이 층 창문으로 바깥을 내다봤다가 유림은 깜짝 놀랐다. 밖에 세워둔 승현의 차가 반 이상 눈에 파묻혀 있었던 것이다.

눈보라와 더불어 몸 상태도 별로 나아진 것이 없었다. 해열제가 효과가 있었는지 열은 어제에 비해서 한결 내리긴 했지만, 이제는 온몸이 다 쑤시고 아파 죽을 지경이었다. 어제 산에서 굴러 떨어진 후유증이 본격적으로 나타나는 것 같았다.

"나 이거 뭔지 알아."

죽을 끓여 가지고 올라온 승현에게, 유림은 힘없는 목소리로 말했다.

“고등학교 일 학년 때, 한번 단체로 코치님한테 반항했다가 몽둥이찜질 제대로 당한 적 있거든. 그다음 날 몸 상태가 딱 이랬었어.”

“세상에, 여자애들을 그렇게 두들겨 팼다고요?”

“운동하는데 남자, 여자가 어딨어. 다 똑같이 맞는 거지.”

“참 대단한 양성평등이네요.”

승현이 혀를 차며 의자를 끌어다 유림이 누운 침대 곁에 앉았다.

“일어나 앉을 수 있겠어요?”

“응.”

유림은 고개를 끄덕이고는 천천히 몸을 일으켰다. 그러나 얼마나 온몸이 아픈지, 그 간단한 동작을 하는 것만으로도 신음소리가 절로 나와서 입술을 깨물고 참아야 했다.

“자. 아, 해봐요.”

승현이 숟가락으로 죽을 떠서 입가에 가져다주는 바람에 유림은 당황했다.

“내가 먹을 수 있는데.”

“삭신이 다 쑤셔서 죽겠다면서요. 그냥 잠자코 받아먹어요.”

“됐어. 팔 하나쯤은 움직일 수 있어.”

한사코 고개를 젓는 유림에게, 숟가락을 내려놓은 승현이 한숨을 쉬었다.

"꼭 이럴 때까지 그렇게 씩씩해야 돼요?"

"응?"

"그것도 어느 정도여야 매력이지, 이렇게까지 하면 내가 싫은 건가, 싫어진다고요."

승현은 조금 심술이 난 듯해 보였다.

"아니면 내가 그렇게 의지가 안 되는 스타일이에요?"

그럴 리가. 어제 그 눈보라를 뚫고 승현이 와줬을 때, 유림은 그것만으로도 눈물이 날 정도로 마음이 가라앉는 것을 느꼈었다. 그런데 의지가 안 된다니.

"아니야, 난 그런 게 아니라……."

"여기 있는 동안은 나한테 다 맡기고 기대고 있어요."

유림이 어쩔 줄 몰라 하자 이윽고 승현이 진지하게 말했다.

"어차피 회사 돌아가면 또 씩씩한 정유림으로 돌아갈 거잖아요. 그러니까 여기 있는 동안만이라도 나보다 연상이라든가, 선배라든가, 그런 거 다 잊어버리고 나한테 의지해달라고요."

말하는 의미는 알겠다. 하지만 곤란하기는 마찬가지였다.

"내가 여태 그래본 적이 없어서……."

말끝을 흐리는 유림에게, 승현이 서운한 듯이 말했다.

"뭐, 정 안된다면 어쩔 수 없죠. ……난 어제 선배 구하러 가느라 목숨까지 걸었는데."

"승현 씨."

"괜찮아요, 뭐. 죽어도 못 하겠다는데 어쩌겠어요? 물론 내가 어제 선배 업고 그 눈보라 속을 걷느라 하마터면 죽을 뻔하긴 했지만요.”

결국 유림은 두 손 두 발 다 들고 말았다.

“알았어, 알았다고. 알았으니까 그만해!”

그제야 승현이 활짝 웃었다.

“자, 그럼 아, 해봐요.”

눈을 질끈 감고 입을 벌린 유림에게, 승현이 죽을 떠 먹여주기 시작했다.

“뭐라고 하지?”

일요일 아침부터 현우는 휴대전화를 들었다 놨다 하면서 고민하고 있었다.

“영화나 보자고 할까? 아니, 참, 영화는 저번에 봤지. 그럼 놀이공원에 가자고 할까?”

사실 영화든, 놀이공원이든 그게 문제는 아니었다. 중요한 건 유림을 만나는 것 자체였으니까.

12월에 들어서서도 계속 날씨가 포근했던 탓에 여태 눈 구경도 못 했는데, 어제부터는 수은주가 뚝 떨어졌다.

오늘은 드디어 서울에도 눈이 내린다고 했다. 첫눈이다. 현우는 유림과 함께 첫눈을 맞고 싶었다.

문제는 좀처럼 전화를 할 용기가 나지 않는다는 것이었다.

「저랑 선배, 친형제 사이 같은 거 아닙니까? 전 여태 그런 줄 알았는데요.」

좋아한다고 고백한 자신에게, 유림은 마치 못 들을 소리를 들은 사람 같은 표정으로 말했다.

「이제 와서 갑자기 이러시면 저도 당황스럽잖습니까.」

그때는 얼마나 속상했는지 모른다. 자신이 그동안 유림을 여자로 보지 않은 만큼이나, 유림 역시 그랬던 것이다.

「그럼 내가 천천히 다가갈게. 그러면 되지, 뭐.」

현우로서는 그렇게 말할 수밖에 없었다.

"놀이공원은 아직 좀 오버인가? 그냥 영화나 보자고 하는 게 나을까? 아니, 그것도 부담스러우려나?"

현우는 머리를 싸매고 고민했다. 그러다 문득 피식, 하고 웃음이 새어 나왔다.

「야, 유림아. 너 오늘 퇴근하고 나랑 영화나 보러 갈래?」

언젠가 자신이 소개팅녀에게 바람맞고 나서 유림에게 했던 말이 떠올랐던 것이다.

그때는 아무렇지도 않게 할 수 있었던 말이 왜 이제는 이렇게 어려운 걸까. 언제부터 정유림은 나한테 이렇게 어려운 여자가 됐을까.

"아무래도 영화가 낫겠다."

한참 고민하다 현우는 마음을 결정하고 휴대전화를 들었다. 제

마음을 깨닫기 훨씬 전부터 유림은 단축번호 일 번에 있었다. 딱 숫자 일만 누르면 되는데, 그것조차도 결심이 필요했다.

길게 심호흡을 하고 일 번을 누르려는 순간이었다.

"응?"

갑자기 전화가 오는 바람에 현우는 깜짝 놀랐다. 그것도 유림의 집에서 걸려온 전화가 아닌가!

"어, 유림아. 무슨 일이야?"

현우는 두근거리는 가슴으로 전화를 받았다. 아무렇지 않은 척 하느라 무진 애를 쓰면서. 그러나 상대는 유림이 아니었다.

- 현우 군인가? 나 유림이 엄마예요. 잘 지내지?

"아, 예! 어머님!"

현우는 저도 모르게 얼른 무릎을 꿇고 전화를 받았다.

"어머님께서 저한테 웬일로 전화를 다 주셨습니까?"

- 유림이가 어제 강원도에 무슨 답사를 간다고 나갔는데, 분명히 저녁 늦게라도 돌아온다고 했거든. 근데 오늘 아침까지도 돌아오질 않아서. 뉴스 보니까 지금 그쪽에 눈이 엄청 오고 있다는데, 전화도 연결이 안 되고 걱정이 돼서 견딜 수가 있어야지.

현우는 깜짝 놀랐다.

"예? 유림이가 답사를 갔다고요?"

답사라면 분명히 승현과 세라가 가기로 했을 터다. 그런데 왜 유림이?

- 그래, 어제 아침에 과장이라는 사람한테서 전화 받고 부랴부랴

나갔는데. 현우 군도 아는 게 없나?

그렇게 묻는 유림 엄마의 목소리에는 걱정이 가득했다.

"제가 좀 알아보겠습니다, 어머님. 아무 일 없을 테니까 너무 걱정 마시고 잠깐만 계세요. 금세 다시 전화 드리겠습니다."

현우는 일단 유림의 엄마를 안심시켜놓고 나서 곧바로 승현에게 전화를 걸었다. 그러나 역시 연결되지 않기는 마찬가지였다.

"대체 어떻게 된 거야!"

초조해진 나머지 현우는 거칠게 내뱉었다. 설마 둘이 같이 답사를 간 건가. 유림인 대체 왜 또 그놈과 엮이는 거야!

둘 사이에 무슨 일이 있었는지까지는 모르겠다. 하지만 유림이 승현에게서 뭔가 크게 상처를 받은 것만은 확실했다.

「만지지 말라고요!」

마사지를 해주려는 유림의 손을 피해 승현이 일어나며 고함을 질렀던 순간. 현우는 그때 보았던 유림의 눈을 잊을 수가 없었다. 금세라도 울 것 같은 눈이었다.

그 순간 현우는 승현에게 격렬한 질투를 느꼈다. 유림으로 하여금 그런 표정을 짓게 만드는 승현이, 밉고도 한편으로는 부러워서 견딜 수가 없었다.

'설마 여태껏 둘이 함께 있는 건가.'

초조해졌다. 게다가 지금 강원도 쪽에 폭설이 엄청나게 내리고 있다지 않은가. 혹시 무슨 사고라도 생긴 거라면?

안절부절못하던 현우는 세라에게 전화를 걸었다.

- 서 대리님! 주말에 웬일로 저한테 전화를 다 주셨어요?

반갑게 전화를 받는 세라에게, 현우는 다짜고짜 물었다.

“이세라 씨, 어제 차승현 씨랑 답사 안 갔어?”

- 네. 제가 일이 좀 생기는 바람에 정 선배가 대신 가신 모양이에요. 그런데 왜요?

“둘 다 연락 두절이야. 여태 서울에도 돌아오지 않은 것 같고. 아무래도 무슨 일이 있는 것 같아.”

전화를 받는 세라의 목소리가 금세 심각하게 변했다.

- 네……?

“아프지는 않아요?”

거실 소파에 앉아 있는 유림의 발목을, 얼음주머니로 세심하게 문지르며 승현이 물었다.

“어, 뭐. 견딜 만해.”

유림이 무뚝뚝하게 대꾸했다. 얼굴이 살짝 빨개진 채로.

반면에 유림 앞에 무릎을 꿇고서 냉찜질을 해주고 있는 승현은 아무렇지도 않은 모양이었다.

“그래도 서울 가면 병원에는 가봐야 돼요.”

“알았다고.”

문득 승현이 잡고 있는 유림의 발을 들여다보더니 싱긋 웃었다.

"선배, 손이 참 예쁘다고 생각했는데 이제 보니까 발도 예쁘네요."

"보지 마!"

결국 견디지 못하고 유림이 발을 확 빼버렸다.

"어, 이러면 반칙이죠. 내가 하는 대로 다 맡겨두기로 약속했잖아요?"

"자꾸 이상한 소리 하니까 그렇지!"

"그럼 예쁜 걸 예쁘다고 하지, 뭐라고 해요."

승현이 도로 유림의 발을 아프지 않게 살짝 잡아다가 얼음주머니를 갖다 대주었다. 조심스러운 손길에, 유림은 문득 떠오르는 게 있었다.

"이럴 거면서 그땐 왜 그랬어?"

"언제요?"

"……사무실에서. 내가 마사지해주려고 했더니 버럭 화내면서 피했잖아."

"아, 그때."

승현이 아무렇지도 않게 대꾸했다.

"너무 떨려서 그랬어요."

"뭐?"

"선배가 내 몸에 손대니까 떨려서 그랬다고요."

어이가 없었다. 그렇게 화를 내고 망신을 줘놓고서는, 뭐가 어쨌다고?

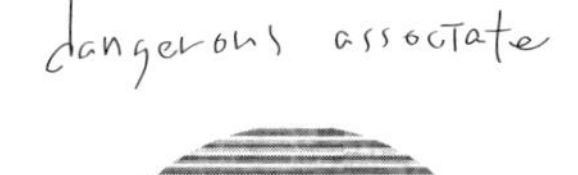

"못 믿겠으면 한번 볼래요?"

갑자기 승현이 얼음주머니를 내려놓고는 유림의 손목을 잡았다. 그러고는 손을 잡아끌어 제 가슴에 꼭 갖다 댔다.

두근두근두근. 손바닥을 통해 심장이 뛰는 느낌이 전해져왔다.

"봐요. 선배가 손대니까 엄청 빨리 뛰죠?"

어느새 승현의 눈동자가 얼굴 바로 앞까지 다가와 있었다.

두근! 하고 유림의 심장이 비명을 질렀다.

"난 늘 이랬다고요. 선배가 가까이 다가오기만 해도."

거짓말도, 놀리는 것도 아니라는 걸 알 수 있었다. 그러는 동안에도 승현의 심장은 빠르게 뛰고 있었으니까.

떨리면서도 한편으론 당황스러웠다. 유림은 참지 못하고 물었다.

"그렇게 날 좋아하고 있었으면서, 왜 그렇게 못되게 굴었던 거야?"

사실은 계속 궁금했었다. 하지만 왠지 두려워서 차마 입 밖으로 꺼내지 못하고 있던 질문이었다.

"선배가 무서웠거든요."

승현은 의외로 담담하게 대답했다.

"뭐가 무서웠다는 거야?"

유림으로서는 전혀 이해할 수 없는 대답이었다. 왜 무서웠다는 건지, 그리고 무서운데 왜 못되게 굴었던 건지.

"음……."

설명하기가 어려웠던 걸까. 승현은 잠시 생각하는 듯한 표정을 짓더니 이렇게 되물었다.

"선배, 나 좋아하죠?"

"어?"

갑자기 날아온 질문에 유림은 당황했다.

"아니라고 해도 소용없어요. 벌써 선배 마음 나한테 다 들켰으니까."

"그, 그래. 그건 그렇다 치고. 근데 그게 뭐?"

얼굴이 빨개진 유림에게, 승현은 물었다.

"다 정리하고 나랑 같이 먼 나라로 가서 살아줄 수 있겠어요?"

"먼…… 나라?"

"그래요. 미국이라든가, 유럽이라든가. 아니면 아프리카도 좋고요."

"왜 그래야 하는데?"

도저히 이해할 수가 없었다. 하지만 승현은 어디까지나 진지해 보였다.

"묻지 말고요. 그냥 그래줄 수 있어요?"

영문을 몰랐지만 유림은 잠시 곰곰이 생각해보았다. 먼 나라에 가서, 승현 씨랑 둘이……? 하지만 아무리 생각해봐도 무리였다.

"저어, 그건 좀 힘들 것 같은데."

유림은 솔직하게 대답했다.

"왜요?"

"그렇잖아. 난 가족도, 친구들도 다 한국에 있는데 어떻게 하루아침에 외국에 나가서 살겠어. 게다가 그렇게 되면 회사도 그만둬야 하는데."

승현이 유림의 두 손을 꼭 잡았다.

"날 좋아하잖아요. 그런데 그 정도도 감수해줄 수 없어요?"

"좋아하는 건 사실이지만……."

유림은 잠시 머뭇거렸다. 승현은 자신을 위해서 목숨까지 걸어줬는데, 결국 이렇게 대답할 수밖에 없는 게 미안했다. 하지만 이게 진심이니까 어쩔 수가 없었다.

"……그래도 이건, 인생이 걸린 일이니까 그렇게 쉽게 결정하긴 힘들어."

말을 맺고 나서 유림은 승현의 눈치를 보았다. 그가 혹시 서운해할까 봐.

하지만 승현은 다음 순간, 빙그레 웃었다.

"이해해요, 선배 마음."

웃음 짓는 그의 얼굴에서 섭섭한 기색은 조금도 보이지 않았다.

"당연한 거죠. 자기 인생이 걸린 일인데 그렇게 쉬울 리가 없는 거죠."

"승현 씨……?"

"나도 그런 거였어요. 그래서 선배한테 못되게 굴었어요. 그러니까 선배도 용서해줬으면 좋겠어요."

하지만 유림은 대체 승현이 무슨 말을 하는지 알쏭달쏭하기만 했다. 무슨 소린지를 알아야 용서를 하든 말든 할 게 아니겠는가.

잠시 후, 승현이 웃음기를 거두고 말했다.

"선배랑 차이가 있다면 난 이제 결심했다는 거."

"그러니까 뭘?"

고개를 갸웃거리는 유림의 귓가에, 승현이 비밀을 털어놓듯 속삭였다.

"선배가 날 좋아하는 것보다, 내가 선배를."

"……!"

"훨씬 더, 아주 많이 더 좋아한다는 뜻이에요."

숨을 들이켜는 유림의 턱을, 승현이 손끝으로 가만히 들어 올렸다.

입술이 맞닿기 직전에, 그는 더없이 진지한 표정으로 중얼거렸다.

"……그러니까 이제는 아무 데도 도망 못 가."

그러나 입술을 뗀 후의 승현은 이미 눈을 가늘게 뜨며 환하게 웃고 있었다.

한편, 서울은 발칵 뒤집어져 있었다.

"승현이가…… 실종됐다고?"

세라에게서 얘기를 들은 전 여사는 순식간에 얼굴이 새하얗게 질리며 크게 휘청거렸다.

“어머님, 괜찮으세요?”

어찌나 정신이 없는지, 놀란 세라가 부축하면서 엉겁결에 어머님이라고 불렀는데도 알아차리지 못하는 모양이었다. 평소 같았으면 추상같이 호통을 치고도 남았을 텐데.

“……경찰에 연락해야 해. 아니, 아버님께 먼저 연락드려야 하나?”

평소에 매섭도록 침착하고 우아했던 전 여사가 어쩔 줄 몰라 허둥거리는 것을 보고 세라는 속으로 의아하게 생각했다.

‘평소에 아들은 안중에도 없는 것 같더니, 웬일이지?’

곁에서 보기에도 승현에게 전혀 정이라고는 없어 보였던 전 여사였다. 그런데 이렇게까지 이성을 잃을 정도가 될 줄이야.

“제 생각에는 우선 할아버님부터 찾아뵙고 상의하는 게 좋을 것 같아요.”

결국 세라가 전 여사를 모시고 차 회장이 있는 본가로 향해야 했다.

얘기를 듣고 놀란 것은 차 회장 역시 마찬가지였다.

“뭐야? 우리 승현이가 어쨌다고?”

하지만 역시 차 회장은 대기업의 총수다웠다.

“에미야, 너무 걱정 말거라. 아무 일도 없을 게다.”

금세 침착함을 되찾고 오히려 며느리를 위로하는 것이었다.

“아버님, 어쩌면 좋아요! 만약에 승현이까지 잘못되면……!”

새하�գ게 질린 얼굴로 전 여사가 말했다. 어딘가 정신이 나간 사람처럼 보였다. 그런 전 여사에게, 차 회장은 나무라듯 조금 엄한 표정을 지어 보였다.

"쓸데없는 소릴. 분명 눈이 너무 와서 별장에 갇혀 있을 게야. 틀림없다."

"그렇다고 전화까지 안 될 리가 없잖아요, 아버님!"

"폭설 때문에 뭐가 잘못됐겠지."

그러고 있는 동안 잠시 나가 있던 비서가 돌아왔다.

"어떻게 됐나?"

차 회장의 물음에 비서가 공손히 대답했다.

"기세가 많이 약해지기는 했지만, 아직 그쪽에는 눈이 오는 중이라고 합니다. 현재 일 미터 이상 눈이 쌓였다니까 아마 별장까지도 차로 올라가기는 힘들 것 같습니다."

"당장 제설작업 준비하도록 해. 오늘 밤을 새워서라도 꼭 별장까지 올라가는 길을 뚫어야 한다고 전하고."

차 회장이 딱 잘라 말하고는 자리를 박차고 일어났다.

"그리고 차 준비시켜. 내가 직접 강원도로 내려갈 테니!"

눈으로 고립된 별장에서 단둘이 보내는 시간은 조용하고도 평화로웠다.

감기 몸살로 고생하는 유림을, 승현은 더없이 세심하게 보살펴 주었다. 식사도 직접 준비하고, 물을 떠 와서 세수까지 시켜주었다. 처음에는 오히려 불편했지만 사람이란 역시 적응하는 동물이다. 유림도 차차 승현에게서 보살핌을 받는 것에 익숙해지게 되었다. 나중에는 은근히 응석을 부리게도 되었다.

"승현 씨, 나 목 말라."

하지만 그런 유림을, 승현은 하나도 귀찮아하지 않고 다 받아주었다. 오히려 다정하게 웃으면서 이렇게 말하는 것이었다.

"물 갖다 줄까요? 아니면 주스?"

이런 식이다 보니 어느덧 유림도 승현과 함께 있는 것이 점점 편안해져갔다.

다행히 전기 공급에는 문제가 없지만 TV도, 인터넷도 먹통이었다. 할 일이라고는 하루 종일 둘이서 얘기를 나누는 것뿐이었다. 그런데도 어쩌면 시간이 그렇게 잘도 흘러가는지 몰랐다.

얘기는 해도 해도 끝이 없었다.

"아, 나가서 눈사람 만들고 싶다."

따뜻한 벽난로 앞, 양탄자 위에서 뒹굴거리던 유림이 불쑥 말했다.

"지금 밖에 나가면 눈이 허리 위까지 올걸요?"

곁에 앉아 책을 보고 있던 승현이 웃으며 창 밖을 가리켰다. 눈발이 훨씬 약해지기는 했지만 여전히 눈이 내리고 있었다.

"알아. 누가 모르나?"

밖에 세워둔 승현의 차는 이미 보이지도 않을 정도로 완전히 눈에 파묻혀 있었다. 눈사람은커녕 섣불리 나갔다가는 자칫 오도 가도 못 하게 될 판국이었다. 게다가 발이 이 모양인데.

"눈사람 만드는 거 좋아해요?"

"어릴 때 눈 오면 아빠랑 같이 만들곤 했었거든. 유민인 아직 어려서 엄마랑 집 안에 있었고."

갑자기 생각나는 일을, 유림은 저도 모르게 승현에게 얘기하고 있었다.

"어느 해 겨울에는 말이야, 계속 따뜻해서 눈이 안 와서 눈사람을 만들 수가 없었거든. 그래서 눈 오기만을 그야말로 눈 빠지게 기다리다가, 드디어 눈이 펑펑 온 거야."

승현이 기다렸다는 듯이 책을 덮고는 무릎에 턱을 괴고 유림의 말에 귀 기울였다.

"그래서요?"

"근데 하필이면 내가 그때 지금처럼 감기에 걸려서 열이 펄펄 났던 거지. 눈사람 만들고 싶어 죽겠는데 당연히 엄마는 밖에 못 나가게 하고."

"되게 서러웠겠다."

"엄청. 그래서 울면서 잠들었어."

불쌍해라, 하면서 승현이 손을 뻗어 유림의 머리칼을 다정하게 어루만졌다.

"그런데 다음 날 아침에 일어나보니까 마당에 눈사람 두 개가 나란히 서 있는 거야. 커다란 아빠 눈사람이랑, 작은 내 눈사람이랑. 내가 잠든 동안에 아빠가 만들어놓은 거였어."

"정말 좋은 아빠였네요."

"응."

유림이 미소 지었다. 돌아가신 아빠 생각을 하면 슬프지만, 이것만은 언제 생각해도 늘 가슴이 따뜻해지는 기억이었다.

"그래도 선배는 좋겠어요. 난 아버지가 너무 일찍 돌아가셔서 잘 기억도 안 나거든요."

"참, 승현 씨 아버지도 돌아가셨다고 했지?"

"네. 사고로 그랬다고 들었어요. 할아버지도, 어머니도 얘기하길 싫어하셔서 잘은 모르지만요."

승현이 작게 한숨을 지었다.

"우리 아버지도 나를 귀여워했을까요? 선배 아버지처럼 말이에요."

"당연히 그랬겠지. 아버지잖아?"

유림의 말에 승현은 조금 씁쓸하게 웃었다.

"그러게요. 당연한 건데…… 우리 어머니를 생각하면 그게 당연하지가 않아서요."

"아……."

외아들이 아픈데도 들여다보려고도 하지 않던 승현의 어머니가 떠올라서 유림은 조금 속상해졌다. 재벌가 사모님이란 다들 그렇게 차가운 걸까.

"원래 그렇게 어머니랑 사이가 안 좋았던 거야?"

유림이 조심스럽게 묻자 승현이 고개를 갸웃거렸다.

"음, 안 좋은 건가……?"

그러더니 어깨를 으쓱했다.

"특별히 안 좋다고 생각해본 적은 없어요. 어머니랑은 원래 늘 이런 식이었거든요."

"어릴 때부터?"

"네."

승현이 고개를 끄덕였다.

"어머닌 원래 그랬어요. 늘 냉정하고, 침착하고, 엄격하셨죠. 안아준 적도, 재워준 적도, 하다못해 웃어준 기억도 거의 없어요. 어릴 때 내가 넘어져도 얼른 일어나라고 말할 뿐이지, 한 번도 손을 내밀어 일으켜준 적이 없었어요. 그래서 그게 이상한 건 줄도, 섭섭한 줄도 몰랐죠."

아주 옛날 일을 떠올리듯, 승현의 눈이 먼 곳을 바라보고 있었다.

"유치원 때였던 거 같은데, 한 번은 같은 반 친구가 뛰다가 넘어진 거예요. 그런데 그 애 엄마가 놀라서 뛰어와서는 얼른 일으켜서 꼭 안아주는 거예요. 어구, 내 새끼, 다친 데 없냐고 토닥여주면서요."

"그게 당연한 거지."

"근데 그게 나한테는 당연하지 않았거든요. 그 애가 엄마아, 하고 응석을 부리면서 엉엉 우는데, 나는 그게 정말 놀라웠어요. 겨우 넘어진 것 가지고 그렇게 호들갑스럽게 걱정하는 그 애 엄마도 놀라웠지만, 나 같으면 넘어진 정도로 그렇게 울었다간 어머니한테 당장 혼났을 거거든요."

넘어져서 무릎이 깨져도 혼자 툭툭 털고 일어나야 했을 어린 승현을 생각하자 유림은 눈물이 날 것 같았다.

더욱더 슬픈 것은 그 얘기를 하는 승현의 표정이 너무나 담담하다는 것이었다.

"승현 씨는 아무렇지도 않아?"

유림은 울고 싶은 것을 꾹 참고 물었다.

"뭐 어때요, 다 지난 일인데요. 지금은 엄마가 필요한 어린애도 아닌걸요."

승현은 오히려 웃어 보였다.

"근데 선배는 왜 그렇게 울 것 같은 얼굴을 하고 있어요? 내가 괜한 얘길 했나?"

"……."

"어? 진짜 울겠네?"

기어이 눈물이 왈칵 넘쳐흘렀다. 결국 유림은 승현을 와락 끌어안고 울음을 터뜨리고 말았다.

"승현 씨……!"

"선배?"

승현이 놀라며 유림을 받아 안았다.

"에이, 울지 마요. 나 진짜 괜찮으니까."

다정한 위로가 더욱더 눈물샘을 자극했다. 위로를 받아야 할 것은 오히려 승현인데!

"괜찮다고 하지 마."

유림은 울면서 말했다.

괜찮을 리가 없다. 한 번도 안아주지도, 재워주지도, 웃어주지도 않는 엄마라니. 그런 게 아무렇지도 않다니, 말도 안 되지 않는가.

"많이 힘들었지? 외로웠지?"

"괜찮다니까요."

하지만 그렇게 말하는 승현의 목소리도 어느덧 조금씩 떨리기 시작하고 있는 것을 유림은 알아챘다.

"……그렇게 생각한 적은 있었어요."

유림을 마주 안고, 승현이 불쑥 말했다.

"어느 날, 몸이 많이 아팠거든요. 그땐 정말 엄마가 곁에 있어줬으면 했는데, 혼날까 봐 차마 그 말이 입에서 나오지 않았어요. 어머닌 내가 약한 모습을 보이는 걸 제일 싫어하셨거든요."

"……."

"역시나 엄마는 약만 먹이고 나가버리셨죠. 약 먹었으니까 이제 나을 거라고, 자라면서요."

승현이 잠시 말을 멈춰서, 그제야 유림은 알았다. 그가 소리 없이 울고 있다는 것을.

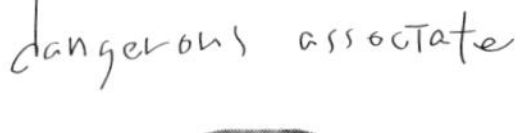

그래, 괜찮을 리가 없는 거였다. 누구라도 그런 일이 괜찮을 리 없다.

잠시 후, 승현은 떨리는 목소리로 다시 말했다.

"어두운 방 안에 혼자 누워서 이불을 껴안고 그렇게 빌었어요. 제발 누구라도 좋으니까 나를 많이, 정말 아주 많이 사랑해주는 사람이 있었으면 참 좋겠다고요."

진심으로, 정말 한 치도 거짓 없는 진짜 마음으로 유림은 그 소원을 이뤄주고 싶었다.

"내가 사랑해줄게."

몸만 훌쩍 커버린 아이를 껴안고, 유림은 온 마음을 다해서 말했다.

"많이, 정말 아주 많이 사랑해줄게."

승현은 그 이상 말하지 않았다. 대신에 유림을 껴안은 팔에 힘이 더해졌다. 유림 역시 힘주어 승현을 마주 안았다.

창 밖에는 여전히 눈이 내리고 있었다.

눈부시게 쏟아지는 햇살에 유림은 문득 눈을 떴다. 곁에는 승현이 잠들어 있었다.

'언제 잠들었지……?'

기억을 더듬어보았다. 어젯밤에 승현의 어린 시절 얘기를 들었던 것이 기억났다. 그 후에도 밤이 늦도록 서로 이런저런 얘기를 나눴는데 중간에 기억이 끊겨 있는 걸 보면, 얘기 도중에 그대로 잠든 것 같았다.

어느새 몸 위에 덮여 있는 담요를 보고 유림은 미소를 지었다.

'승현 씨가 덮어줬나 보구나.'

어제 하루 종일 유림의 시중을 들어주느라 지친 것일까, 승현은 피곤한 듯이 깊게 잠들어 있었다. 깨우고 싶지 않아서 유림은 잠든 승현에게 담요를 살짝 덮어주고 나서 조용히 몸을 일으켜 창가로 향했다.

다행히 어제에 비해 훨씬 몸도 가뿐해져 있었다. 승현이 열심히 냉찜질을 해준 덕인지 발목도 절뚝거리면서 걸을 만은 했다.

"해가 난 걸 보니까 눈이 그쳤나……."

그렇게 중얼거리며 창 밖을 내다본 유림은 순간 깜짝 놀라 숨을 멈췄다.

하늘은 언제 그렇게 눈보라가 쳤냐는 듯이 파랗게 개어 있었다. 하지만 유림이 놀란 것은 그것 때문이 아니었다. 마당 한구석의 눈이 깨끗이 치워져 있고, 그 자리에 눈사람 두 개가 나란히 서 있었던 것이다.

커다란 눈사람과, 그 옆에 서 있는 조금 작은 눈사람.

선물이에요♡

말 안 하면 누가 모를까 봐, 눈 위에 굳이 그렇게 써 놓은 게 승현다웠다.

'어제 내가 잠든 후에 나가서 저걸 한 거야?'

유림은 잠든 승현과 창 밖의 눈사람을 번갈아 보았다.

'저 많은 눈을 다 치우고 저걸 만드느라 얼마나 춥고 힘들었을까.'

가슴이 뭉클해졌다.

한참 창 밖의 눈사람을 쳐다보다가, 유림은 문득 유리창에 호오, 하고 입김을 불었다. 금세 뿌옇게 변한 유리 위에 손가락으로 글씨를 썼다.

승현

유림

유리가 맑아지면서 글씨는 서서히 사라졌다.

하지만 다시 한 번 입김을 불자, 바깥의 눈사람 위에 각각 글씨가 나타났다.

승현 눈사람, 유림 눈사람.

"너희들도 커플이구나?"

방금 자신이 이름을 붙여준 눈사람들에게, 유림은 생긋 웃으며 입속으로 중얼거렸다.

"우리도 커플인데!"

어디선가 맛있는 냄새가 나서 승현은 잠에서 깼다.

맛있는 냄새는 주방에서 나고 있었다. 졸린 눈을 비비며 주방으로 가보니 앞치마를 두른 유림이 한창 뭔가를 하는 중이었다.

"잘 잤어요?"

뒤에서 가만히 끌어안으며 귓가에 속삭였다.

유림은 유난히 귓가가 예민했다. 그걸 일찌감치 알아챈 승현은 일부러 가끔 이렇게 장난을 치곤 했다. 금세 얼굴이 새빨개져서 부끄러워하는 게 귀여워서.

하지만 지금은 영 타이밍이 좋지 못했다.

"아얏!"

유림의 비명이 심상치 않았다. 승현은 놀라서 안고 있던 팔을 풀었다.

"왜 그래요?"

어깨 너머로 들여다보고 나서야 승현은 자신이 실수를 했다는 것을 깨달았다. 하필이면 유림은 칼로 감자를 깎고 있는 중이었던 것이다. 놀라서 그랬는지, 손끝을 칼에 베여서 새빨간 피가 배어 나와 있었다.

"이런!"

승현은 깊게 생각할 것도 없이 얼른 유림의 손을 잡아다가 손끝을 제 입안에 품었다. 혀끝으로 살짝 핏방울을 핥아내자 유림의 얼굴이 새빨갛게 물들었다.

"가, 간지러워."

유림이 꼼지락거리며 손가락을 빼내려고 했지만 승현은 손목을 꽉 붙잡은 채 놓아주지 않았다.

"가만히 있어봐요."

"살짝 베인 것뿐이야. 이제 괜찮으니까 호들갑 그만 떨고 좀 놔."

목소리도, 말투도 퉁명스러워졌다. 그렇다는 건 지금 굉장히 수줍어 죽겠다는 뜻이지.

그걸 모를 승현이 아니었다. 승현은 속으로 씨익 웃고는 입속에 품었던 손가락을 빼냈다. 그리고 안도의 한숨을 내쉬며 손을 빼려는 유림의 손바닥 안쪽을, 이번에는 혀끝으로 부드럽게 핥았다.

"꺅!"

역시나. 유림은 귓불까지 온통 새빨개졌다.

"기분 이상해요?"

짓궂게 묻자 유림은 펄쩍 뛰었다.

"아, 아침부터 무슨 짓이야?"

"아침이면 어때요. 우리 둘뿐인데."

그렇게 대꾸하고 승현은 방금 유림을 비명 지르게 만들었던 그 부분에 다시 입술을 가져갔다. 그리고 손목을 꽉 붙잡은 채로 짙게 입을 맞추면서 조금씩 혀끝으로 할짝거렸다. 아까보다 훨씬 더 섬세한 움직임으로.

"그, 그만해, 응?"

자극이 너무 강했던 걸까. 유림은 숫제 울상이 되었다. 나중에는 눈을 꽉 감고 입술을 꼭 깨문 채 고개를 돌리고 있는 것이, 마치 고통을 억지로 견디고 있는 것 같은 표정이었다.

물론 지금 참고 있는 게 고통이 아니라 그 반대라는 건 승현이 제일 잘 알고 있었다.

궁금해졌다. 겨우 손에 키스하고 조금 핥은 것만으로 이 정도면, 대체 침대에서 본격적으로 귀여워해주면 어떤 반응이 나올까.

자신의 품 안에서 마구 흐트러지는 유림의 모습. 상상만 해도 금세 온몸이 뜨거워졌다.

지금이라도 곧바로 유림을 안아들고 침대가 있는 이 층으로 향하고 싶은 충동을, 승현은 필사적으로 참아냈다.

'아니, 아직은 아니야.'

그보다도 훨씬 더 중요한 게 있었다.

승현이 입술을 떼자마자 유림은 불에 덴 사람처럼 얼른 손을 확 뺐다.

"하지 말라니까, 진짜!"

"그래서 그만뒀잖아요?"

눈조차 제대로 맞추지 못한 채 딴 곳만 한참 노려보고 있는 유림이 귀여워서, 승현은 웃음을 감추지 못했다.

"있잖아."

잠시 후, 유림이 불쑥 말했다.

"……왜 더는 안 하는 거야?"

"네?"

승현은 놀라서 되물었다. 못 들은 게 아니라, 설마하니 그런 뜻일까 싶어서.

"방금도 그렇고…… 어젯밤에만 해도 그래. 말마따나 여긴 우리 둘뿐이고, 이젠 열도 다 내렸고, 내가 싫다고 한 것도 아니고……, 그런데 왜?"

이번에는 승현도 무슨 뜻인지 정확히 알아들었다. 유림의 얼굴이 잘 익은 사과처럼 새빨개져 있어서 더욱더.

그 새빨개진 얼굴로, 유림은 폭탄을 투척했다.

"혹시 내가 좀, 어……, 매력이 없나?"

"뭐라고요?"

"아니, 뭐, 나도 알지. 내가 좀 여자다운 면이 부족하기도 하고……."

이 여자가 무슨 소리를 하는 거야.

"그러니까 지금, 선배가 매력이 부족해서 내가 안 덮치고 있는 거냐, 뭐 그런 말도 안 되는 소리를 하고 있는 거예요? 설마?"

"……그럼 아니야?"

유림이 눈을 동그랗게 떴다. 승현은 어이가 없어서 헛웃음이 다 나올 지경이었다.

"할 수 있다면 내 가슴을 열어서라도 보여주고 싶네요. 선배가 바로 곁에 있는데, 내가 어떤 심정으로 참고 있는지."

"안 참으면 되잖아?"

이 여자는 타고난 악녀다, 하고 승현은 생각했다. 어쩌면 저렇게 순진한 표정으로 아무렇지도 않게 남자를 도발할 수가 있을까.

"잘 들어요."

승현이 유림의 어깨를 두 손으로 붙잡고 허리를 약간 굽혀 시선을 맞췄다.

"좋아하는 여자를 안고 싶어 하지 않는 남잔 세상에 없어요. 내 마음은 선배도 잘 알 거고."

"……."

유림은 민망한 기색이 역력했지만 시선을 피하지는 않았다.

"단지, 그전에 확실하게 해둬야 할 게 있어서 그래요."

"그게 뭔데?"

승현은 잠시 머뭇거렸다.

자신은 이미 마음을 결정했다. 설령 그 때문에 모든 것을 다 버리게 되는 한이 있더라도, 유림을 놓치지 않겠다고.

하지만 유림이 그런 자신을 받아줄지는 의문이었다. 만약에 자신이 더 이상 드림제과의 후계자도 아니게 되고, 심지어 회사나 살고 있는 집에서도 쫓겨난다면. 무일푼에 실업자가 된 자신을 유림은 과연 받아줄 수 있을까.

게다가 어쩌면 자신 하나로 끝나지 않을 수도 있다. 유림 역시 곤란한 일을 겪게 될 수도 있는데, 그것까지 감당해줄 수 있느냐고 묻기가 두려웠다.

그래서 지금껏 말을 꺼내지 못하고 있었는데, 아무래도 이제는 말해야 할 때가 된 것 같았다.

"있잖아요, 선배."

승현이 진지한 얼굴을 하자 유림도 뭔가 심상치 않다는 것을 깨달은 모양이었다. 덩달아 긴장한 얼굴로 침을 꿀꺽 삼키는 것이 눈에 보였다.

"어제 나한테 그랬죠? 많이, 아주 많이 사랑해주겠다고요."

다행히도 유림은 한 치의 망설임도 없이 고개를 끄덕여주었다.

"응, 그랬어."

그 말에 기대어, 승현은 힘들게 입을 열었다.

"만약에 내가……."

승현이 거기까지 말했을 때였다.

별안간 어디선가 쾅! 하고 커다란 소리가 들려와서 둘은 마법에서 깨어난 사람처럼 깜짝 놀라 동시에 소리가 난 쪽을 쳐다보았다.

뭔가가 크게 부딪치는 것 같은 소리는 바깥에서 들려온 것이었다.

"뭐지?"

유림이 놀라서 말했다.

"그러게요."

그러고 보니 아까부터 밖에서 계속 희미하게 무슨 소리가 들려왔던 것 같다. 서로에게 집중하고 있느라 무심코 흘려버렸을 뿐이지.

승현과 유림은 창가로 다가갔다. 그리고 창 밖을 보고 동시에 놀라서 헉, 하고 신음했다.

"……!"

커다란 제설차가 마당에서 눈에 완전히 파묻혀 있었던 승현의 차와 충돌해 있었다.

“승현아!”

“도련님!”

승현이 한 떼의 사람들에게 둘러싸여 있는 동안, 유림은 슬쩍 밖으로 나와서 마당 한구석에 어색하게 서 있었다.

제설차 뒤로 속속 마당에 들어선 고급 차량들을 보아하니 하나같이 높은 사람들인 게 뻔했다. 게다가 아까 먼발치에서 스치듯이 본 백발의 노인은, 왠지 풍기는 분위기가 심상치 않은 것이 아무래도 그분인 것 같았다.

대한그룹 총수, 차대한 회장.

그뿐인가, 그 노인의 곁에 있던 우아한 초로의 귀부인은 눈매가 어딘가 승현과 닮아 있었다. 아무래도 승현의 어머니 같은 촉이 왔다. 이래저래 자신이 끼어들 자리가 절대 아니었다.

‘어떻게 해야 하지?’

유림은 죄 지은 사람처럼 안절부절못했다. 회장님이나 승현의 어머니와 대면해야 할까 봐 더럭 겁이 났다. 만약에 승현과의 사

이를 추궁이라도 당하게 되면 어쩌나.

'나 드라마 찍게 되는 건가?'

게다가 현실적인 문제도 있었다. 대체 집에 어떻게 가야 하는가, 하는 점이었다. 이 사람들이 밤새 제설작업까지 해가며 구하러 온 건 도련님이지, 자신은 안중에도 없을 게 뻔했다. 그럼 누구한테 서울까지 좀 태워달라고 부탁해야 한단 말인가. 저 중 누구를 골라잡아도 최소 임원급 이상일 텐데!

'미치겠네.'

겉옷도 제대로 입지 못한 유림은 추위에 몸이 점점 떨려왔다. 이러지도, 저러지도 못하고 있을 때, 엉뚱한 곳에서 구원의 손길이 나타났다. 마당에 하얀 자동차 한 대가 들어서더니 세라가 내렸던 것이다.

"정 선배! 무사하셨군요?"

뛰어와서 반갑게 말을 거는 세라를, 유림은 차마 마주 쳐다볼 수 없었다.

"세, 세라 씨."

"다행이에요! 얼마나 걱정했는지 몰라요. 승현 오빠는요?"

"무사해. 다른 분들이랑 안에 있으니까 들어가봐."

그러나 세라는 무슨 생각을 했는지 고개를 저었다.

"아녜요. 별일 없으면 됐죠, 뭐."

"안 들어가볼 거야?"

"네. 할아버님이랑 어머님도 와 계신 거 같은데, 저도 결혼 전이라 아직은 어른들 대하기가 편하지 않거든요."

그렇게 말하고 세라는 문득 생각난 듯이 말했다.

"근데 정 선배는 서울 어떻게 올라가시려고요?"

"나? 글쎄……."

유림은 대답하지 못했다. 그렇지 않아도 지금 그게 고민이었으니까.

"괜찮으시면 제 차로 같이 올라가요. 제가 댁까지 태워다드릴게요."

세라의 말에 유림은 깜짝 놀라 손을 내저었다.

"아, 아냐! 괜찮아. 어차피 눈도 다 치워졌으니까 걸어 내려가서 버스 타든지 하면 되지, 뭐."

물론 다친 발목으로는 절대 무리였지만 유림은 당황해서 그것조차도 깜빡 잊고 있었다.

"어차피 가는 길인데 굳이 그럴 필요가 뭐 있어요. 그러지 말고 같이 가세요, 네?"

"아냐, 나 정말 괜찮아!"

유림은 펄쩍 뛰며 거절했다. 바로 조금 전까지도 자신은 세라의 약혼자와 연인으로서 함께 시간을 보내고 있었다. 아무리 낯짝이 두꺼워도 세라의 차를 얻어 탈 면목은 없었다.

"정말 괜찮아. 난 알아서 갈 테니까 세라 씬 신경 쓰지 마."

하지만 세라도 물러서지 않았다.

"사실은 올라가는 동안 드릴 말씀도 있어서 그래요."

"나한테…… 할 말?"
"네. 아마 정 선배도 저한테 하실 말씀이 있을 거 같은데요. 아닌가요?"
세라의 입술에 걸린 묘한 미소를 보고, 유림은 직감적으로 느꼈다. 세라가 뭔가를 눈치 채고 있다는 것을.
심장이 멎는 듯한 기분이었다.
"할아버님이라도 나오시면 괜히 복잡해지니까, 그전에 어서 가요."
세라가 차 문을 열고 손짓했다. 결국 유림도 그 말에 따를 수밖에 없었다.

"아마 발에 걸려서 전화선이 뽑혔던 건가 봐요. 걱정 끼쳐드려 죄송합니다."
승현은 시치미를 뚝 떼고 말했다.
"하여튼 칠칠치 못하기는! 그 간단한 것조차 확인을 못 해서 대체 몇 사람한테 폐를 끼친 건지나 알아?"
엄하게 야단을 치는 어머니와는 달리, 할아버지는 그저 승현이 무사하다는 사실만으로도 기쁜 모양이었다.
"너무 탓하지 마라, 에미야. 하마터면 눈보라 속에 갇혀 죽을 뻔했다니, 제대로 확인해볼 경황이나 있었겠느냐. 그저 전화가 안 걸리니까 안 되나 보다, 했겠지."
"죄송합니다."

"됐다. 다친 데 없이 무사하다니, 그걸로 됐어."

차 회장은 승현의 손을 꼭 붙잡고 몇 번이나 그렇게 말했다.

"참, 아까 누가 같이 답사를 왔었다고 했었지?"

잠시 후 차 회장이 물었다.

"같은 부서에 있는 선뱁니다."

"아까 얼핏 보니까 젊은 아가씨인 것 같던데, 같이 지내기 불편하진 않았고?"

할아버지가 그렇게 묻는 순간, 승현은 고민에 빠졌다.

어차피 마음은 결정했다. 그러니 아예 이참에, 할아버지와 어머니 앞에서 유림을 소개하고 이 여자와 결혼하겠다고 선언해버릴까.

애매한 게 딱 질색인 승현으로서는 그러고 싶은 마음이 앞섰다. 하지만 마음에 걸리는 것이 있었다. 아직 유림에게서 확답을 듣지 못한 것이었다. 만약에 내가 모든 것을 다 잃고 빈털터리가 되어도 받아줄 수 있겠냐고. 혹시나 나와 함께하는 길이 힘들 수도 있는데, 감당해줄 수 있겠냐고.

아까 그걸 물으려는 바로 그 순간에 제설차와 함께 사람들이 들이닥치는 바람에, 묻지 못했던 것이다.

아무래도 폭탄은 유림의 대답을 들은 후에 터뜨리는 게 좋을 것 같다. 지금은 유림도 마음의 준비가 돼 있지 않을 테니, 소개해봤자 부담스럽기만 할 테니까.

그렇게 생각한 승현은 웃으며 대답했다.

"평소에 워낙 잘 챙겨주는 선배라서 전혀 불편하지 않게 지냈어요. 게다가 아마 선배가 도와주지 않았더라면 그 눈보라 속에서 살아 돌아오지 못했을 겁니다."

미리 유림의 얘기를 좋게 해서 점수를 좀 따두려는 생각이었다.

아니나 다를까, 승현의 말에 차 회장은 반색을 했다.

"그렇게 고마울 데가 있나! 이리 좀 와보라고 하거라. 내가 직접 인사를 해야겠다."

"네, 할아버지."

그렇게 말하고 승현은 소파에서 일어났다. 유림을 부르기 위해서였다.

그러나 정작 유림은 어디로 갔는지 보이지 않았다. 혹시 이 층에 올라가 있나 싶어 올라가봐도 없고, 마당에 나가봐도 없었다.

"유림 선배! 어디 있어요?"

목청을 돋워 불러봤지만 대답이 없었다.

"어디로 갔지?"

승현은 고개를 갸웃거렸다.

세라의 차를 타고 산에서 내려오자 휴대전화의 안테나가 서기 시작했다. 유림은 제일 먼저 엄마에게 전화를 했다.

- 얼마나 걱정을 했는지나 알아, 이것아!

엄마는 유림의 목소리를 듣자마자 울먹였다.

- 그래, 몸은 괜찮고? 다친 데는 없어?

"나 아무렇지도 않아, 엄마. 그냥 눈이 너무 많이 와서 갇혀 있었던 것뿐이야. 지금 올라가고 있으니까 걱정 마."

일단 엄마를 안심시켜놓고, 회사에도 전화를 해서 부장에게 상황을 설명했다.

"네, 부장님. 심려 끼쳐드려 죄송합니다. 내일은 정상 출근하겠습니다."

유림이 전화를 끊고 나자 세라가 말했다.

"커피 한잔하고 가실래요? 아무래도 운전하면서 할 얘기는 아닌 것 같아서요."

"……그렇게 하자."

유림이 거절할 수 있을 리 없었다.

이윽고 세라는 시내의 한 커피숍 앞에 차를 세웠다.

폭설 때문인지 커피숍 안에 다른 손님은 아무도 없었다. 주문한 커피가 나오고, 종업원이 물러가자마자 유림은 세라를 향해 고개를 깊이 숙였다.

"미안해."

여기까지 오는 동안 세라의 옆에 앉아서 계속 생각했다. 하지만 아무리 생각해도 할 수 있는 말이라고는 이것뿐이었다.

"어디까지 아는지는 모르겠지만…… 정말 미안해. 세라 씨 볼 면목이 없어."

고개를 푹 숙인 채 입술을 깨물고 있는 유림에게, 세라가 이윽고 담담하게 말했다.

"그러실 거 없어요. 처음부터 알고 있었으니까요."

유림은 놀라서 고개를 들었다.

"뭐……?"

"알고 있었다고요, 승현 오빠랑 정 선배 사이. 그래서 제가 입사한 거였고요."

유림의 얼굴에서 핏기가 가셨다.

"어떻게든 오빠 마음 돌려놓고 싶었어요. 그래서 정 선배한테까지 모른 척 오빠랑 잘되게 도와달라고 했던 거고요. 본의 아니게 거짓말한 꼴이 돼서 죄송해요, 페어플레이 해야 하는 건데."

세라가 작게 한숨을 쉬었다.

"아, 아니야. 사과는 내가 해야지, 왜 세라 씨가."

유림은 몸 둘 바를 몰랐다. 동시에 세라에게 한층 더 미안해졌다. 사실 이쪽은 머리채를 잡혀도 별로 할 말이 없을 지경인데.

"저한테 미안하게 생각하신다면, 솔직하게 대답해주셨으면 좋겠어요."

세라가 조용히 물었다.

"앞으로 승현 오빠랑 어떻게 하실 생각이세요?"

유림은 주먹을 꽉 쥐었다.

"세라 씨한테 이런 얘기 하기는 정말 미안하지만, 정말 너무 미안하지만…… 내가 승현 씨를 많이 좋아해."

이렇게 말하고 있는 자신이 너무 뻔뻔하고 창피스러워서, 무릎이라도 꿇고 싶은 심정이었다. 하지만 지금 사실대로 말하지 않는

다면, 그거야말로 가장 미안한 일이라고 생각했다.

"승현 오빠도 정 선배랑 같은 마음인가요?"

그렇게 묻는 세라의 목소리는 어디까지나 침착했다.

'네 약혼자가 나를 사랑해.'

이 말을 하는 것이 얼마나 힘든 일인지. 유림은 자꾸만 기어들어가려는 목소리를 겨우 끄집어내서 대답해야만 했다.

"아마도…… 그럴 거라고 생각해."

유림은 거의 손톱이 손바닥에 파고들도록 주먹을 꽉 쥔 채 세라의 말을 기다렸다.

"……어쩔 수 없네요."

잠시 후, 세라가 길게 한숨을 내쉬었다.

"그럼, 제가 물러날게요."

유림은 순간적으로 멍해졌다. 지금…… 뭐라고 한 거야?

"회사도 그만둘게요. 다신 두 사람 사이 방해하는 일 없을 거예요."

"세라 씨……?"

유림이 고개를 들자 세라는 씁쓸한 미소를 짓고 있었다.

"어쩔 수 없잖아요. 두 사람이 그렇게 서로 사랑한다는데 가운데 끼어들어서 방해하고 싶진 않아요. 그래봤자 무슨 소용이겠어요."

뭐라고 대답해야 할지 몰라 그저 멍하니 있는 유림에게, 세라가 말했다.

"오빠한테 있어서 어차피 저는 그냥 정략결혼 상대 같은 거였어요. 그러니까 오빠 탓할 것도 없어요. 저 혼자 좋아했던 거니까요."

"세라 씨……."

유림은 도저히 믿을 수가 없었다.

아무리 세라 혼자만의 짝사랑 같은 거였다고 해도, 결혼을 약속한 사이가 아닌가. 이렇게까지 선선히 물러나겠다고 하는 게 이해가 가지 않았다. 최소한 뺨이라도 한 대 때리고, 소리라도 지르는 게 맞지 않은가. 입장 바꿔놓고 생각해보면 나라도 그렇게 할 것 같은데.

"세라 씨는 그래도 괜찮은 거야?"

참지 못하고 유림이 물었다.

"승현 씨 좋아한다면서. 그런데 이렇게 쉽게 포기해도 되는 거냐고."

"좋아하니까 포기하는 거예요."

세라가 담담하게 대답했다.

"억지로 내 곁에 붙들어놓고 다른 여자 생각에 괴로워하는 걸 보느니, 차라리 보내줘서 행복해 하는 모습을 보는 게 저도 좋을 것 같아요."

세라는 쓸쓸한 미소를 띠고 말했다.

"정 선배, 좋은 사람인 거 알아요. 그러니까 승현 오빠, 꼭 행복하게 해주세요. 부탁드려요."

오히려 세라는 이쪽을 향해 고개를 숙이기까지 했다.

미안하다는 말로는 도저히 표현할 수가 없을 만큼이나 미안하고 또 미안해서, 유림은 끝내 아무 말도 할 수가 없었다.

일이 이렇게 됐는데 세라의 차를 얻어 타고 서울까지 올라갈 면목이 없었다. 그래서 버스를 타고 따로 올라가겠다는데도 세라는 끝내 고집을 피웠다.

"눈이 하도 많이 와서 시내 여기저기 난리 난 거 안 보이세요? 버스 안 다닐지도 모른다고요. 저 여기다가 정 선배 떨어뜨리고 갔다가 나중에 승현 오빠한테 혼나기 싫어요."

한참 실랑이 끝에 결국 유림이 지고 말았다.

다시 세라와 함께 차를 타고 서울로 올라가는 길에 하필 승현에게서 전화가 왔다. 세라 앞이라 받고 싶지 않았지만, 승현이 지금쯤 없어진 자신을 찾고 있을 것 같아서 받지 않을 수가 없었다.

- 유림 선배! 대체 어디 있는 거예요?

역시나 전화를 받자마자 승현은 숨넘어가게 물었다. 꽤나 걱정했던 모양이다.

"나 지금 서울로 올라가는 길이야."

유림은 최대한 무덤덤하게 대답했다. 세라가 신경 쓰여서였다.

- 뭐라고요? 대체 어떻게? 발목도 성하지 않으면서 산은 어떻게 내려갔어요!

"아까 별장에 올라오셨던 분들 중 한 분이 태워다주겠다고 하셔서 차 얻어 탔어.”

- 누구요? 지주회사 쪽 임원인가요? 아니면 우리 회사?

“그것까진 나도 잘 몰라. 높은 분을 내가 어떻게 알겠어.”

차마 세라와 함께 있다고 말할 수가 없어서 유림은 얼버무렸다.

“하여튼 지금 통화하기가 좀 그래. 나중에 얘기해.”

- 알았어요, 그럼 내일 봐요. 내가 선배 집으로 갈게요.

“내일 화요일인데 회사에서 보면 되지 왜?”

- 할아버지가 출근하지 말고 하루는 쉬라고 펄쩍 뛰세요. 선배도 같이 쉬라고 엄명을 내리셨어요.

“그럴 필요 없는데.”

유림은 한숨을 쉬었다. 하지만 회장님 명령이니 거역할 수도 없는 노릇이다.

- 내일 내가 만나러 갈 테니까, 집에서 푹 쉬고 있어요.

“……알았어.”

전화를 끊자 차 안에는 어색한 침묵이 흘렀다.

잠시 후, 운전대를 잡은 세라가 불쑥 말했다.

“어디 괜찮은 남자 없을까요? 있으면 저 좀 소개시켜주세요.”

분위기를 부드럽게 만들려고 농담을 하는 것 같았다.

“글쎄, 세라 씨한테 어울릴 만한 남자가 그렇게 쉽게 있을지 모르겠네.”

“에이, 저 그렇게 눈 안 높아요. 그냥 저 좋아해주는 사람이면 되는데.”

장난스러운 말투였지만 유림은 그것마저도 마음이 편치 않았다.

"아, 정 선배는 참 좋겠어요. 자기 인생을 송두리째 걸 만큼 사랑해주는 사람이 있어서."

세라가 한숨을 내쉬었다.

"난 언제쯤 그런 사랑을 받아보지?"

말이 가시처럼 귀에 걸렸다. 인생을 송두리째 걸다니?

"그게 무슨 뜻이야?"

"정 선배 부럽다고요. 앞으로 얼마나 힘들어질지 승현 오빠도 잘 알 텐데, 그러면서도 정 선배를 선택했다는 건 그만큼 진심으로 사랑한다는 뜻이잖아요."

그래도 무슨 뜻인지 잘 모르겠다. 유림은 힘들게 물었다.

"미안한데, 세라 씨. 좀 더 자세하게 말해줄 수 없을까?"

그제야 곁눈질로 유림을 본 세라는 얼굴에서 장난기를 지우고 되물었다.

"선배, 설마 승현 오빠가 아무 말도 해주지 않은 거예요?"

"그러니까 무슨 말을 말하는 건지 모르겠어."

"……잠시만요."

이윽고 세라가 길가에서 조금 들어간 곳으로 차를 이동시켰다. 차를 세우고 시동을 끄는 세라의 행동에서, 꽤 긴 얘기가 될 거라는 예감이 들었다.

"할아버님께서 왜 승현 오빠를 저와 약혼시킨 건지, 먼저 그것부터 말씀드릴게요."

길게 한숨을 쉬고 나서, 세라는 말하기 시작했다.

"그럼 편히 쉬세요, 선배."

차에서 내리는 유림에게, 세라가 인사를 건넸다.

"고마워, 세라 씨."

그렇게 대답하는 유림의 표정이 너무 안 좋아 보였던 걸까, 세라가 위로하듯 덧붙였다.

"제가 괜한 소릴 했나 싶네요. 너무 걱정은 마세요, 선배. 승현 오빠 강단 있는 사람이니까, 믿고 따라가면 결국엔 다 잘될 거예요. 오빠도 그 정도 각오는 돼 있을 거고요."

"……응. 고마워."

유림은 반쯤 건성으로 대답하고 돌아섰다. 머릿속이 온통 아까 세라가 해준 이야기들로 가득 차 있어서 다른 말은 들리지도 않았다.

세라와 헤어진 유림은 곧바로 집으로 들어가지 않고 절뚝거리는 걸음으로 근처의 공원으로 향했다.

집에서 엄마가 이제나저제나 하고 기다리고 있다는 것을 알면서도 도저히 집에 들어갈 수가 없었다. 오히려 지금 얼굴을 봤다간 엄마가 무슨 일이냐고 걱정할 게 뻔했다.

많지는 않지만 그새 서울에도 눈이 온 모양이었다. 공원 벤치 위에 쌓여 있는 눈을 대충 툭툭 털어내고 앉았다.

벤치는 얼음처럼 차가웠지만 유림은 추위조차 느끼지 못하고 있었다.

「얼마 전에 할아버님이 쓰러지셨을 때, 승현 오빠는 하마터면 일본 지사로 쫓겨날 뻔했대요. 그룹 부회장님, 그러니까 오빠 큰아버님 지시로요.」

아까 자초지종을 얘기해줄 때 세라의 얼굴에는 걱정이 가득했었다.

「다행히 이번엔 할아버님이 무사히 쾌차하셨지만, 만에 하나 잘못되셨더라면 오빠는 자칫 모든 걸 다 빼앗기고 맨몸으로 쫓겨날 뻔했다고 아빠가 그러셨어요. 물론 그때는 예비 사위니까 아빠가 어떻게든 힘을 실어주셨겠지만…….」

세라가 말끝을 흐리는 이유를, 유림은 정확히 이해할 수 있었다. 승현이 세라와 파혼한다면 더 이상 예비 사위도, 무엇도 아니지 않은가. 만일 같은 일이 또 일어난다면 그때는 도움을 받을 수 없을 터였다.

「저도 그래서 겨우 깨달았어요. 오빠 입지가 그렇게 확고한 게 아니라는 걸요. 그래서 할아버님께서 그렇게 기를 쓰고 저하고 오빠를 결혼시키려 하셨던 거죠.」

세라는 그렇게 말하며 한숨을 지었었다.

「아마 파혼 얘기를 들으시면 할아버님이 크게 역정을 내실 거예요. 어머님도 그러실 거고요. 한동안은 오빠도, 선배도 많이 힘들겠지만 그것까진 제가 어떻게 해드릴 수가 없네요.」

그 순간 유림은 퍼뜩 깨달았다. 승현이 별장에서 했던 엉뚱한 질문의 의미를.

「나랑 같이 먼 나라로 같이 가서 살아줄 수 있겠어요?」

그건 진짜로 외국에 나가서 살자는 말이 아니었다. 자신을 위해서 모든 것을 포기해줄 수 있느냐는 의미였던 것이다.

「날 좋아하잖아요. 그런데 그 정도도 감수해줄 수 없어요?」

「좋아하는 건 사실이지만…….」

유림은 이렇게 대답했었다.

「……그래도 이건, 인생이 걸린 일이니까 그렇게 쉽게 결정하긴 힘들어.」

그 순간 승현이 서운해하지 않고 오히려 웃었던 이유도 이제는 알 것 같다.

「당연한 거죠. 자기 인생이 걸린 일인데 그렇게 쉬울 리가 없는 거죠.」

「승현 씨……?」

「나도 그런 거였어요. 그래서 선배한테 못되게 굴었어요. 그러니까 선배도 용서해줬으면 좋겠어요.」

머릿속이 점점 환해지는 것 같았다. 그래, 승현이 갑자기 이상하리만치 차갑게 굴면서 헤어지자고 했던 것도 그래서였던 것이다. 나를 선택하면 자기 인생을 송두리째 포기해야 한다는 걸 알고 있었으니까!

「선배랑 차이가 있다면 난 이제 결심했다는 거.」

그때 승현은 분명히 그렇게 말했었다.

무슨 소리지, 하고 무심코 흘려버렸던 그 말이 얼마나 중요한 것이었는지 깨달은 지금 이 순간, 유림은 그만 왈칵 울고 싶어졌다.

'그것도 모르고 나는……!'

좋아하지만 너를 위해 아무것도 감수할 수 없다고 말했다. 아무렇지도 않게.

그런데도 자신을 위해서 승현은 그가 가진 모든 것을 포기하고 맞설 결심을 했던 것이다. 회사도, 그토록 사랑하는 할아버지도, 어머니도.

나중이 되어서야 이토록 아프게 깨닫는 진심.

"대체 내가 뭐라고……!"

유림은 얼굴을 감싸고 소리 내어 울음을 터뜨렸다.

자신이 승현에게 그토록, 자기 인생까지 포기하게 만들어야 할 정도로 폐가 되는 존재라는 게 너무나 슬펐다. 그러면서도 한편으로는 승현에게 있어 자신이 그토록 소중한 사람이라는 게 기뻤다. 그런 이기적인 자신이 싫었다. 머릿속이 온갖 복잡한 감정으로 뒤죽박죽이 되어 유림을 괴롭혔다.

「선배가 날 좋아하는 것보다, 내가 선배를.」

떠오르는 것은 오로지 환하게 웃던 승현의 얼굴뿐이었다.

「훨씬 더, 아주 많이 더 좋아한다는 뜻이에요.」

"먹혀들긴 한 것 같은데."

유림을 데려다주고 집으로 돌아가며, 운전대를 잡은 세라가 혼잣말을 했다.

「그럼, 제가 물러날게요.」

물론 새빨간 거짓말이었다. 세상에 어떤 여자가 제 약혼자를, 그것도 차승현 같은 남자를 다른 여자에게 넘겨주고 물러난단 말인가.

하지만 그 뒤에 유림에게 해준 얘기는 모두 사실이었다. 차 회장이 쓰러진 동안에 벌어졌던 일도, 자신과 파혼했을 때 승현이 겪게 될 일도. 한 치의 과장도 없이 진실 그대로였다. 물론 노리고 말하긴 했지만.

생각대로 유림은 크게 동요하는 눈치였다.

'하긴. 왕자님인 줄만 알았는데 빈털터리가 될 수도 있다니 마음이 흔들리기도 하겠지.'

세라는 조소했다. 절대 유림이 승현을 진심으로 걱정했다고는 생각하고 있지 않았다.

승현과 함께 강원도 답사를 가기 위해 사고까지 꾸며낸 것도 유림이라고, 세라는 굳게 믿고 있었다. 그 정도로 머리가 돌아가는 여자가, 빈털터리가 된 남자를 선택할 리 없다. 세라는 자신이 있었다.

'이제 계산기를 두들겨보고는 오빠한테 헤어지자고 하겠지?'

그럼 그때 가서 승현의 어머니나 할아버지에게 말해서 위로금조로 두둑하게 봉투나 쥐여주면 그만이다. 뭣하면 자신이 직접 마련해서 줘도 좋고.

그렇게 유림은 세라의 머릿속에서 깔끔하게 정리가 됐다.

'문제는 승현 오빤데.'

세라는 얼굴을 찌푸렸다.

'대체 어쩌다가 저렇게까지 푹 빠진 거지?'

승현이야말로 파혼 후에 어떻게 될지 제일 잘 알고 있을 터였다.

그런데도 불구하고 유림을 선택할 생각을 했다니 놀랍기만 했다. 좋아하는 줄은 알았지만, 저렇게까지 진심이었을 줄이야.

지금껏 승현이 여자들을 만나는 것은 수도 없이 봐왔다.

하지만 한 번도 진지한 건 본 적이 없어서, 그에게 그런 진심이 있었다는 것 자체가 믿어지지 않았다.

'왜 그게 내가 아닌 거야?'

질투가 증오로 변해 뾰족한 가시처럼 세라의 가슴을 찔렀다.

'대체 내가 정유림보다 못한 게 뭐가 있다고!'

자신에게는 없고 정유림에게는 있는 그 무엇.

그 무엇의 정체를, 세라는 전혀 깨닫지 못하고 있었다.

다음 날은 화요일이었다.

승현은 아침에 눈뜨자마자 제일 먼저 유림에게 전화를 했다. 그야 눈뜨자마자 생각난 게 유림이었으니까.

"대체 왜 전화를 안 받는 거야?"

승현은 휴대전화를 노려보며 중얼거렸다. 보고 싶어 미칠 것 같은데, 당장 목소리라도 들어야겠는데 이상하게 어제부터 유림이 계속 전화를 받지 않았던 것이다.

"피곤해서 여태 자고 있나?"

그렇다면 좀 쉬게 놔둬야겠다 싶어서 승현은 일단 무작정 기다렸다. 하지만 점심때가 다 되도록 유림은 연락이 되지 않았다.

몸이 달았다. 더는 못 참겠다.

'어차피 발목도 안 좋은데 그래봐야 집에 있겠지?'

그냥 무작정 집으로 찾아가보자 싶어서 승현은 외출할 채비를 했다. 어차피 유림의 엄마도, 동생도 일한다고 했으니까 평일 낮인 지금은 집에 유림 혼자 있을 터였다.

승현은 샤워를 하고 드레스 룸에서 제일 마음에 드는 옷으로 골라 입었다. 헤어스타일도 멋지게 매만지고 시계와 신발도 신경 써서 골랐다. 누구도 아닌 정유림에게 멋지게 보이고 싶었다.

유림이 자신을 홀린 듯한 눈으로 쳐다보는 게 좋다. 수줍어서 눈길을 피하는 게 귀여워서, 그럴 때마다 놀려주고 싶어진다.

"회사 잘리면 패션지 에디터 같은 거나 해볼까?"

거울 속의 완벽한 남자를 들여다보면서 승현은 빙긋 웃으며 혼잣말을 했다. 그런 농담을 할 수 있을 정도로 마음이 편해져 있었다.

유림에게서 무작정 도망칠 때는 그렇게 하루하루가 지옥 같았

는데. 다 포기하고서라도 유림을 선택하자고 결심하고 나니 얼마나 홀가분한지 몰랐다.

집에서 나와 주차장으로 향할 때는 휘파람이 절로 나왔다.

시동을 걸면서 자칫 이 차도 할아버지나 어머니한테 압수당할지 모른다는 생각이 문득 들었지만 그것도 별로 아무렇지 않았다.

"유림 선배랑 둘이 지하철 타지, 뭐. 그렇지 않아도 대학교 때 타보고 못 타봤는데."

웃으며 승현은 차를 출발시켰다.

날씨는 춥지만 하늘은 파랗게 개어 있다. 평일 낮의 도로는 후련할 정도로 뚫려 있었다. 유림에게로 달려가는 마음만큼이나, 차는 시원스럽게 달렸다.

덕분에 얼마 걸리지 않아 유림의 집에 도착할 수 있었다.

빈손이 마음에 걸려서 승현은 근처의 꽃집에 먼저 들렀다.

"안녕하세요. 꽃다발 좀 만들어주시겠어요?"

"네, 누구한테 선물하실 건가요?"

꽃집 주인아줌마의 말에 승현은 활짝 웃으며 대답했다.

"여자친구한테요!"

그러고 보면 누군가에게 유림을 여자친구라고 입 밖에 내서 얘기하는 건 지금이 처음이었다. 승현은 기뻐서 괜히 묻지도 않은 말을 했다.

"제 여자친구가 꽃을 좋아해요. 식물은 다 좋아한대요."

"아, 그러세요? 여자친구분이 마음이 참 예쁜 아가씬가 보네."

"네."

여자친구, 내 여자친구. 얼마나 좋은 말인가.

승현은 결심했다. 제일 먼저 세라에게 확실히 말해야겠다. 미안하지만 너와는 결혼할 수 없다고. 그러고 나서 할아버지와 어머니에게도 파혼 의사를 밝히고, 그 후에는 회사 사람들 앞에서 정식으로 선언할 셈이었다. 정유림이 내 여자친구라고. 우린 서로 사랑한다고.

유림이 승냥이들에게 시달릴 걸 생각하니 좀 안됐다는 생각도 들었지만, 승현은 더 이상 유림을 그 누구에게도 숨기고 싶지 않았다. 모두가 보는 앞에서 당당하게 유림의 손을 잡고 걷고 싶다. 그 대가가 무엇이든 간에.

그러려면 제일 먼저, 유림에게 말해야겠지. 어제 제설차가 갑자기 밀고 들어오는 바람에 미처 다 못 했던 고백을. 유림이 자신의 고백을 들어주리라고 승현은 믿어 의심치 않았다. 많이, 아주 많이 사랑해준다고 했었으니까.

꽃집 아줌마가 솜씨를 발휘해 만들어준 예쁜 꽃다발을 가슴에 안고, 승현은 날아갈 것같이 가볍고도 빠른 발걸음으로 유림의 집으로 향했다.

하지만 정작 초인종을 누르기는 쉽지 않았다. 가슴이 너무 뛰어서.

잠시 대문 앞에서 심호흡을 하며 마음을 가라앉힌 후에야 승현은 겨우 초인종을 누를 수 있었다.

- 누구세요?

인터폰을 통해 들려온 것은 생각대로 유림의 목소리였다.

승현은 기뻐서 대답했다.

"나예요, 선배! 문 열어줘요."

대답은 없었다. 대신에 안에서 현관문이 열리는 소리가 들리고, 누군가가 밖으로 나오는 소리가 들렸다. 마당을 지나는 발소리가 가까워질수록, 승현의 심장도 걷잡을 수 없이 뛰었다.

드디어 대문이 열리고, 유림이 안에서 모습을 드러냈다.

"……유림 선배."

유림의 얼굴을 보는 순간, 승현은 하마터면 왈칵 눈물이 날 뻔했다. 며칠 동안이나 계속 함께 있었는데, 기껏해야 하룻밤 못 본 것뿐인데. 왜 이렇게 그립고 반가운지 몰랐다.

하지만 유림은 왠지 무뚝뚝한 표정을 하고 있었다. 그리고 잠시 후, 퉁명스러운 말투로 이렇게 물었다.

"여긴 뭐 하러 왔어?"

승현은 조금 당황했다. 바로 어제까지 별장에서 함께 있었을 때의 유림은 전혀 이렇지 않았으니까.

"아……, 계속 전화가 안 돼서 와봤어요. 걱정이 돼서."

승현은 민망함을 감추며 대답했다. 착각이겠지, 하고 생각하면서. 하지만 이번에는 한층 더 차가운 말이 날아왔다.

"전화는 왜 했는데? 뭐 급한 용건이라도 있어?"

착각이 아니었다. 승현은 놀라서 물었다.

"선배, 화났어요?"

그러나 유림은 딱딱한 표정 그대로 다시 한 번 되풀이했다.

"용건이 뭐냐고 묻잖아."

대답할 말이 없었다. 연인 사이에 무슨 용건이 있어서 만난단 말인가. 그냥 보고 싶으니까, 함께 있고 싶으니까 온 거지.

"아니, 별로 용건이 있어서 온 건 아닌데……."

당황한 승현이 그렇게 말하자마자 유림은 딱 잘라 말했다.

"용건 있는 거 아니면 들어간다."

눈앞에서 대문이 닫히려고 했다. 깜짝 놀란 승현은 얼른 문고리를 잡아서 대문이 완전히 닫히기 직전에 겨우 저지했다.

"유림 선배!"

"또 뭔데. 용건 없다며?"

유림은 노골적으로 귀찮다는 티를 냈다. 승현으로서는 그야말로 날벼락이었다.

어떻게 단 하루 만에 이렇게 태도가 180도 바뀔 수가 있을까. 자신과 헤어진 후 무슨 일이 있었던 게 틀림없다고 승현은 생각했다.

"어제 돌아오는 길에 무슨 일 있었어요? 아니면 돌아온 후에?"

"무슨 소리야."

"아니면 왜 화가 난 건데요?"

"화난 거 없는데."

승현은 기가 막혔다.

뭣 때문에 화가 났는지 말은 안 해주고 이런 식으로 구는 게 대부분의 여자들이긴 하다. 그래놓고 나중에 '내가 왜 화났는지 모르는 게 더 화나!' 하고 어이없는 소리를 하는 게 포인트.

그런데 다른 사람도 아니고 유림이 이럴 줄은 몰랐다. 기가 막혔지만 결국은 더 좋아하는 쪽이 약자였다.

"그러지 말고 뭣 때문에 화났는지 말해줘요. 내가 사과할게요."

승현은 무작정 사과했다. 하지만 유림은 좀처럼 풀릴 기세가 아니었다.

"화난 거 없다고 했잖아."

"그럼 갑자기 나한테 왜 이렇게 구는데요? 어제까지만 해도 나한테 이러지 않았잖아요, 응?"

돌아온 것은 상상조차 못했던 말이었다.

"그건 그때 얘기고."

유림의 입술이 살짝 비웃음을 띠고 있었다.

"별장에 있는 동안만 여자친구가 되어달라며? 그래서 그렇게 해줬던 거야."

승현은 가슴 한구석이 서늘해지는 것을 느꼈다.

"선배……?"

"그리고 이제 서울로 돌아왔으니까 끝. 뭐 문제 있어?"

유림의 물음에 승현은 잠시 멍해져 있었다. 이 여자는 지금 무슨 소리를 하는 걸까.

"선배, 지금 장난치는 거죠?"

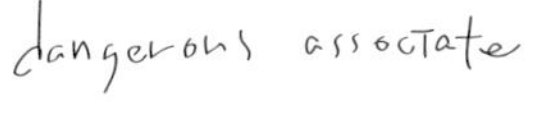

"장난?"

유림이 소리 내어 웃었다. 그러면서도 눈은 전혀 웃고 있지 않았다.

"그거 괜찮네. 사람 마음 가지고 장난치는 거, 나도 한번 해보고 싶었거든."

"난 장난 아니었다고 말했잖아요!"

답답한 나머지 결국 승현도 목소리를 높였다.

"우리 함께 있는 동안 서로 마음이 통한 거 아니었어요? 나 혼자만 그렇게 생각한 거예요?"

"아마 그랬던 것 같은데."

유림이 비웃듯이 말했다.

"내 머릿속엔 계속 한시라도 빨리 헤어져서 서울로 돌아가고 싶다는 생각밖엔 없었거든."

"유림 선배?"

"그리고 지금 이 순간에도 마찬가지고."

갑자기 유림이 승현을 향해 물었다.

"더 할 말 있어?"

미처 대답을 할 틈도 주어지지 않았다.

"나 발목이 아직 안 좋아서 오래 서 있기 힘들어. 이만 가줘."

칼로 자르듯 말하자마자 유림은 대문을 닫아버렸다.

"유림 선배!"

놀란 승현이 얼른 다시 대문을 밀어 열려고 해봤지만 이미 문은 굳게 잠긴 후였다.

"잠깐만요, 선배! 아직 얘기 안 끝났어요!"

주먹으로 쾅쾅 치자 철제 대문이 큰 소리로 울었다.

"잠깐만 열어봐요! 유림 선배! 선배!"

하지만 아무리 소리쳐 불러도 잠긴 문은 두 번 다시 열리지 않았다.

승현과 유림이 고립되어 있던 별장에서 구조되어, 어제 무사히 서울로 돌아왔다는 소식은 현우도 부장에게서 전해 들었다. 오늘만 쉬고 내일부터는 정상 출근할 거라는 얘기도.

하지만 역시 제 눈으로 직접 유림이 아무 이상 없다는 것을 확인해야만 안심이 될 것 같았다.

도저히 퇴근 시간까지도 기다릴 수가 없어서 현우는 반차까지 내고 대낮에 유림의 집을 찾았다.

유림의 집 앞에 다다른 현우의 눈에 이상한 것이 띄었다. 바로 대문 앞에 놓인 꽃다발이었다. 날씨가 이렇게 추운데 아직 꽃잎이 얼거나 시들지도 않고 생생한 것이, 놓고 간 지 얼마 안 되는 것 같았다.

"집에 아무도 없는 건가?"

현우는 고개를 갸웃거리며 초인종을 눌러보았다. 그런데 생각과는 달리, 금세 유림의 목소리가 인터폰을 통해 흘러나왔다.

- 가라고 했잖아. 할 말 없다는데 귀찮게 왜 자꾸 그래?

날 선 목소리에 현우는 흠칫 놀랐다. 유림이 목소린데, 왜 이렇게 화가 나 있지?

"유림아, 난데. 무슨 일 있는 거냐?"

- ……현우 선배?

놀란 목소리와 함께 잠시 후 대문이 열렸다.

안에서 나온 유림을 보고 현우는 또다시 놀랐다. 아까 들은 목소리로는 잔뜩 화가 난 줄 알았는데, 얼굴은 방금까지 울다 나온 사람의 그것이었다.

"유림이 너, 무슨 일 있냐?"

"일은요. 아무 일도 없습니다."

새빨갛게 부은 눈으로 유림은 시선을 피하며 대꾸했다. 거짓말인 게 뻔했다.

"차승현, 그 녀석 짓이지?"

대문 앞에 놓인 꽃다발. 새빨개진 유림의 눈. 아무리 둔한 현우라 해도 이쯤 되면 눈치 채지 못할 수가 없었다.

"대체 너희 둘, 무슨 사이인 거야. 무슨 일이 있길래 이러는 거냐고."

답답한 나머지 현우는 유림의 두 어깨를 꽉 붙잡았다.

"제발 나한테 말이라도 해봐, 유림아. 응?"

그러나 다음 순간, 곧바로 현우는 후회하게 되었다. 차라리 묻지 말걸, 하고.

유림은 떨리는 목소리로 말했다.

"제가 차승현 씨를…… 좋아합니다."

어떻게 집에 돌아왔는지도 모르겠다. 집에 도착하자마자 승현은 비틀거리며 소파에 쓰러지듯 몸을 내던졌다.

「사람 마음 가지고 장난치는 거, 나도 한번 해보고 싶었거든.」

조소를 띠고 그렇게 말하던 유림의 목소리가 귓가에서 떠나지 않았다.

'말도 안 돼. 그럴 리가 없어.'

목소리를 억지로 떨쳐버리듯 승현은 세차게 고개를 저었다.

유림과 단둘이서 별장에서 보낸 이틀 동안이, 그에게 있어서는 태어나서 가장 편안하고 행복한 시간이었다.

좋아한다고 말하면 대답 대신에 가만히 기대오던 몸. 벅차오르는 마음을 주체하지 못하고 키스하면 수줍게 받아들여주던 입술. 쓸데없는 옛날 얘기를 털어놓는 자신을, 바보 같다고 비웃지 않고 꼭 안아주면서 해주던 다정한 말.

「내가 사랑해줄게. 많이, 정말 아주 많이 사랑해줄게.」

그런데 그게 다, 거짓이었다고? 도저히 승현은 받아들일 수가 없었다. 이건 뭔가 이유가 있는 게 틀림없었다.

하지만 그 이유가 뭔지 도저히 알 수가 없어서 괴로워하고 있을 때였다. 문득 초인종이 울리는 소리에 승현은 깜짝 놀랐다.

'유림 선배?'

가슴이 마구 두방망이질 치기 시작했다. 튕기듯 소파에서 일어난 승현은 단숨에 인터폰으로 달려갔다.

그러나 인터폰 화면에 비친 얼굴은 유림이 아니라 세라였다.

- 저예요, 세라. 잠깐 들어가도 돼요?

승현은 그만 맥이 탁 풀리고 말았다. 선배가 아니었잖아!

- 승현 오빠?

물론 지금은 세라를 상대하고 있을 기분이 아니었다. 그냥 돌아가라고 할까 하다가 승현은 생각을 바꿨다. 그렇지 않아도 세라에게도 해야 할 말이 있었으니까.

승현은 현관문을 열었다.

"오빠, 무사하셨네요!"

승현의 얼굴을 보자마자 세라가 눈물을 글썽였다.

"들어와."

승현이 먼저 거실 소파에 가서 앉자 세라도 건너편에 앉았다.

"얼마나 걱정했는지 몰라요! 오빠 할아버님이랑 어머님께서 직접 강원도로 내려가신다고 해서, 저도 함께 가고 싶었지만 방해가 될까 봐……."

세라가 울먹였다.

"어디 다친 덴 없으시고요?"

"없어."

승현은 짧게 대꾸했다. 어디부터 말해야 할까, 하는 생각에 머

릿속이 바빴기 때문이다. 유림을 좋아하게 됐으니까 파혼하자고? 아니면 미안하다는 말부터?

그런데 공교롭게도 세라의 입에서 먼저 유림의 얘기가 나왔다.

"별장에서 유림 선배랑 같이 계셨었다면서요."

"눈 때문에 별장에 갇혀 있었어."

"갇혀 있었던 게 아니라, 스스로 가둔 거였잖아요."

승현은 놀라서 세라를 쳐다보았다. 그걸 어떻게 알았을까.

"전화선이 빠져 있는 걸 몰랐다고 할아버님께 들었어요. 고립된 상황에서 그런 실수를 할 리가 없잖아요, 직접 뺀 게 아닌 이상은요."

세라가 작게 한숨을 내쉬고는 물었다.

"그렇게 해서라도 유림 선배랑 함께 있고 싶으셨던 거죠?"

승현은 부정하지 않았다.

"그래."

"결국 저는 끝까지 아니었던 건가요?"

그렇게 묻는 세라의 목소리에 조금씩 울먹임이 섞이고 있었다.

"그렇게 됐어."

이런 순간에조차 승현은 세라에게 크게 미안함이 느껴지지 않는 자신을 깨닫고 조금 당황했다. 미안하다고 무릎을 꿇고 말해도 모자랄 상황인데.

"왜 저는 안 되나요? 이렇게, 이렇게 오빠를 좋아하는데……!"

이유는 금세 깨달았다. 단 한 번도 세라에게서 진심이라는 것을 느껴본 적이 없어서다. 이렇게 눈물을 흘리면서 좋아한다고 말하고 있는 순간에조차.

유림은 전혀 달랐다. 입 밖에 내서 좋아한다고 표현하지 않는 건 물론이고, 심지어 퉁명스럽게 굴 때도 많았다. 하지만 행동 하나 하나에서 그대로 느껴졌다. 아, 이 여자가 날 좋아하는구나, 지금 나한테 설레고 있구나, 그게 그렇게 기쁘고 사랑스러울 수가 없었다.

하지만 세라는 정반대였다. 늘 상냥한 미소를 짓고 좋아한다고 말하지만 그게 진심으로 와 닿은 적은 없었다. 왠지 늘 가면을 쓴 사람의 얼굴을 보는 기분이었다.

어쨌든 세라와는 오늘로 끝이다. 이미 유림에게 모든 것을 걸기로 결심한 이상, 승현은 단 일 분도 더 세라와의 관계를 지속할 생각이 없었다.

“미안하게 됐어. 곧 할아버님하고 어머니한테도 말씀드릴 생각이야.”

승현은 고개를 숙였다.

“결혼은 없던 일로 하자.”

“흑……!”

결국 세라가 얼굴을 감싸고 울음을 터뜨렸다. 작은 어깨가 흐느낌에 심하게 들썩이는 것을 보고도 승현의 마음에는 잔물결조차 일지 않았다. 해줄 수 있는 거라고는 그저 테이블에 놓인 티슈를 뽑아 건네주는 것뿐이었다.

한바탕 울고 나서야 세라는 조금 진정이 된 모양이었다. 티슈로 눈물을 닦더니, 억지로 미소까지 지어 보였다.

"이렇게 될 거라고 짐작은 하고 있었어요. 그러니까 괜찮아요."

"미안해."

"아녜요. 사람 마음을 어떻게 억지로 할 수 있겠어요. 오빠 마음 잘 알았으니까, 다시는 두 사람 사이에 끼어들지 않을게요. 회사도 그만둘 거고요."

"아니, 그렇게까지 할 필요는……."

"어차피 오빠 때문에 다녔던 거예요. 같은 사무실에 있어봤자 두 사람도 불편할 거고, 저는 저대로 괴로울 거고요. 그러니까 신경 쓰지 마세요."

그렇게 말하는 세라에게, 승현은 고마움을 느꼈다. 자신을 좋아하는 마음이 진심이었든, 진심이 아니었든 간에, 약혼자에게 일방적으로 파혼을 선언당하는 건 크게 자존심이 상하는 일일 터였다. 그런데도 큰 소리 한 번 내지 않고 이렇게 순순히 받아들여주는 게 고마웠다.

"이해해줘서 고마워."

승현의 말에 세라가 씁쓸하게 웃었다.

"오빠한테서 듣고 싶은 말은 그런 게 아니었는데."

세라는 오래 있으려 하지 않고 금세 자리에서 일어섰다.

"이만 가볼게요. 나오지 마세요."

"그래, 조심해서 가."

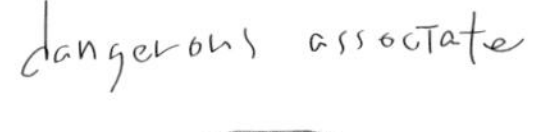

승현은 현관까지 세라를 배웅했다.

"승현 오빠."

현관문이 닫히기 직전에, 세라는 고개를 들어 승현을 응시했다.

"언제든 오빠가 힘들고 외로울 때는 꼭 저한테 연락해주세요. 망설이지 말고요."

그럴 리가 없다고 생각하면서도 승현은 대답했다.

"그래."

문이 닫히는 순간, 승현은 더없는 해방감을 느꼈다. 계속 어깨를 짓누르고 있던 무거운 짐을 비로소 내려놓은 것 같은 기분이었다. 이제는 자유다. 아무 거리낌 없이, 마음껏 유림을 사랑해도 괜찮다!

그런 기쁨 때문일까. 이미 낮에 유림에게 매몰차게 이별 선언을 당한 건 거의 잊어버리고 있었다.

그야 어차피, 들어줄 생각도 없었으니까.

다음 날, 출근하자마자 유림은 숨 돌릴 틈도 없이 휴게실로 소환되었다. 물론 휴게실에는 이미 승냥이들이 대거 포진해 있었다.

"차승현 씨랑 답사 갔다가 이틀 동안 별장에 고립돼 있었다지?"

두목 승냥이, 민 차장의 추상같은 질문에 유림은 오금이 저리는 것을 느꼈다.

"네. 하지만 답사를 갔던 건 절대 제 의사가 아니라……."

일단 변명부터 시작했지만 금세 말을 가로막혔다.

"당연하지. 그 답사, 우리가 보냈으니까."

"예?"

유림은 놀라서 민 차장을 쳐다보았다.

"숨 막히도록 긴박한 작전이었지. 불여……, 아니, 이세라 씨 팬클럽 도움까지 받아가면서 보낸 거라고."

의기양양하게 말한 민 차장이 다시금 눈을 부라렸다.

"그랬는데 설마하니 별장에 갇혀 있는 동안 차승현 씨하고 별일은 없었겠지?"

유림은 등골에 식은땀이 배어나는 것을 느꼈다. 여기서 입을 잘못 놀렸다간 최소 사망이다.

"에이, 차장님도 참. 저랑 차승현 씨 사이에 별일은 무슨 별일이 있겠습니까? 아하, 하하하."

애써 당치도 않다는 듯이 웃어넘기려 했지만 민 차장은 왠지 의심 가득한 얼굴을 하고 있었다.

"물론 그렇긴 한데 말이야. 이상한 얘기가 들려와서 말이지."

"예?"

"고립된 게 아니라, 고립을 자처한 거라는 얘기."

황당한 얘기에 유림은 눈을 동그랗게 떴다.

"그게 무슨 말씀이십니까?"

"멀쩡한 전화선을 일부러 빼놓아서 외부와의 연락을 차단했다고 하던데?”

수십 개의 의심 가득한 눈초리가 유림을 향했다.

“정유림 씨가 차승현 씨랑 같이 있으려고 일부러 꾸민 짓 아니야?”

말도 안 되는 소리! 억울한 유림은 글자 그대로 펄쩍 뛰어올랐다.

현역 시절의 에어 조던도 울고 갈 만한 높이에 여기저기서 감탄사가 흘러나왔다. 오오!

“천부당만부당한 말씀이십니다! 제가 어찌 감히 그런 짓을…….”

유림이 목소리를 높여 결백을 주장하려던 바로 그때였다. 갑자기 휴게실 문이 벌컥 열리더니, 주위가 다 환해지는 느낌이 들었다.

바로 승현이 들어온 것이었다.

“어머, 차승현 씨!”

방금까지 사흘 굶은 시어미상을 하고 유림을 잡아먹을 기세였던 승냥이들은 일제히 갓 시집온 새색시로 변모했다. 얼굴이 발그레해져서 꺄꺄거리는 승냥이들에게 인사처럼 싱긋 미소를 보낸 후, 승현은 민 차장을 향해 말했다.

“맞습니다, 일부러 전화선 빼놓았던 거.”

놀란 것은 승냥이들뿐만이 아니었다. 당사자인 유림도 깜짝 놀랐다. 그야 전혀 몰랐던 일이었으니까!

“뭐? 그게 사실이었단 말이야?”

그러나 변명하기도 전에 민 차장의 눈은 세모꼴로 변했다.

날아오는 날카로운 눈빛에 유림이 헉, 하고 쫄아든 순간, 승현이 다시금 말했다.

"제가 그랬던 겁니다. 정유림 선배랑 단둘이 있고 싶어서요."

"뭐……?"

멍청하게 되묻는 두목 승냥이를 향해, 승현이 특유의 눈웃음을 한껏 지으며 말했다.

"제가 유림 선배를 좋아하거든요."

유림은 생각했다.

이, 이건 악몽이야. 이런 일이 현실에 있을 리가 없어!

하지만 잔인한 현실은 눈앞에서 계속되고 있었다.

"그러니까 선배님들께서도 많이 도와주셨으면 좋겠습니다."

심지어 승현은 불난 집에 부채질까지 하고 있었다!

"사실은 유림 선배가 싫다는데 제가 막무가내로 쫓아다니고 있는 중이라서요."

주위는 찬물을 끼얹은 듯이 조용했다. 누구도 입을 열지 못했다. 그저 승현과 유림을, 귀신이라도 본 것 같은 얼굴로 멍하니 쳐다보고 있을 뿐.

"이리 나와."

도저히 이 숨 막히는 분위기를 견딜 수가 없어서 유림은 승현의 소맷자락을 잡아당겼다. 평소 같았으면 이 무슨 무엄한 짓이냐며 눈을 부라렸을 승냥이들도, 지금은 아무 말이 없었다.

이를 악문 채 휴게실에서 나온 유림은 끌고 나온 승현을 그대로 엘리베이터에 밀어 넣고 옥상으로 향하는 버튼을 눌렀다.

다행히 옥상에는 아무도 없었다.

"미쳤어?"

너무 흥분한 나머지 목소리가 덜덜 떨렸다.

"대체 이게 무슨 짓이야?"

"진정해요."

하지만 승현은 어디까지나 차분했다.

"난 더 이상 우리 사이 숨기고 싶지 않아서 사실대로 말했을 뿐이에요."

"대체 우리가 무슨 사인데!"

유림은 기어이 폭발하고 말았다.

"벌써 잊어버렸어? 바로 여기서 나한테 헤어지자고 말했던 게 얼마나 됐다고!"

"진심이 아니었어요."

마구 퍼붓는 유림과 달리, 승현은 어떻게든 설득하려는 기색이 역력했다.

"그땐 내가 정말 잘못했어요. 앞으로 두고두고 갚을게요."

"필요 없어!"

달래듯 손을 뻗는 승현을, 유림은 거세게 뿌리쳤다.

"갚는다는 게 겨우 이거야? 이런 식으로 터뜨려놓고 나더러 앞으로 대체 회사를 어떻게 다니라고!"

"걱정할 거 없어요. 내가 다 막아줄 테니까."

승현이 부드럽게 말했다.

"이젠 나만 믿고 있으면 돼요. 그러니까 선배는 아무 걱정 말고 나한테 기대고만 있어요."

더없이 상냥한 눈빛과 말투. 그러나 그 뒤에 얼마나 큰 희생을 감수할 결심이 숨어 있는지, 유림은 모르지 않았다. 알고 있기 때문에 도망가려고 하는 거다. 바로 이렇게.

유림은 입술을 깨물었다.

"어제 내가 한 말, 못 알아들은 거 같으니까 다시 할게."

승현의 얼굴을 똑바로 쳐다보며 유림은 또박또박 말했다.

"그때, 바로 이 자리에서 승현 씨가 나한테 헤어지자고 말했을 때 우린 이미 끝났어."

승현의 안색이 변했다.

"유림 선배!"

"그 별장에서 있었던 일은 연극 같은 거였어. 내키지는 않았지만 승현 씨가 날 구해줬으니까, 차마 거절할 수가 없어서 그냥 대충 장단 맞춰주고 있었을 뿐이야. 거기에 몰입해서 여태까지 이러고 있으면 곤란하지."

아름다운 얼굴이 절망에 서서히 일그러졌다. 그 얼굴에 대고, 유림은 얼음장 같은 마지막 말을 내뱉었다.

"이제 눈보라는 그쳤어. 그러니까 정신 차려."

승현이 유림을 좋아한다고 선언했다는 소문은 빠르게 회사 전

체로 퍼져나갔다. 심지어 세라의 아버지인 이 사장의 귀에까지 들어갔다. 그것도 바로 그날 안으로.

이 사장이 격분한 것도 무리는 아니었다.

"대체 이게 무슨 소리냐!"

화가 난 아버지를, 오히려 세라가 침착하게 말렸다.

"진정하세요, 아빠. 별일 아니니까요."

"별일이 아니라니! 버젓이 약혼녀인 네가 같은 부서에 있는데, 다른 여자한테 눈독을 들여?"

그러나 딸에 대한 애정이 각별한 이 사장은 좀처럼 진정하지 못했다. 금방이라도 유림을 잘라버릴 듯한 기세였다.

"그 여자가 마케팅팀 누구라고 했지? 내일 아침에라도 당장에……!"

"열심히 일하는 직원이에요. 주위 평판도 좋고요. 잘못한 것도 없는데 잘랐다간 괜히 시끄러워질 테니 그만두세요."

"그까짓 뒷말이 문제냐? 내 딸, 아니, 나까지 무시를 당한 거나 다름없는데!"

"로미오와 줄리엣 만드시게요?"

세라의 말에 그제야 이 사장도 조금 멈칫했다.

"로미오와 줄리엣이라고?"

"네."

세라가 고개를 끄덕였다.

"지금 유림 선배 자르시면 완벽하게 그렇게 될 거예요. 아빠랑 저랑 악역이 되고, 두 사람은 더 불타오르겠죠. 아빤 설마 그걸 원하시는 거예요?"

"아니, 그럴 리가……."

"그럼 걱정 말고 그냥 내버려두세요. 놔둬도 헤어지게 돼 있으니까요."

세라는 자신 있게 말했다. 믿는 구석이 있어서였다.

전화선을 일부러 빼놓고 있었다는 얘기를 슬쩍 흘린 것은 바로 세라였다. 물론 승냥이들 귀에 들어가라고 한 짓이었다. 그래야 유림이 괴로워질 테고, 승현과의 사이가 조금이라도 빨리 정리될 테니까.

승현과 유림, 두 사람이 옥상에서 얘기할 때 세라는 조금 떨어진 곳에서 엿듣고 있었다. 거리가 멀어서 잘 들리지는 않았지만 한마디만은 똑똑하게 들었다.

「우린 이미 끝났어.」

유림의 말이었다.

그 순간 세라는 회심의 미소를 지었다. 자신이 예상했던 대로가 아닌가.

"그 여자, 생각보다 영악한 타입이에요. 저하고 파혼하면 승현 오빠가 자칫 회사에서 낙동강 오리알 신세가 될 수 있다는 거, 제가 알아듣게 말해놨으니까 잘 정리될 거예요."

세라의 말에 이 사장은 영 미심쩍다는 얼굴을 했다.

"정말이냐?"

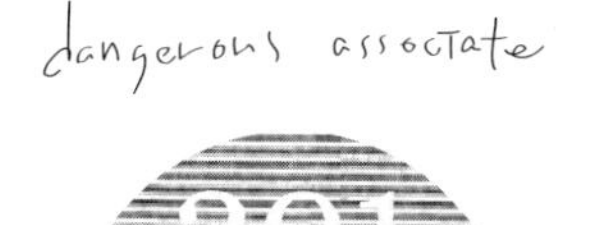

“그럼요. 그러니까 아빠는 아무 걱정 말고 저만 믿고 계셔도 돼요.”

세라가 힘주어 말했다.

“제 남자는 제가 지키니까요.”

승현이 승냥이들 앞에서 폭탄선언을 한 지 며칠이 지났다. 그사이에 세라는 회사를 그만두었다. 갑작스러운 일에 뒷소문이 무성했다. 회사 그만두고 결혼 준비를 한다는 둥, 유학을 간다는 둥.

하지만 진짜 이유를 알고 있는 것은 유림뿐이었다.

「그동안 즐거웠습니다. 언젠가 꼭 다시 건강한 모습으로 뵙길 바라요!」

사직서를 제출하러 마지막으로 회사에 나왔던 날, 세라는 첫 출근을 했던 날처럼 환하게 웃으며 작별인사를 했다. 부서 사람들 모두 섭섭해서 어쩔 줄 몰랐다. 특히나 팬클럽인 소공녀 회원들은 초상집 분위기였다.

세라는 서운해하는 사람들의 손을 하나하나 잡으며 마지막 인사를 건넸다.

「힘내세요, 유림 선배. 다 잘될 거예요.」

유림에게는 그렇게 인사해주었다. 너무 미안해서 유림은 세라의 얼굴조차 제대로 쳐다볼 수가 없었다.

든 자리는 몰라도 난 자리는 안다고 했던가, 세라의 책상이 치워지자 모두들 허전한 모양이었다. 그래서인지 평소보다 한층 더 열심히 수다들을 떨기 시작했다.

문제는 그 수다의 가장 큰 화젯거리가 바로 승현과 유림이라는 것이었다.

"유림 씨, 승현 씨랑은 대체 어떻게 된 건지 진짜 말 안 해줄 거야?"

점심을 먹고 사무실에 올라온 유림에게, 역시나 사람들은 그것부터 물었다. 유림은 요 며칠간 계속 그래왔던 것처럼 일관성 있게 오리발을 내밀었다.

"말씀드릴 게 없는데 무슨 말을 하겠습니까?"

"에이, 왜 이래? 휴게실에서 승현 씨가 고백했다며, 그것도 승냥이들 다 모인 앞에서!"

"그래서 저도 그게 의문입니다. 돈이 너무 많다 보니 미친 게 아닐까요?"

그렇게 대꾸하고 유림은 잽싸게 밖으로 피신했다. 점심시간 끝날 때까지 어디 숨어 있다가 돌아올 셈이었다.

"……휴우."

복도로 도망 나온 유림의 입에서 깊은 한숨이 흘러나왔다. 승현이 원망스러웠다. 대체 왜 그런 말은 해가지고 회사 다니기도 힘들게 만든단 말인가. 그래놓고 본인은 아무렇지도 않다는 듯이 태연한 얼굴을 하고 있는 것도 원망스러웠다.

무엇보다 가장 원망스러운 것은 그가 왜 하필 회장님 손자인가,

하는 점이었다.

'승현 씨가 그냥 평범한 사람이었으면 좋았을 텐데.'

그러면 이렇게 거짓으로 마음을 숨기지 않아도 될 텐데, 하는 생각에 유림은 괴로웠다. 하지만 괴로워해봤자 어쩔 수 없는 문제였다. 로미오가 로미오인 것이 로미오의 잘못은 아니니까.

'그나저나 오늘은 또 어디 숨어 있어야 하나…….'

잠시 고민하던 유림은 자판기가 있는 휴게실로 향했다. 따뜻한 캔 커피라도 뽑아서 옥상에 올라가 있을 셈이었다. 요즘은 날이 추워서 옥상에 사람이 거의 없어 숨기 딱 알맞았으니까.

하지만 하필이면 자판기 앞에서 곤란한 사람과 딱 마주치고 말았다.

"어머, 유림 씨."

바로 두목 승냥이, 민 차장이었다.

사건 이후로 승냥이 밴드도 탈퇴했고, 회사에서도 늘 숨어 다녔기 때문에 이렇게 마주 대하는 것은 처음이었다.

"차, 차장님……."

유림은 죄 지은 사람처럼 어쩔 줄을 몰랐다.

그러나 도끼눈을 하고 추궁할 줄 알았던 민 차장은 놀랍게도 이렇게 물었다.

"자기 뭐 마실래?"

"예?"

"뭐 마실 거냐고. 커피?"

“아, 예…….”

이윽고 민 차장이 캔 커피 두 개를 뽑아서 하나를 유림에게 건넸다. 그러더니 시계를 보고는 불쑥 말했다.

“아직 점심시간 끝나려면 좀 남았네. 잠깐 얘기 좀 할까?”

올 것이 왔구나. 가슴이 철렁하는 유림에게, 민 차장은 속을 꿰뚫어보기라도 한 것처럼 말했다.

“잡아먹지 않으니까 걱정 마.”

민 차장이 이끄는 대로 휴게실 소파에 나란히 앉았다.

“……정말 죄송합니다.”

한참 캔 커피만 만지작거리다 유림은 겨우 말했다. 그러자 민 차장이 피식 웃었다.

“천생연분인가 보다. 어쩜 둘이 하는 말도 똑같니?”

“네?”

“그날 밤에 승냥이들끼리 모여서 한바탕 술 펐거든. 승현 씨가 거기 왔었어. 어떻게 알고 왔는지는 모르겠지만.”

유림은 깜짝 놀랐다.

“오자마자 허리까지 숙여가면서 하는 첫 마디가 딱 그거더라. 정말 죄송하다고.”

“승현 씨가…… 요?”

“응. 근데 자기는 정말 진심이래. 유림 씨 없으면 안 될 것 같대. 그러니까 예쁘게 좀 봐달라지 뭐야.”

유림은 부끄러워서 고개를 들 수가 없었다.

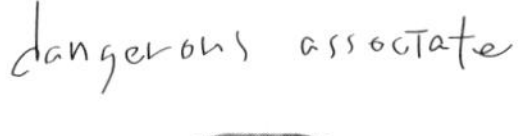

"가뜩이나 예쁜 사람이 그렇게 예쁘게 봐달라고 고개 숙여 부탁까지 하는데 어떻게 예쁘게 안 봐줄 수가 있겠어? 그래서 부탁 들어주기로 그날 우리끼리 합의 봤어."

그때가 생각나는지, 민 차장은 재미있다는 듯이 웃었다.

"대신 승현 씨는 그날 우리한테 죽었지. 술값 많이 나온 거야 차승현 씨한테는 아무것도 아닐 거고, 그래도 아마 다음 날 아침엔 고생 좀 했을걸?"

그러고 보니 며칠 전에 승현이 지각했던 게 떠올랐다. 눈 밑에는 다크 서클이 드리워져 있는 데다 평소 늘 완벽했던 몸차림도 그날만은 왠지 흐트러져 있어서 무슨 일인가 했었는데.

"근데 승현 씨가 하나 잘못 생각하고 있는 게 있더라고. 아마 유림 씨도 그런 거 같은데."

"예?"

"그날, 승현 씨가 우리한테 계속 부탁했다? 유림 씨 미워하지 말아달라고. ……근데 우리는 처음부터 유림 씨를 미워한 적이 없었거든."

"차장님……?"

유림은 놀라서 민 차장을 쳐다보았다.

"그야 섭섭하긴 했지. 근데 다들 그냥 승현 씨가 하도 잘생겼으니까 연예인 좋아하듯이 그런 거지, 그 이상은 아니야. 나만 해도 승현 씨가 벌써 막냇동생 뻘인데 설마 남자로 봤겠어?"

민 차장이 웃음을 머금고 말했다.

"심지어 유림 씨를 미워하다니, 그런 사람은 아무도 없었어."

"……."

"생각 안 나? 승냥이 밴드에서 승현 씨가 이세라 씨랑 같이 퇴근하는 거 누가 봤다고 글 올렸을 때, 다들 그랬잖아. 사장 딸보다 유림 씨가 훨씬 매력 있다고. 그거, 빈말 아니었어. 다들 진심이었다고."

전혀 몰랐다. 그저 자신이 제일 가능성이 없어 보여서 갖다 붙인 거라고만 생각했는데…….

"뭐, 솔직히 질투 나는 건 사실이지만. 그래도 어차피 누군가가 데려갈 거, 그게 성격 좋고 성실한 유림 씨라면 얼마나 다행이야?"

민 차장의 손이 유림의 처진 어깨를 따뜻하게 두드렸다.

"그러니까 어깨 펴고 당당하게 사귀어도 돼! 우리도 응원할 테니까."

복잡한 마음이었다.

승냥이들에게서 인정받은 것은 솔직히 기뻤다. 생각 같아서는 씩씩하게 말하고 싶다. '네, 한번 잘 사귀어보겠습니다.' 하고. 하지만 그럴 수 없는 게 현실이었다.

"저어, 차장님. 저를 좋게 봐주신 건 정말 감사합니다만…… 오해하신 겁니다."

결국 유림은 그렇게밖에 말할 수가 없었다.

"오해라니, 무슨 오해? 딱 봐도 승현 씨가 자기한테 푹 빠져 있던데."

의아해 하는 민 차장에게, 유림은 힘들게 말했다.

“그쪽은 어떤지 모르지만 저는 아닙니다. 엮이고 싶지도 않고, 사귈 생각도 없습니다.”

“유림 씨, 진심이야?”

민 차장은 마치 로또 일등 당첨을 거부하는 사람이라도 본 것 같은 표정을 했다.

“예. 그러니까 더 이상 오해는 말아주셨으면 좋겠습니다.”

그러고 나서 유림은 망설이다 덧붙였다.

“차승현 씨도 그렇게 심각한 감정 같은 거 아닐 겁니다. 그냥 일시적인 변덕 같은 거겠죠. 아직 승현 씨, 스물일곱밖에 안 됐잖습니까.”

“이제 곧 해 바뀌면 스물여덟이야. 그게 적어?”

“하여튼 승현 씨가 했던 말은 너무 심각하게 받아들이지 마시고, 다들 그냥 저러다 말겠거니 해주십쇼. 부탁드립니다.”

유림은 고개를 숙였다. 나중에라도 이 일이 승현에게 누가 될까 봐 두려워서였다.

“나 참, 고개 숙이는 것까지 둘이 똑같으니 원…….”

민 차장이 복잡한 눈빛으로 유림을 바라보았다.

“차장님, 이만 들어가보셔야 하지 않겠습니까? 점심시간 거의 다 끝나가는데요.”

“어머, 내 정신 좀 봐! 그럼 다음에 또 봐, 유림 씨.”

“예, 차장님. 들어가십쇼.”

민 차장과 헤어진 유림은 잰걸음으로 사무실로 돌아왔다.

그러나 사무실 안으로 들어가기 직전에 유림은 발걸음을 멈췄다. 안에서 들려온 승현의 목소리 때문이었다.

“……그야 좋아하니까 좋아한다고 말했죠.”

맙소사! 유림의 얼굴에서 핏기가 가셨다.

“유림 씨는 계속 오리발 내밀던데?”

누군가의 말에 승현은 힘주어 대답했다.

“저는 포기할 생각 조금도 없습니다. 그러니까 주위에서 많이들 도와주세요.”

유림은 현기증이 이는 것을 느꼈다.

도저히 이대로는 회사를 다닐 수가 없다.

차라리 회사를 그만둘까? 그 생각도 해보지 않은 바 아니었지만 어떻게든 그것만은 피하고 싶었다. 재취업에 자신도 없었지만 유림은 드림제과가 좋았다. 사람들과 정도 들었고, 일하는 것도 즐거웠다.

하루 종일 고민한 끝에 유림은 부서 이동 신청을 하기로 결심했다. 부서가 달라지면 일단 승현에게서도 어느 정도 거리를 둘 수 있게 되니까 최소한 지금보다는 나을 것 같았다.

이미 12월 말이 가까워져 있었다. 마침 인사이동 발표를 앞두고 부서 이동 희망 신청을 받고 있는 시기다. 유림은 야근을 핑계로 사무실에 남아 몰래 부서 이동 희망 신청서를 작성했다.

"어디로 갈까……."

서류를 앞에 놓고 유림은 펜을 빙글빙글 돌리며 고민했다. 물론 가고 싶다고 해서 갈 수 있는 것도 아니지만, 고민이 되지 않을 수 없었다.

예전에 유림은 승현에게 이렇게 말한 적이 있었다.

「지금은 일하는 게 즐거워. 노력해서 목표를 이뤄낼 때 성취감이 장난 아니거든. 사실은 그래서 마케팅보다도 기획 같은 거 해보고 싶기도 하고.」

지금도 그 생각은 마찬가지였다. 갈 수 있다면 기획팀에 가고 싶다. 하지만 기획팀은 사내에서도 우수한 인재들만 가는, 이를테면 엘리트 코스 같은 곳이라 신청해볼 엄두가 나지 않았다.

결국 유림이 희망 부서란에 적어 넣은 것은 홍보팀이었다. 홍보팀이라면 원래 일하던 마케팅팀과 업무가 어느 정도 비슷한 점도 있는 데다, 두목 승냥이인 민 차장이 바로 홍보팀이었던 것이다.

자신을 좋게 봐주고 있는 사람이 상사로 있으니 가더라도 마음이 든든할 것 같았다.

신청서를 모두 작성하고 나서 유림이 마지막으로 제 이름을 적어 넣은 바로 그때였다.

"선배, 부서 옮기려고요?"

갑자기 뒤에서 목소리가 들리더니 펜을 든 손이 끼어들어 유림의 이름 옆에 적어 넣었다.

차승현

깜짝 놀란 유림은 뒤를 돌아보았다.

"나도 같이 가요."

언제부터 와 있었던 것일까. 눈초리를 부드럽게 휘며 승현이 말했다.

그 순간 유림은 속에서 울컥 치밀어 오르는 것을 느꼈다.

"차승현!"

유림은 소리치며 자리를 박차고 벌떡 일어섰다.

"왜 이렇게 사람 말을 못 알아들어? 싫다고 했잖아. 대체 언제까지 이럴 건데!"

"선배가 날 받아줄 때까지요."

승현의 목소리는 부드러우면서도 단호했다.

"별장에서 내가 했던 말, 혹시 잊어버렸으면 다시 해줄게요."

승현이 크게 한 걸음 다가섰다. 숨결이 닿도록 가까워진 거리에 유림은 흠칫 놀라 뒷걸음질을 쳤지만 금세 책상에 가로막혔다.

승현이 유림을 향해 천천히 고개를 숙였다. 순간 키스하려는 건가, 하고 심장이 쿵 하는 소리를 냈지만 승현의 입술은 방향을 조금 바꿔 유림의 귓가로 다가왔다.

"이젠 아무 데도 도망 못 가."

귓가에 승현이 가만히 속삭였다. 더없이 다정하면서도 독점욕으로 가득 찬 말에 유림은 그만 울고 싶어졌다.

“내가 어떻게 해야 그만해줄 거야?”

유림은 숫제 애원하다시피 말했다.

“난 정말 숨 막혀 죽을 것만 같단 말이야. 정말 나 회사 그만두는 꼴 보고 싶어서 이래?”

“선배가 그만두면 나도 따라 그만둘 거예요.”

“제발 좀!”

유림이 발을 쾅 구르며 소리쳤다.

“그거 알아요?”

갑자기 승현이 손가락을 뻗어 유림의 입술을 살짝 만졌다.

“지금 당신, 입으로 하는 말이랑, 눈으로 하는 말이 전혀 달라.”

승현의 손끝이 입술에 닿는 순간, 유림은 메두사를 본 사람처럼 뻣뻣해졌다.

“눈으론 계속 나한테 뭔가 간절하게 말을 하고 있어. 제발 알아채달라고, 들어달라고.”

유림의 눈동자를 바로 앞에서 가만히 들여다보며 승현이 말했다.

“근데 입술은 계속 나더러 꺼지라고만 하고 있단 말이지.”

“…….”

“그래서 미워.”

그렇게 중얼거리고, 승현은 가만히 유림의 입술에 제 입술을 겹쳤다.

처음에는 깃털이 내려앉는 것처럼 부드러운 입맞춤이었다. 그러나 금세 승현은 유림의 아랫입술을 콱 깨물었다. 진짜로 미워 죽겠다는 듯이.

"으읏……!"

아파서 흘러나온 짧은 비명도 승현의 입술 속으로 사라졌다. 승현은 방금 자신이 깨문 입술을, 위로하고 사과하듯이 다시 제 입 속에 머금고 조심스레 핥았다.

한없이 부드러우면서도 또 한편으로는 난폭한 입맞춤.

기나긴 키스가 겨우 끝났을 때, 유림은 숨조차 제대로 쉬지 못하고 있었다.

"제발, 이러지 마……!"

이미 제 마음은 승현에게 다 들켜 있는 게 뻔했다. 입으로 하는 말이 다 거짓이라는 걸, 승현은 벌써 눈치 채고 있었다.

하지만 그렇다고 이제 와서 승현에게 진심을 말할 수도 없었다. 그러면 결국 힘들어지는 건 승현일 테니까.

유림은 필사적으로 핑계를 꾸며내서 입에 담았다.

"너 같은 부잣집 도련님의 변덕에 놀아나고 싶지 않아. 너야 마음이 변하면 언제든 돌아서면 그만이겠지만, 나는 계속 여기서 일해서 먹고살아야 하는 사람이라고!"

마음에도 없는 핑계를.

"아직도 모르겠어요? 난 진심이라고 몇 번이나 말했잖아요."

승현은 안타까운 얼굴을 했다.

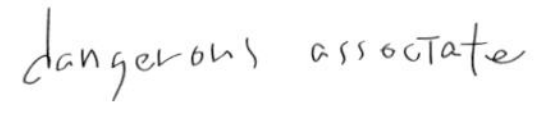

"처음에도 승현 씨는 나한테 진심이라고 했었어. 그래놓고는 다 장난이었다고 했잖아."

"그때는 그럴 만한 이유가……!"

"그럼 다음에도 또 그럴 만한 이유가 생기면? 또 똑같이 할 거 아니야?"

유림은 목소리를 높였다. 그리고 다음 순간 애원하듯 말했다.

"네 마음이 또 언제쯤 변할까, 조마조마해하면서 살고 싶지 않아. 그러니까 제발 그만해줘."

안타깝게 유림을 바라보던 승현이, 무슨 생각을 했는지 한참 만에 고개를 끄덕였다.

"알았어요. 그렇게 싫으면 더는 안 할게요."

그 순간, 유림은 심장이 떨어지는 듯한 느낌을 받았다. 안도감과 동시에 느껴지는 이 깊은 상실감을 대체 어떻게 표현해야 할까.

"대신, 조건이 있어요. 크리스마스이브만 나랑 함께 보내줘요."

진지한 눈동자였다.

"그렇게만 해주면 더는 사귀자고 귀찮게 하지 않을 테니까요."

유림은 침을 꿀꺽 삼키고 물었다.

"약속할 수 있어?"

승현이 힘주어 대답했다.

"네. 약속할게요."

"별장 때처럼 나중에 또 딴소리 하면 곤란해."

"이번엔 정말이에요."

재차 다짐을 받아내고서야 유림은 결심했다.

그래, 마지막으로 데이트 한번 하는 것도 나쁘지 않을지도 모른다. 게다가 그걸로 이 괴로움에서 벗어날 수 있다면. ……더 이상 승현에게 짐 덩어리가 되지 않을 수만 있다면.

“좋아.”

유림은 고개를 끄덕였다.

6. All I want for christmas is you!

크리스마스이브는 토요일이었다. 날씨는 제법 따뜻했지만 날은 잔뜩 흐렸다. 무겁게 찌푸리고 있는 하늘이 마치 제 마음만 같아서, 길가에 나와서 승현을 기다리고 있던 유림은 길게 한숨을 내쉬었다.

"하아……."

오늘이 마지막 데이트구나. 그렇게 생각하다 문득 깨달았다. 어차피 제대로 데이트를 해본 적도 없다는 걸.

'그럼 처음이자 마지막 데이트네.'

씁쓸한 웃음이 새어나왔다.

그럼 좀 더 신경 써서 입고 나올 걸 그랬나, 하고 생각했지만 곧 지워버렸다. 아까 외출 준비를 할 때도 같은 생각을 했지만, 마지막이라는 조건을 걸고 하는 데이트에 한껏 꾸미고 나가는 것도 우스운 일인 것 같아서 그만두었던 것이다. 이별여행 가면서 카메라 챙겨 가는 꼴과 다를 바 없지 않은가.

그래서 결국은 수수한 회색 원피스에 갈색 구두를 신고 나왔다.

평소와 크게 다름없는 차림이었다.

약속 시간이 거의 다 되었을 때쯤, 검은색의 멋진 자동차 한 대가 미끄러지듯 유림의 앞에 와서 섰다. 평소에 보던 승현의 차가 아니었는데, 문이 열리고 내린 것은 승현이 맞았다.

"이건 뭐야? 승현 씨 차 아니잖아."

유림이 묻자 승현이 미소를 지었다.

"이것도 내 차 맞아요. 특별한 날만 타는 거예요."

그는 유림과의 데이트가 특별한 거라고 얘기하고 싶었는지도 모르겠다. 하지만 그 순간 유림이 느낀 것은 위화감이었다.

'아, 참, 차승현은 재벌 삼세였지.'

승현이 자신과는 다른 세계에 사는 사람이라는 것을 다시 한 번 깨닫자 차라리 마음이 편해졌다. 그래, 그러니까 여기까지만 하는 게 좋다.

"타요."

승현은 차 문을 열어 유림을 태우고 차를 출발시켰다.

"어디로 가는 거야?"

"우선 저녁부터 먹죠. 예약해놓은 데가 있긴 한데, 뭐 따로 먹고 싶은 거 있어요?"

"난 아무거나 괜찮아."

뭘 먹어도 별로 맛을 느낄 수 없을 것 같아서 유림은 그렇게 대답했다.

"다행이다. 사실 오늘 같은 날은 뭘 먹고 싶다고 해도 쉽지가 않

잖아요. 어딜 가나 사람들이 워낙 많아서.”

승현이 미소 지으며 말했지만 유림은 별로 와 닿지 않았다. 그야 크리스마스이브에 이렇게 누군가와 함께 외출해본 적이 없었으니까. 그나마 동생은 남자친구 만난다고 나가버리고, 기껏해야 엄마랑 둘이 집에서 케이크나 자르는 게 전부였다.

“그럼 예약해놓은 데로 갈게요.”

승현이 운전하는 동안 유림은 자꾸만 슬퍼지려는 자신에게 최면을 걸었다.

‘오늘이 마지막이니까, 웃자. 우는 건 집에 가서 해도 돼.’

승현이 유림을 데려간 곳은 바로 지난번에 갔던 프렌치 레스토랑이었다.

“전에 선배가 여기 음식 굉장히 맛있게 먹었던 게 기억에 남아서요.”

승현은 그렇게 말했다.

물론 이번에도 음식은 맛있었지만 사실 잘 넘어갈 리 없었다. 하지만 미리 다짐한 대로 유림은 애써 웃으며 승현을 대하려고 노력했다.

마지막이니까, 크리스마스이브니까.

식사를 마치고 나자 승현은 다시 유림을 차에 태워 어디론가 향했다. 어차피 오늘은 승현이 하는 대로 맡길 생각이었기 때문에 행선지도 묻지 않고 있던 유림은, 문득 창 밖의 풍경이 익숙한 것을 깨닫고 놀라서 물었다.

"회사엔 왜?"

드림제과 빌딩이 바로 눈앞에 보였던 것이다.

"뭐 놓고 온 거라도 있어?"

"아뇨, 할 일이 좀 있어서요."

승현이 빙긋 웃으며 대답했다.

유림으로서는 이해하기 힘든 일이었다. 오늘은 토요일인 데다 크리스마스이브인데, 굳이 회사에 와서까지 할 일이 뭐가 있다는 것일까.

승현은 지하 주차장에 차를 세우더니 유림을 데리고 일 층 로비로 올라갔다. 로비에는 너무 어둡지 않을 정도로 불이 몇 개 켜져 있고, 한쪽 벽 가까이에 어제까지도 못 보던 것이 서 있었다.

바로 크리스마스트리였다. 얼핏 봐도 이 미터는 훌쩍 넘어 보이는 커다란 크리스마스트리에는 장식이라고는 하나도 되어 있지 않아서, 유림은 고개를 갸웃거렸다.

"아니, 트리를 세워놓고 왜 장식을 안 했지? 아저씨들이 깜빡하셨나?"

"아뇨, 내가 장식하지 말라고 했어요."

유림의 등 뒤에서, 승현이 즐거운 듯이 말했다.

"지금부터 우리 둘이 할 거니까요."

그리고 보니 트리 곁에 상자 여러 개가 쌓여 있었다.

그 안에는 꼬마전구는 물론이고 여러 색깔과 크기의 공, 빨간 양

말들, 우산 손잡이처럼 생긴 가짜 막대사탕, 산타 할아버지 인형, 리본 등의 다양한 크리스마스 오너먼트들이 가득 들어 있었다.

"이걸 우리 둘이 다?"

"네."

팔 빠지겠네, 하고 생각하면서도 유림은 순순히 고개를 끄덕였다.

"그래, 해보자."

먼저 트리 전체에 꼬마전구가 조르르 매달린 전기선부터 두르고 나서 장식을 걸기 시작했다. 키가 큰 승현이 위쪽을 맡고, 상대적으로 작은 유림이 아래쪽을 맡았다.

예쁜 장식들을 하나씩 트리에 조심스럽게 매달다 보니 유림도 슬슬 크리스마스 기분이 들기 시작했다.

"옛날 생각 나."

불쑥 말하자 머리 위에서 승현의 목소리가 들렸다.

"무슨 생각이요?"

"크리스마스가 되면 엄마랑 아빠랑 같이 이렇게 트리 꾸미고 그랬거든. 그땐 이렇게 예쁜 장식들은 하나도 없었고, 기껏해야 금박, 은박으로 된 철사 줄 같은 거랑 하얀 솜, 그리고 꼬마전구가 전부였지만 그래도 엄청 예뻐서 눈을 뗄 수가 없었어. 반짝이는 꼬마전구 불빛만 봐도 어찌나 마음이 들뜨던지."

장식을 매달며 유림의 기억은 어느새 아주 먼 옛날로 돌아가 있었다.

"그렇게 밤늦게까지 트리를 보고 있으면 아빠가 그랬었어. 빨리 자야지 산타 할아버지가 선물 주러 오신다고 말이야. 선물은 받아야 하니까 억지로 눈 감고 잤지. 그리고 일어나보면 머리맡에 선물이 있었어."

"어떤 거였어요?"

"별거 아니었어. 우리 집은 별로 잘사는 편이 아니었거든. 기껏해야 예쁘게 포장한 머리끈이나 과자 같은 것들? 그래도 언젠가는 인형이 놓여 있던 해도 있었는데, 어찌나 기뻤는지 한 일주일은 좋아서 잠도 못 잤던 것 같아."

"그랬구나."

위쪽의 장식을 끝낸 승현이 이윽고 몸을 낮춰 유림을 도와 아랫부분을 장식하기 시작했다.

"나는 선배랑 정반대였어요."

빨간 유리로 된 공을 조심스럽게 트리에 매달며, 승현이 말했다.

"자고 일어나면 머리맡에 온갖 종류의 비싼 선물이 산더미같이 쌓여 있었죠. 장난감, 학용품, 과자……. 물론 산타 할아버지가 아니라 우리 할아버지가 보내주신 거였죠. 그때나 지금이나, 애비 없이 자란 손자가 기죽을까 봐 노심초사하시는 분이거든요."

승현은 장난스럽게 말했다.

"아마 누가 그 선물더미를 봤으면, 내가 노벨 착한 어린이 상 받을 정도로 착한 앤 줄 알았을 거예요."

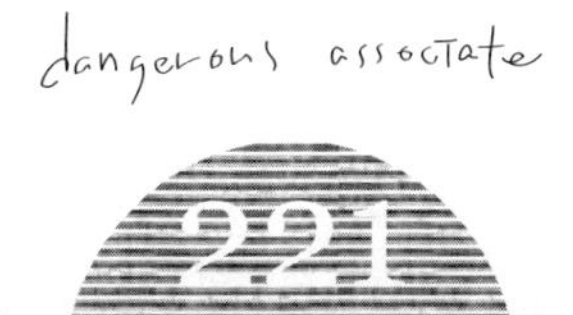

농담에도 불구하고 유림은 웃을 수 없었다. 그렇게 말하고 있는 승현의 눈동자가 왠지 슬퍼 보였기 때문에.

"그런데 사실 내가 원했던 건 그런 선물 따위가 아니었거든요."

"그럼?"

"나도 가족들이랑 크리스마스트리를 꾸며보고 싶었어요, 선배처럼."

승현이 가만히 한숨을 쉬었다.

"물론 집에도 크리스마스트리는 있었죠. 매년 할아버지가 주문해주시는 거. 하지만 배달하러 온 사람들이 장식까지 죄다 하고 가버리니까 나는 할 게 아무것도 없었어요."

"그랬구나……."

"어느 해엔가는 그게 어찌나 성질이 나던지, 생각다 못해 정원에 나가서 전나무를 직접 톱으로 베어서 가지고 들어왔죠. 물론 개중 제일 작은 거였지만 조그만 줄톱으로 자르느라 손바닥이 다 까질 정도로 고생했어요. 날은 또 얼마나 추웠는지, 어휴."

어린 승현이 정원에 나가 혼자 톱질을 하는 모습을 떠올리자 유림은 가슴이 뭉클해졌다.

"물론 어머니한테서 정말 혼이 쏙 빠져나가도록 혼났죠. 왜 이런 짓을 했냐고 다그치시는데 무서워서 도저히 사실대로 말을 못 하겠는 거예요. 나도 엄마랑 같이 트리 꾸며보고 싶었다고."

"……."

"결국 그해 크리스마스이브는 밤새도록 방에서 벌서고 있었죠.

지금 생각해도 최악의 크리스마스였어요."

그제야 유림은 알았다. 승현이 일부러 자신을 여기로 데려와서 함께 트리 장식을 하자고 한 이유를.

팔을 뻗어 눈앞의 남자를 꼭 안아주고 싶은 강렬한 충동을, 유림은 이를 악물고 참아냈다.

승현과는 오늘이 마지막이다. 위로랍시고 한 일이 오히려 더 나쁜 짓이 될 수도 있다.

"자, 다 됐어요!"

갑자기 승현이 밝은 목소리로 말했다. 흠칫 놀라 장식이 들어 있던 상자 안을 들여다보자 어느새 텅 비어 있었다.

"그럼 이제 전구에 불을 켜볼까요?"

"아니, 잠깐만!"

스위치에 손을 가져가려는 승현을, 유림이 제지했다. 문득 생각난 것이 있어서였다.

"이왕 하는 거 제대로 하자."

"네?"

"잠깐 기다려봐."

유림은 휴대전화로 빠르게 크리스마스캐럴을 찾았다.

"자, 이제 켜도 돼."

휴대전화에서 맑은 오르골 소리로 이루어진 전주가 흘러나오는 순간, 승현이 스위치를 켰다.

마치 마법과도 같았다. 순간적으로 주위가 크리스마스 분위기

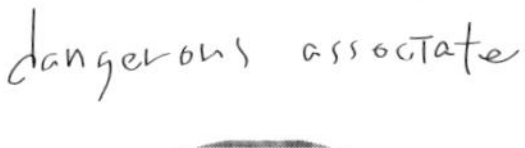

로 가득해졌다.

난 크리스마스에 많은 걸 바라지 않아요
내가 원하는 건 단 하나뿐이죠

머라이어 캐리의 목소리에 맞춰 색색의 꼬마전구들이 춤추듯 경쾌하게 반짝거렸다. 트리에 매달린 장식들이 그 불빛을 받아 황홀하게 빛났다.

누가 먼저 손을 내밀었는지는 모르겠다. 하지만 정신을 차려보니 어느새 유림은 승현의 손을 꼭 잡고 있었다.

난 올해 크리스마스에 많은 걸 바라지 않을 거예요
눈이 오는 것조차도 바라지 않을 거예요

언제나 크리스마스가 되면 사람들에게 습관적으로 하던 인사의 의미를, 유림은 이 순간 처음으로 마음 깊이 깨달았다.

'부디 당신의 크리스마스가 행복하기를.'

진심으로 그렇게 빌면서, 유림은 그 다정한 한마디를 입에 담았다.

"메리크리스마스, 승현 씨."

인사는 넘치도록 따스한 미소와 함께 돌아왔다.

"메리크리스마스, 유림 선배."

가만히 안아오는 승현의 팔을, 유림은 뿌리치지 않았다.

왜냐하면 내가 바라는 건 오늘 밤 당신이 여기 와서 날 꼭 안아주는 것뿐이니까요

이렇게 가슴이 벅차오르면 안 될 때인지도 모른다. 이렇게 꼭 마주 안고 있으면 안 되는 걸지도 모른다. 하지만 지금 이 순간, 유림은 올해 크리스마스를 승현과 함께 보낼 수 있어서 다행이라고 생각하고 있었다. 온 마음을 다해서.

할 수 있다면 다음 크리스마스도, 또 그다음 크리스마스도 이렇게 함께 보냈으면 좋겠다. 하지만 그럴 수 없다는 것을 잘 알고 있는 유림이었다.

눈물이 날 것 같아서, 유림은 승현의 가슴에 얼굴을 묻어버렸다.

"선물이 있어요."

잠시 후, 승현이 유림에게 속삭였다.

"선물? 난 아무것도 준비 못 했는데……."

거기까지는 미처 생각하지 못했던 유림은 미안한 마음에 말끝을 흐렸다.

"괜찮아요. 선배한테선 나중에 내가 받고 싶은 걸로 받을 거니까."

승현은 웃으며 손으로 트리를 가리켰다.

"저기, 빨간 양말 속에 넣어뒀으니까 꺼내봐요."

트리 아래쪽에 커다란 양말 하나가 걸려 있었다. 유림은 손을 뻗어 양말 안에 집어넣었다.

손끝에 동그랗고 딱딱한 것이 만져졌다.

"……."

안에서 나온 반지를 보고 유림이 놀라 숨을 들이켰을 때는, 이미 승현이 한쪽 무릎을 꿇고 유림과 시선을 맞추고 있었다.

"나하고 결혼해줄래요?"

은빛의 링에 박힌 작고 투명한 보석이 꼬마전구의 불빛을 받아 영롱하게 빛났다. 그 불빛을 그대로 담은 승현의 눈동자를 들여다보며, 유림은 멍하니 중얼거렸다.

"승현 씨……?"

승현이 간절하게 말했다.

"왜 선배가 계속 나한테서 도망가는 건지 많이 생각해봤어요. 혹시 내가 부담스러워서 그러는 거라면 선배는 아무 걱정 할 필요 없어요. 무슨 일이 있든, 내가 다 감당할 거니까요."

승현의 말은 너무나 믿음직하게 들렸다. 그래서 유림은 오히려 더 울고 싶어졌다. 네가 다 감당하게 될까 봐, 그게 무서워서 도망치고 있는 거잖아, 바보.

"힘들고 어려운 건 내가 다 막아줄 테니까, 그냥 나만 믿고 있으면 돼요."

더없이 다정한 말에 기어이 유림의 눈물샘이 왈칵 넘치고야 말았다.

"이 바보야……!"

그동안 참고 참았던 눈물이 걷잡을 수 없이 흘러내리기 시작했다.

"대체 내가 뭐라고 이렇게까지 하는 거야?"

북받쳐 오르는 울음을 억지로 참느라 목이 뻐근하게 아파왔다.

"승현 씨, 회사에서 자리가 위태롭다며. 세라 씨 아버지 도움이 없으면 다 빼앗길 수도 있다며. 그런데 왜!"

승현은 놀란 얼굴을 했다.

"누가 선배한테 그런 말을 했죠?"

"어쨌든 사실이잖아. 나 때문에 다 잃을 수도 있는 거잖아!"

결국 유림은 소리 내어 울음을 터뜨리고 말았다.

승현이 한숨을 짓고는 손을 뻗었다. 그리고 고개 숙여 울고 있는 유림의 머리칼을 부드럽게 쓰다듬었다.

"그래서 날 자꾸 밀어냈던 거구나, 선배가."

목소리는 손길만큼이나 따뜻했다.

"나한테 계속 눈으로 하고 있던 말이, 바로 이거였구나."

승현이 살며시 유림을 끌어안았다. 진짜 바보네, 하고 중얼거리면서.

"어디서 그런 말을 들었는지 모르겠지만, 아주 틀린 말도 아니긴 해요. 하지만 나한테도 다 생각이 있으니까 너무 걱정하지 않아도 돼요."

들썩이는 유림의 등을 다정하게 토닥이며, 승현이 가만히 말했다.

"그러다가, 그러다가 정말 다 잃게 되면 어쩌려고?"

이건 승현에게 있어 단순히 돈 문제가 아닐 터였다. 그는 별장에서 이런 표현을 썼었다. '인생이 걸린 일'이라고.

"만약에 그렇게 되더라도 선배 하나는 남잖아요, 내 옆에."

승현의 목소리가 웃음을 띠고 있었다. 농담조로 말하고 있었지만 전혀 농담이 아니라는 것이 아프도록 느껴졌다.

"다 얻고 선배 하나만 잃는 것보다는 그게 훨씬 나아요."

이 남자는 정말 바보다, 하고 유림은 생각했다. 그렇게 안 생겨서는 정말이지 엄청난 바보다. 하지만 이 바보가 너무 좋아서 견딜 수가 없었다. 더는 이 마음을 주체할 수가 없다.

"난 못 하겠어. 너무 뻔뻔해서, 도저히……!"

유림은 마지막으로 제 마음에 힘껏 저항해보았다.

"선배한테는 선택권이 없어요. 또 잊어버렸어요?"

승현이 품 안의 유림을 더욱더 으스러져라 껴안으며 속삭였다.

"말했잖아. 이젠 아무 데도 도망 못 간다고."

"……."

"그러니까 이것저것 복잡하게 생각하지 말고 그냥 고개만 끄덕여줘요. 내 크리스마스 선물은 그거면 돼."

오, 난 크리스마스에 많은 걸 바라지 않아요

내가 원하는 건 오직 이것뿐이에요

이 사람의 소원을 들어주고 싶다.

아직도 귓가에 울려 퍼지는 캐럴을 들으며, 유림은 생각했다. 어쩌면 계속 이렇게 도망만 가고 있는 게 그를 위한 일이 아닐지도 모른다고. 이 뒤에 무슨 일이 벌어지든, 뭐가 기다리고 있든. 승현과 손잡고 함께 맞서보는 것도 좋지 않을까.

승현이 다시 한 번 재촉했다.

"그러니까 나랑 결혼해요, 응?"

대답 대신에 유림은 반지를 승현에게 돌려주었다. 그리고 승현의 얼굴이 절망으로 굳어지기 직전에, 가만히 말했다.

"끼워줄래?"

"선배……!"

승현의 얼굴이 확 밝아졌다.

손을 내밀자 승현이 유림의 손가락에 조심스럽게 반지를 끼워주었다. 떨리는 손길에 유림은 그가 얼마나 조바심을 내고 있었는지 알았다.

사랑스러운 마음이 가슴을 꽉 채워서, 견디지 못하고 유림은 눈을 스르르 감았다. 더없이 소극적인 유혹이었지만 고맙게도 승현은 금세 눈치 채주었다.

이윽고 입술이 마주 닿는 순간, 캐럴이 소리 높여 노래했다.

어느새 유리벽 너머의 거리에는 함박눈이 내리고 있었다.

반지를 끼기 전의 세상과 낀 후의 세상은 전혀 달랐다. 끼기 전에는 가만히 있어도 눈물이 날 것 같고, 오늘이 세상의 마지막 날인 것만 같더니 낀 후에는 딴판이었다. 승현의 얼굴만 봐도 저절로 웃음이 나고, 시간이 이대로 멈췄으면 좋겠다고 바랄 정도로 행복하기만 했다.

앞날에 대한 걱정 따위는 생각나지도 않았다. 당장 둘이 함께 있는 지금이 너무나 행복하고 즐거웠으니까.

그렇다고 뭔가 대단한 일을 한 것도 아니었다. 그저 함께 캐럴을 들으며 트리를 바라보고, 밖에 나와서 눈 내리는 거리를 함께 손잡고 걷고, 걸으면서 얘기를 나누고. 겨우 그것뿐이었는데도 온 세상을 다 얻은 것처럼 즐거웠다.

"처음부터 이러려고 크리스마스이브만 함께 보내달라고 한 거였어?"

거리를 걸으며 유림이 물었다.

"당연하죠."

"그럼 거짓말한 거네? 오늘이 마지막이라고, 다신 귀찮게 하지 않겠다더니."

"더 이상 사귀자고 귀찮게 하지 않겠다고 했죠. 결혼하면 사귈 필요가 없잖아요?"

승현이 웃으며 정정했다.

"반지는 마음에 들어요?"

"응."

손에 낀 반지를 들여다보며 유림은 크게 고개를 끄덕였다.

"다이아몬드가 좀 너무 작죠? 월급 받은 걸로 사다 보니까 그렇게 됐어요. 선배한테는 꼭 내가 번 돈으로 사주고 싶었거든요."

하지만 유림의 눈에는 이 0.5캐럿도 안 되는 작은 다이아몬드가 세상 그 어떤 보석보다도 귀하고 예쁘게만 보였다.

"난 아무것도 못 해줘서 미안해."

유림이 말하자 승현이 빙긋 웃어 보이더니 아까 들은 캐럴의 한 소절을 노래했다.

"벌써 받았잖아요. Baby, all I want for Christmas is you."

유림은 내심 놀랐다. 목소리가 좋다고는 생각했는데 노래도 잘하는구나. 게다가 영어 발음도 예사롭지 않았다.

"유학 같은 거 갔다 왔어?"

"단기 어학연수 정도요. 어릴 때부터 원어민 가정교사 두고 배우기도 했고요."

놀란 표정을 하는 유림에게, 승현이 빼기듯 말했다.

"나 일본어랑 중국어도 잘하는데. 그것도 다 어릴 때부터 배웠거든요.”

철없는 도련님인 줄만 알았더니 이제 보니까 엘리트다. 간신히 토익 팔백 점 넘겨 졸업한 유림은 새삼스레 승현을 우러러보았다.

“대단하다, 승현 씨.”

“그러니까 선배는 남자 잘 고른 거예요. 나랑 같이 여행 다니면 평생 어디 가도 고생은 안 할 테니까.”

승현이 우쭐한 얼굴을 했다. 그러더니 무슨 생각을 했는지 불쑥 말했다.

“있잖아요. 나 사실은 선배한테서 선물 받고 싶은 게 하나 있는데.”

“뭔데?”

“혹시 시간 나면 목도리 하나 다시 떠줄래요?”

미안하다는 표정으로 승현은 말했다.

“전에 선배가 떠준 목도리, 따뜻하고 참 좋았는데. 이제 와서 이러는 거 되게 뻔뻔한 거 알지만, 한 번만 다시 떠주면 이번엔 정말 매일매일 하고 다닐게요.”

유림은 피식 웃어버렸다. 이런 싸구려를 어떻게 하고 다니라는 거냐는 둥 하더니만, 사실은 몰래 매기는 했나 보구나.

어차피 그때 했던 말들은 다 승현의 진심이 아니었다는 걸 안다. 속으로 다시 떠줄 생각을 하면서도 유림은 장난 삼아 승현을 놀려보았다.

“됐어, 버스 지나갔어. 그러게 누가 그렇게 막 쓰레기통에 버리래?"

"쓰레기통에 버리다뇨."

승현이 황급히 고개를 저었다.

"선배가 떠준 건데 어떻게 그럴 수가 있어요? 잘 태워서 땅에 묻었어요."

"응?"

유림은 깜짝 놀라서 승현을 쳐다보았다. 말도 안 되는 소리였기 때문이다.

그 목도리는 분명히 세라가 쓰레기통에 버렸다. 그것도 유림의 눈앞에서. 얼마나 힘들게 뜬 물건인데 차마 그대로 버려지는 걸 볼 수가 없어서, 아무도 안 볼 때 도로 주워다 놓았다. 그래서 지금도 그대로 유림의 책상 서랍 맨 아래 칸에 들어 있었다.

그런데 태워서 땅에 묻었다니?

"승현 씨가 직접 태워서 묻은 거야?"

"아니, 그건 아니고……."

왠지 승현은 말하기를 꺼려하는 눈치였다. 뭔가가 있구나, 하고 유림은 눈치 챘다.

"말해줘. 어떻게 된 건데?"

재차 다그치자 결국 승현이 한숨을 내쉬었다.

"사실은 세라가 대신 했어요. 차마 내 손으로는 못 하겠어서……."

유림은 가슴이 철렁했다. 세라 씨가?

분명 세라는 그렇게 말했었다.

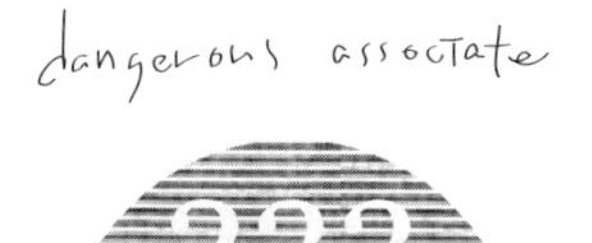

「오늘 분리수거 할 거라고 했더니, 승현 오빠가 이것도 좀 버려달라고 주더라고요.」

「승현 씨가……?」

「네. 직접 뜬 목도리 같은데, 버리기 아까우니까 간직해두라고 해도 막무가내지 뭐예요. 촌스러워서 도저히 맬 수가 없다면서요.」

그러면서 쓰레기통에 던져버렸었는데.

설마. 불안하게 뛰는 가슴을 애써 진정시키며, 유림은 다시 물었다.

"그 목도리, 내가 뜬 거라는 거 세라 씨도 알고 있었어?"

"네. 솔직하게 말했더니 세라가 먼저 처리해주겠다고 말한 거예요. 내 손으로 버리기는 힘들 거라면서."

이쯤 되자 승현도 뭔가가 이상하다는 눈치를 챈 모양이었다.

"근데 그건 왜요?"

"……아무것도 아니야."

머릿속이 어지러웠다. 가슴이 마구 쿵쾅거렸다.

그러면 세라는 다 알면서도 일부러 그 목도리를 자신의 눈앞에서 쓰레기통에 던져버렸다는 얘기가 된다. 심지어 승현이 하지도 않은 얘기까지 꾸며내서.

왜 그랬을까?

이유는 단 한 가지밖에 생각할 수가 없었다. 자신과 승현의 사이를 나빠지게 만들기 위해서라고밖에는, 달리 설명할 수가 없다.

'세라 씨 입장에선 당연한 일이었을 거야.'

유림은 애써 그렇게 생각해보았다. 그야 세라는 승현의 약혼녀였고, 또 승현을 진심으로 좋아했으니까.

하지만 그토록 선배, 선배, 하면서 따르던 세라가 뒤로는 그런 이간질 같은 짓을 했다는 것이 너무나 충격적이었다. 게다가 일이 이렇게 되면, 세라가 순순히 물러나겠다고 한 말도 믿기 힘들어진다.

'세라 씨는 정말로 승현 씨를 포기한 걸까?'

이제 와서야 유림은 새삼스럽게 생각해보았다. 너무 쉽게 물러나줘서 그저 미안하기만 했는데, 사실은 그게 진짜로 물러난 게 아니었다면……?

'물러난 척한 거라면, 대체 이유가 뭐지?'

금세 짚이는 게 있었다. 그것을 떠올린 순간, 유림의 심장이 쿵 하고 커다란 소리를 냈다.

"왜 그래요? 목도리 태워버려서 화났어요?"

승현이 안절부절못하며 물었다.

"그건 내가 정말 잘못했어요. 하지만 그때는……."

"화난 거 아니야."

유림은 일단 승현을 안심시켰다.

"근데 승현 씨, 오늘은 나 이만 집에 들어가볼게."

"갑자기 왜요?"

"꼭 확인해야 할 게 있어서 그래. 정말, 진짜로 화난 게 아니니까 걱정 말고. 응?"

이미 자신은 승현과 함께하기로 마음을 결정했다. 그렇게 결심한 이상, 세라에 대해서는 완전히 털고 가야 한다고 생각했다. 무엇보다 만약에 자신이 추측한 게 맞다면…… 한시도 미룰 수가 없는 일이었다.

"무슨 일인지 물어도 말 안 해줄 거죠?"

"미안해. 아직은 확실하지 않아서 그래. 확실해지면 꼭 말해줄게."

"알았어요."

유림의 심각한 분위기를 알아차렸는지, 결국 승현도 고개를 끄덕여주었다.

"회사로 다시 들어가요. 내 차로 집에 데려다줄게요."

더 묻지 않고 이해해주는 승현이 고마웠다.

승현을 위해서라도 오늘 꼭 세라와 만나서 확실하게 담판을 짓겠다고, 유림은 새삼 결심했다.

"약혼자는 어쩌고 날 불러냈어? 오늘 같은 날."

하얀색에 가깝게 탈색한 금발에 귀걸이를 한, 화려한 인상의 남자가 침대에 비스듬히 누운 채로 물었다.

세라가 가끔씩 만나 즐기는 신인 남자 모델이었다.

승현만은 못하지만 외모도 그만하면 마음에 들고, 무엇보다 오라면 오고 가라면 가고, 시키는 일은 군말 없이 해내는 게 마음에 들어서 가끔씩 만나고 있었다.

"내 약혼자께서는 지금 회사에 계시거든."

얇은 슬립 한 장만 걸친 세라가 소파에 앉아 대꾸했다.

"아니, 언제는 노느라 바쁜 타입이라더니. 크리스마스이브에까지 일을 한단 말이야?"

"일한다고는 안 했는데."

그렇게 대꾸하는 세라의 얼굴은 차디차게 굳어 있었다.

「크리스마스이브에 아마 정유림이랑 회사에서 만날 모양이야.」

그렇게 전해준 것은 드림제과에 다니고 있는 친구 미영이었다. 처음에 세라에게 전화를 해서 유림의 존재에 대해서 말해줬던 바로 그 친구다.

세라는 사표를 내면서 미리 미영에게 부탁해뒀었다. 승현과 유림의 동태를 잘 살펴보고 있다가 뭔가 수상한 점이 있으면 꼭 얘기해달라고. 그랬더니 바로 어제 전화가 온 것이었다.

- 갑자기 회사 로비에 크리스마스트리를 준비하라고 했대. 그리고 경비 아저씨들한테도 크리스마스이브 저녁엔 다들 로비 쪽에 얼씬도 하지 말라고 했다나?

그렇다면 유림을 만날 생각인 게 틀림없었다. 분명 두 사람이 헤어질 줄 알고 있었는데 이게 웬 날벼락이란 말인가. 세라로서는 신경이 날카로워질 수밖에 없었다. 지금쯤 회사 로비에서 둘이 무슨 짓을 하고 있을까. 크리스마스트리 아래서 하하호호거리고 있

을 상상을 하니 피가 거꾸로 솟았다.

그래서 이 남자를 불러낸 것이었다. 오늘 같은 날 혼자 집에 있다간 미쳐버릴 것만 같아서.

"뭐, 어쨌든 그만 생각하고 이리 와. 언제까지 기다리게 할 거야?"

입술을 잘근잘근 씹는 세라를 보고 남자가 말했다.

남자는 벌써 상반신 나체 상태였다. 아름답게 잘 다듬어진 근육이었지만 오늘은 눈에도 들어오지 않았다.

"짜증 나는 일 같은 건 내가 다 잊게 해줄 테니까."

남자가 세라를 유혹하듯 눈웃음을 쳤다.

얼핏 보면 승현과 비슷한 이미지다. 특히 저렇게 눈을 가늘게 뜨면서 웃을 때는. 하지만 대용품은 어디까지나 대용품일 뿐이었다. 승현의 사르르 녹아들면서도 매력이 넘치는 그것과는 전혀 다른, 싸구려 티가 뚝뚝 떨어지는 눈웃음이 오히려 역효과를 불러왔다.

'역시 진짜 차승현이 아니면 안 돼.'

그렇게 생각하며 세라는 소파에서 일어나면서 입고 있는 슬립을 벗어버렸다. 겨우 대용품 따위지만, 눈앞의 남자가 잠시라도 이 짜증을 가라앉혀준다면 그걸로 족했다.

"……!"

슬립이 흘러내려 세라의 발치께에 떨어졌다.

드러난 몸매에 남자가 군침을 꿀꺽 삼키는 순간, 어디선가 전화벨 소리가 울렸다. 세라의 휴대전화였다.

"전화는 좀 꺼두면 안 돼?"

짜릿한 순간을 방해받은 남자가 노골적으로 짜증을 부렸다. 하지만 반대로 세라의 얼굴에는 미소가 떠올랐다.

"아니, 이건 받아야 되는 전화야."

전화벨 소리만 들어도 알 수 있었다. 상대가 유림이라는 것을.

"쉿."

남자를 향해 입술에 손가락을 갖다 대 보이고, 세라는 휴대전화를 꺼내서 전화를 받았다.

"여보세요, 정 선배? 웬일로 저한테 전화를 다 주셨어요?"

반가운 척 꾸며낸 목소리가 아니라 진심으로 반가웠다. 그렇지 않아도 유림에게서 조만간 전화가 올 거라고 생각하고 기다리고 있었으니까.

- 할 얘기가 있는데, 전화로는 좀 곤란해. 좀 늦었지만 혹시 지금 만날 수 있을까?

유림의 무뚝뚝한 목소리에 세라의 미소가 깊어졌다.

그야 곤란하겠지. 차승현이랑 헤어질 테니까 대신에 돈 좀 집어 달라는 얘기를 어떻게 전화로 하겠어.

세라는 활짝 웃으며 대답했다.

"선배가 시간 내라면 내야죠. 전 지금 당장도 괜찮아요. 어디세요?"

- 지금은 집인데, 장소를 말해주면 내가 그쪽으로 갈게.

"그럼 미래호텔 일 층 커피숍 어때요? 제가 지금 그 근처에 있어서요.”

- 좋아. 그럼 거기서 만나.

전화를 끊자마자 도로 옷을 입기 시작하는 세라에게, 남자가 놀라서 물었다.

“아니, 그냥 가려고?”

“기다려. 오래 걸릴 얘기 아니니까, 얼른 끝내고 도로 올라올게.”

보란 듯이 남자 앞에서 늘씬한 다리를 쭉 뻗어 스타킹을 신으며, 세라가 윙크를 날렸다.

“기대하고 있어!”

세라는 옷을 갖춰 입고 호텔 일 층 커피숍으로 내려가서 유림을 기다렸다. 유림은 20분쯤 지나서 모습을 나타냈다.

“정 선배!”

세라는 자리에서 일어나서 유림을 반갑게 맞이했다.

“잘 지내셨어요? 못 본 지 며칠밖에 안 됐는데, 밖에서 만나니까 또 되게 반갑네요.”

그러나 유림은 대꾸는커녕 미소조차 짓지 않았다.

그러더니 맞은편에 앉자마자 들고 온 가방에서 무언가를 꺼내 테이블 위에 올려놓았다.

“이거, 뭔지 기억해?”

세라의 눈이 커졌다. 예쁜 얼굴에 순간적으로 스친 당혹스러운 표정을 보고 유림은 확신했다.

역시, 그랬던 거구나.

그러나 세라는 금세 당황스러운 기색을 지우더니 아무렇지도 않게 대답했다.

"아, 이 목도리? 전 또 뭔가 했네요. 분명히 제가 쓰레기통에 버렸던 거 같은데 이걸 왜 정 선배가 갖고 계시는 거예요?"

"내가 도로 주워다 놨었어. 차마 버려지는 걸 볼 수가 없었거든, 내가 뜬 거라서."

유림은 차분하게 대답하고 나서 되물었다.

"그건 세라 씨도 알고 있었을 텐데?"

세라는 미소를 띤 채로 대꾸했다.

"무슨 말씀을 하시는지 잘 모르겠어요."

"내가 떠서 승현 씨한테 선물한 목도리라는 거, 세라 씨도 알고 있었잖아. 그러면서 내 앞에서 쓰레기통에 넣었지. 승현 씨가 버려달라고 했다고 거짓말까지 하면서."

유림이 조목조목 얘기하자 세라가 눈을 동그랗게 떴다.

"어머, 누가 그런 소릴 해요? 승현 오빠가 그래요?"

전혀 모르는 일이라는 듯한 태도에, 최대한 침착함을 유지하려 노력하고 있던 유림도 화가 치밀어 오르기 시작했다.

승현의 약혼녀라는 걸 알기 전까지 유림은 세라를 퍽 귀여워했었다. 후배라기보다도 여동생같이 느껴질 정도였다. 그래서 승현 때문에 상처를 주게 된 게 너무나 미안했었다.

"세라 씨, 겨우 이런 사람이었어?"

유림은 얼굴을 굳히고 말했다.

"이미 승현 씨한테서 다 듣고 왔으니까 시치미는 그만 떼어줬으면 해. 아니면 이 자리에 승현 씨 불러서 삼자대면이라도 하길 바라는 거야?"

그 순간, 세라의 얼굴에 이상한 미소가 떠올랐다. 늘 얼굴에 띠고 있던 상냥한 미소가 아니라, 입술 한쪽만 끌어올려 짓는 비웃음.

처음 보는 세라의 표정에 유림은 저도 모르게 등골이 오싹해지는 것을 느꼈다. 어쩌면 저렇게 예쁜 얼굴로, 저렇게 비뚤어진 미소를 지을 수가 있을까.

"뭐, 이미 들킨 거 같으니까 그럼 그만하죠."

그렇게 말하고 세라는 자세를 고쳐 앉았다. 편하게 소파 등받이에 비스듬히 등을 기대고는 다리를 꼬아 앉는 것이었다.

"그래서 찾아온 용건이 뭐예요?"

말투도 180도 변해 있었다. 존댓말인 것은 똑같았지만, 말 속에 늘 묻어 있던 상냥함이 싹 사라지고 타고난 듯한 거만함이 그 자리를 채우고 있었다.

유림은 충격에 빠져 잠시 말을 잃었다. 마치 세라의 얼굴을 한 다른 사람을 대하고 있는 것 같아서, 오싹한 한기마저 느껴졌다.

"왜 그런 짓을 했는지 알고 싶어."

세라가 비웃듯이 말했다.

"그걸 꼭 내 입으로 말해줘야 알겠어요? 답답한 스타일이시네."

"그럼 정말로 나랑 승현 씨 사이를 갈라놓으려고 그랬다는 거야?"

그 순간, 세라의 얼굴에 싸늘한 기운이 돌았다.

"말은 똑바로 해야죠. 누가 누구 사이를 갈라놓는다고요?"

순간적으로 유림은 말문이 막혔다.

"……그 점은 지금도 정말 미안하게 생각해."

고개를 숙이자 세라가 어이없다는 듯이 코웃음을 쳤다.

"미안한 사람이 그런 식으로 뒤에서 일을 꾸몄어요?"

"일을 꾸미다니?"

"선배야말로 시치미 떼지 마요. 우리 집에 사람 보내서 거짓 사고까지 일으켜놓고 오리발 내밀면 누가 모를 줄 알아요?"

유림은 당황했다. 대체 세라가 무슨 소리를 하는 건지 알 수가 없었다.

"세라 씨, 뭔가 오해가 있는 것 같은데……."

"됐어요."

세라가 유림의 말을 잘랐다.

"서로 바쁜데, 우리 그냥 본론부터 얘기하죠. 얼마를 원하세요?"

유림은 제 귀를 의심했다.

"뭐?"

"금액을 불러보세요. 제 선에서 해결할 수 있으면 해드리고, 안 되면 할아버님이나 어머님께 상의해서라도 최대한 맞춰드릴 테니까요."

세라가 오만하게 턱을 들어 보였다.

"대신 돈 받고 나서도 오빠한테서 안 떨어지면, 그땐 정말 가만두지 않을 거예요."

그제야 유림은 깨달았다. 자신이 단단히 오해를 받고 있다는 것을.

화를 참는 데는 꽤나 많은 인내심이 필요했다. 아직도 남아 있는 세라에 대한 죄책감이 아니었다면, 대체 사람을 뭘로 보는 거냐고 고함이라도 질렀을 것이다.

"뭔가 착각하는 거 같은데, 난 돈 받고 승현 씨랑 헤어질 생각 추호도 없어."

유림은 침착하게 왼쪽 손을 들어 세라에게 보였다. 손가락에는 아까 선물 받은 반지가 끼워져 있었다.

"승현 씨한테서 청혼을 받았어. 난 승낙했고."

반지를 보고 그제야 세라도 얼굴을 굳혔다.

"대체 얼마가 필요한 거예요? 이렇게까지 하지 않아도 웬만하면 맞춰주겠다니까……."

"그놈의 돈 얘기 좀 집어치워!"

기어이 유림의 목소리가 높아졌다.

"그렇게 돈이 많으면 어디 백억, 아니, 천억이라도 가지고 와봐. 그래도 난 승현 씨랑 헤어지지 않을 거니까!"

아까 이 반지를 끼기로 마음먹었을 때, 유림은 굳게 결심했다. 앞으로 어떤 일이 있더라도 승현의 손을 놓지 않겠다고. 절대 도망치지 않겠다고.

"난 승현 씨하고 결혼할 거야. 세라 씨한테 미안하게 생각은 하지만, 결국은 그것도 승현 씨가 선택한 거야. 더 이상 지저분하게 굴지 말아줘."

더 이상 유림도 고개를 숙이지 않았다. 돈이나 요구하는 여자 취급을 당하고 나자 미안함도 훨씬 엷어져 있었다.

"이봐요, 정유림 씨."

세라가 무서운 얼굴을 했다.

"강원도에서 올라올 때 내가 했던 얘기는 다 뭘로 들은 거예요? 지금 드림제과 내에서 차승현의 위치 따윈 아무것도 아니라고요. 내가 없이는 바람 앞의 등불이나 같다니까요? 할아버님께서 천 년 만 년 사실 것 같아요? 뇌출혈로 쓰러지신 게 얼마나 됐다고!"

세라의 목소리가 점점 높아지고 있었다. 다행히 시간이 늦어서 커피숍 안에는 사람이 거의 없었다.

"내 말이 거짓말 같아요?"

"아니, 정말이라는 거 알아."

왜냐하면 승현도 비슷한 뉘앙스의 얘기를 했었으니까.

"하지만 설령 승현 씨가 빈털터리가 되더라도 난 상관없어. 아마 승현 씨도 충분히 각오하고 나한테 결혼하자고 말했을 거라고 생각해."

유림은 단호하게 대답했다. 그러나 세라는 전혀 알아듣지 못하는 것 같았다.

"정말 미친 거 아니에요?"

이제 세라는 숫제 소리를 지르다시피 하고 있었다.

"차승현은 드림제과 오너가 되려고 태어난 남자예요! 평생 그걸 위해서 키워져왔고, 또 살아온 사람이라고요! 드림제과가 없으면 차승현은 아무것도 아니라니까? 그냥 보통 남자, 아니, 일반인만큼의 능력도 없다고요. 내 말 못 알아들어요?"

"왜 아무것도 아닌데?"

유림도 따라서 목소리를 높였다.

"드림제과를 물려받든, 못 물려받든 차승현은 차승현이잖아!"

"미쳤어요? 드림제과 없는 차승현이 대체 무슨 의미가 있는데요!"

마주 소리치는 세라는 더없이 심각한 얼굴을 하고 있었다.

얘 지금, 진심으로 말하는 거구나. 유림의 가슴에 서늘한 것이 스쳐 지나갔다.

"세라 씨, 승현 씨를 좋아한다고 했었지."

가까스로 목소리를 낮추고 유림은 물었다.

"좋아하는 이유가 뭐야?"

"최고의 남자니까요."

단 1초의 망설임도 없이 대답이 돌아왔다.

"젊고, 잘생겼고, 똑똑하고, 부유하죠. 어디 가서 승현 오빠 같은 남자를 찾을 수 있겠어요?"

너무나 당당한, 그래서 당연하게까지 느껴지는 그 대답 뒤에 숨은 의미는 명확했다. 저 조건들 중에서 하나라도 잃게 되는 순간, 차승현은 이세라에게 아무것도 아니게 된다는 뜻. 그렇기 때문에 드림제과 없는 차승현은 의미가 없다는 말이 자연스럽게 나온 거였다.

이제야 유림은 세라의 마음을 이해했다. 동시에, 세라에게 품었던 마지막 죄책감마저 깨끗이 사라졌다. 이세라는 차승현에게 한 순간도 진심이었던 적이 없다. 그러니까 미안해 할 필요조차 없었던 거였다.

더는 얘기를 섞고 있을 필요가 없다는 생각이 들었다.

"이만 일어날게."

유림이 가방을 들고 일어났다.

"나랑 승현 씨 사이에서 이간질했던 건 지난 일이니까 잊어주겠어. 하지만 앞으로는 두 번 다시 우리 눈앞에 나타나거나 참견하지 말아줬으면 좋겠다."

앉아 있는 세라를 똑바로 내려다보면서 유림은 말했다.

"참견? 난 그 사람 약혼녀야!"

세라가 박차고 일어나며 폭발하듯 외쳤다.

"약혼녀는 나지."

유림이 반지를 낀 손을 들어 보였다.

"아까 말했잖아, 우린 결혼하기로 했다고."

순간, 세라가 이를 악물었다. 그러더니 테이블에 놓여 있던 물컵을 들어 그대로 유림에게 확 물을 뿌려버렸다.

문제는 유림이 운동선수 출신이라는 거였다. 순발력도, 운동신경도 그 물을 그대로 맞고 있을 정도로 느리지 않았다. 머리가 생각하기도 전에 몸이 먼저 피했다. 물은 힘없이 허공을 날아 바닥에 깔린 양탄자에 후두둑 떨어졌다.

"미안. 마지막으로 물세례 정도는 맞아주는 게 예의였는데."

그렇게 중얼거리며 유림은 허리를 굽혀 제 몫의 물컵을 집어 들었다.

"……!"

그대로 자기 머리 위에 물을 쏟아버리는 유림을, 세라가 놀란 눈으로 쳐다보았다.

"이걸로 우리, 계산 끝내자."

젖은 머리칼에서 물을 뚝뚝 떨어뜨리며 유림이 말했다.

"두 번 다시 얼굴 보는 일, 없었으면 좋겠다."

점점 흉하게 일그러지는 세라의 표정을 뒤로하고 유림은 돌아섰다. 그러나 몇 걸음도 채 가지 못해서 걸음을 멈추고 말았다.

"승현 씨?"

승현이 놀란 얼굴로 유림을 바라보고 서 있는 것이 아닌가!

대체 승현이 왜 여기에? 유림은 크게 당황했다.

"……유림 선배."

승현의 놀란 표정은 곧 안타까운 얼굴로 바뀌었다.

그는 말없이 주머니에서 손수건을 꺼내 유림의 젖은 머리와 얼굴을 조심스럽게 닦아주었다.

"미안해요, 나 때문에 이렇게 험한 꼴 당하게 만들어서."

젖은 손수건을 주머니에 넣고 난 승현이 유림의 양어깨에 손을 얹고 부드럽게 말했다.

"이제 선배는 뒤로 물러나 있어요. 내가 얘기할게요."

승현은 유림이 채 말릴 틈도 없이 뚜벅뚜벅 걸어 세라에게로 향했다. 이윽고 승현의 시선이 아직도 테이블 위에 그대로 놓여 있는 목도리에 꽂혔다.

"승현 오빠……."

귀신이라도 본 것 같은 얼굴로 세라가 중얼거렸다.

"이게 여기 있으면 안 되는 것 같은데."

승현이 천천히 손을 뻗어 목도리를 집어 들었다.

"분명히 네 손으로 태워서 땅에 묻었다던 목도리가 왜 여기 있는 거지?"

뒤에서 듣고 있던 유림조차도 간담이 서늘할 정도로 차가운 목소리였다.

"설명해봐."

"오, 오빠, 그건……!"

세라가 대답할 말을 찾지 못하고 허둥거렸다.

"어쩐지 너무 순순히 빠져주겠다고 한다 싶었더니만, 뒤에서 딴 짓을 꾸미고 있었던 거였어?"

승현의 매서운 추궁에 결국 세라는 울 것 같은 표정이 되고 말았다.

"오빠, 정말 너무하시는 거 아니에요? 저한테 미안한 감정은 손톱만치도 없는 건가요?"

"미안해했었지."

승현이 코웃음을 쳤다.

"내 여자가 크리스마스이브 날 밤에 찬물을 뒤집어쓰는 걸 볼 때까지는."

세라가 억울하다는 듯이 외쳤다.

"제가 한 게 아니에요! 저 여자가 자기 손으로 뒤집어쓴 거라고요!"

하지만 승현은 전혀 믿지 않는 모양이었다.

"좀 그럴듯한 거짓말을 하지그래."

단호한 목소리에 오히려 뒤에서 듣고 있던 유림이 좀 미안해질 정도였다. 거짓말 아닌데.

더는 승현의 마음을 돌릴 여지가 없다고 느낀 것일까, 방금까지도 울기 직전이었던 세라의 표정이 표독스럽게 변했다.

"나한테 이렇게 대한 거, 반드시 후회하게 될 거예요. 내가 가만히 있을 것 같아요?"

그러나 승현은 조금도 위축되지 않았다. 오히려 피식 웃더니 말하는 것이었다.

"어디 마음대로 해봐, 얼마든지."

"오빠!"

"하지만 유림 선배는 건드리지 않는 게 좋을 거야. 그랬다간 후회는 네 쪽에서 하게 될 테니까."

미소 띤 얼굴로 차갑게 말을 내뱉는 승현의 모습은 섬뜩하리만치 무서웠다.

새하얗게 질린 얼굴로 쳐다보는 세라에게, 승현은 마지막 쐐기를 박았다.

"부디 알아들었길 바란다. 메리 크리스마스."

세라를 등지고 돌아선 승현이 유림을 향해 언제 그랬냐는 듯이 부드럽게 미소 지었다.

"우리 이제 가요, 선배."

"여긴 어떻게 알고 온 거야?"

승현의 차에 올라탄 유림이 물었다.

"몰래 뒤따라왔어요. 아무래도 촉이 안 좋아서."

운전석에 앉은 승현이 유림의 안전벨트를 매주며 대답했다.

"세라 얘기 나오자마자 갑자기 갈 데가 있다고 하는데, 어떻게 놔둘 수가 있겠어요?"

"그랬구나."

유림은 고개를 끄덕였다. 역시 눈치 빠른 승현을 속이는 건 무리였다.

"무슨 얘기를 하려고 세라 만난 거예요?"

"그게……."

유림은 말끝을 흐렸다. 얘기해봤자 다 부질없는 짓 같다는 생각이 들었다.

'세라 씨가 우리 사이를 이간질했어. 나한테는 돈을 줄 테니까 떨어지라고 했고.'

그저 사실을 사실대로 말하는 것뿐인데, 마치 고자질하는 것 같은 기분이 들어 내키지 않았다.

"나한테서 청혼 받은 게 미안해서 만나서 사과하고 싶었던 거라면, 그럴 필요 없어요. 선배는 나랑 세라 사이도 몰랐잖아요. 사과를 해도 내가 하는 게 맞죠."

승현이 한숨을 쉬었다.

"그런데 오늘 보고 나니까 솔직히 그나마 미안했던 마음도 사라지네요."

"그래, 더는 미안해하지 말자. 나도, 승현 씨도."

"그래요."

승현이 부드럽게 대답했다.

"이제 우리 서로만 바라보도록 해요. 다른 건 아무것도 신경 쓰지 말고요. 신경 쓸 일이 있으면 내가 쓸 테니까, 선배는 그냥 나만 보고 있어요."

"아니. 그러지 마."

유림은 딱 잘라 말했다.

"앞으로 신경 쓸 일이 있으면 나랑 같이 써. 감당해야 할 일이 있으면 우리 둘이 같이 감당해. 그게 맞는 거라고 생각해."

"유림 선배……."

"날 지켜주겠다는 마음은 고맙지만, 무슨 일이 있든 간에 승현 씨 등 뒤에 숨어 있진 않을 거야."

유림의 단호한 결심이 승현에게도 전해진 것일까. 잠깐의 침묵 후에, 그는 불쑥 엉뚱한 말을 했다.

"아, 오늘은 정말 힘들다."

"뭐가?"

"신사 되는 거요. 지금까지도 늘 그랬지만, 오늘은 특별히 더 싫네요. 선배 집에 들여보내기."

진지한 표정으로 하는 승현의 말이, 유림은 부끄러우면서도 한편으로는 설렜다.

오늘은 크리스마스이브다. 게다가 프러포즈를 받은 날이다. 함께 있지 말아야 할 이유가 있을까.

"있잖아. 그럼 나…… 들어가지 말까?"

큰맘 먹고 말했는데 의외로 승현은 딱 잘라 거절했다.

"아뇨. 들어가요. 데려다줄 테니까."

오히려 유림이 좀 민망해질 정도였다.

"어째서?"

"말도 없이 외박하면 선배 어머님께서 얼마나 걱정하시겠어요? 그렇지 않아도 강원도 때 선배 걱정 많이 하셨을 텐데 얼마나 됐다고. 또다시 걱정 끼쳐드리고 싶지 않아요."

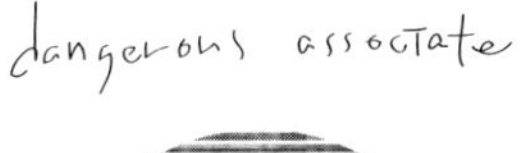

가끔 생각하지만 이 남자는 가벼운 듯하면서도 의외로 중요한 순간에 생각이 깊다. 유림은 조금 부끄러워졌다.

"승현 씨 말이 맞네. 난 엄마가 걱정할 생각까진 미처 못 했는데."

"그것도 그거고, 사실 선배 외박시켰다가 자칫 인사도 드리기 전에 밉보일까 봐 무서워서 그런 것도 있어요."

승현이 차에 시동을 걸며 웃었다.

"대신 내일은 크리스마스니까, 우리 하루 종일 함께 있어요."

"응!"

즐거운 마음으로 유림은 고개를 끄덕였다.

7. 기다리고 있을게

크리스마스 날 아침. 차 회장의 저택에는 아침부터 느닷없는 손님이 찾아왔다.

바로 세라였다.

“중요한 일이에요, 할아버님. 어머님도 꼭 같이 들으셔야 해요.”

빨갛게 부은 눈으로 말하는 세라를 보고 차 회장도 심상치 않은 일임을 느꼈다. 그래서 두말없이 비서를 시켜 승현의 어머니 전 여사에게 연락했다.

시아버지의 부름을 받은 전 여사는 지체 없이 본가로 달려왔다.

“자, 이제 승현 에미도 왔으니 어서 말해보거라.”

차 회장이 재촉하자 세라가 겨우 입을 열었다.

“할아버님, 어머님.”

그러나 금세 그 목소리는 울음으로 변하고 말았다.

“승현 오빠한테…… 여자가 생겼어요!”

갑자기 얼굴을 감싸고 울음을 터뜨리는 세라를 전 여사가 다그쳤다.

"아니, 밑도 끝도 없이 그게 무슨 소리야? 자세하게 얘기를 해야지 알아들을 것 아니냐?"

엄한 목소리에 세라는 울먹이며 겨우 자초지종을 설명했다.

"……어떻게든 어른들께 걱정 끼치지 않고 제 선에서 조용히 수습하려고, 오빠 정신 차리게 하려고 노력했어요."

"그래서 네가 갑자기 회사에 다니겠다고 했던 게냐?"

설명을 다 듣고 난 차 회장이 충격을 받은 듯한 표정으로 물었다.

"네, 할아버님. 하지만 아무 소용이 없었어요. 이제는 제가 어찌해볼 수 있는 선도 넘어섰고요. 둘이 결혼 약속을 했다면서 제 눈앞에 반지까지 들이대는데……!"

세라는 다시금 울음을 터뜨렸다. 차 회장과 전 여사는 한동안 아무 말도 하지 못했다.

먼저 냉정을 되찾은 것은 전 여사였다.

"그 여자애가 승현이랑 같은 부서에 있다고?"

"네, 어머님."

세라가 울먹이며 고개를 끄덕였다.

결혼 전까지는 어머님이라고 부르지 말라고 세라에게 그토록 엄명을 했던 전 여사였지만, 이제는 지적할 생각도 들지 않았다.

원래 전 여사에게 있어 세라는 별로 탐탁한 며느릿감이 아니었다. 재벌가 영애들도 수두룩한데 왜 일개 CEO 집안 따위와 혼사를 맺어야 한단 말인가. 승현에게 세라를 짝지어준 시아버지의 처사가 영 못마땅하기 그지없었다.

그러나 얼마 전, 차 회장이 뇌출혈로 쓰러지고 나서는 생각이 바뀌었다. 세라의 아버지인 이 사장이 유사시에 승현에게 도움을 줄 수도, 반대로 모든 것을 빼앗기게 할 수도 있는 존재라는 사실을 그때 깨달은 것이었다.

전 여사에게 외아들인 승현은 모든 것이나 다름없었다. 비록 마음속에 남은 오래된 상처가 아들에게 애정을 표현하지 못하도록 가로막고 있기는 하지만, 그렇다고 사랑하지 않는 것은 아니었다. 너무 오래 감추고 있다 보니 이제 표현하는 방법조차 잊어버렸을 뿐.

일찍 세상을 떠난 제 아버지의 몫이었던 드림제과의 경영권을 승현의 품에 무사히 안겨주는 것, 그것만이 현재 전 여사가 아들에게 유일하게 애정을 쏟는 방법이었다.

그런데 일개 평사원 계집애 따위가 끼어들어 방해를 하다니!

전 여사로서는 기가 찰 노릇이었다.

"내일, 아니, 오늘 저녁에라도 당장 네 아버님을 만나 뵙고 상의를 드려야겠다. 듣자 하니 이미 좋게 말해서는 안 될 사인 거 같은데, 회사를 그만두게 하든, 지방 공장으로 쫓아내든 해서 강제로라도 떼어놓아야지."

"그래주셔야 할 것 같아요, 어머님."

세라가 울먹이며 고개를 끄덕였다.

"그럼 제가 아버지한테 어머님께서 뵙자고 하신다고 말씀드릴까요?"

"됐다. 아들놈 잘못 가르쳐 죄송하다고 사죄도 드릴 겸, 내가 직접 전화 넣으마."

"잠깐만 있어봐라, 에미야."

당장이라도 전화기를 들 기세의 전 여사를, 차 회장이 근엄하게 말렸다.

"섣불리 그러지 말고 일단 승현이를 불러서 얘기를 좀 들어봐야지 않겠느냐?"

"소용없어요, 할아버님. 오빠 지금 완전히 정신 나가 있는 상태예요."

세라가 드물게 당돌한 어조로 차 회장의 말에 반대했다.

"그 여자, 보통 여자가 아니에요. 오빠를 얼마나 철저히 구워삶았는지, 제 말은 들으려고도 않는다고요. 그냥 어머님 말씀대로 강제로 떼어놓는 수밖에 없어요."

"어쨌든 그렇게 쉽게 직원을 자르느니, 옮기느니 하는 법이 아니다. 당사자한테는 생계가 걸려 있는 일 아니냐?"

차 회장이 부드럽게 세라를 나무랐다.

"게다가 승현이 말로는, 강원도에서 조난당했을 때 구해준 것도 그 사원이라고 하던데. 그러면 승현이한테는 생명의 은인이기도 한 셈인데 보답은 못 할망정 얘기도 들어보지 않고 무작정 잘라버릴 수는 없지 않겠느냐."

그러나 세라는 억울한 표정을 했다.

"승현 오빠가 속고 있는 거예요."

"뭐?"

"그 여자, 정말 치밀하게 계획을 꾸몄다고요. 원래 강원도에 오빠랑 같이 답사를 가게 돼 있었던 건 저였는데, 이런 짓까지 해서 자기가 저 대신 갔어요."

세라는 태블릿 PC를 켜서 동영상을 재생시켰다.

"강원도 답사를 가려던 날 아침에 있었던 일이에요."

차 회장과 전 여사가 화면을 응시했다. 동영상은 CCTV에 녹화된 것이었다.

영상 속에서 세라가 차에 탔다. 이윽고 차가 주차장 밖으로 나오는 순간, 웬 여자가 차 앞으로 뛰어들더니 마치 차에 치인 것처럼 땅바닥에 나뒹굴었다.

"부딪히지도 않은 거, 보이시죠?"

세라가 말했다.

"병원에 도착하자마자 화장실에 갔다 오겠다더니 어디론가 사라졌어요. 돈을 목적으로 한 자해 공갈단 같은 게 아니었다는 거죠. 그럼 대체 목적이 뭐였겠어요?"

"세상에나!"

전 여사는 경악을 금치 못했다. 어쩌다 내 아들에게 그런 요망한 것이 달라붙었을까!

"결국 저는 늦어져서 못 가고 대신에 그 여자가 같이 갔더라고요. 그러고 나서 조난을 당한 건데, 그게 과연 우연이었을까요? 전화선이 빠져 있었다는 것도 분명히 그 여자 짓이 틀림없어요."

이쯤 되자 차 회장도 씁쓸한 표정을 감추지 못했다.

"승현이 그 녀석, 똑똑한 줄 알았더니만 어떻게 그런 여자한테……."

"그러니까 할아버님이랑 어머님께서 나서주셔야 해요. 오빠 스스로 깨달으려면 얼마나 시간이 걸릴지 모른다고요. 네?"

세라가 간곡하게 매달리듯 차 회장과 전 여사를 번갈아 보았다.

"아버님. 송구스럽지만 이 건은 제가 바깥사돈 되실 분과 상의해서 처리를 하도록 하겠습니다. 그러니 아버님께서는 모른 체 한 발 물러나 계셔요."

전 여사의 말에 더 이상 차 회장도 반대하지 않았다.

"그래. 에미가 알아서 잘하도록 하거라. 시끄러워지지 않게 조심하고."

"네, 아버님."

그제야 세라는 눈물을 훔치며 활짝 웃어 보였다.

"그럼 전 어머님만 믿고 있을게요!"

유림이 눈을 뜬 것은 거의 점심때가 다 되어서였다.

매일 아침 일찍 일어나서 조깅을 하거나 약수터에 다녀오는 게 생활화가 돼 있는 유림이었지만 간밤에는 잠을 하도 설쳐서 늦잠을 잘 수밖에 없었다. 프러포즈 받은 것만 해도 충분히 잠을 설칠 만한 일인데, 그 후에 세라와 한바탕 하기까지 했으니 머릿속이 복잡하지 않을 수 없었다.
일어나서 씻고 이래저래 준비하다 보니 결국 승현을 만난 것은 오후가 되어서였다.
"잠꾸러기."
유림을 데리러 온 승현이 차 문을 열어주며 놀려댔다.
"내가 아침부터 전화 오기만 얼마나 기다렸는지 알아요?"
"미안해. 어젯밤에 너무 늦게 잠드는 바람에."
"하도 연락이 없어서 저번처럼 불쑥 집으로 찾아가버릴까 생각했다고요. 혹시 집에 선배 가족들이라도 계시면 곤란하겠다 싶어 참았지만."
안전벨트를 매주며 하는 승현의 말에 유림은 진심으로 다행이라고 생각했다.
"잘했어. 아직 승현 씨, 우리 엄마 만나면 안 돼."
"왜요? 어차피 언젠가는 인사드려야 할 텐데."
"내가 승현 씨 때문에 힘들어하는 거 엄마가 다 봤단 말이야. 어떤 놈이 우리 딸 울렸냐고 펄펄 뛰셨는데 지금 어떻게 소개해?"
승현이 헉, 하는 표정을 했다.
"그럼 어쩌죠? 찾아뵙고 무릎이라도 꿇어야 하나?"
"일단 내가 눈치 봐서 얘기 잘해놓을 테니까 그 후에 생각해."
그렇게 말하고 유림은 조심스럽게 물었다.
"있잖아, 나도 언젠가는 승현 씨 어머니 만나야겠지?"
"그래야죠. 왜요, 부담스러워요?"

"솔직히 좀……."

유림은 말끝을 흐렸다.

강원도 별장에 있을 때 먼발치에서 승현의 어머니를 본 적이 있었다. 더없이 우아하고 기품이 흐르면서도 범접할 수 없는 냉기가 느껴지는 분이었다. 아주 잠깐 본 것뿐이었지만 괜히 잘못한 것도 없이 주눅이 들었던 기억이 있다.

"걱정 마요. 나도 어머니랑 안 친하니까, 선배도 별로 친하게 지낼 필요 없어요."

승현은 웃는 얼굴로 하나도 위로가 되지 않는 위로를 하더니 시동을 걸었다.

"자, 그럼 출발해볼까요?"

"어디 가려고?"

유림이 묻자 승현이 차를 출발시키며 대답했다.

"음, 우선 백화점이요."

"백화점은 왜?"

"선배 옷을 좀 살까 해서요."

그러는 승현은 멋지게 슈트를 차려 입고 있었다.

유림 역시 어제와 달리 오늘은 나름대로 신경 써서 입는다고 입었는데, 아무래도 승현에 비해서는 수수하기 짝이 없었다.

"크리스마스인데, 내가 너무 촌스러웠나? 미안."

조금 부끄러워진 유림이 제 옷을 내려다보며 중얼거리자 승현이 얼른 부정했다.

"아뇨, 전혀! 지금도 너무너무 예뻐요, 정말로."

"그런데 왜?"

"그냥, 선배한테 이것저것 사주고 싶은 게 많았는데 한 번도 못 해봐서 서운했거든요. 지난번에 백화점 갔을 때도 아무것도 못 샀잖아요."

"수영복을 그렇게 많이 샀는데?"

"그건 선배가 입을 게 아니었잖아요."

유림을 곁눈질로 힐끗 보면서 승현이 말했다.

"오늘은 크리스마스니까 선물로 받아줬으면 좋겠어요."

조금 망설이다 유림은 고개를 끄덕였다.

"알았어. 대신 지난번처럼 너무 비싼 건 말고."

미래백화점에 와보는 것은 두 번째였다. 그래선지 유림도 지난번처럼 화려한 백화점의 위용에 기가 죽지는 않았다. 잔잔하게 캐럴이 흘러나오는 데다 쇼핑하는 사람들도 모두 즐거워 보여서 덩달아 기분이 들떴다.

제일 먼저 승현이 들어간 곳은 여성복 브랜드 매장이었다.

"저게 좋을 것 같네요."

승현이 주저 없이 가리킨 마네킹이 입고 있는 옷을 보고 유림은 깜짝 놀랐다.

홀터넥 스타일에 가까운 검은 드레스는 가슴 한가운데가 과감하게 패어 있었다. 디자인은 단순했지만 목 뒤로 이어지는 벨트는

단순한 끈이 아니라 눈부신 보석들로 이루어져 있었다. 즉 섹시한데다 화려하기까지. 이래저래 유림이 감당할 수 있는 옷이 절대 아니었다.

"저, 저걸 나더러 입으라고?"

"잘 어울릴 것 같은데요."

말도 안 되는 소리! 유림은 황급히 손을 내저었다.

"저런 거 사봤자 입지도 못해! 내가 저걸 입고 회사에 갔다간 사람들이 뭐라고 하겠어?"

"회사 갈 때 입으라고 사주는 거 아니에요."

"그럼?"

"크리스마스잖아요. 좀 특별하게 입어도 되지 않아요?"

"아니, 아무리 그래도 그렇지……!"

그러나 이미 매장 직원이 옷을 이쪽으로 가져오고 있었다.

"이쪽으로 오셔서 피팅 해보시겠습니까?"

결국 유림은 등을 떠밀리다시피 해서 피팅룸으로 들어가는 신세가 되었다.

어쩔 수 없이 옷을 갈아입기는 했지만 밖으로 나갈 엄두가 나지 않았다. 스커트도 안 입는 마당에 드레스라니! 게다가 가슴이 파인 건 둘째치고, 입으니까 몸에 너무 딱 달라붙어서 민망하기가 이를 데 없었다.

하지만 언제까지나 피팅룸 안에서 버틸 수도 없는 노릇이었다. 결국 유림은 어색함을 무릅쓰고 밖으로 나갔다.

"어머나!"

먼저 환성을 지른 것은 매니저를 비롯한 매장 직원들이었다.

"세상에, 고객님! 몸매가 어쩜 이렇게 예쁘세요?"

"꼭 모델 같으세요!"

매장 직원들에게 둘러싸인 유림을 보고, 승현이 흡족한 얼굴로 고개를 끄덕였다.

"그걸로 하죠."

"잠깐 기다려. 나 옷 갈아입고 나올게."

유림이 말했지만 승현은 고개를 저었다.

"그대로 입고 있어요. 그래야 거기 어울리는 것들을 고르기 좋으니까요."

드레스를 구입하고 난 다음은 아우터였다. 마네킹이 입고 있는 슬림한 라인의 화이트 재킷을 보자마자 승현은 그 매장으로 들어가서 말했다.

"저걸로 줘요."

승현의 안목은 정확했다. 매장 직원이 가져와서 걸쳐준 심플한 재킷은 역시나 화려한 드레스와 더없이 어울렸다.

그다음은 구두 매장이었다.

"선배, 이제 발목은 다 나았죠?"

유림이 그렇다고 대답하자 승현은 거리낌 없이 검은색 힐을 골랐다. 발목까지 몇 겹의 스트랩이 달려 있고, 스트랩마다 은색의 스터드 장식이 줄줄이 박혀 있는 화려한 구두였다.

드레스에 아우터, 구두까지 사는 데 채 삼십 분이 걸리지 않았다. 승현의 안목이 뛰어나기 때문이기도 했지만, 전반적으로 딱 필요한 것만 빠르게 산다는 듯한 느낌이었다.

그래서 유림은 의견을 낼 겨를도 없었다. 하기야 별로 낼 의견도 없긴 했지만.

하지만 승현이 풍성한 화이트 퍼로 된 숄을 살 때는 유림도 기어이 한마디 하지 않을 수 없었다. 시상식에 가는 여배우도 아닌데!

“이건 그만두자. 이런 걸 사봤자 내가 언제 두르겠어.”

“오늘 저녁에요.”

승현은 상냥한 미소와 함께 유림의 말을 싹 무시하고 계산을 마쳤다.

“대체 어딜 가려는 거야?”

먼저 성큼성큼 나가는 승현의 뒤를 따라가며 유림은 불안하게 물었다.

처음에는 어디 좋은 식당에라도 데려가려고 격식을 갖춰 입히려는 줄 알았다. 하지만 점점 그게 아닌 것 같다는 불길한 예감이 들고 있었다. 아무리 고급 레스토랑이라도 그렇지, 단순히 식사를 하는 데 이렇게까지 차려입을 필요는 없을 텐데!

승현은 의외의 대답을 했다.

“뷰티 숍이요.”

“그게 뭐 하는 곳인데?”

“헤어랑 메이크업. 물론 이대로도 엄청 예쁘지만, 더 예쁘게 만들어줄 거예요."

승현이 웃었지만 유림은 따라 웃을 수가 없었다.

"그러니까 대체 그렇게 꾸며가지고 어딜 데려가려는 거냐니까?"

그러나 승현은 갑자기 시계를 보더니 딴소리를 했다.

"이런, 이러다 예약 시간 늦겠어요. 서둘러요!"

갑자기 승현이 손목을 잡고 뛰다시피 하며 걷기 시작하는 바람에 유림은 끌려갈 수밖에 없었다.

크리스마스의 서울 시내, 특히 강남 쪽은 교통지옥이었다. 오는 데는 한참 걸렸는데 정작 헤어와 메이크업을 받는 데는 얼마 걸리지도 않았다.

머리가 길지 않아서 간단히 모양을 다듬는 정도로 헤어가 끝났다. 메이크업은 피부 화장을 하고 눈썹 정리와 마스카라를 한 후 입술만 레드 계열의 립스틱으로 강조해주는 게 전부였다.

단지 그뿐이었는데도, 커다란 거울 앞에 선 유림은 깜짝 놀랐다. 몰라보게 또렷한 인상의 예쁜 여자가 거울 속에 있었다.

마치 마법에 걸린 신데렐라가 된 기분이었다.

"자, 이제 완벽해요."

메이크업 아티스트가 놀라서 눈이 동그래진 유림의 어깨에 숄을 걸쳐주면서 웃었다.

"어서 나가봐요. 남자친구가 많이 기다리고 있을 거예요."

이윽고 유림이 메이크업 룸 밖으로 나가자 승현이 앉아 있던 의자에서 일어나며 눈을 크게 떴다.

"유림 선배……?"

승현이 유림을 물끄러미 바라보며 중얼거렸다.

"너무 그렇게 빤히 쳐다보지 마."

민망해진 유림이 그렇게 말했을 때에야 승현은 꿈에서 깬 사람처럼 말했다.

"아, 이건 좀 위험할 정도로 예쁜데."

"응?"

"이제부터 가는 곳에서, 내 옆에만 꼭 붙어 있어야 돼요. 누가 말 걸어도 거들떠보지 말고."

"그러니까 대체 어딜 가는 거냐니까?"

"가보면 알아요."

승현이 빙긋 웃으며 정중하게 손을 내밀었다.

"가시죠, 아가씨!"

뷰티 숍에서 출발한 승현의 차는 근처에 있는 미래호텔로 향했다.

"미래호텔은 왜?"

"잠깐 얼굴 좀 볼 사람이 있어서요."

승현이 너무나 자연스럽게 말하는 바람에 유림은 친구라도 만나는 건가, 하고 생각했다.

"인사만 하고 갈 거니까 오래 걸리지 않을 거예요."

승현이 유림을 데려간 곳은 호텔 안에 있는 커다란 연회장이었다.

정갈하게 꾸며진 실내 분위기와 은은한 조명, 아름다운 꽃으로 장식된 테이블. 현악 삼중주가 조용히 연주되는 가운데 테이블마다 잘 차려입은 귀부인들과 신사들이 둘러앉아서 담소를 나누고, 웨이터들이 다니면서 정중한 태도로 와인을 서브하고 있는 광경에 유림은 그만 주눅이 들었다.

"뭐 하는 자리야?"

"자선 모임…… 을 가장한 부자들의 친목 모임 같은 거라고 생각하면 돼요."

승현이 소곤거렸다.

"사실 나도 이런 분위기 적응 안 되니까, 우리 빨리 인사만 하고 도망가요."

그 말에 은근히 유림은 안심이 되었다. 아, 나만 그런 게 아니었구나.

승현은 잠시 주위를 둘러보더니 유림의 손을 잡고 연회장 중앙쪽에 있는 테이블로 향했다. 그 테이블에 앉아 있는 사람들 중에서 한 초로의 귀부인의 얼굴을 보는 순간 유림은 멈칫했다. 어디선가 본 듯한 기분이 들었던 것이다.

"양 여사도 참, 과찬의 말씀이십니다."

그렇게 말하며 미소를 짓는 눈매가 누구와 닮았는지 깨닫는 순간, 유림은 하마터면 소리를 지를 뻔했다.

"……!"

유림이 경악하는 것과 동시에 승현이 그 부인에게 말을 걸었다.

"어머니, 저 왔어요."

사람들과 담소를 나누고 있던 귀부인이 그제야 고개를 들어 승현을 보았다.

"승현이 네가 여긴 웬일이냐?"

우아한 미모에서 삽시간에 미소가 걷히고 싸늘한 기운이 감돌았다.

"크리스마스잖아요. 식사하러 호텔에 왔는데 근처에 어머니가 계시다고 해서 인사나 드리고 가려고 잠시 들렀죠."

반면에 승현은 어머니의 냉랭한 태도 따위는 아무렇지도 않다는 듯이 활짝 눈웃음을 지어 보였다.

"올 거면 미리 연락을 하지 않고. 다른 분들도 계신데 실례가 아니냐."

승현의 어머니가 살짝 책망하듯 말하자 주위 사람들이 오히려 승현을 감싸듯 말했다.

"실례라니, 당치도 않은 말씀을요."

"그러게요. 전 여사 아드님이시면 그 승현 군?"

"세상에나, 소문대로 엄청난 미남이군요!"

그러는 가운데 유림은 그저 승현의 한 걸음 뒤에 선 채로 굳어져 있었다. 머릿속이 텅 비어버린 것 같았다. 도망가고 싶었지만 발이 얼어붙은 것처럼 움직이지 않았다.

그리고 드디어 승현의 어머니, 전 여사의 시선이 유림을 향하는 순간.

"이 아가씨는 누구니?"

유림은 그대로 숨이 멈출 것만 같았다.

"아, 참, 소개가 늦어졌네요. 이쪽은 정유림이라고 합니다."

잔뜩 굳어져 있는 유림의 어깨에 다정하게 손을 얹고, 승현은 웃으며 말했다.

"저하고 결혼할 사람이에요, 어머니."

전 여사의 눈동자가 커다래졌다.

"인사해요, 선배. 우리 어머니예요."

승현이 상냥하게 말했지만 유림은 입이 딱 달라붙은 것처럼 아무 말도 할 수가 없었다.

잠시 침묵이 흘렀다. 그리고 그 침묵을 깨뜨린 것은 개중에 눈치 없는 부인이었다.

"아하! 그럼 이 아가씨가 바로 그 드림제과 사장 영애신가?"

승현은 웃는 얼굴로 즉시 부정했다.

"아뇨, 그 친구하고는 이미 파혼하기로 합의했습니다."

"어머, 그것도 모르고 내가 그만 실수를……!"

"괜찮습니다. 바로 얼마 전 일이었으니 모르셨던 것도 당연하죠."

어쩔 줄 몰라 하는 부인에게 미소를 지어 보인 승현은 다시 전 여사를 바라보았다.

"하여튼 인사는 드렸으니까 저흰 이만 가보겠습니다, 어머니."

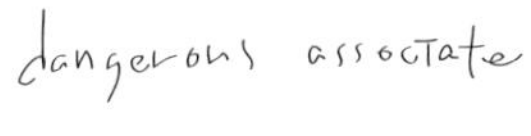

유림은 정신을 똑바로 차리려고 안간힘을 썼다.

왜 승현이 갑자기 말도 없이 여기 데려왔는지는 모르겠지만, 어쨌든 승현의 어머니는 언제 만나도 만나야 할 사람이었다. 그런데 첫 만남에서 얼어붙어 바보같이 인사조차 제대로 못 하고 허둥거리는 꼴만 보이다 갈 수는 없지 않은가.

유림의 대담한 기질이 발동했다.

"처음 뵙겠습니다, 정유림이라고 합니다. 아드님과 교제하고 있습니다."

유림은 전 여사를 향해 고개를 숙여 인사했다.

"오늘은 불쑥 찾아뵙게 되어 실례했습니다. 다음에 다시 격식을 갖춰서 제대로 인사드리겠습니다."

딱딱하고도 정중한 말투에 부인들이 어머나, 하며 의아한 얼굴로 유림을 쳐다보았다.

그러나 전 여사는 유림을 거들떠보지도 않고 승현을 향해 차갑게 말했다.

"돌아가 있거라. 이따가 내가 연락하도록 하마."

노기를 애써 억누르고 있는 기색이 역력했다. 그걸 눈치 채지 못했을 리 없을 텐데도, 승현은 일부러 그러는지 더욱더 태연하게 대꾸했다.

"네, 어머니. 그럼 기다리고 있겠습니다."

유림은 보았다. 테이블 위에 올려놓은 전 여사의 고운 손이 주먹을 꽉 쥐는 것을.

"그럼 실례가 많았습니다. 모두들 성탄절 즐겁게 보내세요. 어머니도요."

끝까지 웃는 얼굴로 전 여사와 주위 사람들에게 인사를 건네고 나서야 승현은 유림의 손목을 붙잡고 밖으로 이끌었다.

"자, 가요."

다리가 후들거려서 제대로 걸을 수도 없었다. 연회장을 나와서 복도를 지나 인적이 없는 곳까지 오는 데 성공하자 긴장이 풀리는 바람에 무릎이 꺾였다. 유림이 넘어질 듯 크게 휘청거리자 승현이 놀라며 얼른 부축했다.

"괜찮아요?"

승현이 얼른 근처에 있는 긴 의자에 유림을 앉혔다.

"……하마터면 심장이 멈출 뻔했어!"

유림이 떨리는 목소리로 말하자 승현이 사과했다.

"미안해요. 미리 말하면 선배가 더 긴장할 것 같아서, 말 안 했던 거예요."

"대체 무슨 생각으로 날 여기 데려온 거야?"

승현이 한숨을 지었다.

"선배랑 결혼하려면 우선 어머니부터 납득시키는 게 먼저라고 생각했어요."

"뭐……?"

"할아버지는 워낙 날 예뻐하시니까 어떻게든 설득할 가능성이

있어요. 하지만 어머니는 전혀 그게 아니니까 이렇게 사람들 앞에서 일방적으로 통보해서라도 못을 박아둬야 했다고요."

그렇게 말하고 승현이 유림의 손을 끌어다 꽉 잡았다. 프러포즈 반지를 끼고 있는 바로 그 손이었다.

"이제부터 시작이에요."

유림은 침을 꿀꺽 삼켰다.

"아까 어머니가 당장 그 자리에서 박차고 나와서 호통을 치지 않으신 이유는 단 한 가지예요. 사람들 눈도 있겠지만, 지금쯤 이 일을 어떻게 처리해야 하나 생각 중이실 거예요."

"……."

"이따 파티가 끝나면 어머니가 날 부르시겠죠. 어떻게 나오실지 모르지만 난 다 감당할 준비가 돼 있어요. 선배도 그래줬으면 좋겠어요."

승현의 진지한 눈빛을 바라보며 유림이 고개를 끄덕였다.

"응."

"정말 괜찮겠어?"

"그럼요. 걱정 말고 내일 아침에 회사에서 봐요."

못내 걱정스러워하는 유림을 반 강제로 집에 들여보내고 나서 승현은 내키지 않는 발걸음을 억지로 돌려 차에 올라탔다.

어머니에게서 전화가 온 것은 차를 출발시킨 지 채 5분도 안 되어서였다.

- 지금 곧바로 집으로 오도록 하거라.

전 여사는 그렇게만 말하고 일방적으로 전화를 끊었다.

"네, 어머니."

이미 끊긴 전화에 대고 승현은 중얼거렸다.

각오한 것과 긴장감은 별개였다. 유림에게는 괜찮다고, 걱정 말라고 말했지만 새삼스럽게 불안감이 몰려와 가슴이 쿵쾅거렸다.

'제발 어머니가 한 번만이라도 내 말을 들어주셨으면 좋겠는데.'

하지만 헛된 기대라는 걸 승현 자신이 제일 잘 알고 있었다.

어머니는 자신을 드림제과 사장으로 만들기 위해서라면 뭐든지 할 수 있는 사람이었다. 거기에 유림이 방해가 되는 이상 절대 받아들이려 하지 않을 거였다.

어머니가 뭐라고 하든, 최악의 경우 어머니와 등을 돌리는 한이 있어도 유림을 선택하자고 이미 결심은 했지만 마음이 편할 리는 없었다.

늘 차가운 어머니였지만 단 한 번, 승현은 어머니가 자신을 사랑한다고 느낀 적이 있었다.

초등학교 일 학년 때였던가. 어머니와 나란히 길을 걷고 있는데 갑자기 맞은편에서 오던 자동차가 도로를 이탈해서 인도를 침범했다. 눈앞에 커다란 자동차가 덮쳐 오는 순간, 어린 승현은 너무 놀라서 피하지도 못하고 그 자리에 얼어붙었다.

「……!」

그 순간, 어머니는 승현을 온몸으로 끌어안고 차를 막아섰다.

다행히도 운전자가 늦게나마 브레이크를 밟은 덕분에 차는 두 사람을 치지 않고 아슬아슬하게 코앞에서 멈췄다. 그러나 어머니는 사람들이 놀라서 달려올 때까지도 승현을 품에 꽉 끌어안고 있었다.

그때 어머니의 품 안에서 승현은 그렇게 생각했었다. 아, 엄마는 진짜 우리 엄마가 맞구나.

승현이 어머니에게서 애정을 느낀 것은 아마도 그때가 처음이자 마지막이었던 것 같다. 이제는 너무 오래되어 꿈속에서 있었던 것처럼 아득하게 느껴지기도 했지만, 자신을 지키듯 결사적으로 끌어안고 있던 어머니의 팔만은 지금도 생생하게 떠올랐다.

그 일 때문일까. 지금도 승현은 어머니가 밉지는 않았다. 서먹하고 어색하긴 했지만 싫어하는 것은 아니었다.

유림이 더없이 소중하지만, 가능하다면 어머니도 저버리고 싶지 않다. 유림이냐, 어머니냐, 하는 선택의 기로에 서고 싶지 않다.

"휴우……."

어머니의 집을 향해 운전하는 승현의 입에서 깊은 한숨이 새어 나왔다.

"일본 지사로 가거라."

다짜고짜 튀어나온 전 여사의 첫 마디에 승현은 아연실색했다.

"……네?"

하지만 전 여사는 표정 하나 바뀌지 않고 되풀이했다.

"아까 세라 아버님과 통화해서 얘기 마쳤다. 내일 바로 인사이동 발표가 있을 게야. 1월 1일자로 일본 지사장으로 발령 내기로 했으니 그렇게 알고 준비해서 떠나도록 해라."

"어머니!"

승현이 목소리를 높였다.

"이렇게 강제로 떨어뜨려놓으신다고 저희 헤어지지 않습니다. 차라리 회사를 그만두는 한이 있어도요."

"회사를 그만둬?"

전 여사의 얼굴에 노기가 어렸다.

"만난 지 겨우 몇 달도 안 된 여자애 하나 때문에 평생의 목표를 포기하겠다니, 한심하기 짝이 없구나. 내가 겨우 이 꼴을 보자고 널 여기까지 키운 줄 알아?"

"아뇨, 저도 포기하고 싶지 않아요. 그러니까 도와주세요, 어머니."

승현이 간곡하게 말했다.

"어머니도 솔직히 세라를 좋아하시는 건 아니잖아요. 세라가 제 앞날에 도움이 될 거라고 생각하시니까 결혼시키고 싶으신 거 아닙니까."

"그래서?"

"세라 아버지의 도움 없이도 제 힘으로 해낼 수 있는 방법이 있을 거예요. 제가 정말 열심히, 목숨 걸고 하겠습니다. 그러니까 어머니도 제가 그렇게 할 수 있게 도와주세요."

승현은 진심을 다해 말했다. 헛된 기대라고 생각하면서도 제발, 제발 단 한 번이라도 어머니가 자신의 마음을 알아주기를 바랐다. 아주 옛날에 단 한 번 어머니가 자신에게 보여주었던 그 헌신적인 애정에 기대어.

"전 세라를 사랑하지 않습니다. 어머니도 이왕이면 제가 행복해하는 걸 보고 싶으시잖아요!"

피를 토하듯 간절하게 말하는 아들을, 전 여사는 한참 동안 물끄러미 바라보았다.

"……."

승현은 초조한 마음으로 전 여사의 대답을 기다렸다.

이윽고 전 여사의 입에서 나온 것은, 허무하게도 아까와 똑같은 말이었다.

"일본 지사로 가도록 해라."

"어머니……!"

승현은 절망을 느꼈다. 끝내 어머니는 자신의 말에 귀 기울여주지 않았다!

하지만 전 여사의 말은 거기서 끝이 아니었다.

"세라가 없이도 해내고 싶다고 하지 않았느냐? 그러면 일본 지사로 가는 것 이상으로 좋은 방법은 없다."

"예……?"

영문을 몰라 하는 승현에게 전 여사가 물었다.

"지난번에 할아버님께서 쓰러지셨을 때, 네 큰아버님이 널 그리로 쫓아 보내려고 하신 이유는 알고 있겠지?"

"네. 그거야 일본 지사는 워낙 실적도 없다시피 해서 있으나 마나 한 곳이니까요."

"거꾸로 말하면 실적을 올리기 제일 쉬운 곳이기도 하지 않겠느냐? 네 능력을 가장 돋보이게 할 수 있는 곳이야."

전 여사는 냉정한 얼굴로 계속해서 말했다.

"게다가 너도 알다시피 드림제과는 해외 주주들의 지분이 상당히 높은데, 거의가 일본인들이야. 일본 지사가 성장하면 자연히 일본인 주주들의 신임도 얻을 수 있게 될 게다."

"아……!"

그제야 승현은 어머니의 말뜻을 깨달았다.

단순한 CEO에 불과한 세라의 아버지가 자신에게 큰 도움이 되어줄 거라고 믿는 이유는 단 하나였다. 해외 주주들의 신임을 얻고 있으니까.

그런데 자신이 열심히 노력해서 그 주주들을 이쪽 편으로 직접 끌어들일 수 있다면 더 이상 도움이 필요 없는 셈이었다.

스스로의 힘으로 회사 내에서의 입지를 다진다, 충분히 도전해 볼 만한 일이었다. 하지만…….

'그동안 유림 선배는 어쩌지? 결혼을 하고 같이 가자고 하면 들

어줄까?'

그렇게 생각한 순간, 전 여사가 승현의 마음을 꿰뚫어 본 것처럼 말했다.

"그 여자애와 결혼하는 건, 네 스스로 지금 말한 일을 해내고 난 후에 허락하겠다."

"어머니……?"

"아까 네 입으로 말하지 않았느냐? 세라 도움 없이도 해낼 수 있다고. 먼저 그걸 네가 증명해 보이지 못하면, 나도 그렇지만 할아버지께서도 절대 수긍하지 못하실 게야."

전 여사가 엄하게 말했다.

"잊었느냐? 처음부터 세라와 널 결혼시키려 했던 건 할아버님이시라는 걸."

어머니의 말이 옳았다. 승현은 치열하게 고민했다.

원래는 아버지의 것이 될 회사였다. 승현에게도 분명 드림제과에 대한 애정과 욕심이 있었다. 하지만 지금의 자신은 더없이 무력하다. 가지고 있는 것은 오로지 대한그룹 회장의 손자라는 명목뿐, 아무런 능력도, 커리어도 없다. 사랑하는 여자를 지켜줄 힘도 없다.

만약 자신의 힘으로 그 자리를 얻어낼 수 있다면? 아무리 생각해도 어머니의 말대로 일본 지사로 가는 게 제일 좋은 길인 것 같았다.

하지만 마음에 걸리는 게 있었다.

'유림 선배가, 기다려줄까?'

승현이 차마 대답하지 못하고 있자 전 여사가 재촉했다.

"왜 대답이 없느냐? 설마하니 그 여자애를 두고 가는 게 마음이 안 놓여서?"

정곡을 찔린 승현은 흠칫 놀랐다.

"서로 사랑한다고 하지 않았느냐? 그 사랑이라는 게, 겨우 몇 년 떨어져 있는 것조차 못 기다릴 정도로 가벼운 감정이냐?"

순간 승현은 진심으로 발끈했다.

"아닙니다. 유림 선배는 틀림없이 절 기다려줄 겁니다."

전 여사가 확인하듯 다시 물었다.

"그럼 일본 지사로 가겠다는 거지?"

이제는 어쩔 수 없다. 유림의 마음을 믿을 수밖에.

"네, 어머니. 가겠습니다."

승현은 잘라 말했다.

"대신에 유림 선배는 회사 계속 다닐 수 있게 어머니가 좀 도와주세요. 부탁드립니다."

전 여사는 의외로 쉽게 고개를 끄덕였다.

"사원을 함부로 자르는 건 할아버님께서 원하지 않으신다고 내 이미 이 사장에게 전했다. 그러니 너만 일본으로 가면 이 사장도 굳이 어찌하지는 않을 게야."

그제야 승현은 안도의 한숨을 내쉬었다.

"고맙습니다, 어머니."

유림과 떨어져 있게 된 건 속상하지만, 미래를 생각해서는 이래저래 옳은 길이라는 생각이 들었다.

무엇보다 어머니가 이 이상 완강하게 반대하지 않은 게 놀라웠다. 당장 헤어지라고 펄펄 뛸 거라고 생각했는데, 어쨌든 방법을 제시해주지 않았는가.

승현은 문득 그렇게 생각했다.

'혹시 어머니가 내 마음을 알아주신 건가……?'

하지만 전 여사의 표정은 언제나 그랬듯이 엄격하기만 해서, 도저히 그 속마음까지는 들여다볼 수가 없었다.

크리스마스 다음 날 아침. 출근하던 유림은 복도에서 사무실 선배와 마주쳤다.

"유림 씨! 유림 씬 알고 있었어?"

선배가 숨넘어가게 묻는 바람에 유림은 의아해 하며 되물었다.

"예? 뭘 말씀이십니까?"

"인사이동 공고 난 거 말이야! 승현 씨한테서 미리 못 들은 거야?"

이게 무슨 소린가. 유림은 문득 스치는 불길한 예감에 선배를 밀치다시피 하고 사내 알림판이 있는 곳으로 뛰어갔다.

사람들이 모여 웅성거리고 있고, 알림판에는 종이 한 장이 새롭

게 나붙어 있었다.

인사이동 공고 – 1월 1일자

종이에는 몇 명의 이름이 쓰여 있었다. 그중에는 유림의 이름도 있었다.

마케팅팀 사원 정유림 – 홍보팀

그러나 정작 유림을 얼어붙게 만든 것은 그 아래에 쓰여 있는 내용이었다.

마케팅팀 사원 차승현 – 일본 도쿄 지사 지사장 / 부장

눈을 몇 번이고 비비고 다시 봐도 글자는 조금도 변하지 않았다.
유림의 머릿속이 하얗게 변했다.
"아니, 도쿄 지사면 귀양 가는 거나 마찬가지 아니야?"
"에이, 회장님 손잔데, 설마. 앞으로 도쿄 지사 키울 생각 아닐까?"
사람들이 쑥덕거리는 가운데 유림은 멍하니 종잇장만 쳐다보고 서 있었다.
'승현 씨가…… 일본에?'

머릿속이 너무나 혼란스러웠다.

문득 주위가 조용해지는 바람에 유림은 퍼뜩 정신을 차렸다. 언제 왔는지, 곁에 승현이 서 있었다.

"승현 씨……."

"좋은 아침이에요, 선배."

승현이 미소를 지으며 인사를 건넸다.

"잠깐 옥상에 올라가서 모닝커피 한잔할까요?"

차분한 목소리에 유림의 마음도 조금은 가라앉았다. 그래, 승현 씨도 다 생각이 있겠지.

"그래, 가자."

나란히 옥상으로 향하는 유림과 승현의 등 뒤로, 사람들의 따가운 시선이 꽂혔다.

옥상에는 크리스마스이브에 내린 눈이 아직도 쌓여 있었다.

"자요."

승현이 따뜻한 캔 커피를 뽑아 와서 유림에게 건네주었다.

잠시 침묵이 흘렀다. 유림은 무슨 말부터 해야 할지 알 수가 없었다. 승현도 마찬가지인 듯, 곁에 서서 먼 산을 바라보며 손에 든 캔 커피만 한참 만지작거리고 있었다.

"정말 가는 거야?"

유림이 용기를 내어 겨우 묻자 승현이 고개를 끄덕였다.

"네."

심장이 발밑으로 뚝 떨어지는 기분이었다. ‘그럼 나는?’이라는 말이 목구멍까지 치밀어 올랐지만 유림은 꿀꺽 삼켜버리고 말았다.

“그렇구나.”

참 이상한 일이었다. 이제부터 시작이라고, 함께 이겨내자고 손 꼭 붙잡고 다짐했던 게 바로 어젯저녁의 일인데. 오늘은 왜 이렇게 승현이 멀게 느껴지는지 몰랐다.

승현은 잠시 아무 말도 하지 않았다. 아니, 뭔가 말을 꺼내려는 듯하다가 머뭇거리고, 다시 말하려다가 또 주저하는 게 눈에 보여서 유림은 한층 더 초조해졌다.

‘나하고는 헤어지고 가려는 걸까? 프러포즈했던 건 없었던 일로 해달라고 하려는 건가?’

유림이 속으로 전전긍긍하고 있는데, 이윽고 승현이 입을 열었다.

“내가 선배한테 이런 말 하는 거, 정말 염치없는 일인 거 알고 있어요.”

유림은 눈앞이 캄캄해졌다. 정말 헤어지자는 말을 꺼내려는 거구나.

“응.”

떨림을 감추며 겨우 대답하자 승현이 불쑥 말했다.

“나, 기다려줄 수 있어요?”

“응?”

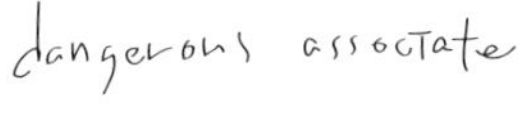

"길어야 삼 년, 아니, 이 년 정도면 돼요. 그 안에 해낼게요."

승현이 갑자기 두 손을 꼭 잡아오는 바람에 유림은 흠칫 놀랐다.

"선배 이제 며칠 있으면 서른이죠. 적은 나이도 아닌데 프러포즈까지 해놓고 이제 와서 장거리 연애 하자고 하는 거, 뻔뻔한 일인 줄 나도 알아요."

승현은 필사적으로 말했다.

"하지만 내가 정말 잘할게요. 매일 전화할게요. 한국에도 자주 올게요. 미국도 아니고 일본인데, 까짓 거 주말마다 왔다 갈 수도 있어요."

"승현 씨……."

"그러니까 나 믿고 기다려줄 수 없어요?"

승현은 초조한 얼굴을 하고 있었지만 유림은 그만 맥이 탁 풀렸다. 뭐야, 헤어지자는 말이 아니었잖아. 너무나 안심이 된 나머지 왈칵 눈물까지 났다.

"선배, 울어요?"

유림의 눈물을 보고 승현은 어쩔 줄을 몰랐다.

"미안해요, 자꾸만 울게 만들어서."

그 말에 유림은 문득 깨달았다. 승현을 좋아하게 된 후로 눈물이 늘었다는 걸.

원래 좀처럼 우는 법이 없는 유림이었다. 운동을 오래 해서 그렇기도 했지만, 아버지 없는 집의 장녀로 살다 보니 애써 씩씩해지려고 노력한 결과이기도 했다. 엄마와 동생을 자신이 지켜야 한다고 생각했으니까.

그렇게 남자인지, 여자인지도 가끔 헷갈릴 정도로 경직되어 있던 유림을 여자로 만들어준 것이 바로 승현이었다. 여자로서 사랑받는 기분을, 그 행복을 느끼게 해준 것이 승현이다.

그런 남자를 어떻게 기다리지 않을 수가 있을까.

"다 승현 씨 때문이야."

유림은 손등으로 눈물을 훔치며 투정 부리듯 말했다.

"나 원래 이렇게 툭하면 울고 그러지 않았다고. 바보같이 이게 뭐야?"

"정말 미안해요, 나 때문에 늘 힘들게만 만들고……."

어쩔 줄을 몰라 하는 승현의 품에 살며시 기대며 유림은 속삭였다.

"그러니까 책임져."

"네……?"

놀라는 승현에게, 유림은 다시 한 번 말했다.

"이 년이든, 삼 년이든 기다릴 테니까, 꼭 돌아와서 책임지란 말이야."

다음 순간 승현은 울 것 같은 얼굴을 했다.

"그럼, 기다려주겠다는 뜻이에요?"

"응."

"왜 가느냐고 물어보지도 않고요?"

승현의 품에 기대서 유림이 중얼거렸다.

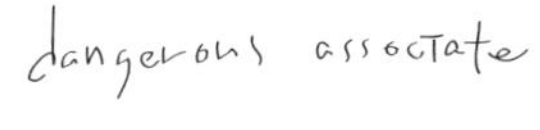

"뭔가 그래야만 하는 이유가 있겠지. 난 승현 씨 믿어."

"유림 선배……."

"헤어지자는 게 아니라 기다려달라는 거잖아. 그거라면 얼마든지 할 수 있어."

유림은 미소 지으며 농담처럼 말했다.

"하지만 너무 오래 걸리면 바람날지도 모르니까 알아서 해."

그런 유림을, 승현이 확 끌어당겨 안았다.

"내가 정말 잘할게요."

승현의 목소리도 떨리고 있었다.

"떨어져 있어도 선배 외롭지 않게 할게요. 약속해요."

"응."

"자주 만나러 올 테니까 한눈팔면 안 돼요."

"승현 씨도."

"열심히 해서 최대한 빨리 돌아올게요, 선배 곁으로."

"그래."

승현을 가만히 마주 안으며 유림이 힘주어 말했다.

"꼭 돌아와줘, 내 곁으로."

승현이 도쿄 지사장으로 발령 났다는 소식이 전해지고, 승냥이 밴드는 그야말로 초상집 분위기가 되고 말았다. 애인이 생긴 것도 모자라서 이젠 아예 얼굴도 못 보게 물 건너 가버리다니!

하지만 하늘이 무너져도 솟아날 구멍은 있다고 했던가. 침울해진 승냥이들 앞에 한 줄기 희망의 빛이 비쳤다. 승냥이 밴드에 오랜만에 신입 승냥이 한 마리가 가입해서 글을 올린 것이었다.

- 안녕하세요! 신입 승냥이, 김미영입니다.

신입 승냥이는 바로 승현과 함께 도쿄 지사로 발령이 난 여사원이었다.

- 제가 차승현 씨, 아니 지사장님 곁에서 보필하면서 최신 소식을 깨알같이 전해드리겠습니다.

오오! 승냥이들은 환호했다.

- 사진 많이 찍어서 올려줘야 돼?

- 미영 씨만 믿어!

그러나 승냥이들 중 누구도 모르고 있었다. 이 신입 승냥이의 꿍꿍이속을.

인사이동 공고를 본 현우는 유림을 사람이 없는 회의실로 불러냈다.

"대체 어떻게 된 거야?"

"예? 무슨 말씀이십니까?"

영문을 모르겠다는 듯한 유림의 표정에 현우는 부아가 치밀었다.

"차승현, 저 자식이 왜 도쿄 지사로 가는 거냐고!"

"회사에서 보내는 건데 승현 씨라고 별수 있겠습니까?"

심각한 현우와 달리 유림은 아무렇지도 않다는 표정이었다.

"차승현이 누군데 회사에서 억지로 보내겠냐? 본인이 가겠다고 했으니까 가는 거 아냐!"

"그럼 갈 만한 이유가 있나 보지요."

시종일관 담담한 유림의 태도에 현우는 불길한 생각이 들었다.

"유림이 너, 설마 저 녀석 돌아올 때까지 기다릴 생각 하는 건 아니겠지?"

돌아온 대답은 더없이 쿨했다.

"기다릴 생각인데요."

"야, 정유림!"

기어이 현우는 목소리를 높이고 말았다.

"너 제정신이냐? 너도 이제 해 바뀌면 서른 살이야. 군대 간 남친 기다리는 대학생 여자애도 아니고, 그 나이 먹고 언제 돌아올지 기약도 없는 놈을 무작정 기다리겠다고?"

"저 원래 기다리는 거 엄청 잘합니다."

"유림아!"

"선배도 십 년이나 기다렸는걸요."

유림의 조용한 말에 현우는 벼락이라도 맞은 것 같은 충격을 받았다.

"이제나 돌아봐줄까, 저제나 알아줄까, 그것만 기다리다 십 년이 가더라고요."

"유림이 너, 설마 날……?"

놀라는 현우의 표정을 보더니 유림이 씁쓸한 얼굴을 했다.

"여태 모르셨던 겁니까?"

"몰랐어. 난…… 정말이지 전혀 몰랐어."

현우는 얼떨떨하기만 했다. 유림이 자신을 10년 동안이나 좋아했다니, 믿을 수가 없었다.

"왜 진작 나한테 말하지 않았던 거야?"

"말했으면요? 선배가 받아줬겠습니까?"

"그건……."

현우는 쉬이 대답하지 못했다.

긴 세월 동안, 유림은 자신의 가장 친한 후배였지 여자는 아니었으니까. 만약에 고백을 받았더라면 굉장히 당황했을 것 같았다.

"그것 보십쇼. 여자로 보지도 않는 사람한테 어떻게 고백을 하겠습니까?"

유림이 피식 웃었다.

"뭐, 다 지난 얘기니까 괜찮습니다. 지금은 마음 정리도 다 됐으니까요."

현우는 심장이 멎을 것만 같았다.

"하여튼 선배 덕분에 기다리는 거 하난 도가 텄습니다. 하물며 승현 씨는 선배랑 달리 절 좋아해주기까지 하는데요. 그까짓 이삼 년 못 기다릴 게 뭐 있겠습니까."

안타까움과 후회로 현우는 미칠 것만 같았다.

왜, 어째서 진작 유림의 마음을 알아주지 못했을까. 그토록 오랫동안 유림이 자신을 바라보아주고 있었는데, 바보같이 왜!

"하여튼 전 먼저 들어가보겠습니다. 오늘 처리해야 될 일들이

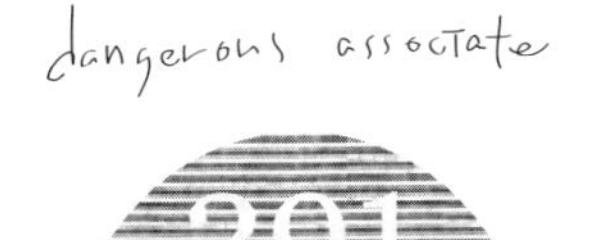

많아서요.”

“유림아.”

현우는 돌아서려는 유림의 팔을 붙잡고 매달리듯 말했다.

“한 번만 나한테 기회 줄 수 없겠냐?”

“……선배.”

유림은 당황한 기색이 역력했다.

“그렇게 오랫동안 날 좋아했다면 아직 마음이 조금은 남아 있을 거 아냐. 그러니까 한 번만, 딱 한 번만 나한테도 기회 주라.”

현우는 필사적이었다. 어떻게든 유림의 마음을 돌려놓고 싶었다.

“내가 정말 잘할게. 응? 그동안 네 마음 몰라줘서 힘들게 만든 거, 다 갚아줄 테니까……!”

그러는 현우의 눈앞에, 유림이 갑자기 손을 내밀었다.

그 손에 끼워져 있는 낯선 반지를 보고 현우는 숨을 멈췄다.

“저, 승현 씨한테서 프러포즈 받았습니다.”

현우는 심장이 멎을 것만 같았다.

“승현 씨가 일본에서 돌아오면 결혼할 겁니다.”

“……유림아.”

“그런데 선배가 이러시면 앞으론 좋은 선후배 사이로도 지낼 수가 없습니다. 그건 저한테도 괴로운 일이니까 그냥 예전처럼 대해주셨으면 좋겠습니다.”

유림이 고개를 숙였다.

“부탁입니다, 현우 선배.”

현우는 아무 대답도 할 수 없었다. 그저 마음이 찢어질 것만 같았다.

폭풍 같은 며칠이 지나갔다. 연말이라 부서 일도 바쁜 데다가, 승현은 승현대로 일본으로 떠날 준비를 하느라 눈코 뜰 새가 없었다.

환송회에 인수인계에 짐 정리에, 정신이 쑥 빠져 달아날 것 같은 스케줄이었다. 그 와중에도 승현과 유림은 최대한 함께 많은 시간을 보내려고 애썼다.

그리고 드디어 12월 31일, 승현이 일본으로 떠나는 날이 왔다.

공항으로 향하기 전에 승현은 회사에 들렀다. 마지막으로 인사를 하고 가기 위해서였다. 마케팅팀 사무실 앞 복도는 승현을 보러 온 승냥이들로 가득 차 있었다.

“승현 씨, 꼭 다시 본사로 돌아와야 해.”

“물론이죠.”

“그동안 차승현 씨 덕분에 즐거웠어요.”

“정말 고맙습니다.”

승현은 눈물을 글썽이며 아쉬워하는 승냥이들의 손을 하나하나 잡고 인사해주었다. 그리고 마지막으로 두목 승냥이 민 차장의 손을 잡았다.

"아무쪼록 잘 부탁드립니다."

그렇게만 말했지만 민 차장은 눈치 빠르게 알아듣고 웃었다.

"그렇게나 걱정돼? 유림 씨같이 씩씩한 사람이 어딨다고."

"씩씩해 보이지만 속은 굉장히 여린 사람이에요. 게다가 부서도 옮기게 돼서 당분간 굉장히 혼란스러울 겁니다."

"알았어. 다행히 우리 팀으로 오게 됐으니까 내가 잘 챙길게. 걱정 마."

"차장님만 믿겠습니다."

그렇게 말하고 승현은 민 차장의 귓가에 입을 가져가서 소곤거렸다.

"혹시 누가 유림 선배한테 집적거리거든 꼭 저한테 연락해주시고요."

"……하여튼!"

민 차장이 웃음을 터뜨렸다.

승냥이들과 작별인사를 나눈 다음은 사무실 사람들이었다.

"섭섭하지만 축하해, 승현 씨. 아니, 이제 부장님인데 축하드린다고 해야 하나?"

"오늘까지는 평사원이니까 괜찮습니다, 과장님."

"가끔 본사에도 좀 들르고 하게. 응?"

"네, 부장님."

하나하나 인사를 나누다 보니 이윽고 현우의 차례가 되었다.

"그동안 여러모로 감사했습니다, 서 대리님."

승현이 내미는 손을, 현우는 딱딱한 표정으로 마주 잡았다.

왠지 악수치고는 손아귀의 힘이 너무 세지 않은가, 하고 느끼는 순간 현우가 승현의 귀에 대고 말했다. 다른 사람들에게는 들리지 않게 낮은 목소리로.

"유림이 울리지 마라."

순간 승현은 진심으로 울컥했다. 자그마치 10년 동안이나 유림을 힘들게 했던 게 누군데?

'서 대리님이 저한테 그런 말씀 하실 입장은 아닌 것 같은데요?'

승현이 참지 못하고 그렇게 반박하려는 순간 현우가 다시금 말했다.

"이렇게 부탁한다."

승현은 현우의 얼굴을 보았다. 더없이 진지한 표정에 싸우고 싶은 마음도 사라졌다.

그래, 어쨌든 지금은 이 사람도 진심인 거다. 유림 곁에 현우를 남겨두고 가는 게 새삼 마음이 편치 않았지만, 그렇다고 이제 와서 어찌할 도리도 없었다. 그나마 유림이 부서를 옮기게 된 게 다행이라고 승현은 생각했다.

"그럴 일 없으니 걱정 안 하셔도 됩니다."

똑같이 목소리를 낮춰 그렇게 대답하고 나서 승현은 현우의 손을 놓았다.

마지막은 유림의 차례였다.

“유림 선배.”

제 자리에 앉아서 업무에 열중하고 있던 유림이, 그제야 눈을 들어 승현을 바라보았다.

“저 이제 갑니다.”

“그래, 조심해서 다녀와.”

유림의 말투는 마치 외근이라도 나가는 사람에게 인사하는 것처럼 가벼웠다.

「나 내일 공항에 안 나갈 거야.」

어제 유림은 미리 승현에게 그렇게 말했었다.

「헤어지는 것도 아니고, 그리 멀리 가는 것도 아니잖아. 그냥 잠시 떨어져 있는 것뿐인데 괜히 울고불고 수선 피울 필요가 뭐 있어?」

그런 유림의 마음을 알기에 승현도 웃으며 마주 인사를 건넸다.

“네. 그럼 다녀오겠습니다.”

마치 내일 다시 만날 사람처럼.

“그래, 멀리 안 나간다.”

유림이 승현을 향해 손을 내밀었다.

작은 손을 힘주어 잡으며, 승현은 눈으로 말했다.

‘기다려요. 반드시 돌아올 테니까.’

유림 역시 눈으로 대답했다.

‘응. 기다리고 있을게.’

8. 장거리 연애

퇴근길의 버스 정류장. 문득 칼날처럼 매서운 바람 한 줄기가 불어와, 버스를 기다리던 유림은 입고 있던 트렌치코트의 옷깃을 여미며 몸을 부르르 떨었다.

벌써 3월 중순이지만 꽃샘추위 때문에 날은 한겨울 못지않게 추웠다. 이런 날 유림이 얇은 트렌치코트 차림을 하고 있는 건 순전히 새 상사인 민 차장 때문이었다.

삼십 대 후반의 독신녀이자 열혈 커리어우먼인 두목 승냥이 민 차장은 유림을 특별히 신경 써서 잘 챙기고 이끌어주었다. 상사라기보다 마치 큰언니 같은 느낌이었다. 덕분에 유림은 어렵지 않게 홍보팀 업무에 적응할 수 있었지만, 한 가지 곤란한 점도 있었다. 바로 민 차장이 일만큼이나 패션에도 목숨 거는 패션 피플이라는 것이었다. 여자 차승현이라고 하면 딱 맞겠다.

「난 내 부하직원이 그렇게 거지꼴로 다니는 꼴 못 봐.」

유림이 홍보팀에 온 첫날부터 민 차장은 그렇게 선언했다.

「대체 그 예쁜 얼굴이랑 몸매를 왜 그렇게 학대하는 거야? 그럴 거

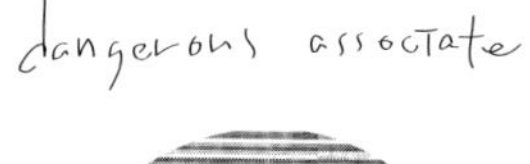

면 나나 주든가!」

그러면서 민 차장은 유림을 쇼핑에도 데려가고 직접 스타일링 해주기도 하면서 세련되게 만들려고 애를 썼다. 심지어 자기 돈으로 이것저것 사다 주면서까지.

처음에는 솔직히 귀찮기만 했던 유림도 점점 달라져가는 자신의 모습이 은근히 마음에 들었다. 그래서 요즘은 민 차장이 들볶지 않아도 가끔씩 스스로 옷이나 구두를 사거나 미용실에 가기도 했다. 장족의 발전이었다.

「어머나, 너무 예쁘다! 우리 유림 씨가 원래 센스가 없는 사람이 아니라니까?」

그럴 때마다 민 차장은 입에 침이 마르게 유림을 칭찬했다. 그게 기분이 좋아서 유림은 자기도 모르게 점점 더 스타일에 신경을 쓰게 되어가고 있었다.

예뻐지는 건 나쁘지 않다. 하지만 문제는 멋쟁이는 겨울에 춥고 여름에 덥다는 것이었다. 지난주에 민 차장과 함께 쇼핑을 가서 산 트렌치코트는 아무래도 아직 너무 일렀다.

'차장님이 뭐라고 하시든 그냥 겨울 코트 입고 나올 걸!'

유림은 덜덜 떨면서 속으로 후회했다.

"으아, 너무 추워! 벌써 3월 중순인데 이게 뭐야?"

"바보야, 그러게 누가 이런 날씨에 치마 입고 나오래?"

근처에 서 있던 커플 중의 남자가 여자친구에게 핀잔을 주면서도 제 옷을 벗어 감싸주었다. 그걸 보고 있자니 빈 옆자리가 한층 더 허전했다. 이럴 때 승현이 곁에 있었더라면 얼마나 좋을까.

「내가 선배 남자친구예요. 옷을 벗어줘도 내가 선배한테 벗어주는 거라고요. 알겠어요?」

언젠가 그렇게 말했던 승현의 목소리가 아련하게 떠올라서, 얼어붙은 유림의 입가에 희미하게 미소가 떠올랐다.

'승현 씨, 지금쯤 뭐 하고 있으려나.'

도쿄 지사에 간 이후로 승현은 눈코 뜰 새 없이 바쁜 모양이었다. 처음에는 하루에도 몇 번씩 전화가 왔지만 지금은 하루에 한 번 통화하기도 쉽지 않았다. 시간 날 때마다 한국에 오겠다고 약속했지만 결국 지금까지 딱 한 번 왔을 뿐이었다. 그나마도 유림의 얼굴만 보다시피 하고 급히 돌아갔다.

「거의 방치 상태로 있던 곳이잖아요. 할 일이 끝도 없어요.」

승현은 그렇게 말했다. 피곤에 찌든 얼굴을 보니 말하지 않아도 어떤 상황인지 알 것 같았다. 유림이 해줄 수 있는 거라고는 그저 힘내라고 말해주는 것밖에 없었다.

평소에도 유림은 승냥이 밴드에서 가끔 승현의 소식을 접하고 있었다. 승현과 함께 도쿄 지사로 발령 난 여사원 하나가 승현의 사진과 함께 근황을 가끔씩 올려주는 것이었다.

- 지사장님은 오늘도 야근 중♥

몰래 찍은 티가 나는 사진 속의 승현은 늘 일에 열중하고 있는 모습이었다.

'오늘도 야근이겠지?'

갑자기 승현의 목소리가 견딜 수 없이 듣고 싶어졌다. 하지만 왠지 전화하기가 망설여져서, 유림은 주머니에 든 휴대전화를 한참 만지작거렸다.

아무리 바빠도 전화쯤 받아주지 않을 승현이 아닌데, 일을 방해하는 꼴이 될까 봐 미안한 마음에 괜히 이쪽에서 먼저 전화하기가 점점 힘들어지고 있었다.

요즘 세상에 서울에서 도쿄면 별로 먼 거리도 아닌데 왜 이렇게 멀게 느껴지는지 모르겠다.

“하아…….”

유림이 길게 한숨을 내쉬었을 때, 주머니에서 휴대전화 진동이 느껴졌다. 흠칫 놀라서 휴대전화를 보니 마침 승현에게서 온 전화였다. 유림은 반가운 마음에 얼른 전화를 받았다.

“여보세요?”

- 나예요. 퇴근하는 길이에요?

“응, 버스 기다리고 있어. 승현 씨는 오늘도 야근이야?”

- 네. 이제 저녁 먹고 들어와서 다시 일 시작하려는 참이에요.

“너무 무리하지 마. 그러다 쓰러지기라도 하면 어떡해?”

- 열심히 해서 결과를 내야 하루라도 빨리 본사로 돌아가죠. 선배도 내가 빨리 돌아왔으면 좋겠다고 생각하지 않아요?

“그렇긴 하지만 가끔은 좀 일찍 들어가서 쉬기도 하고 그래야지.”

- 어차피 집에서 누가 기다리는 것도 아닌데요, 뭐.

잠시 대화가 끊겼다.

장거리 연애를 시작한 지 3개월째. 같은 사무실에서 매일 얼굴을 볼 때와는 달리 지금은 서로 공유하는 일상이 없다. 그러다 보니 점점 대화의 접점을 찾기가 힘들어져서 요즘은 가끔 이렇게 대화가 끊길 때가 있었다.

서로 좋아하는 마음은 조금도 변함이 없는데도, 이럴 때마다 너무나 멀게 느껴진다. 짧은 침묵이 견딜 수 없이 어색해서 유림은 날씨 이야기를 꺼냈다.

"어휴, 진짜 춥다. 그쪽은 날씨 어때?"

- 여긴 많이 따뜻해졌어요. 예년보다 벚꽃이 일찍 필 거라고 뉴스에서 그러더라고요.

승현은 그렇게 대답하더니 불쑥 물었다.

- 괜찮으면 다음 주말쯤 한번 이쪽으로 올래요?

"응? 내가?"

- 네. 선배 생일이 다음 주 일요일이잖아요.

유림은 조금 놀랐다.

그렇지 않아도 생일이 다가오는 바람에 그날은 혼자 뭘 해야 하나, 하고 생각하던 참이었다.

하지만 굳이 승현에게는 얘기하지 않을 생각이었다. 괜히 일 바쁜데 신경 쓰이게만 할 테니까.

그런데 승현이 먼저 얘기를 꺼낼 줄이야.

"승현 씨, 내 생일 알고 있었어?"

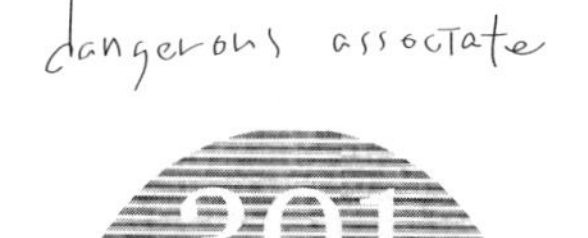

- 당연하죠. 여자친구 생일도 모르는 남자가 어딨어요?

그 말에 유림은 문득 생각나는 게 있어서 쿡쿡 웃었다.

- 갑자기 왜 웃어요?

"승현 씨가 나한테 풍선 불게 만들었던 게 생각나서. 그때도 여친 생일이랬지, 아마?"

- 그런 건 좀 잊어버려주면 안 돼요? 어차피 그다음 날 바로 헤어졌는데!

승현이 당황한 듯이 말하는 바람에 조금 놀려주고 싶어졌다.

"나 그때 볼이 터져나가는 줄 알았다? 어찌나 아팠는지."

- 알았어요, 알았다니까. 내가 이번 선배 생일은 정말 근사하게 해줄게요.

승현이 살살 꾀듯이 말했다.

- 그러니까 이쪽으로 와요. 금요일 저녁이나 토요일 아침에 와서 일요일 마지막 비행기로 돌아가면 월요일 출근에 지장 없잖아요.

"글쎄……."

유림이 조금 망설이자 승현이 열심히 말했다.

- 내가 그쪽으로 가도 되지만, 마침 벚꽃 필 때니까 꽃구경 시켜주고 싶어서 그래요. 나하고 같이 도쿄 시내 관광도 하고, 내 사무실도 구경시켜줄게요.

"나야 괜찮지만 승현 씨가 시간이 되겠어?"

- 솔직히 시간 내기 힘들긴 해요. 정말 미친 듯이 바쁘니까.

"그런데 왜?"

- 더는 못 참겠어요. 너무 보고 싶어서.

유림은 그만 얼굴이 빨개지고 말았다. 아무도 듣고 있지 않은데 괜히 주위를 살피게 된다.

- 그러니까 선배가 와줘요, 응? 내가 비행기 티켓 예약해놓을게요.

달콤하게 조르는 목소리에 유림은 항복하고 말았다.

"알았어. 갈게."

- 정말이죠? 약속했어요!

기쁜 듯이 말하는 승현에게, 유림은 주위 사람들에게 들리지 않도록 입을 가리고 조그맣게 속삭였다.

"있잖아. ……사실은 나도 많이 보고 싶어."

- 뭐라고요?

분명히 들었을 텐데도 승현은 시치미를 뗐다.

- 너무 작게 말해서 잘 안 들렸어요. 한 번만 더 말해줄래요? 이번엔 좀 크게.

하여튼, 짓궂기는. 유림이 휴대전화에 대고 눈을 흘기는데, 마침 기다리던 버스가 왔다.

"앗, 버스 왔다. 이만 끊을게!"

- 어, 말 안 해줄 거예요? 잘 못 들었다니까?

승현이 다급히 말했지만 유림은 못 들은 체 작별인사를 건넸다.

"그럼 야근 힘내고, 또 통화해!"

전화를 끊고 버스에 타는 유림의 얼굴에 은근한 미소가 피어올

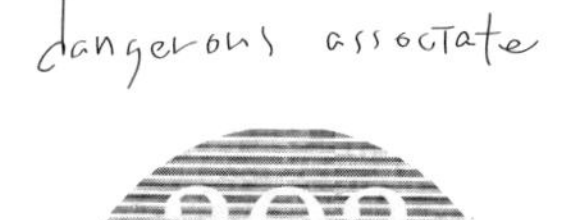

랐다.

똑똑, 노크 소리에 승현은 보고 있던 서류에서 눈조차 떼지 않은 채 대꾸했다.

"들어와요."

이윽고 문이 열리고 들어온 것은 함께 일하는 직원인 미영이었다.

본사에서 함께 도쿄로 발령받은 직원인데, 현재는 승현의 비서 역할을 하고 있었다.

"지사장님, 커피 가져왔습니다."

미영은 상냥하게 말을 건네며 책상 위에 커피 잔을 내려놓고 아침 보고를 시작했다.

"마루노이(丸ノ井) 상사의 사장 비서한테서 연락이 왔습니다. 한 번 함께 골프를 치고 싶은데, 지사장님 스케줄이 어떻게 되시냐고요."

"그래요?"

승현은 반색을 했다.

마루노이 상사는 그다지 크지 않은 규모의 무역회사였다. 그러나 마루노이 상사의 모치즈키(望月) 사장은 드림제과의 해외 투자자 중에서도 제일 많은 주식을 소유한 대주주였다. 그가 갖고 있는 주식이 무려 드림제과 전체 주식의 4퍼센트에 달할 정도였다.

어떻게든 승현의 편으로 끌어들여야 하는 상대다. 그래서 꼭 한

번 만나 인사를 하고 싶었는데, 이쪽에서 연락을 해도 좀처럼 반응이 없어서 초조해하고 있던 차였다.

"내가 그쪽 스케줄에 맞추겠다고 회신 보내도록 해요. 날짜 잡아서 연락해달라고."

"네, 지사장님. 그렇게 처리하겠습니다."

"아, 그리고."

승현은 어제 저녁에 유림과 통화했던 것을 떠올렸다.

"서울에서 도쿄로 왕복하는 비행기 표 하나만 알아봐줘요. 다음 주 토요일 아침에 제일 빨리 왔다가, 일요일 제일 늦은 시간에 이쪽에서 출발하는 걸로."

"서울에서 손님이라도 오십니까?"

"네. 정유림 씨가 오기로 돼 있습니다."

승현은 거리낌 없이 유림의 이름을 입에 담았다. 연인 사이라는 걸 모두가 알고 있는 마당에, 새삼 숨길 이유도 없었으니까.

"여권 번호는 나중에 받아서 알려줄 테니까 부탁해요."

"네, 지사장님."

미영이 나간 후, 승현은 가볍게 한숨을 내쉬었다. 아, 오늘도 기나긴 하루가 시작되는구나.

책상 위에 놓인 유림의 사진이 든 작은 액자에 대고 승현은 가만히 말을 걸었다.

"내가 얼마나 열심히 하고 있는지 알아요?"

그가 이렇게 지독하게 일하고 있는 이유는 단순했다. 그저 하루라도 빨리 유림의 곁에 돌아가고 싶어서. 사랑하는 여자 하나쯤은 내 힘으로 지켜줄 수 있는 남자가 되기 위해서.

"나, 좀 멋있지 않아요?"

사진 속의 유림은 늘 그랬듯이 대답이 없었다. 그저 승현을 향해 힘내라는 듯이 가만히 미소 짓고 있을 뿐.

그런 유림에게 승현은 빙긋 웃으며 말했다.

"자, 그럼 오늘도 파이팅!"

승현의 사무실을 나온 미영은 곧장 화장실로 향했다. 그리고 안에 아무도 없는 것을 확인한 후, 휴대전화를 꺼내 한국으로 전화를 걸었다.

- 여보세요.

세라는 금세 전화를 받았다.

미영은 이런 식으로 일주일에 한두 번씩 세라에게 전화를 해서 승현의 근황을 전하고 있었다. 애초부터 그러기 위해서 세라가 아버지인 이 사장에게 부탁해서 미영을 승현과 함께 도쿄 지사로 보낸 것이었다.

"세라니? 나 미영인데."

- 무슨 일이라도 있어?

"정유림이 다음 주 토요일에 이쪽으로 온대!"

- 그래?

세라의 목소리가 긴장감을 띠었다.

그 외에도 미영은 승현의 근황과 하고 있는 일에 대해 자세하게 전했다. 세라는 그 모든 것을 주의 깊게 듣고 난 후, 미영에게 할 일을 지시했다.

- ……그렇게 해줘. 부탁할게.

“알았어. 걱정 마.”

조금 위험한 지시였지만 미영은 망설임 없이 승낙했다. 만약에 들켜서 입장이 곤란해진대도 사장 딸인 세라가 그쯤 막아주지 못할 리 없지 않은가.

- 정말 고마워, 미영아. 내가 보답은 다 생각하고 있으니까 앞으로도 잘 부탁해.

“얘는, 친구끼리 뭘. 당연한 거지.”

그렇게 말하고 미영은 전화를 끊었다.

사무실로 돌아간 미영은 자리에 앉아 아까 연락이 왔던 마루노이 상사의 사장 비서실에 보내는 메일을 쓰기 시작했다.

- 저희 지사장님은 다음 주 일요일에 스케줄이 가능합니다.

승현이 말했던 것과는 전혀 다른 내용이었다.

유림은 승현을 만나러 일본에 갈 생각에 잔뜩 들떠 있었다.

오랜만에 승현을 만나는 것도 그랬지만, 유림으로서는 첫 해외여행이기도 했다. 승현과 함께 손잡고 벚꽃도 보고, 시내 관광도 할 생각을 하니 설레서 잠도 안 올 지경이었다. 예쁜 봄옷도 사고, 가이드북도 챙기고, 미리 환전까지 해놓고 떠나는 날이 오기만을 손꼽아 기다리는 유림이었다.

주말에도 유림은 컴퓨터 앞에 앉아 하루 종일 도쿄의 명소에 대해 검색해보았다. 벚꽃으로 유명하다는 우에노 공원에 대해 찾아보고 있을 때, 마침 승현에게서 전화가 왔다.

"어, 승현 씨!"

유림은 반갑게 전화를 받았다.

- 뭐 하고 있어요?

"그냥 집에 있지, 뭐. 있잖아, 우에노 공원 벚꽃이 그렇게 예쁘다는데, 우리 거기 가볼래? 일본 날씨 찾아보니까 도쿄는 그때쯤이면 딱 벚꽃이 만개할 때라는데."

유림이 들뜬 목소리로 말하자 승현은 왠지 힘들게 대답했다.

- 있잖아요, 선배.

"응?"

- 아무래도 다음 주에 선배 오기로 한 거, 취소해야 할 것 같아요.

유림은 놀라서 물었다.

"왜? 무슨 일이라도 있어?"

- 굉장히 중요한 사람을 만나야 해서요. 일본 쪽 대주주인데, 하필이면 다음 주말에 함께 골프를 치자고 연락이 왔어요. 웬만하면 다른 날로 바꾸자고 하고 싶지만, 도저히 그럴 수 있는 상대가 아니라서…….

승현이 미안한 듯이 말했다.

- 혹시 그다음 주에 와줄 수 없어요?

“그다음 주말에는 부서 야유회가 있어.”

- 그럼 그다음 주는요?

“갈 수야 있지만…….”

유림은 말끝을 흐렸다. 그때는 벌써 꽃이 다 져버렸을 텐데. 승현과 함께 생일을 보내며 꽃구경을 할 생각에 한껏 들떠 있던 유림은 실망이 이만저만이 아니었다.

그런 유림의 마음을 승현도 알아챈 모양이었다.

- 정말 미안해요. 많이 실망했죠? 생일인데.

생일인 건 사실 별문제가 아니다. 벚꽃 역시 마찬가지였다. 까짓 거, 보면 좋지만 못 봐도 큰일 날 건 없다.

사실 유림은 그 무엇보다도 승현이 너무 보고 싶었다. 들떠 있었던 것도 오랜만에 승현을 만날 수 있다는 기쁨 때문이었다. 그런데 일이 이렇게 되자 온몸의 기운이 다 빠져나가는 것 같았다.

‘승현 씨는 나만큼 보고 싶지는 않은 걸까.’

머리로는 그렇지 않다는 것을 뻔히 알면서도 마음은 끝도 없이 서운해졌다. 승현이 이렇게까지 말할 정도면 도저히 어찌해볼 수 없는 일인 게 분명한데……. 그런데도 유림은 마치 실연이라도 당한 것처럼 속상해서 눈물까지 나려고 했다.

사회생활 경험으로만 따지면 내가 선배인데. 연애가 대체 뭐라고, 한번 유치해지자니 끝이 없다. 그런 속마음을 승현에게 들킬

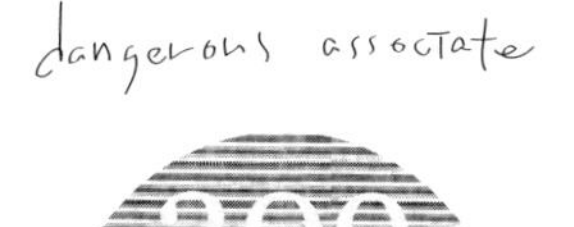

까 봐 유림은 일부러 아무렇지도 않게 대답했다.

“아냐, 일이 먼저지. 난 괜찮으니까 신경 쓰지 마.”

- 내가 먼저 와달라고 말해놓고 이렇게 돼서 정말 미안해요.

“괜찮다니까. 나 그렇게 철없지 않아.”

- 대신 그다음 다음 주에 선배 오면, 내가 꼭 시간 많이 내서 여기저기 많이 보여줄게요. 그러니까 너무 속상해 하지 마요.

아무리 유림이 속상하지 않다, 괜찮다고 말해도 승현은 계속해서 미안해 했다.

- 나도 많이 서운해요. 선배 오는 날만 손꼽아 기다리고 있었는데.

“너무 서운해하지 마. 미뤄진 만큼, 만나면 더 반갑지 않겠어?”

나중에는 오히려 유림이 거꾸로 위로해야 할 정도였다.

“그래. 그럼 내일 또 통화해.”

겨우 전화를 끊고 나서 유림은 한숨을 푹 쉬었다. 이름도 모를 그 대주주인지 뭔지가 원망스럽기 그지없었다.

“왜 하필 그날이야?”

투덜거리며 유림은 아까까지 들여다보던 인터넷 창을 꺼버렸다. 모니터 속에서 흐드러지게 피어 있던 벚꽃은 한순간에 덧없이 져버리고 말았다.

모치즈키 사장과 만나기로 약속한 당일. 승현은 약속 장소인 골

프장의 클럽하우스 이 층에 있는 커피숍에 미리 와서 앉아 상대를 기다리고 있었다.

원래 계획대로라면 지금쯤 유림을 공항에서 만나서 차에 태워 어디론가 가고 있을 시간인데.

그렇게 생각하자 절로 한숨이 나왔다. 좋아하는 여자와 데이트하는 대신에 아버지뻘 되는 상대와 따분하게 골프나 치고 있어야 하다니, 신세 한번 처량하기 짝이 없다.

그러나 승현은 곧 정신을 차렸다.

'아냐. 그렇게 생각하면 안 되지.'

어떻게든 오늘 모치즈키 사장의 호감을 사야 한다. 당초의 목적을 잊어서는 안 된다고, 승현은 자기 자신에게 타일렀다.

모치즈키 사장은 약속 시간에 정확히 맞춰 나타났다. 역시 일본인다웠다.

"はじめまして。チャ・スンヒョンと申します。宜しくお願いします。(처음 뵙겠습니다. 차승현이라고 합니다. 잘 부탁드립니다.)"

"望月です。どうぞ宜しく。(모치즈키입니다. 잘 부탁해요.)"

젊은 나이에 잘생긴 외모, 유창한 일본어 실력을 가진 승현에게 모치즈키 사장은 금세 호감을 느낀 모양이었다.

"ところで君、日本語うまいね。どこで習ったの？(그런데 자네, 일본어 참 잘하네. 어디서 공부했나?)"

말투가 금세 친근해졌다.

잠시 이런저런 대화를 나누던 끝에 모치즈키 사장이 은근히 말

했다.

『그런데 말이야. 자네한테 약혼녀가 있다고 들었는데.』

『예?』

『이 사람, 시치미 떼기는. 드림제과 이 사장 댁 아가씨라면서?』

승현은 당황했다. 그런 것까지 알고 있다니, 역시 이 사장과 교류가 깊은 대주주다웠다.

『저어, 말씀드리기 민망합니다만 그게 사실은…….』

세라와는 이미 파혼했다고 말하려 할 때였다. 갑자기 모치즈키 사장이 찡긋, 윙크를 해 보이더니 이렇게 말하는 것이 아닌가.

『이미 얘기는 다 들었네. 젊을 때는 사랑싸움도 하고 그러는 법이지.』

『예?』

『내가 화해시켜줄 테니 자네도 이제 그만 마음 풀도록 하게나.』

불길한 예감이 들었을 때는 이미 모치즈키 사장이 승현의 뒤쪽을 쳐다보며 반갑게 팔을 들어 보이고 있었다.

『이쪽으로 오게!』

뒤를 돌아본 승현은 눈을 크게 떴다. 도저히 여기 있을 리 없는 여자가, 이쪽을 향해 다가오고 있었다.

"……!"

세라가 생긋 웃으며 승현에게 인사를 건넸다.

"오랜만이에요, 승현 오빠."

승현은 제 눈을 믿을 수가 없었다. 대체 세라가 왜 여기에?

당황한 승현과는 반대로 세라의 태도는 여유로웠다. 이번에는 모치즈키 사장에게 유창한 일본어로 인사를 하는 것이었다.

『그간 안녕하셨어요, 아저씨?』

모치즈키 사장은 웃으면서 인사를 받았다.

『그래, 오랜만이구나. 도쿄에는 언제 도착했니?』

『오늘 아침에요. 공항 내리자마자 이쪽으로 오는 길이에요. 아버지께서 안부 전해달라셨어요.』

친근한 말투에서 서로 알고 지낸 지가 오래되었다는 것을 알 수 있었다.

『그런데 차 지사장한테는 미리 말하지 않은 것 같구나?』

모치즈키 사장이 승현과 세라의 표정을 번갈아 살폈다.

『네. 서로 싸우고 연락 안 한 지 좀 됐거든요. 그러니까 아저씨께 부탁드린 거 아니겠어요?』

세라가 애교스럽게 말했다.

그제야 승현은 눈치 챘다. 모치즈키 사장이 자신을 만나자고 한 것 자체가 처음부터 세라와 화해시키기 위해서였다는 걸. 비즈니스 따위는 안중에도 없었던 거다.

오늘의 만남을 위해 승현은 많은 준비를 했다. 가방 안에는 어제 밤새 준비한 서류들이 들어 있었다. 앞으로 자신이 일본에서 할 일에 대해 설명하고, 그 일을 위해 주주로서 힘을 실어주기를 부탁할 생각이었다.

그런데 이게 뭔가. 사회인으로서의 자신이 철저히 무시당한 듯

한 모욕감과 함께 세라에 대한 분노가 일었다.

『잠시만 실례하겠습니다.』

승현은 모치즈키 사장에게 양해를 구한 후 이를 악문 채 세라에게 말했다.

"세라 너, 잠깐 나 좀 봐."

한국말이었지만 모치즈키 사장도 험악한 말투를 눈치 챈 모양이었다.

『너무 딱딱하게 굴지 말게. 오죽하면 세라가 나한테까지 연락해서 자네랑 화해시켜달라고 부탁을 했겠는가?』

세라를 감싸고도는 기색이 역력한 말에 한층 더 울화가 치밀었다.

어떻게든 회사 내에서 자신의 가치를 입증해 보이고자 노력하고 있는 승현이었다. 그런데 세라 때문에 사랑싸움이나 하는 철없는 젊은 녀석으로 비쳤을 게 아닌가.

『네. 잠시만 둘이 얘기 나누고 오겠습니다.』

승현은 겨우 포커페이스를 유지하며 모치즈키 사장에게 고개를 숙여 보이고 자리에서 일어났다. 세라가 그 뒤를 따랐다.

승현은 커피숍을 나와 클럽하우스 일 층 라운지로 내려왔다. 그리고 사람이 없는 휴게실로 세라를 밀어 넣었다.

"……대체 뭐 하는 짓이야."

화가 나자 원래도 조금 낮은 편이었던 목소리가 한층 더 낮아졌다.

“화해? 설마하니 너하고 내가 싸워서 잠깐 헤어졌던 거라고 생각하고 있는 건 아니겠지.”

승현의 무서운 얼굴에도 불구하고 세라는 조금도 주눅 들지 않았다.

“나도 알고 있어요, 우리 사인 이미 끝났다는 거.”

“그럼 왜 이따위 짓을 벌인 거지?”

“오빠를 도와주고 싶어서요.”

전혀 생각하지 못했던 대답에 승현은 잠시 할 말을 잃었다. 세라가 고개를 치켜들고 승현을 똑바로 바라보았다.

“오빠가 회사에서 자리 잡기 위해서 얼마나 열심히 하고 있는지 알고 있어요. 그게 얼마나 힘든 일인지도요.”

“그런데?”

세라가 작게 한숨을 쉬었다.

“아빤 아직 우리가 끝났다고 생각하지 않으세요. 잠시 오빠가 한눈판 것 정도로만 생각하고 계시죠. 하지만 결국 사실을 알게 되시면 더 이상 오빠 편이 되어주진 않으실 거예요. 아니, 편이 되기는커녕 그 반대일 수도 있죠.”

승현은 차갑게 코웃음 쳤다. 그쯤이야 누가 생각하지 못했을까 봐.

“그래서, 지금 협박하는 거야?”

“아녜요!”

세라가 강하게 부정했다.

"오빠가 회사에서 입지 굳힐 수 있게 돕고 싶었어요. 아빠가 아시기 전에 말이에요."

"그래서 날 모치즈키 사장과 만나게 했다?"

"그래요. 사장님, 오빠가 꼭 잡아야 하는 분이에요. 물론 본인이 가지고 있는 주식도 많지만, 다른 주주들에 대한 영향력도 굉장해요. 저분이 결정하면 다른 일본인 주주들은 웬만하면 다 따를 거예요."

"다 아는 사실 말고 결론을 말해."

승현이 차갑게 말했다.

"문제는 전처럼 아빠가 승현 오빠를 믿지 않는다는 거예요. 결혼식장 들어가기 전까지는 아예 남이라고 생각하겠다고도 말씀하셨어요. 그래서 말인데, 아마도 아빠가 모치즈키 사장님께 오빠하고 거리를 두도록 귀띔하신 것 같아요."

승현의 심장이 쿵 하고 내려앉았다.

'그래서인가? 내가 계속 연락해도 모치즈키 사장이 반응이 없었던 게?'

세라가 한숨을 지었다.

"그걸 알고 나니까 가만히 있을 수가 없었어요. 그래서 오빠랑 싸웠다고, 화해시켜달라는 핑계를 대서라도 모치즈키 사장님이랑 오빠를 만나게 해주고 싶었던 거예요. 별로 좋은 핑계는 아니었던 거 같지만 그 방법밖엔 없었어요."

듣고 보니 딴은 납득이 가는 이야기였다. 단 한 가지만 빼고.

"그렇다 치고."

승현은 세라의 눈을 똑바로 보며 물었다.

"그래서, 넌 왜 나를 도우려는 거지? 우리 약혼은 끝났잖아. 내가 회사 내에서 자리를 잡든, 못 잡든 너하고는 전혀 상관이 없을 텐데."

세라는 승현의 시선을 피하지 않았다. 오히려 정면으로 똑바로 응시해 오며 말했다.

"아직도 좋아하니까요."

"……!"

"오빠랑 정 선배 사이에서 못되게 굴어서 미안해요. 하지만 그것도 다 오빠를 진심으로 좋아해서 그랬던 거예요."

세라는 눈물까지 글썽이며 열심히 말했다.

"절 이용하세요, 오빠. 전 아빠 따라서 모치즈키 사장님 말고도 다른 일본인 주주분들도 자주 만나왔어요. 저를 조카딸이나 손녀처럼 생각해주시는 분들도 계세요. 그러니까 저하고 같이 인사도 다니고……."

"필요 없어."

승현은 끝까지 듣지 않고 중간에 말을 잘랐다. 세라의 표정이 확 굳어졌다.

"오빠! 절 못 믿으시는 거예요? 전 정말로 순수하게……!"

"순수하든, 아니든 상관없어. 네 의도 따위 알고 싶지도 않아. 그냥 나는 네 도움이 필요 없다고 말하고 있는 거야."

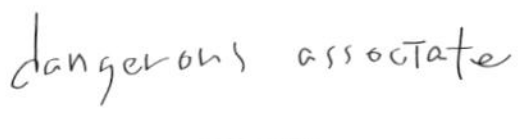

승현의 목소리는 차갑고도 단호했다.

세라의 아버지의 힘에 기대지 않아도 될 수 있게, 홀로 서겠다고 일본 지사까지 왔다. 그런데 여기까지 와서 또 세라에게 기대라고? 백 번 실패하고 천 번 넘어지는 한이 있어도 사양이었다.

"모치즈키 사장님 체면도 있으니 같이 식사하는 것까진 참아주겠어."

하얗게 질려 있는 세라에게, 승현은 통보하듯 말했다.

"이번이 마지막 경고야. 오늘 이후로 두 번 다시는 내 눈앞에 나타나지 마라."

클럽하우스 내의 레스토랑에서 셋이 함께 점심식사를 했다. 모치즈키 사장은 일본인치고는 상당한 애주가인 듯, 아직 점심인데도 와인을 곁들였다. 승현은 그다지 마실 기분이 아니었지만 주는데 마다할 수도 없는 노릇이었다.

『자, 자네들도 한 잔씩 하게.』

별로 즐거운 자리가 아니어서일까. 겨우 한두 모금 마셨는데 정신이 몽롱해지는 기분이 드는 것이, 오늘따라 술이 안 받는 모양이었다.

『라운딩도 하셔야 하는데 술은 이쯤 해두시지요.』

『라운딩이야 핑계고, 두 사람만 화해시키면 내 일은 끝나는 건데 마셔야 하지 않겠나?』

모치즈키 사장이 즐거운 듯이 말했다.

아무래도 이대로 오해하게 내버려두면 안 되겠다는 생각이 들었다. 승현은 속으로 잠시 고민해보고 나서 정면 돌파를 선택했다.

『신경 써주셔서 감사합니다만 사실 저희는 이미 파혼한 사입니다. 제게는 따로 결혼할 여자도 있습니다.』

『아니, 그게 무슨 말인가?』

모치즈키 사장이 크게 당황한 얼굴로 세라를 쳐다보았다. 세라가 시무룩하게 중얼거렸다.

『죄송해요, 아저씨. 전 그저 오빠를 아저씨께 소개해드리고 싶어서…….』

『아니, 이게 무슨…….』

모치즈키 사장은 당혹스러운 표정을 감추지 못했다.

『이제 일본 지사에 온 지 얼마 안 됐습니다만, 앞으로 해나가야 할 일이 많습니다. 그중에서는 사장님 같은 주주들께서 지지해주셔야 추진할 수 있는 일도 있습니다. 오늘은 자리가 적당하지 않은 것 같으니, 추후 시간을 내주시면 다시 만나 뵙고 따로 설명을 드리도록 하겠습니다.』

부탁에 가까운 말이었지만 승현의 태도는 어디까지나 당당했다. 그런 태도가 오히려 모치즈키 사장의 마음에 든 모양이었다.

『솔직히 말해서 그룹 회장 손자가 젊은 나이에 지사장으로 왔다기에 별로 탐탁하게 생각하지 않았는데, 이제 보니 자네 꽤 멋진 친구구먼?』

모치즈키 사장이 너털웃음을 터뜨렸다.
『좋아. 내 다음 주 중으로 다시 시간 내도록 하지. 일 얘기는 그때 하세.』
『고맙습니다.』
모치즈키 사장이 먼저 술잔을 들자 승현도 따라서 잔을 들었다.
『건배!』
와인 잔을 치켜드는 두 사람을, 세라가 묘한 미소를 띠고 바라보고 있었다.

같은 시간, 유림은 밖에서 민 차장을 만나고 있었다.
백화점 내에 있는 아기자기한 분위기의 이탈리안 레스토랑은 여자 둘이 마주앉아 식사하기에 딱 좋았다.
"유림 씨 먹고 싶은 거 다 시켜. 스테이크 뭘로 할래?"
"아닙니다, 차장님. 전 그냥 파스타나 먹으면 됩니다."
유림이 사양하자 메뉴를 보던 민 차장이 무슨 소리냐는 듯이 눈을 흘겼다.
"무슨 소리야? 생일날 남자친구 놔두고 노처녀 상사랑 만나는 것도 처량한데, 밥이라도 맛있는 거 먹어야지."
유림은 언니처럼 마음을 써주는 민 차장에게 고마움을 느꼈다. 오늘도 생일날 혼자 집에서 심심해하고 있을까 봐 일부러 불러내준 것이 아닌가.

"고맙습니다, 차장님."

"고마워할 거 없어, 다 미래를 향한 투자니까."

민 차장이 웃음기 섞어 말했다.

"나중에 차승현 씨랑 결혼해서 사모님 돼도 나 잊지 말기다?"

"예, 안 잊겠습니다."

웃으며 대꾸할 수 있는 것은 순전히 농담이라는 걸 알기 때문이었다. 정말로 그런 생각이 있으면 평소에 회사에서부터 비위를 맞추려 들겠지.

하지만 일에는 철저한 민 차장답게, 아무리 아끼는 부하직원인 유림이라도 실수할 때는 거침없이 지적하곤 했다. 이끌어줄 때는 확실하게, 질책할 때는 따끔하게. 그런 민 차장의 스타일이 유림의 성격과도 딱 맞아들어, 오히려 함께 일하기가 편했다.

"농담이고, 나 유림 씨랑 일하는 거 정말 좋아서 그래."

주문을 마치고 난 민 차장이 말했다.

"무슨 일이든 열심이고, 시킨 일은 군말 없이 해내고, 싫은 소리 좀 했다고 다른 여자애들처럼 꽁해 있거나 눈물 찔끔대지 않고. 예전 부서에서도 상사들이 왜 예뻐했는지 알겠어."

"과찬이십니다."

"그러니까 우리 앞으로 쭉 같이 가자. 나만 믿고 따라와."

"예, 차장님."

이윽고 주문한 음식들이 나왔다.

"근데 차승현 씨는 오늘 뭐 한다고?"

"일본 쪽 대주주 만나서 골프 치러 간다고 했습니다. 굉장히 중요한 일인가 봅니다."

"그렇구나. 승현 씨도 멀리서 고생이 많네, 유림 씨 많이 보고 싶을 텐데."

민 차장이 가볍게 한숨을 쉬었다.

"그래, 장거리 연애는 어때? 할 만해?"

"글쎄요. 뭐랄까……."

유림은 스테이크를 썰던 손을 잠시 멈췄다.

"생각이 많아지는 것 같습니다."

"생각?"

"예. 서로 마음은 잘 알고 있으면서도 자꾸만 서운해지는 일이 생기고, 전화로는 그걸 또 솔직하게 말할 수가 없고……."

"아, 느낌 알겠다."

민 차장이 고개를 끄덕였다.

"나도 옛날에 부산 사는 남자랑 장거리 연애 해봤거든. 한번은 전화로 밤새 울고불고 싸웠는데 결론이 안 나는 거야. 결국 그 남자가 새벽같이 첫차 타고 서울로 올라왔지. 근데 어떻게 됐는지 알아?"

"어떻게 됐습니까?"

"서로 얼굴 보는 순간 동시에 웃음이 나오면서 풀려버렸어."

그때 생각이 나는지 민 차장이 피식거렸다.

"이게 참 신기한 게, 얼굴 보고 얘기하면 금세 풀릴 일인데도 멀리 떨어져서 전화로만 얘기하면 그렇게 되더라고. 왠지 자꾸 대화가 겉돌고, 상대가 멀게 느껴지고, 작은 일도 너무너무 서운하게 느껴지고."

유림은 마음 깊이 공감했다.

"예, 저도 딱 그런 것 같습니다."

"그래도 유림 씨는 잘해나가고 있는 것 같아서 다행이네."

민 차장이 미소 지었다.

"승현 씨 마음은 내가 잘 아니까, 유림 씨는 그저 무슨 일이 있어도 승현 씨 믿으면 돼."

"예, 차장님. 그렇게 하겠습니다."

유림은 힘주어 고개를 끄덕였다. 응원을 받자 마음이 얼마나 든든한지 몰랐다.

"자, 어서 먹자. 얼른 먹고 내려가서 폭풍 쇼핑해야지. 내가 미리 봐둔 원피스가 있는데, 딱 유림 씨 스타일이야."

"혹시 또 지난번 것처럼 짧은 겁니까?"

"어머, 짧으면 좀 어때서? 유림 씨처럼 늘씬하고 다리도 긴 사람이!"

민 차장이 눈을 둥그렇게 떴다.

"봐봐, 유림 씨 같은 경우는 화려한 것보다는 오히려 시크한 스타일이 어울리는데……."

자연스럽게 시작된 민 차장의 스타일링에 대한 강의를 한 귀로 흘려들으며, 유림은 마음속으로 승현을 떠올리고 있었다.

승현 씨는, 지금쯤 뭘 하고 있을까?

『아니, 이 친구, 원래 이렇게 술이 약했던 거냐?』

모치즈키 사장이 곤란하다는 표정으로 승현을 바라보았다. 승현은 테이블에 이마를 대고 기절하듯 잠들어 있었다.

『겨우 와인 한 잔 한 것뿐인데 이렇게 인사불성이 돼버리다니, 한국인 중에도 이런 사람이 있기는 있군.』

『오빠가 원래 술이 많이 약해요.』

세라가 말했다.

『그래서 실수할까 봐 밖에선 잘 안 마시는데, 오늘은 아저씨가 주시니까 억지로 먹었나 봐요.』

『아니, 못 마시겠으면 말을 하지……, 쯧쯧.』

모치즈키 사장이 혀를 찼다.

『제가 오빠 비서를 아니까 연락해서 집에 데려다놓으라고 할게요.』

휴대전화를 꺼내며 세라가 말했다.

『그리고 죄송하지만 저 하나만 더 부탁드릴게요.』

『말해보렴.』

『저한테 신세 진 거 알면 오빠가 싫어할 거예요. 그러니까 오빠한테 휴대전화로 메시지 하나만 보내주세요. 아저씨 비서가 오빠 비서한테 연락해서 집에 데려다놓은 걸로요.』

『그거야 뭐 어렵겠니.』

『정말 고맙습니다, 아저씨. 제가 나중에 연락드릴게요.』

모치즈키 사장을 보내고 나서 세라는 어디론가 전화를 했다. 몇 분도 지나지 않아 건장한 사내 둘이 올라왔다. 미리 대기시켜놓았던 사람들이었다.

『저 사람 부축해서 차로 옮겨요. 혹시나 사람들이 수상하게 생각할 수 있으니까 술 취한 친구를 옮기는 것처럼 자연스럽게 굴어야 해요.』

세라가 잠든 승현을 턱짓으로 가리키며 말하자 둘 중 한 사내가 걱정스럽게 물었다.

『혹시 옮기는 도중에 깨면 어떡하지요?』

『걱정 마요. 최소한 내일 아침까진 세상모르고 잠들어 있을 테니까.』

세라가 자신 있게 말했다.

물론 승현은 술에 취해서 잠들어 있는 게 아니었다. 아까 승현이 모치즈키 사장과 이야기하는 틈을 타서 세라는 그의 와인 잔에 미리 준비해 온 약을 살짝 탔다. 매우 강력한 수면제였다.

생각대로 승현은 와인 한 잔에 완전히 곯아떨어지고 말았다.

『아, 이 친구 낮술에 이렇게 취하면 어떡하나?』

『그러게 말이야. 이봐, 정신 차리라고!』

두 남자가 각각 승현의 양쪽에서 부축하고 레스토랑을 나가는 것을, 뒤에 남은 세라가 마치 남의 일이라도 보듯 무미건조한 시

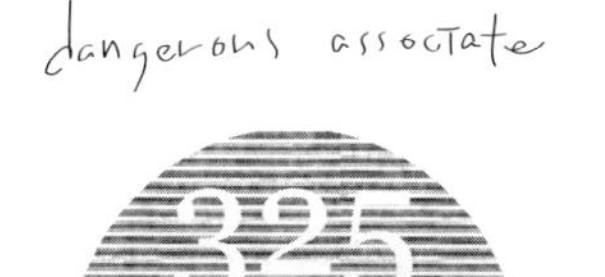

선으로 바라보았다.

“대체 이 시간까지 뭘 하고 있기에 전화도 없는 거야?”

잠옷 차림의 유림이 침대 헤드에 기대 무릎을 끌어안고 중얼거렸다. 손에는 휴대전화가 단단히 들려 있었다. 하루 종일 먹통이 돼버린 휴대전화가.

벌써 밤 11시였다. 하지만 승현에게서는 하루 종일 연락이 없었다.

바쁜 사정이야 물론 이해한다. 하지만 생일 축하한다는 전화 한 통 못 할 것까지야 없지 않을까.

‘같이 골프 치고 나서 늦게까지 술이라도 먹고 있나 보지.’

애써 그렇게 이해하려 했지만 섭섭한 것은 어쩔 수 없었다. 아무리 어려운 사람과 함께 있다 해도, 화장실을 핑계로 잠시 일어나서라도 전화해줄 수 있는 거 아닌가.

‘먼저 전화를 해볼까? 아니, 괜히 전화했다가 일 방해하게 되면 어떡해.’

한참 머리를 싸매고 고민하다 유림은 문득 서글퍼졌다. 대체 언제부터 이렇게 승현에게 전화 한 번 하기가 어려워진 걸까.

‘받기 곤란한 상황이면 알아서 끊겠지, 뭐. 남자친구한테 전화하는 게 죄도 아니고.’

그렇게 생각한 유림은 용기를 내서 전화를 걸었다.

뚜, 뚜, 뚜.

신호음이 묵직하게 떨어질 때마다 유림의 심장도 따라서 쿵쿵 울렸다. 그리고 잠시 후, 드디어 신호음이 끊기고 통화가 연결되었다.

"승……."

유림이 반가움에 승현의 이름을 부르려고 한 순간, 저편에서 목소리가 들려왔다.

- 여보세요.

졸린 듯, 조금 나른한 목소리는 분명 여자의 것이었다.

"……!"

유림은 화들짝 놀라서 그대로 전화를 끊어버리고 말았다. 마치 죄라도 지은 사람처럼 가슴이 세차게 뛰었다.

'뭐지? 잘못 걸었나?'

그러나 휴대전화를 다시 확인해봐도 틀림없이 승현의 번호로 전화한 게 맞았다.

왜 이 시간에 여자가 승현의 전화를 받는단 말인가.

'설마…… 다른 여자랑 함께 있는 거야?'

다음 순간, 유림은 자신을 속으로 크게 꾸짖었다.

'무슨 생각을 하는 거야, 멍청아! 승현 씨가 그럴 리가 없잖아?'

틀림없다. 하루 종일 연락이 없었던 것도, 여자가 전화를 받은 것도 다 뭔가 그럴 만한 이유가 있어서일 거다. 일본이 아니라 아프리카, 아니, 저 멀리 남극에 가 있다 해도 승현은 자신을 배신할 사람이 아니니까.

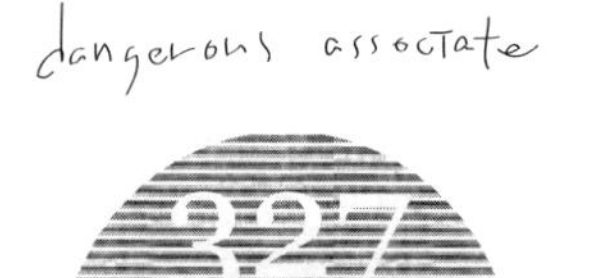

다시 전화해서 자신을 밝히고 누구시냐고 물어볼까, 생각했지만 왠지 용기가 나지 않았다.

'내일 물어보자. 국제전화니까 어쩌다 잘못 연결된 걸 수도 있지, 뭐.'

애써 그렇게 생각하며 유림은 억지로 불을 끄고 잠을 청했다. 그러나 잠은 쉬이 오지 않았다.

"……전화 끊는데?"

승현의 휴대전화를 귀에서 떼며 미영이 말했다. 방금 유림에게서 온 전화를 받은 참이었다.

"그래? 혹시 다시 전화 오면 이번엔 받지 말고 그냥 놔둬."

세라가 대답했다.

두 사람이 있는 곳은 승현의 집 거실이었다. 방 안에서는 승현이 세상모르고 잠들어 있었다.

"자, 이제 우린 가자. 안에 있는 사람은 아침까지 푹 자게 놔두고."

자리를 털고 일어나는 세라를, 미영이 의아한 눈으로 쳐다보았다.

"정말 이게 끝이야?"

"그럼, 뭘 더 해? 이거면 됐지."

세라가 되물었다.

"아니, 모처럼 기회가 생겼는데 좀 더 확실한 방법도 있잖아. 침

대에 둘이 같이 누워 있는 사진을 찍어서 승냥이 밴드에 올린다든가, 아님 익명으로 회사에 뿌린다든가."

말하다 말고 미영이 손가락을 딱 튕겼다.

"아! 아니면 내가 지금 다시 정유림한테 전화해서, 누구신데 우리 오빠한테 전화했냐고 따지는 건 어때? 예전에 인사 한 번 한 게 전부라서 아마 내 목소리 기억 못 할 텐데."

"너 지금 드라마 찍니?"

미영의 말에 세라가 갑자기 소리 내어 웃었다.

"그렇게 뻔한 짓을 해봤자 도리어 의심만 사지. 그 의심, 결국 누가 받겠니?"

"그런가?"

"그래. 티 안 나게 조금씩 떡밥을 던져줘야지."

세라가 어깨를 으쓱했다.

"오래 걸리진 않을 거야. 가뜩이나 장거리 연애가 쉬운 게 아니거든."

미영은 감탄했다. 역시 세라는 출신이 귀족이라 그런지, 뭐가 달라도 다르구나!

"아, 그럼 둘이 헤어질 때까지 기다렸다가 지사장님하고 다시 잘해보려는 거니?"

"아니, 차승현이랑은 끝났어."

하지만 세라는 고개를 저었다.

"보아하니 정유림이랑 헤어지든, 안 헤어지든 나한테 돌아오진

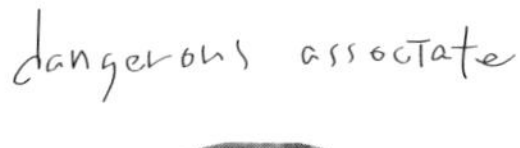

않을 것 같아."

미영은 놀랐다.

"저기, 세라야. 근데 지사장님이랑 다시 잘해볼 생각 없으면 왜 이렇게 하는 거야?"

자칫 세라의 기분을 상하게 할까 망설이며, 미영은 물었다.

"그냥, 차승현이 정유림이랑 헤어졌으면 좋겠으니까."

티 없이 해맑은 얼굴로 미소까지 지으며 하는 말에 미영은 순간적으로 오싹했다.

"뭐……?"

"나랑 끝난 것까진 좋아. 하지만 그 여자랑은 절대 안 돼."

그제야 미영은 세라가 무슨 생각을 하고 있는지 알았다. 자신이 가지지 못하면 남도 가지지 못하게 만들겠다는 뜻이 아닌가.

"두고 봐. 천천히, 하나씩 다 빼앗아줄 테니까."

승현이 잠들어 있는 방 쪽을 노려보며 세라가 음산하게 말했다.

"정유림이든, 드림제과든."

잠시 보는 사람의 간담이 서늘해지게 만드는 표정을 하고 있던 세라는, 그러나 금세 평소의 미소 짓는 얼굴로 돌아와 미영을 바라보았다.

"그러니까 앞으로도 네가 나 많이 도와줘야 해, 미영아. 그래줄 거지?"

"으, 응."

이마에 식은땀이 배어났지만, 고개를 끄덕이는 것 외에 미영이

할 수 있는 일은 없었다.

다음 날 아침. 출근해서 화장실에 갔던 유림은 문득 안에서 들려오는 말소리에 문 앞에서 걸음을 멈췄다.

"있잖아, 정유림 씨 말이야, 지사장님이랑 아직 만나고 있는 거 맞아?"

엿들을 생각은 없었지만 듣지 않을 수가 없었다. 유림은 저도 모르게 귀를 기울였다.

"글쎄, 만나고 있는 거겠지? 헤어졌단 얘기 없잖아."

"근데 만나고 있는 눈치도 없잖아? 승냥이 밴드에도 맨날 김미영 씨가 소식 올리지, 오히려 정유림 씨는 아무 말도 없고."

"그러게. 어제 밴드에 유림 씨 생일 알림 뜨던데, 지사장님 만난다는 얘기 못 들었지?"

"전혀. 지사장님 엄청 바쁘다고 미영 씨가 그러잖아?"

"아무리 바빠도 여친 생일에 잠깐 못 와볼 건 뭐래? 서울에서 도쿄랬자 겨우 두 시간 거린데, 맘만 먹으면 당일치기로라도 오겠구만."

마음이 아팠다. 사실 틀린 말도 아니었기에 더더욱.

밖에서 유림이 듣고 있는 것도 모르고 승냥이들의 수다는 계속되었다.

"하긴 말이야 바른말이지, 사실 처음부터 어울리는 상대가 아니었잖아? 어차피 결혼까지 갈 것도 아니고."

"그렇지, 결혼은 힘들겠지?"

"당연하지. 회장님이 퍽이나 허락하시겠다."

"정유림 씨도 안됐다. 결국 사내연애 하다가 헤어지면 손해 보는 건 여자 쪽인데."

"그러게. 유림 씬 사람 참 괜찮은데."

자못 안됐다는 듯한 말투에 유림은 조용히 입술을 깨물었다.

사람들이 뒤에서 수군거리는 거야 하루 이틀 일도 아니었다. 사귄다는 게 알려졌을 때부터 계속 당해왔던 일이다. 승현이 일본으로 떠난 이후로는 더 심해졌고.

하지만 그동안은 대수롭지 않게 넘길 수 있었던 것이, 오늘은 왠지 듣기가 괴로웠다. 도저히 안으로 들어갈 수가 없어서 유림은 그대로 발걸음을 돌리고 말았다.

눈부신 햇살에 승현은 눈을 떴다. 느낌상 꽤 오래 잔 것 같은데, 푹 자고 일어난 후의 상쾌함 대신에 묵직한 두통과 찝찝함이 뒤에 남았다.

"어떻게 된 거지……."

몸을 일으키며 승현은 중얼거렸다. 분명 자신의 방 침대인데 어떻게 돌아왔는지 전혀 기억이 나지 않았다.

'그러니까, 모치즈키 사장과 미팅 중이었는데…….'

기억을 더듬던 승현의 눈이 순간적으로 커다래졌다. 분명 점심 식사 중이었던 것까지는 기억에 있는데, 그 이후가 새하얗게 날아가버린 게 아닌가!

다급하게 탁상시계의 날짜 부분을 확인하자 놀랍게도 월요일, 그것도 벌써 오전 11시였다.

눈앞이 캄캄해졌다. 꼬박 하루가 지났단 말이야? 승현은 잠시 패닉에 빠졌다.

대체 이게 어떻게 된 일인가.

일단 휴대전화부터 찾아야 했다. 다행히 휴대전화는 소파에 걸쳐져 있던 양복 주머니에 곱게 들어 있었다.

- 望月です。(모치즈키입니다.)

휴대전화를 켜자 일본인답게 공손하게 제목을 붙인 메시지가 도착해 있었다.

- 식사 중에 와인 한 잔 했다고 잠들어버리다니, 꽤나 피곤했던 모양이더군. 깨우기가 안됐기에 자네 비서에게 연락해서 집에 데려가라고 했네. 개의치 말고 푹 쉬고 일어나게나. 일 얘기는 조만간 따로 한번 만나서 하도록 하세. 내 연락하겠네. -

가슴이 철렁했다. 승현은 머리카락을 손으로 난폭하게 헝클어뜨리며 나지막이 내뱉었다.

"미치겠네……!"

그렇지 않아도 요즘 너무 무리하기는 했다. 원래 매일같이 야근을 해왔지만 요 며칠 동안은 정말 하루에 두세 시간씩 자면서 일했

다.

이유는 유림 때문이었다. 아무리 일 때문이라지만 유림의 생일을 챙겨주지 못하게 된 게 마음에 걸려 견딜 수가 없었다.

그래서 바로 다음 주말에 한국에 갈 셈이었던 것이다. 이번에는 지난번처럼 급하게 가서 얼굴만 보는 게 아니라 주말 내내 유림과 함께 시간을 보내고 돌아오려고 했다.

유림이 부서 야유회가 있다고 했지만, 그것도 못 가게 할 작정이었다.

주말 내내 일을 못 하게 되면 당연히 공백이 생긴다. 그래서 미리 그만큼 일을 해놓고 갈 생각에 무리를 하긴 했지만, 그렇다고 그 중요한 자리에서 와인 한 잔에 기절하듯 잠들어버릴 줄이야.

승현은 자기 자신이 한심해서 견딜 수가 없었다. 모치즈키 사장이 자신을 대체 어떻게 봤을까. 말이야 개의치 말라고 했지만 어이없는 녀석으로 보였을 게 틀림없었다.

그뿐인가. 어제는 유림의 생일이었는데 결국 축하한다고 전화 한 통 못 했다.

승현은 안타까워 미칠 것만 같았다. 잘해주고 싶은데, 웃게 해주고 싶은데. 왜 자꾸 이렇게 어긋나기만 하는 건지. 생일날 와주지는 못할망정 전화 한 통 없는 자신 때문에 유림이 얼마나 외롭고 속이 상했을까.

생각만 해도 마음이 아팠다.

출근도 급했지만, 일단 유림이 먼저라는 생각에 승현은 곧바로 통화 버튼을 눌렀다.

근무시간이어서일까. 유림은 한참 후에야 전화를 받았다.

- 여보세요.

유림의 목소리는 평소와 확연히 다르게 착 가라앉아 있었다. 화가 난 거라고 승현은 생각했다.

하기야 아무리 이해심 많은 유림이라도 화날 수밖에. 그래서 승현은 일단 무조건 사과부터 했다.

"나예요, 선배. 어제 생일인데 하루 종일 연락도 못 하고, 정말 미안해요. 속상했죠?"

- 아니야.

유림은 간단하게 대답하고는 되물었다.

- 어제 무슨 일 있었어?

"미안해요. 많이 걱정했죠?"

- 응.

"요즘 많이 피곤했었나 봐요. 골프장에서 집으로 돌아오자마자 그대로 기절해버려서, 눈 떠보니까 이 시간이지 뭐예요. 아마 내가 여태 출근 안 해서 지금쯤 사무실 뒤집혔을 거예요."

승현은 그렇게만 얘기했다. 미팅 중에 기절하듯 잠들었다고 사실대로 얘기하면 유림이 너무 걱정할까 봐.

"그래서 생일 축하한다는 전화도 미처 못 했어요. 정말 미안해요."

평소 같으면 '아 그랬어? 많이 피곤했나 보네.' 하고 도리어 걱정

해줄 유림이었다.

그런데 왠지 유림은 확인하듯 다시 묻는 것이었다.

- 그럼 밤새 계속 잤던 거야?

“네.”

- 집에 혼자 있었던 거지?

문득 승현은 이상하다는 느낌을 받았다.

“당연하죠. 그런데 그건 왜 묻는 거예요?”

승현이 되묻자 유림은 얼버무리듯 말했다.

- 아, 전화가 좀 잘못 걸렸었나 봐.

“네?”

- 아무것도 아냐. 별거 아니니까 신경 쓰지 않아도 돼.

하지만 승현은 이미 이상한 낌새를 알아챈 후였다.

‘지금 나, 의심받은 건가?’

믿을 수가 없었다. 유림이 자신을 의심하다니!

사실 입장 바꿔 생각해봐도 참 어이없는 일이긴 했다. 생일날 하루 종일 연락 두절이라니. 하지만 유림이 자신을 의심하리라고는 한 번도 생각해보지 않았던 승현은 충격을 받았다.

‘유림 선배만은 무슨 일이 있어도 날 믿어줄 줄 알았는데.’

연애라는 건 믿음이 기본이다. 특히 장거리 연애는 더더욱. 그 믿음에 미세하게나마 금이 간 것을 발견하자 승현은 불안감에 휩싸였다.

“대체 무슨 일인데 그래요?”

심각하게 묻자 그제야 유림이 대답했다.

- 사실은 어젯밤에 내가 전화했었거든. 근데 웬 여자가 받기에…….

"여자요?"

- 응. 여보세요, 하는데 깜짝 놀라서 내가 끊어버렸어.

승현은 어이가 없었다.

'미영 씨가 대신 받았나?'

그렇게 생각해봤지만 미영이 연락을 받고 자신을 집에 데려다 놓은 건 낮의 일이었을 터다. 유림이 밤에 걸어 온 전화를 받았을 리가 없다. 혹시나 싶어 통화를 유지한 채로 휴대전화의 송수신 목록을 살펴봤지만, 어젯밤 유림에게서 전화가 왔던 기록은 없었다.

승현은 다시 휴대전화에 대고 잘라 말했다.

"전화가 잘못 걸렸든지, 하여튼 뭔가 잘못된 거겠죠. 어제 선배한테서 전화 온 기록 없어요."

- 그래?

"그럼요. 내가 그 시간에 여자랑 함께 있었을 리가 없잖아요."

- …….

대답이 없었다. 승현은 초조해져서 재촉했다.

"유림 선배, 나 믿는 거죠?"

그제야 유림은 대답했다.

- ……응, 믿지.

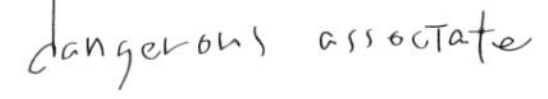

하지만 왠지 승현의 귀에는 썩 시원치 않게 들리기만 했다.

다음 날이었다.

유림이 나른한 오후의 졸음을 커피 한 잔으로 겨우 이겨내고 있는데, 문득 사내 메신저 창이 모니터에 떴다.

- 정유림 선배님, 저 김미영이에요! 자리에 계세요?

도쿄 지사의 미영이었다. 실제로 만난 것은 예전에 잠시 인사 한 번 나눈 게 전부였지만, 승냥이 밴드에서 가끔 안부를 주고받다 보니 어느 정도 가까워진 사이였다.

마침 졸렸던 유림은 반갑게 대답했다.

- 예, 미영 씨. 무슨 일이십니까?

- 일본에 오셨으면 저한테도 연락 좀 주시지 그랬어요! 저 밥 사주기로 약속하셔놓고.

유림은 당황해서 되물었다.

- 예? 그게 무슨 말씀이십니까?

- 에이, 저한테까지 시치미 떼시기예요?

미영이 찌푸리는 듯한 이모티콘을 뒤에 붙였다.

- 여기 왔다 가셨잖아요! 어제 아침에 지사장님 댁에서 나오는 거, 본 사람이 있는데요?

잠이 확 달아났다.

미영의 말에 유림은 잠시 멍해졌다. 대체 무슨 소리를 하는 건지 알 수가 없었다.

이윽고 그게 무슨 뜻인지 알아차리는 순간, 심장이 굉음을 냈다.

쿵!

- 그러니까 어제 아침에 지사장님 댁에서 제가 나오는 걸 누군가가 봤다, 이겁니까?

키보드를 치는 손가락이 벌벌 떨렸다.

- 네. 근데 선배님, 월차 쓰고 오셨던 거예요?

유림은 가까스로 대답했다.

- 아뇨. 전 어제 정상 출근 했습니다만.

- 예?

- 전 일본에 간 적이 없습니다. 가려고 했다가 취소했어요, 지사장님 스케줄 때문에.

미영은 한참 동안 대답이 없었다. 모니터 저편에서 당황해서 어쩔 줄 모르고 있는 미영의 표정이 눈에 보이는 것 같았다.

- 대체 누가 절 봤다는 겁니까?

- 죄송합니다, 선배님! 아마 사람을 잘못 봤나 봐요. 정말 죄송해요!

역시나 미영은 당황하는 기색이 역력했다.

- 그러니까 누가 누구를 잘못 봤다는 겁니까?

유림이 재차 묻자 미영도 어쩔 수 없었는지, 결국은 대답이 왔다.

- 사실은 어제 아침에 지사장님이 연락도 안 되시고 출근도 안 하셔서 일본인 남자 직원이 댁에 찾아갔었어요.

어제 승현도 전화해서는 그렇게 말했었다. 늦잠을 자는 바람에 여태 출근도 못 했다고.

- 그래서요?

- 그런데 웬 여자분이 안에서 나왔다더라고요. 그래서 전 얘기만 듣고 당연히 정유림 선배님께서 오신 건 줄 알고…….

유림은 눈앞이 캄캄해지고 말았다.

분명 그전 날 밤, 승현의 전화를 받은 것은 여자였다. 하지만 승현이 너무나 당당하고 자신 있게 그럴 리 없다고 했기에 유림도 믿었다. 전화가 잘못 걸린 거려니, 하면서.

하지만 아침에 집에서 여자가 나오는 걸 본 사람까지 있다니, 이건 대체 어떻게 이해해야 하는 걸까.

- 어떡해요, 선배님. 제가 착각해서 괜한 말씀을 드렸나 봐요!

미영은 어쩔 줄을 모르는 기색이 역력했다.

- 선배님, 저 좀 살려주세요. 지사장님한테 제가 얘기했다고 하시면 저 죽어요!

이 와중에 제 안위를 챙기는 게 얄미웠지만 한편으로는 이해도 됐다. 악의를 가지고 말을 전한 것도 아닌데, 결과적으로 일러바친 꼴이 됐으니 얼마나 불안할까.

무엇보다 더 이상 미영을 상대할 기분이 나지 않아서 유림은 간단히 대꾸했다.

- 알겠습니다. 나중에 다시 얘기하지요.

유림이 일어서는 것을 보고 저만치 앉은 민 차장이 물었다.

"유림 씨, 표정이 왜 그래? 무슨 일 있어?"

"점심 먹은 게 좀 체했나 봅니다. 약 좀 사 먹고 오겠습니다, 차장님."

유림은 억지로 태연한 척 둘러댄 후 도망치듯 사무실을 빠져나왔다.

떨리는 걸음을 옮겨 향한 곳은 옥상이었다. 시원한 바깥바람을 맞자 그나마 머릿속이 좀 냉정해지는 듯한 느낌이 들었다.

유림은 숨을 깊이 들이마시며 진정하려고 애썼다.

'아냐. 뭔가 이유가 있을 거야. 승현 씨가 그럴 리가 없잖아?'

하지만 필사적으로 노력해도 도저히 그럴듯한 이유를 생각해낼 수가 없었다. 남자 혼자 사는 집에서, 아침에 여자가 나올 만한 '타당한' 이유가 대체 뭐가 있단 말인가.

지난번과는 달리 이번에는 승현에게 어떻게 된 거냐고 물을 엄두조차 나지 않았다.

'정말이면 어떡하지.'

유림은 초조하게 입술을 깨물었다.

언제부터인가 마음속에 생겨났던 작은 실금이, 점점 걷잡을 수 없이 커다란 균열로 번져가고 있었다.

생일을 그렇게 허무하게 보내버린 탓일까. 그 후로 유림의 태도가 왠지 멀어진 것처럼 느껴졌다.

며칠째 먼저 전화를 해 오지도 않았고, 통화를 해도 늘 반응이 시큰둥했다.

「많이 보고 싶어요.」

진심으로 말해도, 돌아오는 것은 영혼 없는 대답이었다.

「그래.」

빨리 만나서 화를 풀어줘야겠다고 승현은 생각했다. 그렇지 않아도 이번 주말에 갈 생각이었지만, 준비를 좀 더 철저히 하기로 했다. 좀 늦었지만 생일선물로 예쁜 목걸이도 샀다. 멋진 레스토랑도 예약해놓고, 커다란 꽃다발도 미리 주문해놓았다.

하지만 유림에게는 비밀이었다. 깜짝 놀라게 해주고 싶어서였다. 금요일 저녁 늦게 한국에 도착해서, 아예 유림의 집 앞까지 가서 전화할 셈이었다.

'나와요. 집 앞이에요.'

유림이 얼마나 깜짝 놀랄까. 그 표정을 상상만 해도 절로 웃음이 났다.

"조금만 기다려요. 내가 가서 속상한 마음 다 풀어줄게요."

선물로 줄 목걸이를 손바닥에 올려놓고 들여다보며, 승현은 빙긋 웃었다.

"뭐?"

민혜인 차장은 제 귀를 의심했다.

"글쎄, 승현 씨, 아니, 지사장님이 이세라 씨랑 결혼한다잖아요! 알고 보니까 둘이 원래 약혼한 사이였다지 뭐예요?"

눈치 없는 부하직원 승냥이는 입에 침까지 튀겨가며 떠들었다.

"하여튼 정유림 씨만 불쌍하게 됐다니까요. 언제는 그렇게 좋아 죽겠다더니."

부하직원은 자못 안됐다는 듯이 말했다.

"하긴 지사장님도 일본 가서 많이 힘들긴 했나 봐요. 듣자니까 일본 지사 키우려고 현지 주주들이랑 안면 트느라 생고생하는 걸 이세라 씨가 도와줬다나요? 그러다가 지사장님도 마음을 돌려먹었다 이거죠."

혜인은 도저히 믿을 수가 없었다.

자칫 승냥이들이 유림을 괴롭힐까 봐 술자리까지 찾아와서 잘 좀 봐달라고 머리를 숙이던 승현이다. 일본으로 떠나던 날도 그는 유림을 잘 부탁한다고 자신에게 간곡하게 말했었다.

그런 승현이, 유림을 버리고 사장 딸과 결혼한다고?

"확실한 거야? 지사장님이 자기 입으로 그렇게 말한 거 맞대?"

혜인은 따지다시피 되물었다.

"저야 모르죠, 전 김 대리님한테서 들었는걸요."

"그럼 김 대리는 누구한테서 들은 얘긴데?"

"글쎄요, 그건 저도……."

안 되겠다. 혜인은 무서운 표정을 짓고 부하직원에게 말했다.

"그럼 확실하지도 않은 얘기네. 괜히 어디 가서 입도 벙긋 마. 알았어?"

부하직원 승냥이는 억울하다는 표정을 했다.

"차장님도 참, 왜 저한테만 그러세요? 벌써 회사 내에 소문이 파다하다고요."

"뭐야?"

"모르는 사람이 어딨겠어요? 사람들 모이는 곳마다 다 이 얘기로 난리가……."

부하직원 승냥이가 말하다 말고 갑자기 화들짝 놀라며 입을 딱 다물었다. 혜인이 뒤를 돌아보자 유림이 휴게실로 들어오고 있었다.

"차장님, 저 이만 사무실 들어가보겠습니다!"

부하직원 승냥이가 내빼고 나자 휴게실 안에는 혜인과 유림, 두 사람만이 남았다.

'혹시 유림 씨가 들은 거 아냐?'

불안해진 혜인은 유림의 눈치를 살폈다. 그러나 유림은 그저 평소처럼 무뚝뚝한 표정을 하고 있을 뿐이어서, 속마음을 읽기가 어려웠다.

"저기……."

혜인이 조심스럽게 말을 걸려는 그 순간, 유림이 불쑥 말했다.

"차장님, 오늘 퇴근 후에 시간 있으십니까?"

"어, 시, 시간? 있는데. 왜?"

유림이 담담하게 말했다.

"저 소주 한 잔만 사주십쇼."

혜인은 그제야 알아차렸다. 이미 유림도 그 소문을 들었다는 사실을.

혜인이 유림을 데려간 곳은 단골이라는 와인 바였다.

"유림 씨, 오늘 소주 먹이면 나 감당 안 될 것 같아서."

유림의 잔에 와인을 따라주며 혜인이 말했다.

반 잔쯤 되는 와인을 유림은 단숨에 들이켰다. 알코올이 배 속에 흘러들어가자 그나마 꽉 막혔던 가슴이 좀 뚫리는 것 같았다.

"사람들 말 너무 신경 쓸 것 없어."

빈 잔에 다시 와인을 채워주면서 혜인이 위로했다.

"나도 남들보다 일찍 승진해서 알지만, 뒤에서 떠드는 사람들 대부분은 시기 질투야. 지사장님이 어디 보통 사람이야? 그러니까 이 정도는 감수해야지."

유림은 길게 한숨을 내쉬었다.

"차장님 말씀이 맞습니다. 남들이 뭐라고 하든, 우리만 단단하면 되는 건데 말입니다……."

"단단하지 못할 건 또 뭔데?"

혜인이 살짝 눈을 흘겼다.

"혹시 유림 씨, 그 소문 믿는 건 아니겠지?"

"……."

유림은 대답할 수가 없었다.

물론 믿는 건 아니다. 하지만 아예 헛소문이라고 치부해버릴 수도 없었다. 누가 퍼뜨린 소문인지 몰라도 내용이 상당히 신빙성 있지 않은가.

'유림을 좋아하지만, 일에 도움이 되는 건 세라라는 사실을 새삼 깨닫고 마음을 돌렸다.'

승현이 일본 지사에서 얼마나 고군분투하고 있는지 잘 알고 있는 유림이었다. 당연히 뜬소문이라고 생각하면서도, 진짜로 그럴 가능성이 1퍼센트도 없다고는 도저히 자신 있게 말할 수가 없었다.

그래서일까. 매일 승현과 통화하면서도 차마 물을 수가 없었다.

본사에 이런 소문이 났는데 혹시 짚이는 거 있느냐고. 세라가 일을 도와줬다던데 사실이냐고.

'혹시 그때 전화를 받은 게 세라 씨가 아니었을까?'

그런 의심까지 들었다. 하지만 겨우 '여보세요' 하는 한마디를 듣자마자 끊어버리고 말았기 때문에 목소리가 잘 기억나지 않았다. 떠올려보려고 노력할수록 점점 애매해졌다. 그런 것 같기도 하고, 아닌 것 같기도 했다.

점점 유림의 마음은 지옥이 되어가고 있었다.

"유림 씨, 이제 보니까 은근히 마음 약하구나?"

혜인이 핀잔을 주었다.

"의심할 걸 해야지. 지사장님이 어디 그럴 사람이야? 유림 씨 좋아서 어쩔 줄 모르는 게 내 눈에도 다 보이는데."

자신 있게 말하는 혜인에게, 유림은 차마 말할 수가 없었다. 승현에게 전화를 했더니 여자가 받았다고. 게다가 그다음 날 아침에 여자가 그의 집에서 나오는 걸 본 사람이 있다고.

"제가 너무 건방졌나 봅니다."

그래서 유림은 이렇게밖에 말할 수가 없었다.

"장거리 연애, 사람들이 다 힘들다고 말려도 전 할 수 있을 거라고 생각했습니다. 그런데 해보니까 알겠습니다. 남들이 하지 말라고 하는 데는 다 이유가 있다는 거."

"그렇지, 그거 참 힘들긴 하지……."

혜인이 팔짱을 끼더니 먼 곳을 쳐다보며 한숨을 쉬었다. 마치 옛날 일을 떠올리는 듯한 표정에, 유림은 문득 생각나는 게 있었다.

"차장님도 옛날에 장거리 연애 한 적 있다고 하셨잖습니까."

"그랬지. 그건 왜?"

"실례가 안 된다면, 어떻게 됐는지 여쭤봐도 되겠습니까?"

혜인은 대답 대신에 자신의 잔을 들어 꿀꺽 마셔버렸다. 그러더니 잠시 후에야 입을 열었다.

"헤어졌지, 뭐. 한 이 년쯤 사귀었는데, 사귀는 동안 갖은 마음고생은 다 하고."

역시나. 유림은 가슴이 쓰라렸다.

"헤어질 땐 그게 제일 억울하더라. 어차피 결국 이렇게 될 거,

그냥 처음부터 힘든 길은 가지 말걸. 뭐하러 그 고생을 했을까."

"……."

"나도 그땐 어렸지. 좋아하니까 뭐든 다 할 수 있을 줄 알았지."

유림이 장거리 연애를 시작할 때의 마음 그대로를, 혜인은 입에 담았다.

"그런데 세상엔 좋아하는 마음만으로는 안 되는 일도 있기는 하더라……."

혼잣말처럼 중얼거리며 씁쓸한 표정을 하고 있던 혜인이, 갑자기 퍼뜩 놀란 듯이 고개를 저었다.

"아니지, 아니지! 내가 무슨 소릴 하고 있는 거야."

그러고는 유림의 눈치를 살폈다.

"이건 그냥 내 얘기야. 사람마다 다 다른 거라고. 유림 씨는 내가 아니잖아? 지사장님도 내가 사귀었던 그 남자가 아니고. 그러니까 결론도 지레 똑같이 내지는 마."

하지만 이미 유림의 가슴에는 혜인의 한마디가 아프게 스며들고 있었다.

「세상엔 좋아하는 마음만으로는 안 되는 일도 있더라.」

그 한마디가 오래도록 사라지지 않고 귓가에 머물렀다.

하필이면 금요일에 날씨가 좋지 않았다. 그래서 비행기가 한 시

간 가까이 연착되는 바람에, 공항에 내린 승현이 유림의 집에 도착했을 때는 이미 밤 10시가 다 되어가고 있었다.

그런데 문제는 정작 도착한 다음이었다. 유림이 전화를 받지 않았던 것이다.

“이거 큰일인데.”

승현은 휴대전화를 들여다보며 이맛살을 찌푸렸다. 벌써 10분째 유림은 전화를 받지 않고 있었다.

‘초인종을 눌러볼까?’

그렇게도 생각했지만 금세 생각을 바꿔먹었다. 지금 시간이면 분명 가족들도 함께 있을 텐데, 밤중에 불쑥 들이닥치는 건 실례도 이만저만이 아니다.

유림과 결혼하기로 마음먹은 승현으로서는 유림의 가족들에게도 절대 나쁘게 보이고 싶지 않았다.

‘이럴 줄 알았으면 미리 온다고 말하고 올 걸.’

후회했지만 이미 늦은 일이었다. 승현은 속절없이 기다릴 수밖에 없었다. 유림에게서 연락이 올 때까지.

그래도 곧 유림을 만날 생각에, 기다림이 그리 지루하지만은 않았다.

‘오늘은 꼭 밤새도록 함께 있어야지.’

승현은 그렇게 결심했다. 유림도 거절하지 않을 거라고 생각했다.

어쩌다 보니 연인 사이인데도 여태 진짜로 서로를 안은 적이 없었다.

그럴 기회가 없는 것도 아니었지만, 이상하게 그때마다 번번이 뭔가가 걸렸다. 하지만 오늘은 절대 놓아주지 않을 생각이었다. 처음부터 그럴 생각으로 왔다.

예전에도 유림을 원했던 건 마찬가지였지만 그리 서두르고 싶지는 않았다. 그만큼 유림이 소중하고 또 어려웠다. 자칫 섣불리 안았다가 마음을 상하게 만들까 봐 조심스러웠다.

하지만 떨어져 있는 지금은 왠지 조급한 마음이 들었다. 뭐랄까, 진짜 내 것으로 만들어야만 안심이 될 것 같은 기분이 들었다. 밤새 품에 안고 직접 사랑을 확인하고 싶었다.

하지만 문제는 유림이 좀처럼 나타나지 않는다는 것이었다.

가로등 아래서 마냥 기다린 지 30분 정도 지났을까, 드디어 골목 저편에서 발소리가 들려왔다. 사랑에 빠져 있는 눈은 먼 거리에서 보이는 실루엣만으로도 상대가 누군지 알아보았다.

승현은 반가운 마음에 한달음에 달려갔다.

"유림 선배!"

유림이 놀란 듯이 걸음을 멈추고 승현을 보았다.

"승현 씨?"

"왜 이렇게 늦었어요? 내가 얼마나 기다렸는지 알아요?"

승현은 짐짓 핀잔을 주듯 얘기했지만 입가에 저절로 떠오르는 미소는 어찌할 수 없었다. 유림의 얼굴만 봐도 눈물이 날 것같이 반가웠다. 그동안 얼마나, 얼마나 보고 싶었는지!

게다가 오랜만에 보는 유림은 너무나 예뻐져 있었다. 원래 예쁜 사람이 옷은 왜 또 이렇게 예쁘게 입었는지, 그야말로 눈이 부실 정도였다.

"보고 싶었어요."

승현이 참지 못하고 유림을 와락 끌어안으려 했을 때였다.

"근데 갑자기 한국엔 웬일이야? 연락도 없이."

유림이 물었다. 전혀 반가운 기색이 없는 말투에 승현은 조금 당황해서 멈칫거렸다.

"지난주에 선배 생일 못 챙겨줬잖아요. 그래서……."

"그럼 미리 얘기는 하고 왔어야지. 깜짝 놀랐잖아."

깜짝 놀라게 해주려고 했던 거다. 하지만 놀라며 기뻐하길 바랐지, 이렇게 퉁명스러운 얼굴을 보려던 게 아니었는데.

"선배는 내가 온 게 하나도 반갑지 않아요?"

결국 승현의 얼굴에서도 웃음기가 가셨다.

그도 그럴 것이, 오늘 한국에 올 시간을 내기 위해 지난주부터 얼마나 무리를 했던가. 모치즈키 사장과 식사 중에 곯아떨어져버린 것도 따지고 보면 그래서였는데.

자신은 그렇게까지 무리해가며 유림을 만나러 왔는데, 정작 유림은 반가운 기색은커녕 오히려 왜 연락도 없이 왔느냐고 핀잔을 주는 마당이니 섭섭하지 않을 수 없었다.

"아니, 그런 건 아니야."

승현이 정색을 하자 유림도 너무 심했다고 느낀 모양이었다.

"……미안."

유림이 조그맣게 중얼거렸다.

여전히 서운했지만 승현은 그냥 속으로 삼켜버리기로 했다. 그동안 못 했던 얘기들만 나눠도 일 분 일 초가 아까울 지경인데, 쓸데없이 다투는 걸로 시간을 허비하고 싶지 않았다.

"괜찮아요."

승현은 상한 마음을 감추며 빙긋 웃어 보였다.

"어머니한테 전화해서 친구 집에서 자겠다고 해요. 오늘은 밤새 나랑 같이 있어요."

당연히 그래줄 거라고 생각했다. 하지만 유림은 고개를 저었다.

"아냐. 나 지금 술도 좀 많이 먹었고…… 오늘은 그냥 들어가서 잘래. 내일 만나."

승현은 당황했다. 그러고 보니 유림에게서 어렴풋이 술 냄새가 나긴 했다. 하지만 몸을 못 가눌 정도로 취한 것도 아닌데 굳이 들어가겠다는 이유가 뭘까.

"생일 못 챙겨줘서 아직도 화나 있는 거예요?"

승현은 답답한 나머지 유림의 팔을 붙잡았다.

"그래서 이렇게 풀어주려고 왔잖아요. 연락도 못 한 건 미안하지만, 그날은 나도 정말 어쩔 수 없는 사정이 있어서 그랬던 건데 어린애처럼 자꾸 이러면 어떡해요."

"어쩔 수 없는 사정?"

그 순간, 갑자기 유림이 욱하는 것이 눈에 보였다.

"정말 어쩔 수 없는 사정이 있었던 거 맞아?"

따지는 듯한 말투에 승현은 깜짝 놀랐다.

"뭐라고요?"

"나한테 찔리는 거 없어? 하늘을 우러러, 가슴에 손을 얹고, 정말로?"

이쯤 되자 승현도 어이가 없었다. 뭔가, 이 바람피운 남편을 추궁하는 듯한 대사는. 물론 말마따나 하늘을 우러러, 가슴에 손을 얹고 승현은 찔리는 게 없었다.

"없어요."

승현은 딱 잘라 말했다.

"지금 설마 날 의심하는 거예요?"

승현의 목소리에도 기분 나쁜 티가 묻어났다.

그러나 유림은 전혀 기세가 꺾이지 않았다. 오히려 입술을 깨물더니 재차 묻는 것이었다.

"내 생일날 정말 아무 일도 없었어? 나한테 말하지 않고 있는 거, 없냔 말이야!"

그 말에 승현은 퍼뜩 생각나는 게 있었다. 아, 식사 자리에 세라가 왔었지.

굳이 말할 필요가 없다고 생각했기 때문에 유림에게는 말하지 않았었다. 어차피 세라가 멋대로 왔을 뿐이고, 도와주겠다는 제의도 확실하게 거절했다. 그러니 다시 만날 일도 없는데 괜히 말해봤자 유림이 쓸데없이 신경 쓸 것 같아서였다.

하지만 유림이 이렇게까지 나오자 왠지 이상한 느낌이 들었다.

"선배, 혹시 내가 세라랑 같이 있는 사진이라도 본 거예요?"

승현은 다짜고짜 물었다. 세라라면 충분히 그럴 수도 있다는 생각이 들었다.

"뭐?"

"사실 그날, 세라를 만나긴 했어요."

유림의 표정이 변했다.

"일본인 주주를 만나는 자리에 세라가 멋대로 나왔어요. 아버지 때문에 그 주주와도 친분이 있어서, 날 만나게 해달라고 조른 모양이더라고요."

승현은 차분하게 설명했다. 어차피 떳떳하니까, 말하지 못할 것이 없었다.

"물론 난 두 번 다시 내 앞에 나타나지 말라고 딱 잘라 말했어요. 그게 다예요. 그러니까 혹시나 누가 사진이라도 찍어서 선배한테 보낸 거라면, 그건 아마 세라가 일부러……."

"그런 적 없어."

유림이 승현의 말을 중간에서 가로챘다. 설명을 듣고도 유림의 표정은 조금도 나아지지 않은 채였다.

"그럼 결국 나한테 거짓말하고 있었던 거네?"

"네?"

"세라 씨 만났다는 말, 처음엔 하지 않았었잖아."

유림의 목소리가 점점 고조되어갔다.

“선배가 괜히 신경 쓸까 봐 얘기 안 했던 거예요.”

승현은 유림을 달래듯 말했다.

“정말 아무것도 아닌데, 진짜 그것뿐이었는데 괜히 말해서 기분 상하게 할 필요 없다고 생각했어요.”

“정말 그것뿐이었으면, 있는 그대로 얘기했으면 됐잖아!”

유림이 소리쳤다.

“이런 식으로 숨기는 게 있는데, 또 숨기는 게 있는지 내가 어떻게 알아?”

“뭐라고요?”

“나 몰래 다른 여자라도 만나고 있는지, 내가 어떻게 아느냐고!”

승현은 커다란 충격을 받았다.

“어떻게 그런 말을 할 수가 있어요?”

너무 화가 나서 목소리가 벌벌 떨렸다.

승현의 일본에서의 생활이란 늘 일, 일, 일, 일뿐이었다.

그토록 노는 것을 좋아했던 승현인데 지금은 하다못해 퇴근 후에 맥주 한잔하는 일조차도 없었다.

물론 일본에 친구가 없기도 했지만, 한숨 돌릴 시간조차 아까워서였다.

그렇게 일에 파묻혀 살고 있는 게 다 누구 때문인데, 무엇을 위해서인데. 그런 자신을 두고 대체 무슨 상상을 하고 있는 건가, 이 여자는!

마치 그동안의 노력을 다 부정당한 것 같은 느낌이 들었다.

"선배가 나한테 화나 있는 건 알겠어요. 하지만 해도 되는 말이 있고 아닌 말이 있는 거예요. 아무리 화가 나도 그렇지, 어떻게 그런 말을 해요?"

결국 승현도 목소리를 높이고 말았다.

"내가 일본에서 얼마나 힘들게 지내고 있는지 알면서!"

"그럼 나는? 한국에 있는 난 쉬울 것 같아?"

유림도 지지 않았다.

"어디까지 가나 두고 보자는 둥, 저러다 헤어지면 여자 손해라는 둥 뒤에서 떠드는 것도 모자라서 이젠……!"

말하다 말고 유림이 입술을 깨물었다.

"무슨 일 있었어요?"

승현은 그렇게 묻다가 흠칫 놀랐다. 가로등에 비친 유림의 눈에 눈물이 그렁했다.

"나, 정말 더 이상은 못 하겠어."

유림이 떨리는 목소리로 말했다.

"믿어야 하는데, 믿기가 너무 힘들어. 듣고도 못 들은 척 넘겨야 하는데, 그러기도 너무 힘들어."

"유림 선배!"

갑자기 유림이 승현의 양팔을 꽉 잡았다.

"그냥 한국으로 돌아와주면 안 돼?"

애원하는 듯한 눈동자에 숨이 콱 막혔다.

"나 너무 힘들어. 더는 못 견딜 것 같단 말이야. 그냥 돌아와,

응?”

승현은 마음이 아팠다.

유림이 이렇게 약한 모습을 보이는 것은 처음이었다. 일본으로 가겠다고 했을 때도, 그리고 떠나던 날조차도 유림은 의연하기만 했다. 오히려 이쪽이 서운해질 정도로 씩씩했다.

그랬던 유림이 이렇게까지 말할 정도면, 대체 얼마나 힘들다는 걸까.

‘알았어요. 다 그만두고 돌아와서 선배 곁에 있어줄게요. 나도 그러고 싶었어요.’

생각 같아서는 지금 당장이라도 그렇게 말해주고 싶었다.

하지만 승현에게도 입장이라는 게 있었다. 반드시 세라의 아버지 도움 없이 회사에서 자리 잡겠다고 어머니와 할아버지에게 단단히 약속하고 한 일본행이었다. 겨우 석 달 만에 돌아오겠다고 할 수는 없었다.

게다가 인사이동을 제 마음대로 할 수도 없는 노릇이다. 정 한국에 돌아오려면 회사를 그만두는 수밖에 없는데, 그 순간 자신은 그냥 무직자가 되는 거였다.

여자 때문에 회사를 그만둔 자신을, 과연 할아버지와 어머니가 다른 회사에 취업하게 내버려둘까? 물론 유림과의 결혼도 절대 허락받지 못할 게 틀림없었다.

결국 중간에 돌아오게 되면 모든 것이 수포로 돌아가는 거나 다름없었다.

무엇보다도, 사랑하는 여자 정도는 제 힘으로 지켜줄 수 있는 남자가 되겠다고 결심하고 간 길이다.

승현은 아무리 힘들어도 끝까지 버텨낼 셈이었다. 그리고 유림 역시 그래주기를 바랐다.

"미안해요, 선배."

승현이 힘들게 말하는 순간, 유림의 눈동자에서 빛이 꺼졌다.

"하지만 지금 그만두고 돌아갈 수는 없어요."

승현의 양팔을 붙잡고 있던 유림의 손에서 힘이 빠져나갔다. 스르르 아래로 떨어지는 유림의 손을, 이번에는 승현이 두 손으로 꼭 모아 잡고 호소했다.

"힘든 거 알아요. 하지만 날 믿고 조금만 더 버텨줄 수 없겠어요?"

"나도 그러고 싶어."

유림이 승현의 시선을 피하며 중얼거렸다.

"그런데 믿는다는 게, 그렇게 말처럼 쉬운 일이 아니더라고."

승현은 그저 갑갑하기만 했다. 대체 내가 뭘 어쨌기에 이렇게 신뢰를 잃었단 말인가.

"선배!"

승현은 필사적으로 유림의 손을 잡고 제 쪽으로 끌어당기며 시선을 맞추려고 노력했다.

하지만 어떻게 해도 유림은 승현의 눈을 쳐다봐주지 않았다.

"나 좀 똑바로 봐요, 응?"

다음 순간, 유림의 입에서 불쑥 흘러나온 말에 승현은 굳어지고 말았다.

"우리 그냥, 헤어질래?"

"하아……."

유림이 안으로 들어가고 난 후, 승현은 허물어지듯 대문 앞에 주저앉았다.

승현이 아무리 설득하고 매달려도 유림은 계속 같은 말만 반복했다.

「너무 힘들어. 더는 못 하겠어.」

이대로는 정말로 차일 판이었다.

「선배, 취했어요. 내일 다시 얘기해요.」

결국 일단은 그 핑계로 집에 들여보낼 수밖에 없었다.

제발 취해서 속상한 나머지 홧김에 한 말이기를.

부디 내일이면 아무 일 없었다는 듯이 다시 원래의 유림으로 돌아와 있기를.

간절히 기도하는 마음으로 승현이 눈을 꽉 감았을 때였다.

"어머, 승현 씨……, 아니, 지사장님?"

문득 머리 위에서 목소리가 들려서 승현은 눈을 떴다.

언제 왔을까. 혜인이 놀란 눈으로 승현을 내려다보고 있었다.

"오랜만입니다, 민 차장님."

툭툭 털고 일어나며 승현은 혜인을 향해 고개를 조금 숙여 보였

다.

"한국에는 언제 오신 거예요?"

혜인이 물었다.

이제는 승현이 직위 상 부장이므로 차장인 혜인보다 위다. 자연히 혜인 역시 예전과는 달리 존댓말을 쓰고 있었다.

"몇 시간 전에 왔습니다. 그런데 민 차장님은 여기 웬일이십니까?"

혜인이 주머니에서 휴대전화를 꺼내 보였다.

"아까 저녁에 유림 씨랑 둘이 술 먹었거든요. 그런데 유림 씨가 가게에 휴대전화를 놓고 갔다고 저한테 전화가 왔지 뭐예요. 지하철 안에서 전화 받고 도로 돌아가서 찾아다가 갖다 주러 온 참이에요. 주말 내내 휴대전화 없으면 불편하겠다 싶어서."

그렇게 대답하고 나서 혜인이 조심스럽게 물었다.

"유림 씨는 만나보셨어요?"

"예, 방금."

승현이 고개를 끄덕였다.

"취한 것 같기에 내일 다시 만나기로 하고 일단 들여보냈습니다."

그렇게만 말했지만 혜인은 알 것 같다는 표정을 했다.

"지사장님, 잠깐 시간 괜찮으신가요?"

혜인이 손목에 찬 시계를 들여다보며 말했다.

"늦었지만 커피 한잔하시죠. 아마 근처에 이십사 시간 하는 커피숍이 있을 거예요."

아침에 눈을 뜨자 머리가 깨질 것같이 아팠다.

"역시 술은 기분 좋을 때 마셔야 되는 건데."

유림은 침대에 누운 채로 신음했다.

어제 민 차장과 둘이서 와인을 꽤 많이 마셨다. 취하긴 했지만, 필름이 끊길 정도는 아니었다.

즉 어제 있었던 일이 다 기억난다는 뜻이었다.

「우리 그냥, 헤어지자.」

그렇게 말했던 것이 기억남과 동시에 심장이 쿵 떨어졌다.

"내가 미쳤지!"

유림은 머리를 감싸 안고 괴로워했다.

요즘 들어 많이 힘들었던 건 사실이다. 차라리 헤어질까, 하는 생각도 해봤다. 하지만 생각만으로도 하늘이 무너지는 것 같은 기분이 들어서, 늘 그저 생각으로만 끝나고 말았다. 아직은 승현을 너무나 사랑하니까.

어제 헤어지자고 말해버린 것은 물론 홧김에 한 소리였다. 말싸움 끝에 감정이 격해진 데다, 술기운도 있어서 그런 말이 튀어나와버렸다.

「그런 말 하지 마요, 제발. 내가 더 잘할게요.」

승현은 그렇게 말하며 매달렸다.

「앞으로 선배 속상하지 않게 내가 노력할 테니까, 헤어지자고 하지 마요. 응?」

그 말이 얼마나 울고 싶을 정도로 달콤한지 몰랐다. 승현이 변함없이 자신을 사랑한다는 증거 같아서 들어도, 들어도 자꾸만 듣고 싶었다.

그래서 바보같이 계속 똑같은 말을 되풀이해버렸다. 헤어지자고, 이젠 힘들고 지쳐서 더는 못 하겠다고.

그러다가 결국 승현의 입에서 다음 날 다시 얘기하자는 말이 나왔던 것이다.

「잘 자고 내일 다시 얘기해요.」

그렇게 말하며 자신을 들여보내던 승현의 속상한 얼굴이 눈앞에 선했다.

'대체 내가 무슨 짓을 한 거야!'

유림은 뼈저리게 후회했다.

어제 승현이 밤늦게 집 앞에 와 있었던 걸 보면, 금요일 근무를 마치고 곧바로 날아온 게 틀림없었다. 자신을 속이고 다른 여자를 몰래 만나고 있는 남자가, 과연 피곤하게 그런 짓을 할까.

'내가 오해한 걸 거야.'

어젯밤에 헤어지자는 자신을 필사적으로 붙잡던 승현을 떠올리며 유림은 그렇게 생각했다. 대체 어떻게 된 일인지는 모르겠지만, 오해가 있었던 걸 거라고.

세라와의 결혼설도 마찬가지다. 승현이 어제 말했었다. 세라가 멋대로 주주와 만나는 자리에 왔었다고. 그렇다면 누군가가 그 장면을 우연히 보고 오해를 해서 헛소문이 퍼진 게 아닐까.

유림은 다시 한 번 승현을 믿어보고 싶어졌다.

'그래. 솔직하게 다 말하고 승현 씨한테 물어보자. 어떻게 된 일이냐고.'

그러면 승현이 오해를 다 풀어줄 거라고 유림은 믿었다.

하지만 우선은 어제 헤어지자고 해서 미안하다고 사과하는 게 먼저였다. 다행히도 승현은 지금, 같은 하늘 아래 있었다.

유림은 심호흡을 하고 휴대전화를 찾았다. 하지만 어디다 뒀는지 도저히 보이지 않아서, 급한 김에 집 전화로 승현에게 전화를 걸었다.

- 여보세요.

금세 승현의 목소리가 들려왔다.

"승현 씨, 난데. 어……, 잘 잤어?"

괜히 긴장해서 목소리가 떨렸다.

- 네.

사과해야 하는데 쉬이 말이 나오지 않았다. 잠시 어색한 침묵이 흘렀다.

- 어제 헤어지고 나서 밤새 많이 생각해봤어요.

먼저 입을 연 것은 승현 쪽이었다.

"응? 뭘?"

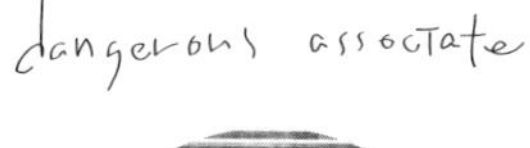

- 선배가 했던 말이요.

"아, 그건……."

술김에 했던 말이다, 정말 미안하다고 사과하려고 유림은 일단 심호흡을 했다.

그러나 그 순간, 승현의 조용한 목소리가 귓전을 아프게 때렸다.

- 선배 말대로 하는 게 좋을 것 같아요.

"응?"

- 우리, 헤어져요.

9. 재회

2년 후.

"그럼 기사 잘 부탁드립니다."

자료를 정리해서 가방에 잘 넣은 후 여자가 남자 기자를 향해 고개를 숙였다.

"혹시 다음에 기사 쓰실 때 취재가 필요하시면 꼭 연락 주십시오. 언제든 협조하겠습니다."

기자가 준비하고 있는 것은 건강을 주제로 한 특집 기사 시리즈였다. 시리즈 중에 한 꼭지가 과자 이야기인데, 드림제과의 히트 상품인 유기농 프리미엄 과자에 대한 내용을 넣기 위해 드림제과 홍보팀 담당자를 만난 것이었다.

그것만이라면 한두 시간의 취재로 충분했을 것이다. 하지만 드림제과에서 나온 홍보팀 여자 담당자는, 시리즈 기사 중의 다른 꼭지에서 수영을 다룬다는 말이 어쩌다 나온 순간 눈을 빛냈다.

「혹시 필요하시다면 제가 도와드릴 수 있습니다.」

그러더니 기자가 감히 취재 요청을 할 엄두도 내지 못했던, 국내

최정상이자 세계에서도 톱 레벨인 유명한 수영 선수와 연결해서 직접 인터뷰하게 해주었다. 알고 보니 이 홍보팀 담당자도 과거 수영 선수여서 체고 선후배 사이라는 것이었다.

어쩌다 보니 기자는 이 담당자를 세 번이나 만나게 되었다. 세 번 다 그리 길지 않은 만남이었지만, 반하는 데는 충분하고도 넘치는 시간이었다.

정유림이라는 이름의 이 담당자는 기자가 태어나서 처음 보는 종류의 여자였다.

오랜 운동으로 다져진 탄력 있고 아름다운 몸매.

오피스 우먼다운 단정함을 잃지 않으면서도 세련되기 그지없는 패션 센스.

과하지 않은 화장으로 더욱 빛나는 희고 고운 피부.

그뿐인가. 정중하고 딱딱한 말투 사이사이에 가끔 보여주는 활짝 웃는 얼굴은 그야말로 반전 매력의 극치였다.

남자라면 누구나 이 여자에게 홀딱 반하지 않고는 배기지 못하리라. 물론 기자도 예외는 아니었다. 하지만 안타까운 것은 오늘을 마지막으로 더는 유림을 만날 수 없다는 거였다.

가슴이 설레서 며칠 동안 잠도 설쳤던 기자는, 마지막 순간에 드디어 용기를 냈다.

"잠시만요, 정 대리님."

자리에서 일어나려던 여자가 예? 하고 이쪽을 보았다.

기자는 침을 꿀꺽 삼키고 입을 열었다.

"혹시 괜찮으시다면 제가 오늘 저녁 대접하고 싶은데요."

오늘을 마지막으로 두 번 다시 볼 일이 없을 가능성이 높은 사이다. 게다가 자신은 기자고 상대는 기업의 홍보팀 직원이다. 이쪽에서 밥을 사겠다고 말한 것은 '나는 당신에게 관심이 있습니다.'라고 대놓고 말한 거나 다름없었다.

그러나 돌아온 대답은 힘 빠지는 것이었다.

"이런, 섭섭해서 어쩌죠?"

유림은 손톱만치도 섭섭해 보이지 않는 표정으로 말했다.

"호의는 감사합니다만 제가 오늘 굉장히 중요한 선약이 있습니다. 죄송하게 되었습니다."

비집고 들어갈 틈이라고는 전혀 보이지 않는 말투였다. 말 그대로 철벽과도 같았다.

"아, 예……."

머쓱해진 기자를 향해 유림이 정중하게 고개를 숙여 보였다.

"그럼, 먼저 실례하겠습니다."

곧은 자세와 절도 있는 걸음걸이로 하이힐 소리를 내며 커피숍을 나가는 유림의 늘씬한 뒷모습을, 기자가 못내 아쉬운 눈으로 쳐다보았다.

할아버지인 차 회장과 마주 앉은 승현이 말했다.

"이사회 결의는 되었으니 주주총회에서 승인 받는 일만 남았습니다. 해외 주주들이 적극 지지해주고 있고, 다른 주주들도 반대할 이유가 없으니 문제없으리라 생각합니다."

그가 지금 말하는 건은 일본 지사의 현지 법인 전환에 대한 건이었다.

승현이 지사장으로 간 후, 실적이 형편없던 일본 지사는 그야말로 눈부시게 성장했다. 이제는 별도의 법인으로 전환을 추진할 정도였다.

승현이 일본 지사에서 반드시 성공해 보이겠다고 하며 떠났을 때 차 회장은 솔직히 반신반의했었다.

그런데 2년 만에 정말로 이렇게까지 해낼 줄이야.

차 회장은 손자를 대견하다는 눈으로 바라보았다.

"그래, 이제는 법인 대표가 되겠구나."

그러나 승현은 놀랍게도 고개를 저었다.

"아닙니다. 일본에서 제 역할은 여기까지라고 생각합니다. 법인 대표는 다른 사람에게 맡기고, 저는 이만 본사로 돌아왔으면 합니다."

차 회장은 놀랐다.

"아니, 어째서? 네가 그렇게 고생해서 키워놓지 않았느냐?"

"그렇다고 언제까지나 일본에만 있을 수는 없지 않겠습니까. 이쯤에서 본사로 돌아와서 자리를 잡아야 나중에 대표이사가 되는 데도 문제가 없을 거라고 생각합니다."

승현이 담담하게 대답했다.

일리가 있는 말이라고 차 회장은 생각했다. 손자의 결단력과 통찰력이 매우 마음에 들었다.

"그래, 내가 이 사장을 만나서 얘기를 해보마."

"예, 할아버지. 부탁드립니다."

정중하게 고개를 숙이는 승현을, 차 회장은 새삼스럽게 흐뭇한 눈으로 바라보았다.

'녀석, 언제 이렇게 남자가 되었누.'

눈앞에 있는 승현은 분명 2년 전의 승현과는 달랐다. 예전의 승현이 아직 치기 어린 젊은 청년이었다면, 이제는 한 조직을 이끌어본 리더로서의 믿음직함이 느껴졌다. 말투나 행동 하나하나에도 예전과는 달리 무게가 있었다.

이제 가정을 이뤄서 안정만 찾으면 더할 나위가 없는데, 하고 차 회장은 생각했다. 세라와는 2년 전에 파혼하겠다고 선언한 후 아주 끝나버린 모양이고, 그렇다고 다른 여자를 만나는 눈치도 없고. 일에만 파묻혀 사는 손자가 차 회장의 은근한 걱정거리였다.

"그래, 일본에는 언제 돌아가느냐?"

"내일 아침 비행기로 바로 출발해야 합니다. 회의가 있어서요."

"그렇구나. 그럼 오늘 저녁은 본가에 와서 먹을 테지?"

"죄송합니다, 할아버지."

그러나 승현은 고개를 저었다.

"선약이 있습니다."

"선약? 누구하고?"

차 회장이 물었으나 승현은 대답 대신에 그저 미소만 지어 보였다.

"그럼 다음 달에 뵙겠습니다, 할아버지."

"그래, 조심해서 가도록 하거라."

승현이 나간 후, 차 회장은 비서를 불러들였다.

"예, 회장님."

공손히 고개를 숙이는 비서에게, 차 회장이 지시했다.

"승현이 저 녀석, 오늘 어디 가서 누굴 만나는지 좀 보고 나한테 전화하게."

혜인과 마주 앉은 곳은 단골 와인 바였다. 처음에는 조용하고 세련된 분위기가 부담스럽기만 했던 유림도, 언제부터인가 이곳이 익숙해지기 시작했다. 와인 맛도 알게 되어 요즘은 소주보다 와인을 마실 때가 더 많았다.

"잘했어, 잘했어."

유림에게서 오늘 있었던 일을 들은 혜인이 만족스러운 듯이 고개를 끄덕였다.

"당연히 나랑 한 약속이 먼저지. 역시 우리 유림 씨, 의리 있다니까."

"뭐, 그 기자님 별로 제 스타일 아니기도 했고요."

유림은 와인 잔을 살짝 돌리다가 조금 입안에 머금었다. 입안에 퍼지는 부드러운 향기를 잠시 음미하다가 살며시 목으로 넘긴다.

칵테일이든, 와인이든 소주 마시듯 한입에 털어 넣는 버릇도 고친 지 오래였다.

"나중에 또 연락 오더라도 그냥 무시해. 기자는 바빠서 별로야."

혜인의 말에 유림은 미소 지었다.

지난번에 광고 회사의 젊은 대표가 유림에게 관심을 보였을 때는 사업하는 남자 불안정해서 별로라고 했었다. 직장 동료 결혼식에서 만난 변호사에게서 명함을 받았을 때는, 요즘 변호사도 개업하는 족족 망해나가는 판이라고 말렸었고.

"차장님, 그럼 전 대체 어떤 남자랑 연애하면 되겠습니까?"

장난스럽게 묻자 혜인이 딱 잘라 말했다.

"글쎄, 그건 내가 보고 나서 판단해줄게. 우리 유림 씨, 아무한테나 못 줘."

그러더니 정색을 하고 물었다.

"혹시 나 몰래 남자 만나고 그러는 거 아니지?"

"에이, 그럴 리가 있습니까. 그럴 시간도 없는 거 차장님이 제일 잘 아시면서."

유림은 웃어버렸다.

혜인은 늘 이런 식으로 유림의 연애를 적극 말리고 있었다. 남자 만나기 전에 꼭 자신에게 말하고 허락받고 만나라며 신신당부를

하곤 했다. 아마도 한번 연애에 상처받은 자신을 걱정해서 그러는 거려니, 하고 유림은 고맙게 생각하고 있었다.

그런데 사실은 그럴 필요도 없는 거였다. 어차피 연애할 생각이 전혀 없었으니까.

대리로 승진한 건 1년 전이었다. 그 후로 유림은 한층 더 맹렬하게 일하고 있었다. 대리는 정상적으로 4년 만에 달았지만, 과장은 보란 듯이 특진으로 달 셈이었다. 특진에 특진을 거듭해서 서른여섯 살 때 차장까지 된 혜인이 그녀의 멘토이자 롤모델이었다.

유림은 반드시 혜인처럼 일로 인정받고 싶었다. 뒤에서 여태 수군거리는 사람들의 코를 납작하게 해주기 위해서라도.

"그나저나 현우 선배는 결국 못 온답니까?"

"과장 달더니 온 회사 일은 혼자 다 할 기세야. 쳇, 누군 과장 시절 없었나."

혜인이 테이블에 올려놓은 휴대전화를 흘겨보며 말했다.

"오늘은 여태 전화도 한 통 없는 거 있지?"

그렇다. 혜인과 현우는 사귀고 있었다. 심지어 얼마 전에 결혼까지 약속한 사이였다.

좋아한다고 고백을 받은 후, 한동안 유림은 현우와 서먹서먹하게 지냈다. 유림이 부서를 옮기게 된 후로는 더욱더 그랬다. 그러다가 혜인과 유림이 둘이서 술을 먹는 자리에 어쩌다 현우가 오게 돼서 셋이서 술자리를 가지게 되었던 것이다.

사실 그날 무슨 일이 있었는지 유림은 잘 모른다.

「유림아. 우리 이것저것 다 털어버리고, 앞으로는 예전처럼 좋은 선후배로 잘 지내자.」

「예, 현우 선배! 고맙습니다!」

잃었던 친구를 되찾은 기쁨에 그날 유림은 마구 달렸다. 그리고 죽었다 깨어나 보니 그새 혜인과 현우 사이가 수상해져 있었던 것이다.

혜인은 민망해했고, 현우는 미안해했고, 유림은 진심으로 기뻤다. 인간적으로 좋아하는 두 사람이 사랑에 빠지다니. 이보다 좋은 일은 없었다.

「축하드립니다. 두 분, 정말 잘 어울리십니다!」

그게 벌써 1년 전의 일이었다.

그 후 셋이서 죽이 맞아 자주 함께 다녔다. 심지어 영화도 셋이서 보러 가곤 했다.

「영화 정도는 좀 단둘이 보셔도 되잖습니까.」

유림이 사양해도 오히려 두 사람이 막무가내였다. 유림이 빠지면 재미가 없다면서.

혜인은 예전에 유림이 오랫동안 현우를 좋아했던 것도, 또 현우가 잠시 유림에게 마음을 두었던 것도 다 알고 있었다. 그런데도 셋이 함께 어울리는 걸 전혀 꺼려하지 않았다. 그런 혜인이, 유림은 고마웠다. 그만큼 믿어준다는 뜻인 것 같아서.

그렇게 꼭 유림을 끼워서 다니는 이유는 또 있었다. 다른 사람들의 눈을 피하기 위해서였다. 혜인과 현우는, 결혼을 약속한 지금까지도 몰래 연애를 하고 있었다!

"근데 차장님. 대체 사람들한텐 언제쯤 얘기하실 겁니까?"

"청첩장 돌리는 날."

작은 카나페를 입속에 쏙 집어넣으며 혜인이 말했다.

"그전엔 절대 유림 씨도 입도 벙긋할 생각 마. 어림도 없어."

혜인은 네 살 연하인 부하직원과 사귀는 게 사람들에게 알려지는 걸 죽도록 싫어했다. 창피하다는 문제도 있었지만, 괜히 말이 나돌게 되면 자칫 얕보일 수 있다는 것이었다. 워낙 일에는 철저하고 완벽한 혜인이라는 걸 알기에 유림도 적극 협력하고 있었다.

뭐, 덕분에 셋이 어울리느라 외롭지 않게 지내고 있는 것도 사실이었다. 둘이 싸우거나 하면 중간에서 입장이 곤란해질 때도 있긴 했지만.

유림은 웃으며 말했다.

"예. 입 딱 봉하고 있을 테니 걱정 마십쇼."

"그나저나 올해도 이제 다 지나갔네……."

와인 바 구석에 설치되어 있는 크리스마스트리를 보며 혜인이 가볍게 한숨을 지었다.

"내년이면 벌써 나도 서른아홉이구나. 가만있자, 유림 씨가 몇 살이더라?"

"이제 서른둘이 됩니다."

유림은 그렇게 대답했다. 그리고 습관적으로 누군가의 나이를 속으로 떠올렸다.

'해 바뀌면 서른이겠구나.'

그러다 화들짝 놀라 고개를 저었다. 그가 서른이 되든, 마흔이 되든 나랑 무슨 상관이 있다고.

그런 유림의 마음을 알아차리기라도 한 걸까, 혜인은 불쑥 엉뚱한 소리를 했다.

"곧 인사이동 발표 있잖아. 지사장님, 혹시 이번에 본사 안 돌아오시려나?"

"설마요. 일본 지사, 한창 커가는 중 아닙니까. 이번에 법인 전환도 한다던데요?"

그렇게 대꾸하는 유림의 목소리는 퉁명스러웠다.

헤어진 지 거의 2년이 다 되어가고 있었지만, 여전히 승현의 얘기를 듣는 건 불편했다.

가끔 들려오는 소식은 일본 지사의 실적이 엄청나게 오르고 있다는 것이었다. 본사에 있을 때와는 딴판으로, 거기서는 거의 일에 미쳐 살고 있다고 들었다.

"있잖아, 가끔 생각나고 그렇지 않아?"

혜인이 조심스럽게 물었다.

"전혀요. 다 잊어버린 지 오래됐습니다."

유림은 딱 잘라 대답했다. 더 이상 승현에 대한 얘기는 하지 말아달라는 뜻이었지만 혜인은 아랑곳하지 않았다.

"왜, 지사장님 여자 있다는 소문 없잖아. 일에 미쳐 산다는 얘기만 무성하지. 그러니까 어쩌면 지사장님도 아직 유림 씨를……."

“죄송합니다, 차장님. 그 얘기는 더 이상 듣고 싶지 않습니다.”

2년 전에 승현은, 헤어지자는 유림의 말을 받아들이겠다며 이렇게 말했다.

「더 잘해주지 못해서 미안해요. 잘 지내요, 선배.」

이미 결심을 굳힌 티가 역력했다. 그래서 유림도 차마 어제 한 말은 진심이 아니었다, 그러니까 헤어지지 말자고 말해볼 엄두가 나지 않았다.

그래, 따지고 보면 헤어지자고 먼저 말했던 건 자신이었다.

하지만 정말 승현이 자신을 좋아했다면 붙잡는 게 맞지 않을까. 그렇게 쉽게 받아들였다는 건 결국 승현의 마음도 거기까지였다는 것밖에 되지 않는다고 유림은 생각했다. 어쩌면 그때 승현이 한국에 왔던 건, 처음부터 자신과 헤어지기 위해서가 아니었을까 하는 생각마저 들었다.

그리고 그 생각을 뒷받침하듯, 승현은 그 후 지금까지 단 한 번도 연락해 온 적이 없었다.

그는 자신과는 달랐다. 끝이라고 말한 순간, 정말로 끝낼 수 있는 사람이었다.

왠지 울컥해져서 유림은 저도 모르게 와인을 단숨에 마셔버렸다.

“…….”

그런 유림을, 혜인이 안타까운 눈으로 바라보았다.

밖으로 나오자 어느샌가 함박눈이 내리고 있었다.

"그럼 유림 씨도 조심해서 들어가. 내일 회사에서 보자!"

혜인과는 가는 방향이 반대다. 상사인 혜인을 먼저 택시에 태워 보내고 나서, 유림도 택시를 잡으려다 마음을 고쳐먹고 버스 정류장으로 향했다. 술도 깰 겸 잠시 걷고 싶었던 것이다.

함박눈이 흩날리는 밤거리는 오가는 사람도 없이 조용했다. 타박타박, 하얗게 물든 길을 걷는 유림의 어깨 위로 하얀 눈송이가 사뿐히 내려앉았다.

2년 전의 크리스마스. 승현에게서 프러포즈를 받은 직후, 함께 눈을 맞으며 손잡고 거리를 걸었던 게 생각나서 문득 유림의 눈시울이 뜨거워졌다.

그때 내린 눈은 벌써 흔적도 없이 다 사라져버렸는데.

그날 했던 약속도 다 쓸모없는 것이 돼버렸는데.

그런데 이 마음만은 왜 사라지지 않는 걸까.

지난 2년 동안 유림은 많은 것이 변했다. 옷차림도, 머리 모양도, 화장법도, 하다못해 술 먹을 때의 버릇까지도.

하지만 변함없는 것이 한 가지 있었다. 바로 승현에 대한 마음이었다.

「전혀요. 다 잊어버린 지 오래됐습니다.」

아까 혜인에게 했던 말은 새빨간 거짓말이었다. 처음에는 어떻게든 억지로 잊어보려고 노력했지만 모두 허사였다. 그래서 유림도 이제는 어느 정도 포기하고 있었다. 짝사랑도 10년이나 했던 자신이 아닌가.

'앞으로 팔 년 더 지나면 잊을 수 있을까…….'

하얀 입김이 한숨처럼 흘러나왔다.

생각에 깊이 빠져 걷느라, 유림은 아까부터 검은 자동차 한 대가 그녀를 지키듯 조금 뒤에서 소리 없이 따라오고 있는 것조차 까맣게 모르고 있었다.

느릿하게 길을 걷는 유림의 뒤를, 승현은 차에 탄 채 조용히 따라갔다.

기억 속에 있는 것보다도 훨씬 가녀린 몸. 얇은 코트 하나만 걸치고 있는 유림은 바람이 불면 훅 날아갈 것만 같이 보였다. 작은 어깨가 추운 듯이 잔뜩 움츠려지는 것을 보는 순간, 승현은 그대로 차를 세우고 뛰어내려 유림을 껴안고 싶은 충동에 시달렸다.

'안 돼. 이제 거의 다 왔는데.'

그런 자신을 필사적으로 억누르며, 승현은 계속해서 유림의 뒤를 따랐다.

내리는 눈을 맞으며 천천히 걷던 유림이 이윽고 버스 정류장에서 걸음을 멈췄다. 따라서 승현의 차도 스르르 멎었다.

유림이 버스 정류장 벤치에 걸터앉았다. 술을 많이 마신 것일까, 그녀는 추운 듯이 두 팔로 제 몸을 감싸 안더니 곧 꾸벅꾸벅 졸기 시작했다.

버스 정류장의 지붕이 눈발은 막아주었지만, 몰아치는 찬바람까지 막아주지는 못했다. 작은 몸이 서서히 얼어붙어가는 것을 차 안에서 지켜보던 승현은 애가 타서 어쩔 줄을 몰랐다.

잠시 후 파란 버스 한 대가 섰다. 유림의 집으로 향하는 버스라는 것을 승현은 알았다. 하지만 유림은 버스가 다시 출발하는데도 미동도 하지 않았다. 아마도 깊이 잠든 것 같았다.

'어떻게 하지.'

승현은 고민했다.

다가갔다가 들켜버리면 자칫 모든 게 수포로 돌아갈 수도 있다. 하지만 걱정이 되는 것도 사실이었다. 날이 추운데 저대로 잠든 채 놔둘 수는 없었다.

결국 승현은 차에서 내렸다. 그리고 조용히 다가가서 유림의 곁에 앉았다.

"……."

어깨만 살짝 마주 닿았을 뿐인데, 눈물이 났다. 꿈에서도 그리워하던 여자가 바로 곁에 있었다.

승현은 입고 있던 코트를 벗었다. 파르르 떨리는 작은 어깨를 살며시 코트로 감싸주는 동안, 다행히도 유림은 깨지 않았다.

"으음……."

잠투정일까, 유림이 조그맣게 웅얼거리며 머리를 기대왔다. 어깨에 살며시 실려오는 무게에 가슴이 세차게 흔들렸다.

지금 이 순간, 팔을 뻗어 유림을 끌어안을 수만 있다면…….

이루어지지 않을 소원을 마음속으로 빌며 승현은 눈을 들어 하늘을 올려다보았다.

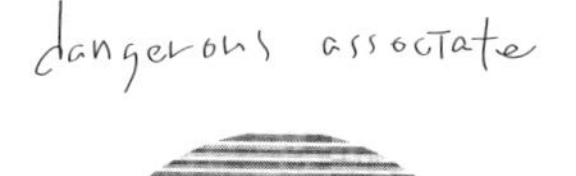

수천수만의 하얀 눈송이가 조용히 춤추듯 내려오고 있었다.

조금 떨어진 곳에서 승현과 유림을 한참 동안 지켜보던 차 회장이 이윽고 차창을 위로 올렸다.

"출발하게."

"예, 회장님."

대답과 함께 차가 미끄러지듯 움직이기 시작했다. 차 회장은 잠시 생각에 잠겼다.

처음 평사원으로 회사를 다니기 시작했을 때만 해도 승현은 아직 철부지 어린애 같았다. 그런 승현이 단 2년 만에 이렇게까지 변했을 때는, 뭔가 이유가 있을 거라고 생각했었다.

버스 정류장에서 잠들어 있는 여자의 곁에 조용히 앉아 있는 손자의 표정을 보자마자 차 회장은 그 이유를 깨달았다. 바로 저 여자 때문이었던 것이다.

아마도 예전에 세라가 울며불며 쫓아와서 얘기했던 게 바로 저 아가씨가 틀림없었다. 그 후 승현이 그 아가씨와도 헤어졌다는 보고를 받았기 때문에 그저 한때의 변덕이었으려니 했는데, 그게 아니었던 것이다.

'대체 어떤 여자기에.'

차 회장은 문득 손자를 이렇게까지 변하게 만든 여자가 궁금해졌다. 승현이 저렇게까지 좋아하는데 대체 왜 헤어진 건지도.

"저 아가씨, 이름이 뭐라고 했었지?"

앞좌석에 타고 있던 비서가 즉시 대답했다.
"정유림이라고 합니다, 회장님. 현재는 홍보팀 대리로 있습니다."
"좀 자세히 알아 와서 보고하게."
차 회장이 지시했다.
"예, 회장님."

꿈을 꾸었다. 누군가가 따스하고 포근한 것으로 어깨를 살며시 감싸주고, 곁에 있어주는 꿈을.
그 사람은 아무 말도 없었지만 침묵 속에서도 다정함이 전해져 왔다. 그래서 유림은 상대가 누구인지도 모르면서 마음 푹 놓고 기대서 달게 잘 수 있었다.
'이대로 계속 있었으면…….'
비몽사몽간에 그렇게 생각하며 잠들어 있던 유림을, 갑자기 누군가가 흔들어 깨웠다.
"선생님, 선생님!"
유림은 퍼뜩 눈을 떴다.
"버스 정류장에서 아까부터 사람이 자고 있다는 신고가 들어와서 출동했습니다. 어디 불편한 곳은 없으시고요?"
유림의 얼굴을 들여다보며 묻는 것은 다름 아닌 경찰이었다.
"아, 죄송합니다. 취해서 그만 깜빡 잠이 드는 바람에……."
유림은 사과하며 옆을 보았다. 곁에는 아무도 없었다.

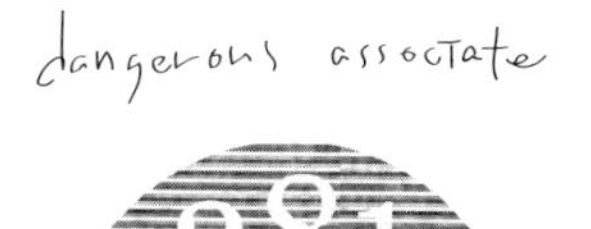

'꿈이었구나.'

실망감에 유림은 한숨을 지었다. 잠시 훈훈했던 가슴속이 금세 텅 빈 것처럼 허전해졌다.

"댁이 어디십니까? 혼자 돌아가실 수 있으시겠어요?"

경찰은 걱정스러운 듯이 물었다.

"괜찮습니다. 술 다 깼으니까 걱정 마십쇼."

그렇게 대답하던 유림은 문득 어깨 위가 묵직한 것을 느꼈다. 만져보니 웬 겉옷이 걸쳐져 있었다. 경찰이 걸쳐준 거라고 생각한 유림은 얼른 옷을 벗어 돌려주었다.

"폐를 끼쳐서 죄송합니다. 이거……."

하지만 경찰은 고개를 저었다.

"제 옷이 아닙니다만."

"예?"

놀란 유림에게, 경찰은 말했다.

"아까 출동했을 때부터 걸치고 계시던데요?"

다음 날, 비서가 보고했다.

"이름은 정유림, 소속은 홍보팀, 직위는 대리. 이제 해 바뀌면 서른두 살이 됩니다."

차 회장은 의자에 등을 깊숙이 기대앉은 채 고개를 끄덕이며 비

서의 말을 들었다.

"드림제과 내에는 차승현 지사장과 사귀다가 헤어진 걸로 소문이 나 있었습니다. 이유는 이주환 사장 따님, 그러니까 이세라 씨와의 결혼을 위해서 차인 거라고 합니다."

"소문이 잘못 났구만 그래."

차 회장은 고개를 저었다. 유림과 왜 헤어졌는지는 모르겠지만, 최소한 세라 때문은 아니다. 파혼하겠다고 선언한 이후 세라와는 완전히 끝났으니까.

"부친은 어릴 때 사망했고, 가족으로는 모친과 여동생이 있습니다. 현재 여동생은 결혼해서 지방에 내려가 살고 있고, 모친도 쌍둥이 육아를 돕기 위해 그쪽에 가 있어서 정유림 씨 혼자 집에 남아 있습니다."

"음, 성품은 어떻다던가?"

"들리는 평판은 매우 좋았습니다. 성실하고 유능한 데다 직장 동료들과의 관계도 좋아서 신망이 높습니다. 차승현 지사장과의 일 외에는 구설수에 오를 만한 일도 딱히 없었습니다."

"그래?"

세라에게서 들었던 것과는 사뭇 다른 이야기에 차 회장이 살짝 눈썹을 찌푸렸다. 작정하고 승현에게 접근해서 유혹할 정도로 지능적인 여자라고 했었는데.

비서는 계속해서 말했다.

"특이한 점이 하나 있습니다. 벌써 삼 년째 독거노인들을 대상

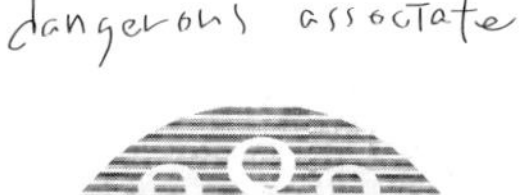

으로 일주일에 두 번씩 무료 수영 강습을 하고 있다고 합니다.”

“수영 강습?”

“예. 체고를 나온 수영 선수 출신이라고 합니다. 고등학교 때는 전국체전에서 금메달까지 딸 정도로 장래가 유망한 선수였다는데, 부상으로 그만둔 모양입니다.”

특이한 이력이다. 차 회장은 점점 더 호기심을 느꼈다.

“그래, 그 수영 강습은 어디서 한다던가?”

매주 두 번, 수영 강습 시작 전의 한 시간은 유림에게 있어 매우 소중한 시간이었다. 마음껏 수영할 수 있는 유일한 시간이었으니까.

평소 같으면 부리나케 수영복으로 갈아입고 얼른 물에 뛰어들었을 터다. 하지만 오늘따라 유림은 옷을 갈아입는 것도 잊어버리고 수면을 들여다보며 골똘히 생각에 잠겨 있었다.

‘대체 누구 옷인 거지?’

잠들어 있는 사이에 누군가가 걸쳐주고 간 옷은 남성용 코트였다.

‘어느 착한 사람이 지나가다 날 보고 얼어 죽을까 봐 걱정돼서 자기 옷을 벗어주고 갔나?’

하지만 취객에게 선뜻 벗어주기에 옷은 한눈에 봐도 상당한 고급이었다. 브랜드가 따로 쓰여 있지 않은 걸 봐서는 아마도 직접 주문해서 맞춘 옷 같았다.

세련된 디자인에 최고급 소재의 맞춤옷. 이런 걸 입을 만한 남자라면…….

승현을 떠올리자마자 유림은 고개를 세차게 저었다.

'하여튼 병이다, 병. 일본에 있는 사람이 내가 술 취해서 잠든 걸 귀신같이 알고 와서 코트만 벗어서 걸쳐주고 도로 사라졌다고?'

무엇보다 코트 안주머니 쪽에 자수로 새겨져 있던 이니셜은 J.C였다. 승현의 이름과는 달랐다.

'게다가 승현 씨가 그럴 이유가 없잖아.'

유림은 잠시나마 터무니없는 생각을 했던 자신을 탓하며 또다시 원점으로 돌아가서 고민에 빠졌다.

'그럼 대체 누굴까?'

유림이 골똘히 생각에 잠겨 있을 때였다. 갑자기 수영장 입구가 살짝 열리더니 웬 할아버지 하나가 고개를 내밀어 안쪽을 기웃거렸다. 그러더니 유림과 눈이 마주치는 순간, 당황한 듯이 얼른 문을 닫아버렸다.

유림은 얼른 일어나서 문 쪽으로 향했다. 무료로 수영을 가르쳐준다는 말만 듣고 무작정 찾아왔다가, 숫기가 없어서 그냥 돌아가시곤 하는 노인들이 가끔 계셨기 때문이다.

아니나 다를까, 문을 열고 나가보자 할아버지는 벌써 등을 돌려 저만치 가고 있었다.

"아버님, 잠깐만요!"

유림은 재빨리 뒤를 따라가서 할아버지를 불렀다. 할아버지가

움찔하며 걸음을 멈추고 돌아보았다.

"음?"

가까이서 보자 흰 머리, 흰 수염에 말쑥한 옷차림의 노신사였다. 어디서 본 듯한 인상이었지만 유림은 별로 개의치 않았다. 하도 할아버지, 할머니들을 많이 봐서 그런가, 요즘은 길 가는 노인들만 봐도 아는 분같이 느껴지곤 했으니까.

"여기까지 오셔서 그냥 가시면 어떡합니까. 수영 배우러 오신 거 맞죠?"

유림이 친근한 어조로 말하자 할아버지는 펄쩍 뛰며 손을 내저었다.

"아, 아닐세! 수영이라니, 이 나이에 내가 무슨……!"

이것도 익숙한 반응이었다. 배우고 싶어서 여기까지 왔다가도, 민망한 마음에 이렇게 오리발을 내미는 노인들이 간혹 있었기 때문이다. 특히 남자 노인들이 그랬다.

"에이, 그러지 마시고 이리 오십쇼. 제가 등록 도와드리겠습니다."

"아니, 난 정말 괜찮다니까, 글쎄……."

할아버지는 매우 당황한 표정이었지만 유림은 아랑곳하지 않았다.

"그럼 좋습니다. 등록까지 하실 필요 없으니까, 딱 오늘 하루만 수업 받아보십쇼."

"오늘만……?"

그제야 할아버지는 조금 솔깃해하는 눈치였다. 옳지, 걸렸구나.

"예. 하루만 해보시고 재미없으시면 더 이상 안 나오셔도 괜찮습니다."

유림은 살살 꾀다시피 말했다.

"그럼, 오늘은 수업 받고 가시는 겁니다?"

차 회장은 패닉에 빠져 샤워실 의자에 우두커니 앉아 있었다.

맙소사, 수영이 이렇게 재미있을 줄이야!

유림이 빌려준 수영복으로 갈아입고 물에 들어가는 순간 차 회장은 떠올렸다. 아주 까마득한 옛날, 자신의 별명이 '물방개'였던 것을. 고향 동네에 있던 냇물에서 매일 헤엄치던 게 벌써 몇십 년 전 일인데, 놀랍게도 몸은 그때의 감각을 잊지 않고 있었다.

「아버님! 이거 제가 가르쳐드릴 게 없을 것 같은데요?」

그런 차 회장을, 강사인 유림은 입에 침이 마르게 칭찬했다.

나이 칠십 넘어 듣는 칭찬은 의외로 날아갈 듯한 기분이었다. 이 얼마 만에 들어보는, 아부가 아닌 진심 어린 칭찬인가.

그러면서도 유림은 은근슬쩍 상냥하게 지도해주는 것을 잊지 않았다.

「손목에 힘이 너무 들어가시는 거 같습니다. 조금만 힘을 빼보시죠.」

오랜만에 하는 수영이 얼마나 즐거웠는지, 한 시간 동안의 수업이 그만 눈 깜빡할 사이에 지나가고 말았다.

또래 노인들이 환영해주는 것도 싫지 않았다. 평소에 임원들이나 비서들에게 둘러싸여 늘 존대만 받아오던 차 회장에게는, 여기 노인들이 처음부터 허물없이 대하는 것이 퍽 친근하게 느껴졌다.

"김 영감이랬지? 오늘 파전에 막걸리 한잔 어때?"

샤워를 마치고 난 또래 노인이 다가와서 곁에 앉으며 말을 걸었다. 김 영감이라는 것은 물론 차 회장이 아무렇게나 둘러댄 이름이었다.

"막걸리? 글쎄, 난……."

차 회장은 머뭇거렸다. 애초에 수영을 하러 온 게 아니었다. 잠시 유림이 수영 강습 하는 모습을 엿보기만 하려고 온 거지. 그런데 본의 아니게 붙들려 수업까지 받는 바람에 밖에서 운전기사와 비서가 계속 대기 중이었다.

차 회장이 망설이자 다른 노인들도 재촉했다.

"돈이 없어 그러나? 걱정 말고 가세, 오늘은 새로 온 기념으로 내가 한잔 사겠네!"

"모자라거든 나도 좀 보태지. 어서 가자고!"

에라, 한바탕 헤엄치고 나니 배도 고픈데 그러지, 뭐.

어느새 못 이긴 척 따라서 일어서고 마는 차 회장이었다.

차 회장이 겨우 풀려 나온 것은 거의 밤 12시가 다 되어서였다.

"퍽 즐거우셨나 봅니다, 회장님."

미리 연락을 받고 막걸리 집 근처에서 대기하고 있던 비서가 차 문을 열어주며 말했다.

“막걸리도 오랜만에 마시니까 맛있군 그래.”

차에 올라타는 차 회장은 입가에 웃음을 감추지 못했다.

자신이 대기업 회장이라는 것을 까맣게 모르는 또래 친구들과의 술자리는 더없이 마음 편하고 즐거운 것이었다.

이야기 주제는 끝이 없었다. 세상 돌아가는 이야기, 같이 수영 강습을 받는 할머니들 이야기, 그리고 요즘 젊은 것들은, 으로 시작하는 노인들만의 영원한 화두까지. 골치 아픈 사업 얘기 빼고는 다 있었다.

그런데 ‘요즘 젊은 것들’ 중에 단 하나, 칭찬을 한 몸에 받는 자가 있었으니, 바로 유림이었다.

「정유림 선생? 그야 날개옷만 안 입었지, 영락없이 선녀지. 암, 선녀고말고!」

노인들은 술김에도 유림을 말끝마다 꼬박꼬박 선생이라고 불렀다.

「그 선생이 그냥 수영만 가르치는 게 아니야. 누가 결석이라도 하면 그렇게 걱정을 하고 직접 챙기고, 아프기라도 하면 꼬박꼬박 문병 오고.」

「얼마 전엔 장 영감이 결석했는데 전화도 안 받는다고 집으로 찾아갔는데, 글쎄, 연탄가스 마시고 쓰러져 있었다지 뭔가? 구급차도 못 들어오는 산동네 좁은 골목길이라, 정유림 선생이 그냥 들쳐 업고 병원까지 내리 뛰었다네. 그 영감, 정유림 선생 아니었으면 벌써 황천길 갔을 걸세.」

하나같이 자기 손녀나 딸을 자랑하듯 신이 나서는 입에 침이 마르도록 유림을 칭찬했다.

차 회장의 입가에 어느새 흐뭇한 미소가 번졌다.

"그 녀석, 날 닮아서 여자 보는 눈은 쓸 만하구먼."

혼잣말에 앞자리에 앉은 비서가 돌아보았다.

"회장님, 방금 뭐라고 말씀하셨습니까?"

"아무것도 아닐세."

기분 좋게 술기운이 올랐다. 차 회장은 푹신한 차 시트에 등을 기대며 말했다.

"점잖은 걸로 수영복 하나 준비해. 수영모랑 수경도 같이."

수업이 끝난 후, 유림이 뒷정리를 하고 있을 때였다.

"정 선생."

누군가가 다가와서 말을 걸었다. 뒤를 돌아본 유림의 얼굴에 반가움이 번졌다. 말을 건 사람은 일주일 전에 새로 등록한 김씨 할아버지였다.

"어, 아버님! 아직 안 가고 계셨습니까?"

사실 나이로만 따지면 할아버님이라고 부르는 게 맞겠지만, 아줌마도 아줌마라고 부르면 싫어하는 법이다. 그것처럼 노인들도 할아버님, 할머님이라는 호칭을 별로 좋아하지 않는 경우가 있어서, 유림은 평소에 수강생들을 아버님, 어머님이라고 부르고 있었다. 그게 더 친근하게 느껴지기도 했고.

"잠깐 나하고 얘기 좀 할 수 있겠나?"

"예, 그럼요! 말씀하십쇼."

유림은 얼른 커다란 수건을 가져다 몸 위에 두르고 김 할아버지와 나란히 앉았다.

지난주에 처음 왔을 때는 수영하러 온 거 아니라고 딱 잡아떼더니, 막상 시작하고 나자 제일 적극적으로 수업을 받는 학생이 김 할아버지였다. 나이에 비해 기력도 어찌나 좋은지, 오늘이 세 번째 수업인데 벌써 다른 노인들의 수영을 도울 정도였다.

그뿐인가. 말과 행동이 점잖은 데다 풍채도 훌륭해서 벌써부터 수강생 할머니들의 시선을 한 몸에 받고 있는 김 할아버지였다.

"뭐 어려운 일이라도 있으십니까?"

유림이 묻자 김 할아버지가 짐짓 헛기침을 했다.

"어흠, 뭐 별건 아니고. ……자네 혹시, 남자친구 있나?"

난 또 뭐라고. 유림은 소리 내어 웃고는 눈을 동그랗게 뜨고 되물었다.

"손자분 소개시켜주려고 그러시죠?"

"그걸 어떻게 알았나?"

김 할아버지가 놀란 얼굴을 했다.

“자주 듣거든요. 이래 봬도 제가 손자며느릿감으로 인기 폭발입니다, 헤헤.”

“그래, 내 손자를 소개해주면 한번 만나볼 생각은 있고?”

떠보는 듯한 김 할아버지의 말에, 유림은 웃으며 고개를 저었다.

“아버님께서 예쁘게 봐주신 건 정말 감사한데요, 사양하겠습니다.”

“왜, 혹시 애인 있는 건가?”

“그건 아니고요. 그냥 지금은 별로 누굴 만날 생각이 없습니다.”

“아니, 어째서? 정 선생 나이도 적지 않은데, 이제 슬슬 결혼 생각도 해야 할 것 아닌가?”

그렇게 말하던 김 할아버지가, 문득 유림을 지그시 바라보았다.

“혹시 누구한테서 상처라도 받은 겐가?”

“…….”

역시 연륜이라는 건 무시 못 하는 법인가 보다. 마치 속마음을 꿰뚫어 보는 듯한 말에 유림은 씁쓸하게 웃었다.

“예. 상처를 너무 많이 받아서 전 평생 연애도 안 하고 시집도 안 갈 겁니다. 그러니까 손자분 소개 안 해주셔도 됩니다.”

농담처럼 진심을 말하자 다행히 김 할아버지도 더 이상 권하지는 않았다.

“거 어떤 녀석인지 몰라도 혼 좀 나야 쓰겠군. 쯧쯧.”

그렇게 혀를 차며 일어났을 뿐이었다.

“가시게요, 아버님?”

유림은 김 할아버지를 배웅하기 위해서 얼른 따라 일어났다.

“늦었는데 가야지. 정 선생도 오늘 수고하셨네.”

“예, 아버님. 그럼 다음 시간에 또 뵙겠습니다. 살펴 가십쇼.”

허리를 숙여 꾸벅 인사하는 유림에게, 김 할아버지가 불쑥 말했다.

“그리고, 앞으로 나한테는 아버님 말고 할아버님이라고 부르게.”

“예?”

유림이 영문을 몰라 되묻자 김 할아버지는 다시 말했다.

“지금부터 미리 적응해두란 말일세.”

그렇게 말하고는 뒷짐을 지고 저만치 멀어져가는 김 할아버지의 뒷모습을, 뒤에 남은 유림이 고개를 갸웃거리며 바라보았다.

“미리? 적응? ……뭘?”

“부르셨습니까, 회장님.”

부름을 받고 들어온 드림제과 이 사장이 차 회장 앞에 고개를 숙였다.

“드림제과도 슬슬 인사이동 시즌이지?”

“예, 회장님. 다음 주쯤 발표 예정입니다.”

"차승현 지사장, 이만 본사로 불러올리게."

차 회장의 지시에 이 사장의 얼굴이 굳어졌다.

딸인 세라가 승현에게 파혼당한 후, 이 사장은 절치부심하고 있는 중이었다. 이미 유사시에는 반드시 승현의 편이 되어 돕겠다고 차 회장에게 했던 약속은 깨진 거나 다름없었다. 물론 승현 쪽에서 먼저 깨뜨린 거고.

어떻게든 승현에게 경영권이 넘어가는 꼴은 볼 수 없다. 그런 점에서, 이 사장은 승현의 큰아버지인 그룹 부회장과 모종의 합의에 이르렀다. 어떻게든 세라를 드림제과 안주인 자리에 앉히고 말겠다는 게 이 사장의 목표였다. 그리고 물론, 드림제과 주인이 꼭 승현이 되리라는 법은 없는 거고.

당연히 차 회장은 모르도록 극비리에 꾸미고 있는 일이었다.

'이거 큰일인데.'

이 사장은 속으로 뇌까렸다.

당분간은 승현을 일본 법인 대표로 눌러 앉혀둘 생각이었다. 물론 승현이 일본 지사를 그만큼 키워낸 공도 있었지만, 본사로부터 떨어뜨려서 그쪽에 발을 묶어두려는 의도가 컸다.

그런데 차 회장이 이만 승현을 본사로 불러오라는 것이 아닌가.

승현은 이미 사장인 자신의 도움 없이도 훌륭하게 일을 해내고 있었다. 임원으로 승진 후 본사로 와서 또 뭔가 실적을 낸다면 일이 점점 돌이킬 수 없는 방향으로 흘러간다.

즉 이 사장으로서는 결코 탐탁지 않은 일이었지만, 그렇다고 회장의 지시를 거역할 수도 없는 노릇이었다.

"예, 회장님. 그럼 이사회 소집해서 이번 주주총회 안건으로 추가하도록 하겠습니다."

순순히 대답하는 이 사장에게, 차 회장이 고개를 저었다.

"그럴 필요 없네."

"예? 그래도 등기임원으로 만들려면 형식상이라도 어쨌든 주주총회를 통과해야……."

"누가 임원으로 부르라고 했나?"

차 회장이 되물었다.

"해 바뀌어봤자 이제 겨우 서른이야. 아직은 좀 더 직접 일을 해봐야지. 승진시킬 것 없이 부장 직급 그대로 부르게."

당연히 승현을 임원으로 승진시킬 줄 알았던 이 사장은 깜짝 놀랐다.

'도대체 무슨 속셈이지?'

반갑기는커녕 불안감에 심장이 마구 두근거렸다. 혹시 회장님이 뭔가 수상한 낌새를 채신 건가?

이 사장의 불안한 속마음을 알 리 없는 차 회장은 평온한 얼굴로 계속해서 말했다.

"대신에 데리고 일할 사람들은 제 손으로 직접 고르라고 해. 저 편한 사람들하고 같이 일해야 뭘 해도 하겠지."

이례적인 일이었지만 역시 마다할 수도 없었다.

"예, 회장님. 그렇게 하겠습니다."

회장실을 돌아 나오는 이 사장의 등골에 식은땀이 배어났다.

"오랜만이네, 차 지사장! 아니, 이제 차 팀장이라고 불러야 하나?"

이 사장은 반색을 하며 자리에서 일어나 사장실로 들어오는 승현을 맞이했다.

"예, 사장님. 오랜만에 뵙습니다."

승현이 정중하게 허리를 숙였다.

"좀 일찍 발령을 냈으면 좋았을 걸, 이렇게 부랴부랴 부르게 돼서 미안하게 됐네. 아무래도 없던 팀을 하나 더 만들자니 준비가 이래저래 필요해서."

이 사장이 함박웃음을 지으며 말했다.

오늘, 그러니까 1월 2일부터 서울 본사로 정상 출근하라는 지시를 승현이 전달받은 것은 새해가 되기 딱 사흘 전의 일이었다.

할아버지에게 본사로 돌아가고 싶다는 얘기는 미리 한참 전에 해두었다. 그러니 충분히 인사이동 공고 낼 때 함께 발표할 수도 있었을 텐데, 이렇게 하루아침에 결정 난 것처럼 부랴부랴 부르는 것은 아무래도 골탕을 먹이려는 의도로밖에는 보이지 않았다.

그리고 그 느낌이 틀리지 않았다는 걸, 승현은 이 사장의 태도에서 확인하고 있었다.

외동딸인 세라를 눈에 넣어도 아프지 않을 정도로 아끼는 이 사장이었다. 세라를 버리다시피 한 자신이 탐탁할 리가 없는데도, 겉으로는 전과 다를 바 없이 반가워하고 있지 않은가. 그게 오히려 더 부자연스러웠다. 웃는 얼굴 뒤로 뭔가 꿍꿍이가 있는 게 틀림없다.

물론 승현 역시 그런 생각을 표정에 드러낼 정도로 하수는 아니었다. 그 역시 미소를 지으며 대답했다.

"다시 본사로 불러주신 것만 해도 기쁩니다. 여기서도 잘해보겠습니다."

"그래. 그동안 일본에서 정말 고생 많았네."

이 사장은 몇 번이나 입에 침이 마르게 칭찬을 했다.

"그런데 말이야, 자네, 앞으로 기획 3팀 팀장으로서 뭘 해볼 생각인가?"

"지금부터 찾아야겠지요."

승현은 있는 그대로 대답했다. 실제로 아직은 별생각이 없었으니까.

"그래, 그럼 예전에 추진하려다가 당시 사정상 엎어졌던 기획이 있는데, 그걸 한번 차 팀장이 추진해보면 어떤가?"

"어떤 기획입니까?"

"카페 사업일세."

이 사장이 대꾸했다.

"요즘 점심식사 후에 커피 한잔 안 하는 사람 없지. 대세는 커피

아닌가?"

승현은 기가 막혔다.

카페 사업이라면 레드오션도 이런 레드오션이 없다. 개인 커피숍이나 프랜차이즈 카페도 너무 많아서 문 닫는 곳이 속출하는 마당인데. 일본만 해도 마찬가지였다. 카페만으로는 장사가 되지 않아서 비스트로(Bistro, 음식과 와인을 제공하는 작은 카페)로 전환해가는 추세에 있다.

물론 대표이사쯤이나 되는 인간이 그 정도를 모를 리 없다. 한마디로 대놓고 엿 먹으라는 소리나 다름없었다.

승현은 잠시 생각에 잠겼다.

딸과 파혼했기 때문에 단순히 감정이 상해서 이러는 걸까, 아니면 그 외에 다른 뭔가가 더 있기 때문에 견제하는 것일까.

"왜, 좀 버거운 아이템인가?"

이 사장이 떠보듯 묻는 순간, 승현은 생각을 바꿨다.

레드오션이라는 건, 바꿔 말하면 그만큼 너도나도 달려들 만큼 매력적인 아이템이라는 뜻도 된다. 경쟁자가 많아 쉽지는 않겠지만, 어려운 일일수록 성공할 경우 훨씬 더 능력을 돋보이게 할 수 있는 법이었다. 이미 일본 지사에서 한번 증명해 보이지 않았는가.

이 사장이 왜 이렇게 나오는지는 모르겠다. 그러나 이유를 떠나서 어쨌든 승현은 계속해서 자신을 증명해 보여야 하는 입장에 있었다.

"아닙니다. 그럼 제가 맡아서 한번 해보겠습니다."

승현은 산뜻하게 대답했다.

"정말로 하겠다고? 카페 사업을?"

오히려 이 사장이 조금 당황한 빛을 보였다.

"예."

승현은 다시금 딱 잘라 대답하고 이번에는 요구사항을 말했다.

"대신에 팀은 제가 원하는 사람들로 구성하게 해주셨으면 좋겠습니다."

"좋아. 회장님께서도 그렇게 하도록 지시를 하셨네."

이 사장이 고개를 끄덕이고는 되물었다.

"그래, 누구 생각하는 사람이 있나?"

승현은 심호흡을 하고는 미리 준비해두었던 대답을 했다.

"예. 차장급, 그리고 대리급으로 각 한 명씩이면 충분할 것 같습니다."

오랫동안 얼어붙어 있던 심장이, 비로소 열기를 띠기 시작했다.

"예? 부서 이동이라고 하셨습니까?"

부장에게서 말을 들은 유림은 놀라서 저도 모르게 큰 소리를 냈다.

"그래. 나도 방금 듣고 오는 길이야. 나 참, 얼마 전에 인사이동 발표 났을 때도 없던 얘기를 이렇게 하루아침에 하는 경우는 또 뭔지."

부장은 화난 표정을 감추지 못했다. 하루아침에 유능한 부하 직원을, 그것도 두 명이나 다른 부서로 빼앗기게 생겼으니 얼굴이 붉으락푸르락하는 것도 무리는 아니었다.

"하여튼 정 대리, 평소에 기획 일에 관심 있어 했는데 잘됐다고 생각해야지, 뭐. 기획팀 가서도 잘하도록 해."

그래도 평소 유림을 아꼈기 때문인지 끝은 덕담이었다.

"예, 부장님. 열심히 하겠습니다. 감사합니다."

유림은 꾸벅 인사를 하고 나서 제 자리로 돌아왔다.

책상을 정리하는 내내 기분이 얼떨떨하기 그지없었다. 정초부터 이게 웬 날벼락이란 말인가.

'아니, 왜 갑자기?'

말마따나 12월에 있었던 인사이동 발표 때도 없었던 얘기다. 그런데 왜 하루아침에 기획팀으로 옮기라는 지시가 떨어졌는지 알 수가 없었다.

'내가 뭘 잘못했나?'

하지만 좌천 같은 거라면 지방 공장도 있는데 굳이 엘리트 코스인 기획팀으로 보낼 리가 없지 않은가. 게다가 혼자가 아니라 민혜인 차장도 함께 옮기라는 지시였다.

"정 대리, 진짜 가는 거야?"

"아니, 새해 벽두부터 이게 무슨 날벼락이래?"

그새 얘기를 듣고 몰려온 부서원들이 유림을 둘러싸고 물었지만 물론 해줄 말이 없었다.

"그동안 감사했습니다."

유림은 영문을 모른 채로 부서원들과 간단히 인사를 나누고, 개인 물품이 든 상자를 들고서 엘리베이터로 향했다.

엘리베이터를 타고 내려가는 동안 유림은 마음을 가라앉혔다.

'에이, 모르겠다. 어떻게든 되겠지.'

언젠가 기획 일을 해보고 싶다고 늘 생각했던 것이 사실이다.

이유야 어찌 됐건 지금까지 해왔듯이 열심히 하면 될 거라고 유림은 마음먹었다. 무엇보다 혜인이 함께라는 사실이 마음 든든했다.

기획팀은 원래 1팀, 2팀이 전부다. 그런데 기획 3팀이라는 걸 보면 아예 새로 생긴 팀인 것 같았다. 기획팀 사무실도 원래는 칠 층에 있는데, 유림이 지시받은 것은 지하 일 층 사무실로 가라는 것이었다.

지하 일 층에 도착한 유림의 눈에, '기획 3팀'이라고 쓰인 새 팻말이 달린 문이 눈에 들어왔다.

유림은 조심스럽게 문을 열어보았다. 책상 세 개가 놓인 작은 사무실 안에는 아직 아무도 없었다.

'팀원이 달랑 셋인 건가?'

유림이 잠시 문 앞에 서서 그렇게 생각하고 있을 때였다.

"좀 들어가게 해주겠습니까?"

문득 등 뒤에서 누군가가 불쑥 말하는 바람에 유림은 화들짝 놀라 제정신으로 돌아왔다.

"아, 죄송합니다!"

얼른 길부터 비켜서고 나서 고개를 들어 상대를 바라본 유림은 순간적으로 얼어붙었다.

지금도 가끔씩 꿈에 나타나는 갈색 눈동자.

입가에 띤 부드러운 미소.

시간의 흐름이 멈추는 것처럼 느껴질 정도로 비현실적인 미모.

꿈이 아니다. 몇 번이나 눈을 깜빡여 다시 봐도, 눈앞에 있는 것은 틀림없는 그 남자였다.

"오랜만이네요, 정 대리님."

승현이 말했다.

- 3권에서 계속.

번외편 : 선물

"좋은 아침, 승현 씨!"

아침마다 유림은 인사와 함께 어김없이 약수가 든 페트병을 건넸다. 이제는 매일 일과가 되다시피 한 일이었다.

"어때? 머리 아픈 거, 좀 나아지는 것 같아?"

물론 효과가 있을 리 없다. 약수는 탕비실 개수대가 다 먹었으니까. 그래서 승현은 애매하게 대답했다.

"그런 것도 같네요."

"그렇지? 효과 있지?"

눈을 반짝이는 유림의 표정을 보자 새삼스럽게 죄책감이 들었다. 어제까지는 아무렇지도 않게 쏟아버렸는데, 이상하게도 오늘은 도저히 그럴 수가 없었다.

'그렇다고 이걸 마시기는 싫고…… 어쩌지?'

승현이 탕비실에 틀어박혀 진지하게 고민하고 있을 때였다.

"승현 씨, 그게 뭐야?"

불쑥 탕비실에 들어온 현우가 승현의 손에 들린 페트병을 가리

키며 물었다.

"제가 두통이 좀 있어서요. 누가 좋은 물이라고 주셔서 커피 대신 마시고 있어요."

"그래? 어디 나도 좀 줘봐. 서른이 넘으니까 몸에 좋은 게 땡기네."

"네? 이걸요?"

승현은 망설였다. 바로 어제까지 미련 없이 쏟아버렸던 주제에, 그리고 지금도 버릴까 말까 고민하고 있는 주제에 현우에게 주기는 아까운 생각이 들었다.

그러나 현우는 승현의 대답도 듣기 전에 이미 병을 낚아채가고 있었다.

"어, 이 톡 쏘는 맛…… 이거 구름다리 약수네!"

물을 한 모금 마시고 난 현우가 반색을 했다.

"구름다리 약수요?"

"응. 유림이네 집 뒷산에서 나오는 약순데, 몸에 되게 좋은 거야. 뜨기가 힘들어서 그렇지."

현우가 일장연설을 했다.

"거기가 말이 뒷산이지 길이 험하기가 완전 히말라야 빰치거든. 아침에 동네 아줌마들이 운동 삼아 가는 그런 약수터가 아니라고. 나도 한번 가봤다가 하마터면 골병 들 뻔했어."

"그래요……?"

새삼스럽게 약수가 든 병을 쳐다보는 승현에게, 현우가 마치 약

장사 같은 말투로 말했다.

"그뿐인 줄 알아? 이게 철분이 워낙 많이 들어서, 하룻밤만 놔둬도 빨갛게 변하는 바람에 못 먹어. 아침마다 떠 와야 겨우 마실까 말까 한 거라고."

"그럼 대리님은 어떻게 구해 드셨어요?"

"예전에 유림이 어머니가 아프셔서, 유림이가 엄마 드린다고 뜨러 다닌 적 있었거든. 덕분에 몇 번 얻어 마셨지. 유림이 걔는 운동한 앤데도 아침마다 그거 뜬다고 무지 고생했다?"

문득 유림이 처음에 약수를 주면서 했던 말이 떠올랐다.

「어차피 가족들 마실 물 뜨는 김에, 뭐 겸사겸사.」

그래서 곧이곧대로 믿었는데 사실은 그게 아니었던 것이다. 이 물을 자신에게 떠다 주기 위해 유림은 아침마다 일찍 일어나서 생고생을 하고 있다는 뜻이 아닌가.

승현이 생각에 잠겨 있는 것도 모르고 현우는 혼자 신나게 떠들었다.

"그나저나 되게 오랜만이네, 이거. 요즘도 가끔 이 물 맛이 생각나서 부탁해도 절대 안 떠다 주는데, 유림이 자식."

현우가 아쉽다는 듯이 입맛을 다셨다.

"참. 근데 승현 씨, 이거 누가 줬어?"

"선배, 잠깐만요."

"응?"

"저 자료실에 뭐 좀 찾으러 가는데, 같이 가서 좀 찾아주세요."

승현이 부탁하자 유림은 별로 의심하지 않고 순순히 자리에서 일어났다.

"그러지 뭐."

사무실 밖으로 나온 승현은, 복도에 아무도 없는 것을 확인하고는 유림의 손목을 잡았다.

"승현 씨?"

"잠깐 이리 와봐요."

자료실 대신에 비상계단으로 유림을 데리고 간 승현이 문을 닫았다.

"오늘 아침에 뭐 했어요?"

다짜고짜 묻자 유림이 당황한 얼굴을 했다.

"뭐하긴? 출근 준비했지."

"약수터에 물 뜨러 간 거 아니고요?"

"그걸 어떻게……."

유림이 놀란 듯이 되묻다 황급히 입을 다물었다. 서 대리님 말이 맞았구나, 하고 승현은 생각했다. 동시에 기분이 확 좋아졌다.

"나 때문에 일부러 매일 아침마다 고생하는 거예요?"

다 알면서, 승현은 일부러 물었다.

"아니, 뭐, 저어, 그냥 운동 삼아서……."

"운동 삼아 갈 만한 데 아닌 거 알아요."

"……."

"왜 그러는 거예요?"

승현은 끈질기게 물었다. 어떻게든 유림의 입으로 꼭 대답을 듣고 싶었다.

결국 유림은 마지못해 입을 열었다.

"그런 거라도 아니면 내가 뭐 마땅히 해줄 게 있어야지."

마치 꼬치꼬치 물어대는 게 귀찮다는 듯한 말투였다. 그러나 문득 유림의 하얀 귀가 조금 발그레하게 물들어있는 게 승현의 눈에 띄었다.

'설마, 지금 수줍어하는 건가?'

수줍음을 타는 정유림이라니! 승현이 놀라고 있는 사이에 유림은 도망가 버렸다.

"사람들이 이상하게 생각하겠다. 나 먼저 들어가 볼게, 천천히 들어와!"

뒤에 남은 승현은 입가에 자꾸만 피어오르는 웃음을 겨우 삼켰다.

그때부터 승현은 유림을 좀 더 주의 깊게 보았다. 확실히 자신을 대하는 유림의 태도는 예전과는 달라져 있었다. 그게 보통 여자들의 표현 방식과 전혀 달라서 눈치 채는 데 시간이 걸렸을 뿐.

"밥 먹었냐?"

원래 무뚝뚝한 말투가 이런 식으로 한층 더 퉁명스러워지는 건, 말하자면 정유림 식으로 수줍어하고 있는 거였다.

"그게 뭐 어렵다고 여태 붙들고 있어? 줘봐, 그냥 내가 하고 말지."

이건 어려운 일을 대신 해주겠다는 뜻.

"됐으니까 먼저 퇴근해. 어차피 승현 씨 있어 봤자 별로 도움도 안 돼."

이건 일찍 들어가서 쉬라는 뜻.

아침마다 떠다 주는 약수는, 그러니까 다른 여자들로 치면 초콜릿 같은 거였다. 하필이면 약수라니 하여튼 정유림답다.

요즘 들어 승현은 혼자 미소 짓는 일이 많아졌다. 마치 보물찾기를 하는 것 같았다. 유림의 무뚝뚝한 말투와 행동, 그 안에 숨어 있는 서투른 감정을 찾아낼 때마다 마치 보물을 찾아낸 것 같은 기분이 들었다.

어쨌든 일단 1단계 계획은 성공이었다. 그러니까 원래 생각대로라면 유림이 자신에게 넘어온 걸 확인했으니 이쯤에서 다음 단계로 넘어가야 했다. 자신을 좋아하는 마음을 자근자근 짓밟아 줘서, 별러왔던 앙갚음을 하는 것이었다.

하지만 왠지 아직은 내키지 않았다. 아침마다 떠다 주는 약수도 아쉽고.

참, 약수는 버리지 않고 마시는 걸로 했다. 처음에는 쇠 맛도 싫고 톡 쏘는 느낌도 싫었는데 일단 적응이 되니까 이상하게 자꾸만 생각이 났다.

'뭐, 마음이 깊어질수록 상처도 커지는 법이니까.'

승현은 다음 단계로 넘어가는 것을 좀 미루기로 했다. 좀 더 자신에게 푹 빠지게 만든 후에 차는 것도 나쁘지 않다.

“이거, 은근히 중독성 있는데?”

어느 새 집에까지 들고 온 약수를 커피 대신에 한 모금 마시며 승현은 혼자 쿡쿡거렸다.

점심시간의 옥상에는 인기척이라고는 없었다. 사람들이 한창 구내식당에서 식사를 하고 있을 시간이니까.

아침부터 별로 속이 좋지 않았던 유림은 오늘 구내식당 메뉴가 제육볶음이라는 걸 알고 깔끔하게 굶기로 했다. 그리고 점심식사 대신에 커피 한 잔을 들고 옥상으로 올라왔다.

따스한 바람을 느끼며, 느긋하게 카푸치노 한 잔.

“선배, 여기 계셨네요?”

그러나 어디선가 들려온 승현의 목소리에 짧은 평화도 금세 깨지고 말았다.

“어, 승현 씨.”

유림은 반갑게 부르며 다가오는 승현을 어색하게 맞이했다. 요즘은 승현의 얼굴을 똑바로 쳐다보기가 힘들다. 얼마 전, 처음으로 키스를 한 이후로는 더욱 그랬다. 가까이서 보기만 해도 괜히 가슴이 쿵쿵 뛰었다.

"한참 찾았잖아요. 왜 식사하러 안 가고 여기 있어요?"

"응, 속이 별로 안 좋아서 그냥 커피나 한 잔 마시고 말려고 했지."

"그랬구나."

승현이 유림을 흘깃 보더니 웃으며 입가를 가리켰다.

"입술에 거품 묻었어요."

"응? 어디?"

"여기요."

유림이 미처 닦기도 전에 승현이 손을 뻗어 유림의 아랫입술을 엄지손가락으로 살짝 훔쳐냈다. 아주 살짝 건드리기만 한 거였는데도, 유림은 불에 덴 것처럼 놀라서 흠칫 어깨를 움츠렸다.

"선배, 입술이 꽤 건조하네요."

"아, 그, 그래? 립밤 발라야겠다."

키스하려는 줄 알았잖아! 유림은 애써 당황한 기색을 감추며 대꾸했다.

"립밤 말고, 립스틱은 어때요?"

"립스틱?"

"네. 선배, 원래 얼굴이 하얗잖아요. 그러니까 굳이 진하게 화장하지 않아도, 립스틱만 발라도 예쁠 것 같아서요."

아무렇지도 않게, 그저 자연스러운 투로 한 말이었다. 하지만 그의 마지막 말에 유림은 괜히 심장 박동이 빨라지는 것을 느꼈다.

「예쁠 것 같아서요.」

예쁘다. 자신과는 평생 인연이 없을 줄 알았던 형용사였는데.

'가만. 집에 립스틱이 있었나?'

평소에 늘 립 밤, 기껏해야 연한 색깔의 립글로스 정도만 바르는 게 전부인 유림이었다.

'없었던 것 같은데…… 하나 살까? 근데 무슨 색깔을 사야 하지?'

진지하게 생각하다 유림은 퍼뜩 정신이 들었다. 어느 새 이런 고민을 하고 있는 자신이 놀랍게 느껴졌던 것이다. 내가 립스틱 색깔을 고민하다니!

'립스틱 바르고 오면, 진짜로 예쁘다고 생각해주려나?'

그렇게 생각하다 문득 얼굴을 붉히는 유림에게, 승현이 뭔가를 불쑥 내밀었다.

"이게 뭐야?"

무심코 손을 내밀었다가 유림은 깜짝 놀랐다.

"주말에 쇼핑하러 갔다가 하나 샀어요. 선배한테 어울릴 것 같아서."

립스틱이었다.

"……."

조심스럽게 종이 케이스를 벗기자 금빛 립스틱이 나타나며 햇빛에 반짝, 하고 눈부시게 빛났다.

"이건 정말 비싼 거 아니니까, 부담 갖지 말고 받아 줘요."

그 햇빛보다 더 눈부시게 미소 짓는 승현을, 유림은 멍하니 바라

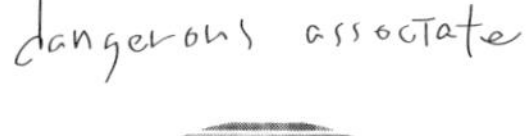

보았다.

“언니, 좋아하는 남자 생겼어?”

여동생인 유민이 물었다. 유림이 정확히 30분째 장롱 앞에서 내일 아침에 출근할 때 입을 옷을 고민하고 있을 때였다.

“뭐, 뭐라는 거야?”

유림은 얼굴이 확 빨개지면서도 일단 오리발부터 내밀고 보았다.

“내일 아침에 출근할 때 입을 옷 고르고 있는데 웬 자다가 남의 다리 긁는 소리야?”

유민이 코웃음을 치며 침대 위에 널브러져 있는 옷들을 가리켰다.

“언니가 언제부터 다음 날 입을 옷 미리 고르고 그랬다고 그래?”

“그, 그건!”

말문이 막힌 유림을 보고 유민이 혀를 쯧쯧 찼다.

“그나저나 참 언니도 옷이라곤 더럽게 없다.”

그렇지 않아도 유림 역시 그렇게 생각하던 차였다.

오늘 승현이 선물해준 립스틱은 너무나 예쁘고 화사한 색깔이었다. 그런데 이걸 바르고 출근하자니 어울릴 만한 옷이 하나도 없었다. 옷장을 다 뒤집어도 나오는 거라고는 검은색, 회색, 갈색, 기껏해야 흰색뿐.

"하여튼 짝사랑인지 연앤지 모르겠지만, 하여튼 뭘 해도 일단 옷은 좀 사라. 응?"

"너 빨리 못 나가!"

유림이 버럭 소리를 지르며 옷 한 벌을 집어던졌다. 그러나 유민은 재빨리 피하고는 혀를 쏙 내밀고 제 방으로 돌아가 버렸다.

유민이 나가고도 한참 동안 유림은 당황해서 우두커니 서 있었다.

「언니, 좋아하는 남자 생겼어?」

자신이 좋아하는 남자라면 그야 물론 현우다. 그런데, 아까 유민이 그렇게 물은 순간 유림이 떠올린 것은 현우가 아니라 승현의 얼굴이었다. 그 사실이 너무도 당혹스러웠다.

'내가…… 승현 씨를 좋아하나?'

승현이 선물해준 립스틱을 손에 든 채 유림은 골똘히 생각에 잠겼다.

얼마 전에 했던 키스 때문일까. 최근에는 현우에 대해 생각하는 일이 부쩍 적어졌다. 예전에는 잘 지내다도 가끔 한 번씩 현우가 제 마음을 몰라주는 게 서글플 때도 있고 울컥할 때도 있었는데 요즘에는 그런 느낌을 받은 적이 없는 것 같다.

'승현 씨는 다정하니까.'

이게 좋아해서인지, 아니면 단순히 그가 다정하게 대해줘서인지는 아직 모르겠다. 하지만 승현을 떠올리면 입가에 절로 미소가 번지는 것만은 사실이었다.

「이건 정말 비싼 거 아니니까, 부담 갖지 말고 받아 줘요.」

매일 보던 눈웃음인데, 그 순간은 왜 그렇게 가슴이 떨렸을까.

다시 떠올려도 또 얼굴이 달아올라서, 유림은 괜히 립스틱을 화장대 서랍 안에 넣어버렸다.

다음 날, 유림은 승현이 선물한 립스틱을 바르고 출근했다. 따로 옷을 차려입은 것도 아니고, 평소에 하던 엷은 화장에 딱 립스틱만 발랐을 뿐인데 사람들의 반응은 뜨거웠다.

"어머, 유림 씨 너무 예쁘다!"

"진짜 유림 씨 맞아?"

온 사무실 사람들이 유림을 빙 둘러싸고 칭찬을 아끼지 않았다. 심지어 부장까지도 한 마디 거들었다.

"거 정유림 씨, 화장하니까 훨씬 보기 좋군 그래."

"아니, 부장님. 평소에도 화장은 했습니다만……."

"엥? 그게 한 거였어?"

새삼스럽게 립 메이크업의 중요성을 깨닫게 되는 순간이었다.

현우는 심지어 유림을 한참 쳐다보더니 이렇게 중얼거리기까지 했다.

"야, 유림아."

"네?"

"……너, 여자였구나."

어딘가 충격을 받은 듯한 표정이었다.

한결같은 칭찬의 분위기 속에 오로지 단 한 사람의 반응만이 떨떠름했다. 그것은 다름 아닌, 립스틱을 선물해준 장본인이었다.

"선배한텐 좀 너무 진한 것 같네요."

유림의 입술을 뚫어져라 쳐다보던 승현은, 한참 후에야 시선을 돌리더니 고작 이렇게 말했다. 은근히 속으로 칭찬을 기대하고 있었던 유림은 조금 머쓱해졌다.

"그, 그래?"

"네."

유림은 실망했다. 다른 사람들은 다 예쁘다고 하는데, 왜.

하기야 승현은 워낙 미적 감각이 뛰어난 사람이다. 그가 그렇다면 그냥 그런 거겠지, 하고 유림은 애써 섭섭한 마음을 달래며 자리에 앉았다.

유림이 업무를 시작하려는데 옆에 앉은 승현이 불쑥 말했다.

"아, 선배. 죄송한데 저 좀 잠깐 보실래요?"

"왜?"

"자료 찾을 게 있어서요. 같이 가서 좀 찾아주세요."

"알았어."

유림은 별생각 없이 승현을 따라나섰다. 그러나 복도로 나온 승현은 엘리베이터를 타러 가는 대신에 바로 근처에 있는 비상구 안으로 다짜고짜 유림을 밀어 넣었다.

"승현 씨?"

유림은 놀라서 말했다. 그러나 돌아온 것은 대답이 아니라 입술이었다.

"……!"

저항을 원천 봉쇄하듯, 승현은 유림의 등을 벽에 밀어붙이고 두 손목까지 꽉 잡아 고정시킨 채로 키스했다. 도저히 옴짝달싹도 할 수 없는 상황이었다.

그런 상태로 승현은 유림의 입술을 집요하게 탐했다. 맛있는 과일이라도 되는 듯이 탐욕스레 빨다가는, 부드러운 제 입술을 뜨겁게 문질렀다.

뜨겁고도 달콤한 숨결에 유림의 정신이 아득해지려는 순간.

"……이제 좀 보기 좋네요."

승현이 입술을 떼고 귓가에 속삭였다. 그리고는 엄지손가락으로 살짝 유림의 아랫입술을 문질렀다. 마치 조금 남아 있는 립스틱마저 지워버리려는 듯이.

그제야 유림은 승현의 의도를 깨달았다.

"립스틱 선물했던 거, 실수. 앞으로 그런 거 바르지 말아요."

우두커니 선 유림을 가만히 끌어안으며, 승현이 말했다.

"내 눈에만 예쁘면 되니까."

심장이 터질 듯이 두근거리는 바람에, 유림은 겨우 이렇게밖에 대답할 수가 없었다.

"……응."

-'선물' fin.